U0686232

艺海泛舟

——聂世忠文艺思辨录

聂世忠 著

湖南大学出版社

·长沙·

图书在版编目（CIP）数据

艺海泛舟：聂世忠文艺思辨录 / 聂世忠著.

长沙：湖南大学出版社，2025.5. -- ISBN 978-7-5667-
4198-1

Ⅰ. I206-53

中国国家版本馆CIP数据核字第2025TP0323号

艺海泛舟——聂世忠文艺思辨录

YIHAI FANZHOU —— NIESHIZHONG WENYI SIBIANLU

著　　者：聂世忠		
责任编辑：崔　桐		
印　　刷：长沙市精宏印务有限公司		
开　　本：710 mm×1000 mm 1/16	印　张：19	字　数：307千字
版　　次：2025年5月第1版	印　次：2025年5月第1次印刷	
书　　号：ISBN 978-7-5667-4198-1		
定　　价：98.00元		

出 版 人：李文邦

出版发行：湖南大学出版社

社　　址：湖南·长沙·岳麓山　　　邮　编：410082

电　　话：0731-88822559（营销部），88649149（编辑部），88821006（出版部）

传　　真：0731-88822264（总编室）

网　　址：http：//press.hnu.edu.cn

版权所有，侵权必究

图书凡有印装差错，请与营销部联系

以"艺"泛舟，以"评"弄潮

陈善君

邵阳学院聂世忠先生，多年来坚持艺术创作实践与艺术理论研究两条腿走路，并以之互为依仗、互相促进，相得益彰，成就斐然。论文集《艺海泛舟——聂世忠文艺思辨录》便是其结晶与例证。集中选入的论文都是直面艺术创作实践，通过他的感悟体察、审视思考与理性判断，最后上升到理论高度，以期再反作用于艺术创作实践，起到引导创作、提高审美的效用。通览其稿，不乏亮点。

其一，评"在路上"，与时代同步伐，探讨文艺创作实际问题。世忠先生甫一从业，就有着理论的自觉，开始撰写艺术鉴赏评论文章，其后近40年里，一直保持着理论思考的习惯，笔耕不辍，撰写了大批涵盖许多艺术门类的理论评论文章。他不只一直在"写",还紧跟时代步伐、合着时代节拍、扣着时代脉搏在"写"。从20世纪80年代的"85美术新潮"开始,到90年代的"人体艺术""行为艺术",再到新世纪的"全球化"、后现代主义,更是到新时代中华优秀传统文化的创造性转化、创新性发展和设计艺术的异军突起等有关艺术的创作和表现,都是他的目光所及处、观察聚焦点、思考着力点、下笔指陈处。他没有像所谓的"理论大家"那样手持"彩练当空舞",任由理论凭空转,而是聆听时代的号角,深入创作现场,与创作"摸爬滚打",与作品"耳鬓厮磨",一起苦、一起痛、一起欢、一起乐,所以他的一篇篇评论文章,就像是在创作苔藓上开出的一朵朵小米花,自然而然、清新俏拔。

其二,评"在地上",与创作相结合,探究文艺创作地域问题。世忠先生的文艺评论立足本土、观照湖南、瞩目全国、放眼全球。然而评得最深入、最到位、最贴切的,还是对于邵阳美术创作和现象的评论分析部分。这其中既有总体把握、整体观照,又有更多具体作家作品的分析判断。《"绘画之乡"邵阳地域美术风貌谈》《"翰墨情深":邵阳书法展的艺术风采》是对邵阳本土书法、美术的整体把握;《地域文化影响下的邵阳油画群体现象》《玄素浑厚寄乡情——邵阳焦墨创作中的乡情赏析》《论宝庆竹刻的传承创新》《滩头年画百年繁花依然味浓》是对美术门类一个分支的总体观照;具体论及陈西川、唐文林、雷小洲等邵阳艺术家艺术作品的多达20多篇次。聂世忠先生熟悉邵阳美术创作情况,掌握信息量大,加之对邵阳、梅山文化的熟稔、熏染,使他具有了得天独厚的研究条件,更有他对理论的兴趣与自觉,和他本人性格又特别地能"吃得苦、霸得蛮、耐得烦",肯于勤奋钻研,所以在本土研究这一块,他能够脱颖而出理所当然。他的文艺评论从邵阳本土创作出发,深入其中肯綮,又能跳至其外,以更阔大的理论视野观照,故其本土文艺评论不仅"可信""可爱",而且站得"更高"看得"更远",能够予以更多启发和参考。

其三，评"在理上"，与作者心连心，思考文艺创作专业问题。世忠先生为人敦厚，其论更多"同情式之理解"。他的评判总是能从创作者角度出发，度己及人，先见温度、再见角度、后见深度。聂世忠先生文艺评论以美丑之辨为肇端，以价值判断为优先，他总是能够站在时代潮流前沿，对时尚先锋之"风云变幻"，均能作出正确的价值判断与选择，每发正直善良的评论之声，奋起正艺心、人心、道心之大任。他的辩证思维意识与能力出众，赋能他的文艺评论更加中允客观。比如他对"倾斜的美术批评"的辩证分析，对于"后现代主义与后现代艺术浅析"，对于"经济全球化不等于艺术全球化"的认识，都能从正反两面看问题、从主客两端找原因、从变化发展过程作剖析，显得严密科学而具有说服力。最重要的是，聂世忠先生是学美术专业出身的，相对而言，他更谙熟美术创作的技法技巧和各种功夫、门道，评论起来自然细致深入"专业"。《梅山水陆画研究的意义》一展"专业"评论的风采，不愧为他文艺评论的一篇代表性作品，尽管有些方面还值得商榷和完善。

其四，评"在心上"，与人民同忧乐，思索文艺创作评价问题。世忠先生文艺评论以正面肯定评价为主，然而也有为数不多的批评文字。尽管数量不多，但是质量甚高。比如对于失当的行为艺术和人体艺术，他的批评是严厉的。对于以丑为美的艺术，他也是非常看不惯的，提出了严格的批评。尤其是《书道求真，闻过则喜》一文，对于邵阳国展书家，他也是铆足了劲，火力全开，进行了认真的批评。我认为这是必要的，更是可喜的。"真理越辩越明。一点批评精神都没有，都是表扬和自我表扬、吹捧和自我吹捧、造势和自我造势相结合，那就不是文艺批评了！"如其不然，哪怕我是答应了，人民群众也不会答应。因为"文艺批评要的就是批评，不能都是表扬甚至庸俗吹捧、阿谀奉承"。聂世忠论文集里的批评文字是可喜的、可贵的、可赞的，足以见其风骨、价值与立场。聂世忠先生的文艺评论是发自内心、深得人心、甚合吾心的。

评论家不在大小，作品不看发表，对象无论如何，只要姿态真诚，说真话、讲道理，以理服人，这样的评论和评论家就是可取的。要是能够有点批评精神，就更难能可贵了。聂世忠老师就是我身边这样一位可取且可贵的文艺评论家，我常常私底下不禁为他点赞。现在他要出书了，我就公开说出来，不知可代序否，愿与身边的诸多评论家共勉之。

2024年9月19日

（陈善君系湖南省文联主席团委员，湖南省文艺评论家协会主席、秘书长。）

C 目 录
CONTENTS

第三辑　设计评论

第四辑　本土观照

第五辑　造型置评

第六辑　文心蠡测

理论探究

倾斜的美术批评

相较于"社会需要艺术家"，社会对于"面向欣赏者（消费者）的美术批评"的需求更为迫切。改造物品不如改造人，艺术生产的根本任务，并非仅仅局限于创作艺术作品，更要借由这些作品，培育出懂得欣赏、能够感知美的艺术消费者。这一任务，不仅是美术教育家的职责，也是美术批评家的使命。然而，当下我们的美术批评家在"为创作而批评、为批评本身而批评"这两方面表现得较为突出，在"为欣赏者（消费者）而批评"方面却显得乏力，这种美术批评的偏向理应引起重视。

面对艺术品的"滞销"现象，艺术批评家无疑难辞其咎。促进艺术品从生产到消费的流通，本就是艺术批评家的本职工作。"为艺术家创作及批评本身服务"的美术批评固然需要建设，"纯艺术"也需要"纯化"，但这种"纯化"不应与欣赏者（消费者）的"消化"脱节。实际上，当前绝大多数国民难以接受一些新潮艺术，不同群体间的审美差距正逐渐拉大。例如，中国首届油画展的获奖作品一经公布，全国几大主要美术报刊，如《中国美术报》《美术》《江苏画刊》等竞相刊发作品并发表评论。但大多数欣赏者（消费者）似乎对中央电视台《学学做做》节目中教人制作牛头壁挂这类内容更感兴趣，可我们的批评家却极少关注此类"节目"。

我们的批评家不应忘记"为欣赏者（消费者）而批评"，不然就是畸形的批评。

（本文发表于1989年第29期《中国美术报》。有改动。）

艺术的异化与"艺术"的行为

　　广州美院教师苏坚以公民身份，秉持理性态度，采取实际行动抵制"邪艺术"，借此表达自身观点，呼吁全社会关注艺术的本质，推动社会走向理性与善良。其诉讼行为类似于国外的"公益诉讼"概念，即公民针对违反法律、公德或风俗的社会行为提起诉讼。艺术创作属于社会行为的范畴，理应遵循相关法律法规，这一点毋庸置疑。以往举办展览时，对于艺术作品是否存在肮脏、色情、淫秽等问题，以及能否公开展出，往往由长官意志和少数"艺术权威"决定。而这场官司至少能起到示范作用，即艺术作品是否适宜公开展出，以及是否涉及肮脏、色情、淫秽等问题，可通过法律途径裁决。

　　近年来，"前卫艺术"肆意蔓延，极端的行为艺术常呈现出反人性、反道德、反伦理的特征，与社会公共道德乃至法律相悖，危害社会。例如，某艺术家宣称"艺术最后的结果就是不要保持生命"，并在自己寓所自缢身亡。这些所谓的"艺术家"，在艺术实验的幌子下，以血腥与怪异为手段，令业内同行惊愕不已。他们自我标榜开创"现代艺术"新河，却给尚在发展阶段的中国现代艺术蒙上厚重阴影。这种以"残害生命"为"新"的行径，打着"现代艺术"旗号悄然出现在社会中，其背后是所谓"权威"的纵容。诸如大权在握的美术馆馆长、艺术中心主任、展览策划人、画廊主、经纪人等视觉艺术管理者，若不学习艺术市场与艺术法制知识，无法正确履行职责与发挥功能，实现公众艺术教育的目标，就难以提升普通民众的审美水平与艺术鉴赏能力。

　　"前卫艺术"源自西方的"后现代主义"理论。严格来讲，中国尚未形成成熟的后现代美学标准。中国前卫艺术的发展与表现，常以非理性方式推进，不受人的意志控制，其中掺杂着复杂的社会与政治因素，通过低级模仿融入国际化潮流。

后现代主义理论的基本倾向是运用怀疑主义、相对主义、虚无主义、非理性主义消解总体性、系统性、统一性，颠覆本质主义、中心主义、历史主义，摧毁理性主义传统。后现代主义倡导多元化，并非为了民族解放与社会民主，而是为了冲垮人类价值判断体系与真善美理想，为极端个人主义开路。"后现代艺术展现了一种随心所欲、新的玩世不恭和新的折中主义。"① 后现代时代是一个无政府主义、彻底相对主义的时代，是以理性和启蒙精神崩溃为特征的"动乱时代"。在艺术创作方面，相应特征为排斥艺术价值的精神性，否定艺术本质特征，诋毁人类道德价值与习俗，转而追求低迷沉沦，追求无序性、无中心、无审美，否定人类，甚至毁灭和残杀生命。

前卫艺术在中国尚处雏形阶段，创作者与欣赏者的主体意识均模糊不清，创作者不知创作意图，欣赏者也不明作品内涵。一些不雅的极端前卫"行为"只是不加思考地践行西方后现代性使命，通过身体制造快感内容，试图摆脱身体的各种束缚，摧毁对身体的规训机制，但这一过程毫无理性、法度与美感，只有"胡作非为"。而那些自称为"前卫艺术"的裸露、残暴、血腥行为，被一些人视为"更疯狂、更果敢、更具革命性、更有视觉宣传效应"的行为，用以创作所谓"惊世骇俗"的作品。将反社会、反人性的"丑、恶、乱、怪"奉为艺术"法则"，视为"史无前例的人类新精神"，展示残忍与心态畸变，无疑是对历史的无知。正如王仲先生在中央电视台《十二演播室》中指出："作为艺术，被称为艺术，首先要有审美性。艺术家要有审美性，艺术作品要依照审美规律创作，所以我们通常所说的艺术首先应具备审美性。现在我们所说的行为艺术，我认为只是行为，似乎并无审美性。"尽管艺术存在"反审美"倾向，但最终还是需要给欣赏者带来心灵净化的美感与快感。艺术就是艺术，不能用非艺术替代。

我们的行为艺术家常标榜自己是投身纯艺术的苦行僧，看似不追逐金钱。然而，他们搞艺术并非在私密空间自我宣泄、自我娱乐，而是四处宣传，吸引观众，以获取关注，达到名利双收的目的。实际上，他们是急切的

---

① ［美］道格拉斯·凯尔纳，斯蒂文·贝特.后现代理论［M］.北京：中央编译出版社，1992：15.

功利主义者。某艺术家在第79届中国针棉织品交易会上，拖拽三位裸体女性身体，在一块白棉布上完成所谓"国内首次新载体绘画创作"。据主办方称，这块"新载体绘画"棉布将制成床上用品对外销售。这种商业性的娱乐活动仅有色情刺激，与真正的行为艺术毫无可比性。报道称，三位全裸女模特表演后各获一万元人民币。美术理论家冯原表示："要让行为过程直接产生名声，就必须彻底摒弃载体的传统功用。按'直接收益/交换模式'行事的行动者通常严格遵循这一原则：拒绝所有传统载体的再生产，既不画油画，也不做雕塑等。前卫/行为艺术就如同一种'行为股票'。"①他在分析前卫艺术行动者为获取最大关注度（即一举成名）而决定"吃"某种东西时，给出了每种载体的成本/收益比分级：以唤起恶心程度为标准，由高到低分为A、B、C三级）。具体而言，这种信息的价值/利润竟是通过引发公众社会的集体性恶心反应换取的。在经济上取得成功与收益，并不意味着在艺术上同样成功，然而在当下市场经济社会，往往"金钱至上"，认为有钱就是成功。为了金钱，前卫艺术中比胆量、比残忍竟莫名成为价值判断标准，甚至商业化的人体彩绘或接吻比赛等娱乐活动也被冠以"行为艺术"之名，致使人们更难区分这些活动与艺术实验范畴内的行为艺术的差异。行为艺术反对现存一切艺术形式，强调自我意识。一些年轻艺术工作者试图借此作为成功捷径，追求一鸣惊人的效果，于是用夸张离奇的形式掩盖思想的浅薄。中国的"行为艺术"正走向自我毁灭的不归路！倘若玩乐、感官刺激、血腥、衣着怪异、言行粗鲁、吸烟酗酒、暴力等都打着艺术的旗号，那么艺术将变得多么可怕……

（本文发表于2003年7月19日《美术报》。有改动。）

---

① 冯原.为什么要"吃人"——艺术、行为艺术中的交换与收益［DB/OL］.美术同盟，2002-1-17.

经济全球化 ≠ 艺术全球化

  随着经济全球化的推进，"全球化""地球村""WTO""走向世界""与国际接轨"等新名词与口号，在艺术领域愈发响亮。国内一些所谓的前卫艺术论者，以西方后现代艺术理论的价值体系来审视或规范中国当代艺术的发展。在当前社会转型时期，国家尚未制定文化艺术发展的总体策略和长远规划，不少艺术家为求名利，不顾道德与个人修养，嘲笑传统艺术家的澄明淡泊，以标新立异为目的，打着"世界化""现代化"的旗号，实则走向极端主义。例如，在"行为艺术"中，出现了艺术家割自己身上的肉、用铁板在身上烙印、屠杀动物并宰割内脏、把粪便当作艺术品展览等惊世骇俗、恶心刺激、肮脏血腥的行为，这些竟被当作"与国际接轨"的新艺术。

  在全球化的当下，中国艺术该如何转型才算"与国际接轨"？潘公凯先生论述道："有的西方学者将全球化描述为世界各民族融合成一个单一社会、全球化社会的变化过程，照此说法，500年后全世界的艺术标准或许会共用同一价值体系也未可知。然而，我更倾向于把全球化理解为全球范围内发生的一系列相互强化的社会转型，其中各方的意义并无高低之分，就如同把无数细线纺织成一块五彩缤纷的纺织品，一旦织在一起，每根细线只有作为整体的一部分才具有价值和意义，而这块'全球化之布'是众多独立社会和文明相互联结、长期演进的结果。"[①]经济接轨并不等同于艺术接轨。马克思早已指出，文学艺术的发展常常与经济发展不一致。"越是民族的，才越是世界的"这一经典论断表明，"全球化之布"需众多单根细线交织一体，方能展现其五彩缤纷。

---

① 潘公凯.全球化与中国艺术的现代性［J］.美术研究，2002（2）：8.

随着洋快餐、洋建筑、洋科技在中国大地广泛传播，人们愈发强烈地感受到经济全球化的迅猛势头。中国加入WTO后，经济全球化进程加快，给中国艺术带来更多挑战。这一挑战体现为西方中心主义艺术观对中国艺术的曲解，以及全球主义文化观同化中国艺术的严峻现实。在当今世界全球化、文化多元化的趋势下，中国艺术唯有把握现代潮流且不丧失自身文化特色，才能在世界文化中占据一席之地。那么，什么是中国艺术的现代性？2002年8月11日，靳尚谊先生在《美术》杂志主办的"马克西莫夫油画训练班学员座谈会"上提出，"现代性就是时代感"。回顾西方美术史，从古希腊时期到19世纪中叶，艺术创作以模仿现实为主流。在西方古典艺术发展的三个高潮——古希腊罗马时期、意大利文艺复兴时期和19世纪的欧洲时期，每个时期的艺术创作都深深打上了时代烙印。古希腊的健美人体雕塑中，《萨提儿》展现出悠闲自在，浑身洋溢着少年青春活力；《刮汗污的运动员》体现出休息与困乏的精神状态；《米洛的维纳斯》的庄重妩媚、纯洁典雅等，都反映了古希腊的时代特征。文艺复兴的现代性即其时代感，《蒙娜丽莎》集中体现了文艺复兴时期人们的审美理想，是在透视学、解剖学、色彩学等学科奠定科学基础的时期，代表当时人文思想和油画技巧巅峰的作品。从19世纪下半叶的后印象派至现当代西方艺术，艺术发展总体趋势是突破客观模仿传统，注重表现主观精神，从而建立起全新艺术观念。在面貌多样、开放多元的现代艺术中，每一种艺术思潮都是时代的产物。刘勰曾说："时运交移，质文代变。""歌谣文理，与世推移。"时代感就是现代性。中国美术史亦是如此：朴拙神秘的原始社会仰韶文化半坡彩陶；活跃着奇幻人格神的商周青铜；现实与幻想交织的秦汉美术；民族融合、文人登场的南北朝美术；灿烂辉煌的隋唐美术；精致、诗意、色墨交辉的五代两宋美术；以笔情墨趣取胜的元画；折射人世苦难和虚幻幸福的北朝至隋唐石窟艺术；平淡天真、狂怪奇险的明清时期文人画；等等。

世界绘画的两大体系——以中国画为代表的东方绘画和以油画为代表的西方绘画，各有其基本特征和历史传统，形成了不同的表现形式与审美特点。东方传统艺术重表现，西方传统艺术重再现。到了近现代，东方艺术由古典的、表现的转向现代的、再现的，西方艺术则由古典的、再现的转向现代的、表现的。19世纪末20世纪初东西方艺术交汇互补，正是全球化的体现。在中国，林（风眠）吴（冠中）体系是这种中西交汇艺术的典型代表。"'林吴体系'是建立在表现基础上，融合中西的现代抒情型美术教学体系。它在中国现代美术史和现代教育史上都具有划时代意义。在不断探索中，林风眠和吴冠中都独立领悟到东方写意艺术与西方表现艺术的相通境界。"①吴冠中在艺术上成功实现中西融合，为"地球村"的艺术之布增添了一根彩线，树立起民族艺术的强势文化。中国艺术能够将外来艺术本土化，"经济上"的弱势文化艺术通过发扬传统、吸收外来强势艺术，也能从"经济上"的弱势文化转变为强势文化。尽管现代经济能够创造强势文化，但无法创造积淀深厚、历史悠久的传统艺术。强大的经济难以打造出文化艺术传统中的情感纽带。世界经济一体化不会导致世界文化艺术一元化。

近年来，大家普遍感觉"年味"越来越淡。一个文化悠久的古老民族，三四十年来都围绕一个频道过大年，流行时尚歌星主导着节日里人们的喜怒哀乐，大众成了节日的附庸。我们的文化判断力、创造力何在？推而广之，如果全世界人民都围绕"一个频道过元旦"，那如此单调的艺术一定会走向消亡。

在全球化背景下，中国当代艺术应如何应对新形势？范迪安先生在2002年5月11日的太原中国当代艺术研讨会上曾有这样的阐述："①谁来思考世界的问题。只有当中国艺术家思考世界性问题时，才能开展国际间的对话。②是在哪里思考。如果依照西方艺术的文化逻辑思考，就会陷入被动，只能跟在西方已有的成果后面走。③谁先思考。我们采用交替领先的策略，为何要只承认西方中心主义呢？我们若能做到优先思考，就有可能实现交替领先（这里的'思考'指范迪安先生作为国际艺术展览策展人对展览主题的思考）。"

面对经济全球化的形势，面对综合材料、装置、录像、摄影、数码、互联网等新媒体的应用，随着科技新时代的到来，艺术世界中的中国精神永远不会改变。我想用邵大箴先生的话作为本文的结束语："面对当代欧美艺术的走向，我们该怎么办？思来想去，还是那句老话——从中国的现实出发，脚踏实地走自己的路。这样做并非以不变应万变的鸵鸟策略，而是一种理性

---

① 翟墨 . 吴冠中传［J］. 美术观察，1996（6）：52.

的自觉选择。这也不意味着我们拒绝向他人学习、无视时代变化，而是在世界艺坛的大格局中，确定不同于他人的、属于我们自己的位置，以便保持和发扬自身特色与优势，为世界艺术作出独特贡献。"①

（本文发表于2003年2月下半月《美与时代》杂志。有改动。）

---

① 邵大箴. 美术，穿越中西——邵大箴自选集 [M]. 首都师范大学出版社，2009：347.

论中西传统美术的差异

　　中西美术背后的宇宙观与哲学基础各异，致使中西美术呈现出显著差异，进而形成了世界美术中的东、西方两大体系。这两大体系又衍生出不同的美术理论与创作实践，共同构建了美术形式的多元性。

　　中西方传统美学的内涵特征分别为"天人合一"与"神人合一"。前者从审美出发，趋向人际，回归生活；后者则由审美走向宗教，皈依上帝。在美术史上，中国西汉霍去病墓石雕与几乎同期诞生的古希腊维纳斯雕像，就展现出截然不同的审美取向。前者彰显人生成于自然、回归自然的理念，后者则体现古希腊神话与人体美的融合。希腊神话中神与人共存，秉持"神人同源""神人同形同性"观念，赋予神以人的体魄与思想情感。而中国绘画在社会功能方面深受儒家思想影响，审美层面则以道、释思想为指引，凭借道、释宇宙观体悟自然。中国绘画的审美心理，要求所描绘之物直接诉诸人的感官、情感与想象，此即"天人合一"的体现。

　　重表现与重再现是东西方美术的又一显著差异。自古希腊时期苏格拉底起，西方美术便力图运用理性的数学方式模仿事物。到文艺复兴时期，透视学、解剖学、光学、色彩学的兴起，为西方绘画的再现方法奠定了基础。当时西方绘画的审美趣味在于真与美，注重对象及环境的真实描绘，遵循比例、明暗、透视、解剖等科学法则。中国绘画总体倾向于表现性，讲究言不尽意、意在言外。中国艺术重性灵、重"意在象外"，将艺术的审美对象从外部世界转向内部世界。中国绘画尚意，西方绘画尚形；中国绘画重表现、重情感，西方绘画重再现、重理性。中国绘画的核心观念是"气韵生动"。"气"是画家内在的激情冲动，"韵"是"气"在画面上呈现出的某种韵味与情趣。中国绘画讲究传神，"神"涵盖对象的内在精神与画家自身的主观情思，正如明唐志契所言"山性即我性，山情即我情"，强调画家要展现自己的真性情。

焦点透视与散点透视，反映出中西方画家对空间的不同理解。宗炳曾说"竖画三寸，当千仞之高，横墨数尺，体百里之迥"；荆浩提出画山水要"搜妙创真"，均体现了运用散点透视表现自然美。郭熙在《林泉高致》中提出山水画的"三远论"："自山下而仰山巅谓之高远，自山前而窥山后谓之深远，自近山而望远山谓之平远。高远之色清明，深远之色重晦，平远之色有明有晦……每远每异，所谓山行步步移也，每看每异，所谓山形面面看也。"①北宋张择端的《清明上河图》在结构上有序曲、高潮（虹桥部分）、尾声，形成鲜明的情感节奏，突破时空限制，在同一时间展现不同环境。中国画基本由线条、墨团与细碎墨点构成。而墨团和墨点实则是线的扩大或缩小，同样讲究骨力，故而中国画堪称线的艺术。其形式美感源于线条（包括墨点、墨团）交织的节奏所产生的音乐性美感。在中国早期的彩陶、青铜器上，便能看到以线条组成的各种几何形花纹。线条曾被孔子用以比喻人的修养，如《论语》中提到的"绘事后素"。自顾恺之以来，中国画的用线有"紧劲连绵，如春蚕吐丝"的"游丝描"，吴道子的"兰叶描"的"疏体"，还有顾、陆类型的"密体""十八描""十四皴法"等，极为丰富地体现了线条和墨画的疏密、轻重、浓淡、干湿等相反相成的法则。

"石如飞白木如籀，写竹还须八分通"（赵孟頫语），中国文化中的"书画同源"表明中国绘画线条的成熟得益于引书入画。梁元帝萧绎提出"信笔妙而墨精"，唐代张璪和王维的画"笔清秀，笔意清润"，他们已开始运用水墨渲染之法。王洽将水墨画进一步发展为大写意的"泼墨"。水墨具有流动性、随机性、不可延缩性，是一种宽泛多义的表达，耐人寻味，能与欣赏者产生互动。中国画的诗、书、画、印有机结合，天衣无缝，相映成趣，共同塑造出完整的艺术形象。"诗中有画，画中有诗""三绝"（诗绝、书绝、画绝）、"四能"（能诗、能书、能画、能治印）、文人画等艺术表现形式日益精湛，如郑板桥的《风竹图》，题诗为："衙斋卧听萧萧竹，疑是民间疾苦声，些小吾曹州县吏，一枝一叶总关情。"此诗与画面中迎风抖颤的竹枝所

---

① 葛路.中国古代绘画理论发展史［M］.上海：上海人民美术出版社，1982：112.

呈现的意境完全契合，并将这种意境提升得更为高旷，使人们得以领略郑板桥深沉的情感与高尚的人格，体现了中国美术的诗画相济与意境的契合，画家胸中的感情同时生发为诗与画，在形式上自然融合，互为表里，在画面的有限形象中蕴含无限的不可见情意。

　　西方油画主要由光影、明暗、色调构成，以光影韵律为其形式美的特征，西方绘画追求真实感、立体感、节奏感、明暗光影感。例如，印象派及其后画家以创造性的主动精神运用色彩，他们在对自然色彩进行认真观察、分析、理解后，在获得对客观物象鲜明的色彩、强烈的感受和整体的色调认识后，同时主动、有所追求地去表现色彩，强调色彩的想象力，关注光影、色彩所产生的心理效果，观察自然、思考自然中的"光"与"色"的关系，为强烈的光色变化与空气感所陶醉。西方文艺复兴时期的绘画确立了科学的素描造型体系，将明暗、透视、解剖等知识科学地应用到造型艺术中，印象派绘画则完成了绘画中色彩造型的变革，把光与色的科学观念引入绘画，创立了以光源色和环境色为核心的现代写生色彩学。

　　不同民族必然有其特定的历史沿革、民族主体性格、心理素质、文化背景、风俗民情及其艺术观念和艺术理想等。近几个世纪，东方艺术从古典、表现转向现代、再现，西方艺术则从古典、再现转向现代、表现。

（本文发表于2005年第5期《装饰》杂志。有改动。）

龙形象的审美观

　　为何在十二生肖里，唯独龙并非自然界中实际存在的生物呢？回溯至久远的伏羲、神农、黄帝时代，龙被当作一种图腾标志，它反映出远古时期人类的宗教观念与审美观念。龙是想象的产物，它以蛇为基础，融合了兽类的四足、马的头部、鬃毛及尾巴、鹿的角、狗的爪、鱼的鳞片和须。在伏羲时代，黄河流域一带的人们将想象中的龙作为本部落的族徽；商朝时，东部沿海地区的人们则以凤作为图腾标志。图腾，是原始社会的人们认为与本氏族存在血缘关联的某种动物或自然物，是本氏族的标志，同时也是他们的监护神与防御者。古人借助图腾崇拜来凝聚本族民众，以征服自然和抵御敌人。这种图腾崇拜活动并非直接服务于实用目的，而是具有唤起信仰、激发愿望与情感的作用。

　　龙的形象最早可追溯到距今约五千年的新石器晚期红山文化中的龙雏形雕塑。到了战国及秦代，从帛画、漆画以及花纹砖上的描绘能够看出，龙形象"欲舞但嫌天地窄"的鼎盛时期已然来临。汉代时，龙的形象愈发浪漫化，从汉石刻中可领略到龙的力度与神伟，真可谓"飘飘有凌云气，游天地之间意"。也正是从这个时代起，龙的造型逐渐失去了往昔的丰富性与风采，变得呆板且规范化，尤其是龙的形象与皇权相结合，具备了双重神性——彰显着王权的威严与庄重。然而，经过岁月的沉淀，龙形象已成为中国人集体的图像符号，并且在民间艺术家的创作中，仍能寻觅到龙形象的佳作。这一在幻想中诞生的艺术形象，已然升华至极高的境界，体现着中华民族的民族气质与精神。

（本文发表于 1988 年 3 月 5 日《邵阳日报》。）

后现代主义与后现代艺术浅析

  后现代主义已然成为一种全球性的文化潮流。20世纪70年代末至80年代初，法国哲学家雅克·德里达、米歇尔·福柯、吉尔斯·德勒兹、让—弗朗索瓦·利奥塔和让·鲍德里亚等人，将北美关于后现代文化形式的探讨提升到更为深刻、广泛且具综合性的哲学高度，进而形成了"后现代主义哲学"。在一种层面上，"后现代"意味着"非现代"，它试图与现代的理论、文化实践、意识形态以及艺术风格彻底划清界限。"后"既可以从积极层面理解为主动与先前事物决裂，从旧有的限制和压迫中解放出来，迈向新的领域；也能从消极角度理解为可悲的倒退，即传统价值、确定性和稳定性的丧失。在另一种层面上，"后现代"被视作"高度现代"，它依存于现代，是对现代的延续和强化，后现代主义不过是现代主义的一种新形态和新发展。后现代的时代特征体现为信息全球化、经济全球化、趣味全球化、文化全球化，其典型特征包括电子媒介、跨国资本、消费主义以及文化工业。1985年，美国后现代主义和马克思主义理论家詹姆逊在北京大学讲授后现代理论时，有一句名言："现代主义向后现代主义的转变特征是从语言中心转向视觉中心，后现代社会主要是一种视觉文化或者说影像文化社会。"[①]

  在西方美术史上，后印象主义画家塞尚被人们称为"现代艺术之父"。他通过逐步对客观物象进行分解、重构、简化和抽象化，最终创造出一种独立于客观自然的抽象艺术。这一艺术成果代表了工业文明时代西方人借助现代科学手段探索宇宙及其奥秘的新成就。1913年，杜尚创作了他第一件惊世骇俗的作品：他把一个带有车轮的自行车前叉倒置固定在一张圆凳

---

① 陆扬.关于后现代话语中的现代性［J］.文艺研究，2003（4）：13.

上，并取名为《自行车轮》。1917年，杜尚又将瓷器小便池送交纽约独立艺术家协会举办的展览会。作为达达主义的代表人物，杜尚首创的所谓"现成品"艺术标志着现代艺术的根本性转变。杜尚向世人宣告，艺术家不必画画、不必做雕塑，因为世界和生活本身就是艺术。二战以后，西方美术领域出现了波普艺术、新具象艺术、新达达艺术、综合艺术、极简主义艺术、环境艺术、偶发艺术、大地艺术、仿真主义、贫穷艺术、涂鸦艺术、行为艺术、观念艺术等诸多流派，它们力求打破艺术与生活、艺术家与大众之间的界限，更加注重创作的过程、行为和体验，而非创作的结果。后现代绘画摒弃了透视和定点的传统，走向多定点的平面化，消除了近大远小的透视关系。专家们认为，毕加索的《格尔尼卡》完全打破了内和外的对立，从多个方位营造出一种不确定性和模糊性，是后现代的代表作之一。蒙克的《呐喊》中，画中的人近乎不是完整的人，没有耳朵和鼻子，也难以辨别性别，剥离了一切与社会意义相关的元素，只剩下不可名状的孤独自我的呼喊，甚至画面能够直接呈现出声音的波纹和旋转的运动感……如果说现代主义的人物特征是彻底的隔离、孤独、疯狂和自我毁灭，那么后现代主义的人物则呈现出纯粹的零散化和不完整化，已然没有一个完整的自我存在了。

在后现代主义时期，由于缺乏统一标准和共同风格，早期"现代性"的精英主义艺术理念以及疏离大众的倾向，已被后现代主义的波普意识所取代。纯视觉的进化论也被平行挪用传统和当代视觉资源的拼凑风格主义彻底颠覆。对于西方文化而言，后现代主义意味着更彻底的民主、平等和自由。虽然后现代艺术以现代主义的反叛者形象出现，但它毕竟是西方现代艺术的产物，其体内仍然保留着现代主义的部分基因。当初艺术家站在高处，以各种有形或无形的艺术形式向大众传达什么是自由、平等，如今他们则将自己完全融入大众，并用大众能够接受的艺术形式表达自己的思想情感。毫无疑问，如果没有现代艺术激进的偏激，就不会有后现代艺术温和的折中。没有现代艺术的日新月异、千变万化，就不会有后现代艺术的异彩纷呈、多元共存。

受后现代主义这种外来文艺思潮的影响，我国艺术正处于从民族文化反思与文化寻根，向与西方现代、后现代文化思潮接轨的转型阶段。后现代的到来，使得中国现代性历程遭遇了历史进程错位、美学主导错位、文化方向错位。中国的现代性必须尽可能整合所有文化层面，并在最短时间内构建起自己的现代化社会，以摆脱因"时间差"的意识表象而不断形成的被动的被殖民文化身份。国内艺术作品所呈现的面貌，毫不掩饰地展现出后现代的破坏特性，传统意义上艺术作品的主题性、精英性等都被无意义所消解和破坏。诸多美术作品的样式与风格令人难以理解。后现代艺术的特征在于颠倒文化的原有定义，反对传统标准文化的各种创作原则，摒弃传统的语言、意义系统、形式和道德原则，进而走向零散化、边缘化、平面化；通过各种炫目的符号、色彩和光的组合，创造出无法让人联想到原物的幻象和影像，以满足感官的直接需求；艺术作品缺乏主题和中心，以多元性特征反对传统意义上的文艺，消解历史与政治意义，割裂人作为社会主体与历史、政治的关系；创作者有意削弱精英文化的意义，试图拉近艺术与公众的距离，使文艺走向通俗的价值市场，以大众化态势玩弄拼接法游戏，并以无意识心理追求艺术过程的快感；在追求反讽的过程中，让黑色幽默呈现文本的美学效果，在艺术手法上追求拼接法、不连贯性、随意性，滥用比喻，混同事实与虚构，利用机械复制或文化工业模式来表述历史存在和历史实践的方式。

后现代话语并非对现代性的否定，我们应融入后现代的文化语境，来完成中国现代性未竟的事业。我们只能以"只争朝夕"的精神来应对后现代与中国的时间错位，推动中国特色的现代化进程，实现正位。"东学西渐"与"西学东渐"是人类文明史的演进过程，世界历史的发展就是这种全球化演变的过程。当我们在经济建设迅猛发展的过程中，看到传统意识形态和价值观念发生了深刻的变化与重组，旧有的权威以及中心逐渐失去影响力后，人们在一种既陌生又似曾相识的氛围中感受到"大众文化"的兴起，如行为艺术、装置艺术、新媒体艺术等。例如，美国的劳申伯格曾于1985年在中国美术馆举办过一场以废纸箱、破轮胎等废品垃圾为材料创作的《集成艺术》展览，这场展览给中国观众留下了深刻印象。劳申伯格最初采用近似自动主义的方法在画布上随意涂抹颜色，随后将真实的物品贴到画布上，挑战抽象表现主义的模糊空间，同时利用现成品缩短艺术和生活之间的距离。受凯奇噪音理论的启发，他对城市生活中的废弃品——垃圾产生了兴趣，将这些本不具备审美特性的东西按照艺术构思拼凑起来，使其脱离原有属性，具有了新的含义，从而在形式上开创了"结合"艺术的先河。到了20世纪70年代，劳申伯格大范围地利用废品进行集成作品的创作。他试图向观众证明，每一件材料都有其独特的品质，对艺术都有贡献，硬纸盒、莲花和精美的古典艺术，都应受到同等的尊重。绘画应该与实际的物品建立直接的联系。另一位美国后现代艺术家安迪·沃霍尔也宣称自己要像机器一样弃绝一切情感进行复制工作，甚至渴望自己成为一部机器。尽管他的作品数量众多，但若以单幅作品的独特性与现实主义画家相比，似乎不具备任何优势。他从一开始就将目光聚焦在标准的商标和超级市场产品上，如可口可乐瓶子、汤罐头、纸板箱等。与其他波普艺术家相比，他更为彻底地摒弃了艺术创作中的手工操作观念。他的许多画采用制版印刷的方法将照相形象直接转移到画布上。他的艺术风格以重复为显著特点。我们知道，古典主义者和现代主义者通常将重复视为创作的大忌，然而沃霍尔却将重复推向了极致，这从一个侧面揭示了后现代绘画与现代绘画的差异。他的早期作品《绿色的可口可乐瓶子》能让观众联想到超级市场的货架，企图以此传达一种对物体态度的转变。在后工业社会，物体不再是独一无二的，大多数商品是以相同的方式被制造出来的，彼此之间的差异微乎其微。至20世纪60年代，沃霍尔一方面从事制作商品的艺术，另一方面将注意力投向广告、连环画、电影宣传画以及美国当代电影明星。他的系列画之一《玛丽莲·梦露》是波普艺术中最具影响力的作品之一，所采用的手法依旧是重复。在沃霍尔看来，重复并非简单的再现，其中蕴含着一定的精神价值和思想内容。到了20世纪70年代，沃霍尔利用宣传媒介将自己推向社会，他的题材逐渐"神话"了自己的形象和所处的环境，在新闻报刊上大量发表作品和自传。复制技术催生的POP艺术几乎剥夺了历史意义上艺术创作的全部韵味。"后现代主义"作为信息时代的产物，自然也具有及时性的特点，这或许预示着"后现代主义"具有强大的生命力。后现代主义的艺术形式作为全球化的中心模式，排斥、贬低并瓦解其他艺术种类。起源于西方20世纪60年代的POP艺术图像，至今仍呈现出繁荣的态势。例如，国内一些画家的作品就体现了这一点：画家李华生的方格子"水墨"作品；国画家黄一瀚的卡通阵营《美少女大战变形金刚》；吕胜中的剪纸《小红人》

系列；丁乙的《米字组合》；王天德的火灼水墨山水系列；徐冰的《天书》；宋冬的《新闻发布会》等。画家创作的初衷本就不想表达任何确定的意图，这正是"后现代性"区别于传统的"只此一义，别无分解"的特定话语内涵。这即是"后现代"理念影响下的新生代画家所"创作"的"作品"，这些作品给予"读者"广阔的"联想"空间，即便"联想"得超出常规也无妨，这正是后现代理念不确定性所带来的独特之处……这些作品消解了艺术的权威性、本真性，它们运用POP式的新符号语言，直接颠覆了传统美术的特性和功能。人们的审美标准已发生了根本性的变化。它们能够堂而皇之地进入艺术领域，从另一个角度证明了中国艺术的"后现代性"趋势是不可避免的。

　　尽管公众对"后现代主义"文艺思潮下产生的艺术作品难以完全接受，但这一客观存在的事实让公众不得不去面对。在后现代化的浪潮中，我们不必过分担忧中国的本土艺术会被外来艺术"同化"。事实上，全球化在"同化"其他地域文化的过程中，往往会转化为本土文化的"自我转化"或"自我创新"过程。在中国的后现代化进程中，只有以"自我转化"或"自我创新"的姿态对待外来文化，才能增强自身的民族特色。后现代主义依托信息时代电视及网络传媒的巨大影响力，打破了信息和文化传播的地域界限，进而提出了新的命题：艺术"全球化"。后现代艺术家们将装置艺术、行为艺术、新媒体艺术视为"全球化"艺术的象征和代表。在此基础上，我们应致力于发展具有中国本民族特色的后现代装置艺术、行为艺术、新媒体艺术。同时，应摒弃那种颠覆人类理性、反叛人类文明成果的创作手法，正如王岳川所言，从积极的角度来看，后现代主义通过对语言的解构和对逻辑、理性和秩序的颠覆，使资本主义永世长存的神话破灭。从消极的角度而言，"它裹挟着那弥漫周遭的虚无主义浸渍了人类精神领域……至此，人类对真理、善良、正义的追求被语言所消解，生命的价值和世界的意义消泯于话语的操作之中"。后现代主义艺术是对现代主义艺术而非古典写意艺术的超越，后现代主义艺术强大的主体精神力量正是源于现代主义艺术。由于这两个艺术阶段在中国几乎同时存在，无法自然过渡，因此抽象艺术和现成品艺术在中国艺术中都具有前卫（或先锋）的性质。我们目前所处的社会背景（工业与后工业社会并存）和艺术格局（多元与综合并存）

与西方艺术经历上述两个阶段时的情境截然不同。这种差异决定了中国艺术不可能完全照搬西方的现代艺术发展道路。以多元和综合的视角审视中西艺术史和现代化进程中的中国社会，我们发现在艺术题材、形式、思想观念、价值指向等方面，中国现代艺术都应有新的突破，并努力实现对西方的超越。

（本文发表于2003年第6期《湖北省计划管理干部学院学报》。有改动。）

践行"人民至上"的文艺观

——歌曲《早安隆回》评析

第十四届全国人民代表大会第一次会议于2023年3月5日至13日在北京人民大会堂举行，会议期间，中共中央总书记、国家主席、中央军委主席习近平发表重要讲话，强调要始终坚持人民至上，体现人民意志，保障人民权益，充分激发全体人民的积极性、主动性、创造性，贯彻以人民为中心的发展思想。在此背景下，结合"人民至上""本土文艺""草根的力量"等关键词，审视歌曲《早安隆回》的诞生与影响，颇具意义。

若袁树雄在2011年未回到隆回文化馆，若他未曾就读于电大，若他是一位声乐博士，或许很难创作出《早安隆回》。当年，时任隆回县委书记钟义凡，隆回县委常委、宣传部部长李明海独具慧眼，打破传统用人机制，将袁树雄作为特殊人才招录为隆回县文化馆的音乐干事，使其结束在外闯荡的生活。之后，才有了《早安隆回》这首被誉为"东方神曲"的作品，这无疑是"人民至上"理念在文艺领域的生动体现。

2023年春节期间，在《早安隆回》的引流作用下，隆回县有100多个村举办了"村晚"。隆回县委副书记、县长杨韶辉表示："我们的文旅有根基，文化有生命力。""早安隆回"品牌的注册，借助音乐文化赋能文化旅游与农副产品，推动流量经济转型，已成为隆回县面临的新课题。而这一"新课题"的核心思想，正是习近平总书记重要讲话中的"人民至上"理念。

一、以"人民至上"为新时代文艺的价值取向

人民既是文艺的创造者，也是文艺的享有者。隆回，这片九龙回首之地，人才辈出，少年魏源便在此成长，留下"沉沉万梦，一人独晓"的千古名句。隆回深受梅山文化影响，拥有丰富多彩的文化表现形式，在中华文明

史上留下浓墨重彩的一笔，有习俗舞、长鼓舞、宗教祭祀舞，以及讨念拜、讨瞭饭、搬开山、庆鼓堂、庆梅山等民俗活动，还有滩头年画、花瑶挑花等民间艺术。

2011年，袁树雄回到家乡，为家乡写歌、唱歌，以音乐为媒介宣传隆回。得益于文化扶持政策与灵活用人机制，袁树雄在隆回县文化馆拥有相对宽松的工作环境，无须固定坐班，每年还安排两个月时间用于基层采风和创作，且每年需完成两首或以上反映当地风貌的作品。这样的环境给予他广阔的创作空间，他积极投入音乐创作，先后创作出《大隆回》《宝庆府》《你好隆回》《我是魏源故乡人》等多首赞美本土文化的音乐作品。

文艺的繁荣发展离不开人民。歌曲《早安隆回》创作初衷是发自内心地歌颂家乡，为家乡助力。这首歌阳光向上、豁达乐观，表达了人们积极乐观的人生态度与生活智慧。

邵阳隆回，这座被誉为"中国金银花之乡""中国现代民间绘画之乡"的湘中小城，因《早安隆回》再度火遍全国。这首歌已成为邵阳本土文化的"土特产"与"公共品牌"，实现了价值最大化。

二、人民的社会生活是文艺创作的唯一源泉

人民是历史的创造者，也是文艺创作的源泉。文艺应"坚守人民立场，书写生生不息的人民史诗"，守正创新，奏响时代强音，对时代精神、风骨、神韵进行提炼、反映与升华。文艺作品的主角应是创造历史、推动历史前进的人民。"广大文艺工作者不仅要让人民成为作品的主角，而且要把自己的思想倾向和情感同人民融为一体，把心、情、思沉到人民之中，同人民一道感受时代的脉搏、生命的光彩，为时代和人民放歌。"

自称为"草根歌手"的袁树雄创作的《早安隆回》这一主旋律作品，充分体现了主流价值观。其节奏感恰到好处、浑然天成，能够点燃人们心灵深处和灵魂高处的悸动与激情，释放出巨大能量。歌曲中，思想与旋律融合在节奏形式里，歌词所蕴含的思想成为音乐的灵魂，贯穿整部作品。歌曲的旋律与节奏，源自人们内心深处的激情，自由奔放、奔腾不息，充满青春活力与热血。

歌曲以人民为中心，强调文艺与人民的紧密联系，与人民相伴同行，致

力于满足人民日益增长的精神文化需求。文艺工作者应紧跟时代步伐，不断探索、勇于创新，从人民生活中汲取题材与灵感，提炼主题与情节，运用富有诗意的语言，真切反映人民最深刻的心灵呼唤和时代最迫切的发展要求，创作出无愧于历史和人民的文艺精品。

三、文艺创作要以被人民接受、让人民满意、受人民尊重为目标

回顾文艺史，老一辈德艺双馨的艺术家们以人民为中心，创造了新中国的人民文艺，记录了人民的伟大历史创举。作为新时代文艺工作者，应将人民至上作为文艺价值取向，站在人民立场，展现人民的奋斗之志，融入人民的情感，抒发人民投身民族复兴伟业的豪情壮志。

《早安隆回》这首歌洋溢着温暖人心的内在力量。文艺家与人民的紧密联系是文艺创作的根本。该歌曲表达了疫情期间人们对黑夜尽快过去、黎明早日到来的期盼，充满阳光、温暖与正能量。作者从时代之变、中国之进、人民之呼中提炼主题、萃取题材，先写下歌词，随后旋律自然涌现，从动笔到成型一气呵成。思想的共鸣引发旋律的共振与情感的共融，作品凭借真实情感、深厚情怀打动人、温暖人、感染人。

是否秉持人民至上的真挚情怀，在很大程度上决定着音乐作品的品位、层次，以及其生命力与传播力。"文艺只有植根现实生活、紧跟时代潮流，才能发展繁荣；只有顺应人民意愿、反映人民关切，才能充满活力。"《早安隆回》之所以被人民广泛接受与欣赏，不仅因具备雅俗共赏的艺术构思与精湛的表现手法，更因其思想内容、道德意识、社会价值观念等给大众带来深刻的美感体验，让人民"入耳""入脑""入心"，同时带动了隆回全域旅游与特色农产品经济的发展，这正是《早安隆回》的社会价值所在。

（本文发表于2023年4月19日《邵阳日报》。有改动。）

论中国油画的投资价值

一、中国油画艺术的国际话语权由弱到强

自明清之交传教士将油画引入中国，历经数百年发展，中国油画已逐步走向世界舞台。中国油画真正的起步可追溯至二十世纪初，彼时李叔同、李铁夫、陈抱一、徐悲鸿、林风眠、刘海粟、颜文樑、常书鸿、吕斯百、潘玉良等众多画坛学子远渡重洋，赴海外深造，随后将欧洲油画技法引入国内。中国油画在发展进程中，主要构建于"中国式"本位形态语境，以独特的形式展现对世界的认知与思考。特别是中国政府大力推动创意产业发展，积极促进文化艺术市场化的政策导向，为油画艺术的繁荣营造了宽松的政治环境。从中央到地方，各级政府不仅专门划拨资金、建立园区性艺术基地以扶持创意产业，还制定并实施了一系列优惠政策，为艺术发展提供了坚实保障。

在日韩，油画拍卖市场拥有公认的艺术评论权威机构，这些机构每年都会针对全国艺术家的动态与作品展开评论、提出见解，并出版"美术年鉴"，其中详细罗列艺术家名录、成就以及市场参考价。通常，实力派画家的油画作品价格约为每平方米八万人民币，这一价格低于国内同类作品。

在美国，画家若要卖画，需先通过繁杂手续成为油画协会会员，并与画廊签约。画廊一般以每平方英寸计算价格，华裔画家作品每平方尺售价通常为两千多美金，此外还需支付税款与代理费。

近年来，在中国艺术品市场中，中国油画在经过一两年的预热升温后，油画拍卖会行情一路高涨，成交额急剧攀升，个人成交纪录不断被刷新，甚至涌现出多件天价作品。2004年嘉德春季拍卖会，三个小时内总成交金额达7698万，总成交率高达92.5%；到2005年春拍，油画拍品数量与成交额相较于2004年秋拍实现翻倍，上海保利的成交额更是超过去年同期三倍之多。

其中，沈尧伊的《血与心》在北京荣宝斋以估价10倍的627万元成交，创下中国当代油画拍卖新纪录；上海崇源推出的陈逸飞《大提琴手》以550万元成交，刷新了陈逸飞作品拍卖纪录；在香港佳士得春拍中，赵无极的《Juin-Octobre1985》以1804万港元的高价成交，创造了华人油画拍卖新纪录。高珊的《打虎》在2008年瀚海春拍上以110万元落槌，令其老师兼画家惊叹不已。2008年5月，佳士得春拍上曾梵志的《面具系列1996No.6》以7635.75万港元打破中国当代艺术世界拍卖纪录；2010年6月，北京九歌国际拍卖有限公司春拍中，名为《人体蒋碧薇女士》的"徐悲鸿油画"以7280万元人民币高价拍出。苏富比拍卖公司调查显示，在全球国际艺术品市场上，1950年后出生且单件作品成交额超百万美元的艺术家中，中国艺术家有9位，占全球此类艺术家总数的32%，位居世界首位。由此可见，中国油画已呈现出火爆态势，具备良好的投资价值。

二、中国油画收藏的新格局

中国油画契合了新时代艺术收藏家多元化的新兴收藏需求，大量新买家不断涌入油画市场，他们财力雄厚，对心仪作品往往志在必得。在这些收藏群体中，除大型国企、民企、外企外，房地产老板占比较大。在上海崇源拍卖公司2004年春拍中，成交价最高的三件拍品——陈逸飞的《大提琴少女》、徐悲鸿的《喜马拉雅山之林》和《检阅》，分别被三位房地产企业老总购得。一批有实力的民营企业家正逐渐成为中国油画的主要购买力量，同时，越来越多的社会团体和个人也加入收藏队伍，甚至普通市民家庭也开始关注艺术品收藏与投资潜力，许多原本专注于古玩字画投资的藏家，也将目光投向油画市场。由于持续有增量资金注入，艺术市场的火爆程度可想而知。

三、中国油画的民族化进程

自20世纪40年代起，董希文、吴作人、常书鸿等艺术家深入研究敦煌艺术，并在实践中开启民族油画探索之路，其作品对西北人物风情的刻画尤为出彩。到20世纪50年代，董希文的《开国大典》、詹建俊的《狼牙山五壮士》、罗工柳的《毛泽东同志在井冈山》、孙滋溪的《天安门前》等作品相继问世，标志着中国油画从模仿阶段迈向创造阶段。油画这一外来艺术形式，经过吸收与融合，已实现"同化"并为中国所用。中西方艺术以各自独特形式，在"形态"上达成平衡。此时，油画创作进入以历史题材为主，并在艺术语言上展现出不同程度中国风格的时期，这些作品被称为中国式油画，充分体现了中国人的生活、民族精神、气质、欣赏习惯和美学情感。20世纪70—80年代，中国油画界迎来发展新机遇，"迎春画会""星星画会""同代人画会"等民间美术社团，以及"伤痕绘画""乡土写实绘画""新潮美术"等美术思潮相继涌现。罗中立的《父亲》、陈丹青的《西藏组画》、靳尚谊的《瞿秋白》《歌唱家肖扬》、杨飞云的《北方姑娘》、何大桥的《静物》等作品，在肖像和风景油画领域展现出古典主义风格与写实油画的细腻入微。刘德润和李燕的《沂蒙娃》、王玉琦的《腊月》、高天雄的《老乡》和费正的《包饺子》等作品，运用写实手法描绘乡土风情。姚仲华的《啊，土地》、官其格的《高原红色》属于表现主义风格作品。苏笔柏的《大娘家》、周思聪的《正午》采用简括写意手法。王怀庆的《伯乐》、刘秉江的《塔吉克新娘》等作品具有浓厚装饰艺术色彩。闻立鹏的《红烛颂》富有象征意义，韦启美的《讲座》具有构成主义倾向，高立达的《加利福尼亚高速公路》含有抽象主义元素。张群、孟禄丁的《在新时代——亚当夏娃的启示》，韦尔申、胡建成的《土地：蓝色和黄色的和谐》，以及郭力的《忧郁》等作品，反映出人文主义、理性精神以及对艺术价值和理想美的重新审视。中国油画开始关注中国传统文化和原始边远生活情趣，同时融合西方现代绘画风格，使表现、抽象和象征成为新的艺术取向。

　　进入21世纪，中国油画发展重点从过去百年的学习西方并有所创新，转变为"放眼世界、立足本土、开拓创新"的新阶段。如今，中国油画家的写实功力已可与现代欧美艺术油画家相媲美。从当代艺术范畴来看，无论是创造活力、风格多样性还是当代性，油画已成为与中国画并驾齐驱的两大画种之一。对于今天的中国人而言，油画不再陌生，已从单纯的了解上升到欣赏层面。经过一百多年发展，中国油画在思想、观念、风格、技法等方面，清晰展现出不同历史背景与时代精神下的民族化进程，成为中华民族表达情感的理想载体。

四、中国油画具有很高的投资价值

　　与中国书画、瓷器相比，中国油画价格目前处于较低水平，具备较大上涨空间。许多优质油画作品尚未充分体现其市场价值，因此，预计未来一段时间内，油画行情有望持续向好。当前，个别大师作品价位已达百万元以上，而大多数油画家作品市场价在几万元至十几万元之间。中国油画价格相对亲民，所需投资资金较少，适合广大普通投资者参与。

在油画民族化进程中，中国油画积累了丰富艺术资源，展现出时代性与多元化特征。艺术市场的繁荣以及艺术品价格的上涨，客观上促使一批艺术家不断探索，在绘画创作技法、观念、风格、题材等方面寻求突破，创作出更具艺术价值的作品。从20世纪80年代至今，伤痕艺术、乡土艺术、新古典主义、观念艺术与图像艺术等风格流派不断涌现，诞生了一批代表性画家，如罗中立、陈丹青、靳尚谊、杨飞云、王广义、方立钧、张晓刚、刘小东等。从油画作品表现形式来看，可细分为写实、表现和抽象绘画，既有古典风格作品，也有前沿性创作。目前，中国写实油画已达到较高艺术水准。特别是一些早年从艺术院校毕业，曾一度离开绘画领域的画家，在艺术市场推动下重返画坛。他们接受过扎实艺术基础教育，绘画基本功更为深厚，加之多年社会生活的体验与积淀，艺术创作能力显著提升，已成为中国油画领域不可忽视的中坚力量。

投资中国油画不仅风险较低，而且回报可观。例如，陈逸飞的油画作品在短短几年内价格翻倍，油画新锐夏俊娜的作品价格也迅速上涨。对于处于艺术成熟期的中青年画家而言，其作品升值潜力巨大，一旦在重要大赛中获奖，作品价格往往会立即飙升数倍。

然而，随着天价油画的出现，艺术市场运作机制也暴露出投机性、虚假性和危害性。"标签"油画被批量复制，造成艺术创作资源浪费，同时催生了"艺术掮客"。尽管市场乱象丛生，但我们需透过这些特殊拍卖市场现象，深入剖析其内在逻辑，揭示纯粹市场投机本质。同时，还应审视政府面对这一市场现象的行政理念，以及畸形艺术市场对中国艺术生存状态的深远影响。

中国经济持续、平稳发展，将不断提升民众购买力，为中国油画市场健康发展注入强大动力。在政府的积极干预下，艺术市场正逐步走向规范化。如今，中国文化主权牢牢掌握在自己手中，迎合市场的"中国制造"油画艺术品虽大量产出，但中国当代油画艺术已奠定国际价值基础。

（本文发表于2014年第13期《大众文艺》杂志。有改动。）

论中国油画的本土化情结

世界历史的演进呈现为"东学西渐"与"西学东渐"的全球化进程。油画艺术的发展源于持续创新，其本土化应是开放包容的本土化。世界油画史的中心发端于欧洲，继而传至俄罗斯，其第三个辉煌鼎盛时期极有可能出现在中国。

一、油画的引进与发展

李铁夫堪称中国最早出国研习油画的先驱。1887年，他考入加拿大的阿灵顿美术学校，1907年前往纽约，大半生都在美国投身美术创作，曾师从美国画家威廉·切斯和约翰·萨金特，直至1932年才返回香港。20世纪初，随着现代教育的兴起以及民主与科学思潮的传播，油画开始在中国广泛流行。这一时期，众多中国艺术家踊跃走出国门，前往日本、欧洲等地学习绘画。1905年，李叔同东渡日本留学，次年考入东京美术学校油画科；同年，高剑父进入东京美术学校学习，陈树人则入京都美术学校求学。1912年，李超士赴英国深造；1913年，陈抱一前往日本求学；1917年，徐悲鸿赴日本研习美术，1919年又赴法国巴黎国立高等美术学校留学。1919年，林风眠、林文铮、李金发等人也踏上了赴法留学之路。这些先辈们勇敢地走出国门，对"油画"这一舶来品进行了本土化"改造"。

从那时起至今，中国油画的发展历经三次重要的学习热潮：20世纪初留学西欧与日本、20世纪中叶学习苏联、20世纪末西方现代艺术热。20世纪初，刘海粟等人率先提出"油画民族化"的理念，并在1923年开展了《石涛与后印象派》等一系列东西方艺术的比较研究。林风眠"再东方化"形象实践的形成与发展，与他接纳西方现代艺术关于艺术的基本假定密切相关。

这一方面是因为西方现代艺术中的"东方化"倾向仍归属于西方现代艺术的基本范式；另一方面，林风眠的"再东方化"艺术方式和形象实践在艺术哲学层面，以西方现代艺术对艺术本质的假定为基石。徐悲鸿毕生致力于"西方绘画可采入者融之"，继承民族传统并打造本土风格，其作品《傒我后》便以中国式风格展现出对人生的深切关怀。在抗日战争时期的延安解放区和国统区，"艺术民族化"的争论异常激烈，涉及"民族化""中国化""国际化""世界性"等诸多问题。一个世纪以来，关于油画在中国究竟姓"东"还是姓"西"的争论从未停歇。然而，随着近现代东西方民主与科学的发展，以及油画的现代形态对东方造型元素的吸纳，油画在东方已被广泛接受。面对大量涌入的外来艺术形式，艺术民族化问题愈发凸显。"油画的本土化情结"这一概念，是在"全球化"背景下，针对以美国为代表的强势经济所支撑的"强势文化"扩张而着重提出的，具有重要意义。中国油画正是沿着全球化和本土化并行不悖的路径，全面且迅速地发展着。全球化在"同化"他者地域特色的过程中，往往会转化为本土化进程，而"东学西渐"与"西学东渐"正是人类文明史演进的重要体现，世界历史的演进也彰显了这种全球化的演变。"中国油画"的内涵应当是：运用油画技法，创作出融入中华民族文化内涵和传统元素的中国式油画作品，展现中国人的生活、民族精神气质、情感，以及民族的欣赏习惯与美学情感。

随着中国政治、经济、文化的持续发展，壮大民族文化艺术精神的需求愈发强烈。而油画艺术语言因其明确、有力的特性，成为展现艺术精神的首要载体。2003年首届中国北京国际美术双年展，是充分展示中国理念、中国模式的重要展览。在这次展览中，本土化情结得以充分彰显，民族情感成为艺术创作的动力源泉。中国油画所面临的历史传统、人文地理、当下生活等，为油画创作提供了源源不断的题材和资源；中国油画艺术已从地域文化迈向人类文化的同一性潮流。在"大众文化"，如行为艺术、装置艺术、新媒体艺术等蓬勃发展的当下，西方绘画艺术正面临前所未有的精神危机，中国油画的崛起将为源远流长的架上绘画艺术在人类生活中创造新的价值，并对当代国际艺术产生积极影响。

二、油画的本土化进程

油画的发展依赖于不断创新，中国艺术家拥有西方大师未曾充分利用或难以企及的文化资源。安格尔、德拉克洛瓦等艺术家曾痴迷于近东风情，从东方艺术中汲取灵感，探寻创新之路。毕加索从非洲雕刻中孕育出立体派绘画，凡·高和高更等大师从日本浮世绘中获取灵感。中国的林风眠和吴冠中等艺术家也独立领悟到东方写意艺术与西方表现艺术的相通之处。东西融合并凸显本土特色，是大师们已然成功践行的道路。中国人身处东方艺术的核心地带，对东方的人文传统有着深刻的体悟。从奇幻神秘的半坡彩陶，到雄浑大气的秦汉美术；从民族交融、文人崭露头角的南北朝美术，到灿烂辉煌的隋唐美术；从精致诗意、色墨交相辉映的五代两宋美术，到以笔情墨趣见长的元画、石窟艺术、文人画等，无不彰显着中国的本土特色。自油画从欧洲传入中国，历经百年的曲折发展，已逐渐走向成熟，它与源远流长、丰富宏丽的中华艺术相互辉映，已不再仅仅是一种技艺，而是成为一种表达人情、人性的艺术语言和艺术形式，并逐渐融入本土文化色彩。中国艺术不应也不可能完全照搬西方现代艺术的发展轨迹。1995年，中国油画学会在探讨油画艺术发展方针时，全面剖析了世界艺坛，尤其是西方美术思潮，并深入研究了中国本土美术的实际状况，进而提出了"真诚心态，关注现实，民族精神，多样探索"的十六字方针。本土化并非故步自封，而应是开放的本土化。在东西方文化交融的过程中，要客观、真实、健康地创作出具有强烈东方本土特色的油画作品。在民族传统文化与现代西方文化的碰撞中，探寻和挖掘其内在活力，实现从向西方"学习"到自主"创造"的转变，弘扬民族文化传承，树立中国油画自主发展的自信自强精神。在汲取外来文化积极因素的同时，推动中国油画实现新的发展，创造出具有民族特色、民族气派的中国油画。

唯有放眼世界，拥有开阔的视野，才能做到知己知彼，更好地立足本土；同样，只有牢牢扎根于本土，才能对世界艺坛的风云变幻做出理性分析，避免迷失方向。林风眠在形象实践中提出的"再东方化"，建立在西方现代艺术关于艺术本质的基本假定之上，如何通过形式本身的创造重塑中国的东方形象，是他最为关注的艺术问题。在话语实践中，"调和论"更多地体现为一种"文化策略"。从这个视角出发，可以洞察他的话语实践与形象实践中的矛盾、

"调和论"的深层动机，以及它们在文化语境中的客观效应。从文化策略角度来看，他的"调和论"不仅涉及"再东方化"与"调和论"之间的矛盾，而且"再东方化"在终点上与"调和论"融为一体。"再东方化"所谓调和的并非中西艺术的长处，而是东方与西方、传统与现代在价值观上的矛盾与冲突。

中国油画是西学东渐的产物，取得了显著成就。油画艺术的生命与灵魂、审美价值应以当代文化视角来评判。油画艺术在形态、形质和形体结构上的独特变化，展现出当代人的文化风貌。随着中国经济建设的持续推进，社会对艺术的需求日益增长，人们在审美需求和审美习惯上的变化，使得他们对油画的兴趣愈发浓厚。艺术市场的形成与拓展，让中国油画不仅受到本国人民的喜爱，也获得了国外人民的青睐。油画的"本土化"已借助艺术史和当代文化提供的资源，转化为成功的艺术语言，它既是民族的，也是当代的。

三、中国油画植根于悠久的中国文化的土壤中，在世界艺术之林必将焕发出独特的光芒

当"西洋画"转变为"中国油画"时，这一转变已然蕴含了中国本土化的考量。自油画引入中国之日起，便逐渐融入中国文化，这种"本土化"自然涵盖了中国审美意识对外来画种的接纳与融合。吴冠中几十年来始终致力于油画民族化及中国画现代化的探索。他在继承东西方艺术遗产的基础上，巧妙地融合二者之长，创造出独具特色的新艺术。随着人类对自身认识的不断深化，东西方艺术的发展均呈现出审美重心由客体向主体的转变。吴冠中凭借鸟瞰中西的世界眼光和纵览古今的历史眼光，为中国现代艺术的发展确立了一个独特的新坐标，他"走通了中西融合之路"。20世纪30至40年代，朱屺瞻、方君璧、庞薰琹、常玉、张弦、潘玉良、关良等大师的油画作品，都巧妙地将中国画的色彩线条、中华民族气节融入油画之中。20世纪50年代，董希文的《开国大典》、詹建俊的《狼牙山五壮士》、罗工柳的《毛泽东同志在井冈山》、孙滋溪的《天安门前》等作品，都是对民族精神的热情歌颂，它们在艺术语言上已具有不同程度的中国风格，打动人心的正是流淌在作品中的民族血脉与灵魂。20世纪80年代，罗中立的《父亲》被誉为"全中国人民的父亲"，原因在于画家用油画技法细致刻画了这位父亲脸上的每一道皱纹、身上的每一寸肌肤。80年代后，像罗中立、韦尔申、宫立龙、段

正渠、段建伟、王沂东、郑艺等艺术家，执着于民间乡土题材的艺术创作，这体现了中国当代油画正朝着"本土化"的艺术思潮发展，在全球化语境中，油画演绎着"本土化"情结。当代无论是注重形式、风格探索的学院派代表闫平，还是"新生代"艺术家刘小东等，都在时代审美价值与社会文化心理的交融中演绎着"本土化"情结。在第十届全国美展油画展中，艺术家们对艺术本体语言的钻研愈发深入，从民族绘画写意传统中汲取营养、借鉴技巧的作品备受关注，如忻东望的《早点》，在人物形象塑造和画面构思方面尤为引人注目，赢得了人们的好评；陈树东创作的《开垦》，描绘了解放区人民开垦荒地、自力更生的艰苦生活片段，将观众带回到那段令人赞叹、陶醉和向往的革命岁月；陈坚创作的《公元一千九百四十五年九月九日·南京》，则是一幅反映南京政府接受日本投降庄严时刻的力作；此外，雷波的《郊外》、陈钧德的《山林云水图》、努尔·买买提的《情系故土》等作品，也以写实中蕴含写意、抒情，或以平实取胜，或以强烈的形式给人留下深刻印象。我们的油画艺术越来越贴近现实、贴近生活，凭借深厚的生活基础走向本土化，这也是我国油画艺术不断向前发展的有力保障。

2004年9月，陈逸飞、潘鸿海、梁平波的画展以《文化江南》为题，强调本土化特色。像陈逸飞、陈丹青、李自健等在海外活动的艺术家，其作品能够在众多艺术家中脱颖而出，原因之一就在于其作品中蕴含的中国精神。绘画的民族化不仅切实可行，而且应当多样化，画家可以根据个人选择的路径发展。在人类艺术史上，高质量的艺术创作实际上都为自己的民族文化增添了光彩。中国油画的"本土化"需要从东西方文化的对比与交融，从中华民族乃至东方的大文化背景下去深入思考。

在经济全球化的背景下探索油画的"本土化"，中国艺术应弘扬传统，吸收外来精华，打创强势文化。我们拥有与积淀深厚、历史悠久的传统艺术、文化艺术传统紧密相连的情感纽带。不同种族的人对艺术的领悟和感受各不相同，同一种族的人对其先辈遗留的民族艺术文化有着先天性的情感联系。世界经济一体化并不会导致世界文化艺术一元化。我们要立足于本民族的土壤，进行契合本民族人民大众审美需求的艺术创作等一切艺术活动。放眼世界，知己知彼，立足本土，对世界艺坛的风云变幻进行理性分析。研究中国油画的发展，应解决好中国油画基础性语言研究问题，在民族传统文化与现代西方文化的碰撞中寻找和挖掘其内在活力，在汲取外来文化积极因素的过程中实现新的发展，创造出具有民族特色、民族气派与时代精神的中国油画。经过百年的学习和创造，中国油画已达到世界一流水平，中国油画家队伍庞大，位居世界前列，中国已成为油画大国，而中国油画担当了当代世界油画主力军的角色。一些艺术家（如王仲）曾指出，世界油画史的中心从欧洲开始，经过俄罗斯，它的第三个辉煌兴盛时期很可能就在中国。油画在中国无疑拥有广阔的发展空间。

（本文发表于2005年第4期下旬刊《美与时代》杂志。有改动。）

水彩的水墨介入情怀

一、水彩与水墨的互融

有专家考证，5000年前河南临汝出土的陶罐上的"鹳鱼石斧图"具有水彩画的某些特征。但更多学者认为，水彩作为一个画种，成熟于欧洲。然而，当这一"临界艺术"在中国兴起时，便迅速找到了适宜其生长的土壤，并蓬勃发展起来。艺术之所以能够在不同民族间跨越国界传播，是因为不同艺术形式虽存在差异，却也有相通之处。从水彩在中国的诞生与发展来看，"水彩中国化"这一说法并不准确。实际上，水彩画与水墨画存在诸多不谋而合之处。意大利传教士、画家郎世宁来到中国皇宫绘画时，就采用了中国的笔墨纸砚。像郎世宁这类传教士所创作的"水彩画"，其实已被"中国化"。自国外传教士将水彩画带入中国，这一画种便深深扎根于中国艺术的土壤。东西方绘画审美出发点不同，西方水彩侧

◎水彩静物 ／蒋剑平

◎田园之乐（彩墨）/聂世忠

◎大园（彩墨）/聂世忠

重光影、色彩、焦点透视以及对实物形貌的逼真描绘；而在中国，水彩画更适合展现中国绘画精神所追求的意象与独特表现手法，尽显东方气质与表现意向。水彩在中国传统文化的滋养下成长，得益于水墨精神的润泽，兼收并蓄。数代中国画家在探索水彩与水墨精神的过程中积累了丰富经验。在黄铁山、张举毅、朱辉、旅美华裔画家Lian Quan Zhen以及国外画家Karl Martens等画家的作品中，能看到水彩与水墨在写意手法上的共通之处。它们共同展现出水的韵味与情趣，更体现出东方艺术的平淡天真、返璞归真。本人创作的水彩画《田园之乐》，以中国侗族人家的生活情境为题材，描绘了侗家人安逸恬静的生活，表达了中国传统的天人合一思想。探索水彩与水墨的精神内涵，梳理水彩画写意理论，让水彩这一临界艺术更具东方神韵，是水彩画家们需要持续努力的方向。

二、水彩的水墨情怀

水墨技法在中国历经数千年发展，已形成成熟的理论体系。水彩画与水墨画在画笔选用上均采用软毫类，形状和用笔方法相似；在水与色、水与墨的配合上，两者也呈现出相似的绘画效果。本人创作的《蜀山回忆》，便是对水彩融入水墨技法的一次探索。画面中水与笔触留下的水痕，是依据山峦、田园的造型需求塑造的。在这幅画中，借鉴了水墨的干湿枯笔法来表现

◎古镇的早晨（水彩）／聂世忠

山峦特征，而远山与天空则追求润泽虚实的艺术效果。

南宋梁楷的《泼墨仙人》与英国水彩画家威廉·透纳的《暴风雨》在技法上可谓异曲同工。前者运用夸张、变形、狂放的泼墨手法表现人物，后者则运用"泼色法"描绘暴风雨。水彩画的写意画风、水墨画的用水技法，以及画面的干湿变化、水色重叠、颜料稀释等手法，都是水彩与水墨相通之处。

在水彩画中，也可像水墨画一样采用水冲色，运用敲笔杆、洗滴洒等技法表现稀薄绘画法。例如在本人的作品《侗家普修桥风光》中，对天空云彩的处理就运用了水墨画技法，以淡破浓，追求虚幻效果。用这种水墨画技法来表现天空的深远、云彩的绵延空灵，能营造出微妙的平衡，展现出单纯、厚重与空灵并存的蓝天白云之空阔感。

林风眠、吴冠中在水彩作品中，通过调和水彩画与水墨画的视觉要素，展现出"中西调和"的艺术风格。在用笔上发挥了水墨写意的骨法运笔，让水彩的水性融合了水墨笔锋变化的韵味，实现了对水墨的继承与发展。水彩画借鉴水墨的写意成分，已成为艺术设计中一种新颖的时尚设计元素。

三、水彩的东方情怀

尚意与尚形分别是东西方绘画的特征。16世纪英国的地形图就采用了水彩画形式，后来在以保罗·桑德比（1725—1809，英国水彩画之父）为代表的画家努力下，水彩画从地形画发展成为独立的风景画。从水彩画的产生历程来看，它最初用于描绘具有军事、商业目的的地形图、建筑效果图等，之后才逐渐发展成为具有独立审美意义的画种。可见，在西方，水彩画主要以造型设色为特色。水彩的临界性也凸显出一个画种的发展壮大，需要立足根本、具备民族特色的重要性。中国的水彩画需要在精神层面追求水墨精神与东方哲学智慧，超越西方对形色的依赖，突破西方的"天神论"，弘扬儒道精神，发挥中国传统绘画"道法自然、天人合一"的审美情趣，从中国美学体系出发，考量人与宇宙的和谐关系，借鉴水墨的笔墨审美创作原则，体现中国艺术的生命精神。这种精神即"深沉静默地与这无限的自然，无限的太空浑然融化、体合为一"。

从水彩与水墨的精神中探寻东方绘画的突破点，树立民族精神。中国水彩学术的国际性源于东方哲学智慧。中国的水彩与水墨一样，都具有写意性。中国画在表达情感时有"墨分五色"的技法，墨的韵味能营造出丰富的色彩感，产生闪烁的色彩效果。

◎大圩古镇（水彩）／聂世忠

本人的水彩作品《大圩古镇》等，汲取了水墨线条、墨点、墨团交织所产生的节奏感、音乐性技法，用以表现宁静含蓄、内敛理智的东方哲学思想。本人的作品不受焦点透视、瞬间时态的局限，也不受光影虚实、空间客观具体性的束缚。结合中国美术的特点，将水色交融的水彩与写意用笔相结合，把写意表现手法作为重要结合点，融合水韵情趣，发挥水彩水墨特色。运用水冲色、洗滴洒水等技法表现画面景深，在色彩未完全干时，用喷壶喷洒水滴来表现暗部树林的深度，追求水墨精神中虚中有实、虚实相生的感觉，使画面呈现出酣畅淋漓、清透飘逸、明快清新的艺术风貌。

（本文发表于2017年第8期《中国文艺家》杂志。有改动。）

论文艺复兴时期美术家们
对"人性的尊严"的共同追求

　　在艺术史上，自米洛的维纳斯以其坦荡自尊的神情宣告人性的尊严开始，无数艺术家便踏上了追求人性尊严的征程，于自由创作中维护着人类特有的本性。

　　维纳斯，作为美神与爱神，在文艺复兴时期艺术家的作品中频繁露面。艺术家们借她宣扬人性。在乔尔乔内的《睡之维纳斯》里，维纳斯身体的线条从容且宛如歌唱，与山丘的斜线相互呼应，尽显纯洁自然。诚然，文艺复兴时期的威尼斯画派中，部分画家似乎更钟情于希腊后期及"希腊化"时期强调感官享受的作品，这或许是对中世纪禁欲主义的一种消极反抗。但在乔尔乔内的这幅作品中，却体现了画家的世俗观念与人文主义精神。画家在此赞颂的是生活中的人体之美，以及周围世界的和谐宁静之美。

　　以人文主义反对禁欲主义，以人权反对神权，是文艺复兴时期艺术大师们创作的共同特征。在佛罗伦萨画派中，艺术家们对人性尊严的追求体现得更为显著。同样是维纳斯，在波提切利的笔下（《维纳斯的诞生》），却带有单纯无知中的迷惘与哀伤，这正是艺术家对当时世俗生活的呈现。画家以佛罗伦萨统治者美第奇的弟弟朱里阿诺的情人西蒙涅塔为模特，常借异教题材和美丽少女来赞颂人世的欢乐。尽管画作标明为"神"，但这些神的形象实则是世俗中的人，已具备人性。他们冲破中世纪禁欲主义的束缚，为人间带来美，丰富了人的情感，愉悦了人的生活。但另一方面，由于画家对商业贵族放纵享乐、漠视穷人疾苦的作风深感不满，因而在这幅作品中，并未展现出纵欲的色彩。

　　"谁不尊重生命，谁就不配有生命。"这是达·芬奇为维护人性尊严所道出的真理。《蒙娜丽莎》以其神秘的微笑展现出人间生命的可爱。她坐在阳台上，一双柔嫩丰满的手相互搭着，袒露的胸部彰显出这位妇女的健康、华贵与青春之美。达·芬奇曾言："绘画是自然的女儿。"《蒙娜丽莎》这一杰作凭借他敏锐的观察和鲜明的视觉记忆，历经四年方才完成。在受基督教禁欲主义控制的时代，妇女的举止受到诸多约束，不能肆意展现自己的欢乐与痛苦，否则便是对上帝的"亵渎"。一般妇女不被允许纵情哭笑。画家为冲破这些戒规，驳斥"活人肉体是罪恶欲念的根源，是灵魂的牢狱"这一禁欲主义者的谬论，认真细致地观察研究人体，并得出结论——人是最神圣之物，人体是自然中最美的对象。人体各部分之间的比例皆为整数比例，是一种神圣的比例，呈现出和谐之美。这位微笑的世俗妇女，笑容如此和谐有致，更让人感受到生命的可爱。

美和丑因互相对照而显著，达·芬奇如是说道。的确，作为人文主义者，他洞察到因社会实践而形成的多样人性——既有美好的，也有丑恶的。他还说过："你们如果遇见任何一个善良有德的人，尊敬他，因为这些人就是你们在地上的'神'，这些人配得上我们为之塑像和画像。"在《最后的晚餐》中，基督因善良而被阴险卑劣的犹大出卖。为画好基督，达·芬奇在笔记中记载："基督——和莫塔罗红衣主教在一起的那位年轻的伯爵。"可见，为了人性的尊严，为了鞭挞人类的丑恶，画家在生活中体验、观察着美与丑。为画犹大，画家曾前往罪犯聚集处，他也曾诙谐地表示，教堂里的副院长的头可以放在犹大身上。这既凸显了那些禁欲主义者的腐朽丑恶，也体现出画家对当时天主教会及封建统治者通过秘密汇报、罗织罪状来构陷他人这种卑鄙行径的深恶痛绝。

与文艺复兴时期的其他艺术大师相比，达·芬奇更侧重于以极其严谨的科学及理性的明智追求人性的尊严。《最后的晚餐》中严谨的透视、《蒙娜丽莎》轮廓的严密、细节的清晰，以及画中那出奇的永恒喜悦的面部表情，足以表明巨人达·芬奇将肉体与精神、情感与理智、科学与艺术平衡而完美地融为一体。

1492年的佛罗伦萨，以多米尼修士萨伏那罗拉为首发起了以"代替基督来清除世上污秽"为口号的运动。他在传教中斥责教皇们和新贵族们的暴虐，以及"在罗马城中有一万一千名妓女"的淫荡腐朽现象，并呼吁"沉溺于罪孽的意大利"进行忏悔。同时，他主张反对文艺复兴时代的一切成就，波提切利也烧毁了自己的一些异教题材作品。1494年，在萨伏那罗拉的领导下，因法国进兵而准备叛国降敌的美第奇家族被推翻，成立了公社式的共和国。但四年后，按照教皇亚历山大六世的命令，萨伏那罗拉受审并被处以死刑。波提切利所作的《诽谤》一画，便是基于此感受指天盟誓，表白内心的光明，旁边裹着黑袍溜走的巫婆则象征"诽谤"。这幅充满悲剧情感的作品，体现了艺术家对教会专制精神的愤慨。

雕塑《哀悼基督》是米开朗琪罗对萨伏那罗拉的悼念。这位大师紧扣耶稣临死时的遗言"我一向是光明正大地对人世说话"进行构思。生着胡须、赤裸全身的基督，横在圣母玛利亚膝上，象征着为民请命的"殉道者"萨伏那罗拉，而年轻美丽的玛利亚则象征着意大利王国。慈爱的母性显得庄严、雄伟且崇高。在那个时代，美好的事物常常迅速被权力与暴力所虐杀，主张不分等级、不计利害自我牺牲的萨伏那罗拉被焚，正是封建神权阴影下的巨大悲剧。

再看雕塑《大卫》。这位爱国英雄怒目直视前方，展现出一种顽强坚定中的健美。从他肌肉强健的裸体上，我们能看到人在改造世界中的巨大力量，而那些虚伪腐朽的宗教观念将被大卫的投石砸得粉碎。

表现人的觉醒、人的力量，在西斯廷天顶画《创造亚当》中，是当时的米开朗琪罗对自身命运的一种苦恼体现。描绘强健的巨人般的裸体，表现现实人的崇高道德、坚强意志，为自由、民主而奋斗，可谓米开朗琪罗艺术的一大特点。这一特点与米开朗琪罗的崇高理想和市民的精神气质紧密相连。在萨伏那罗拉被处以死刑后，美第奇家族在西班牙支持下于1512年重新掌权。他们勾结西班牙人，肆意屠杀佛罗伦萨人。1529年至1530年，佛罗伦萨人民举行革命起义，驱逐了美第奇家族，但最终因内部出现叛徒，佛罗伦萨再度沦陷，人民再次遭到屠戮。正被教皇克里门七世命令筹划建造美第奇家庙的米开朗琪罗，毅然从罗马回到佛罗伦萨担任卫戍总监，成为轰轰烈烈的反专制主义运动的英雄人物。在此之前，他完成了《垂死的奴隶》和《被缚的奴隶》两尊奴隶像，这坚强不屈的意志正是米开朗琪罗品德的象征。在这里，人性的尊严得到了高度体现，艺术家多年的抑郁、愤懑和屈辱也全部得以展现。

卫国起义战争后，沦为阶下囚的米开朗琪罗目睹国家遭外敌蹂躏，新贵族暴虐，亲人被专制暴虐夺去生命。此时他仍被教皇命令去完成美第奇家庙。"我既不是一个画家，也不是一个雕塑家，而且是不得不如此。"从米开朗琪罗给朋友的信中，我们得以窥见艺术家是在何等极端的屈辱下完成了美第奇家庙的雕刻工作。这种屈辱的痛苦在《昼》《晨》《昏》《夜》四座雕像中表现得尤为突出。《昼》展示了一位肌肉强健的男子正扭身向内侧，头转向外侧，怒视背面的场景。这种呈S形的强烈扭曲姿态，呈现出一种发自心底的愤怒之情。而《晨》则表现了正在休息中醒来后的沉思。《昏》表现出一种哀倦。《夜》展示了一位肌肉健硕的女子右手支撑着低沉的头的场景，表现出一种错睡的状态。米开朗琪罗曾在一首诗里解释说："睡眠是甜蜜的/成为顽石就更幸福/只要世上还有罪恶与耻辱的时候/不见不闻/不知无觉/于我是最大的快乐/因此/不要惊醒我啊……"从这首诗中，我们完全能够理解艺术家的苦闷、悲痛与愤恨不平。这种愤恨在画家所绘的二百平方米的西斯廷教堂壁画《最后的审判》中，可说发展到了高潮。这幅画是艺术家借圣经里世界末日基督对恶与善做最后审判的故事，来表达对当时社会的批判。画家勇敢无畏的表现手段，却遭到了腐朽的伪道学家的攻击。教皇的司礼官赛斯纳在壁画完成三分之二时便恶意攻击道："这么多赤身裸体的人只能画在浴室和旅馆里，绝不能画在这样庄严的所在。"而当教皇要求他修改画上人物时，他回应道："还是让他老人家把世界修改得好一点吧。"面对残酷的现实，尽管米开朗琪罗有过自杀的念头，但他仍顽强地活了下来，并且直到临终也未放下雕刻刀和画笔。在艺术家漫长的一生中，他总是选择规模庞大的艺术课题进行创作，总是致力于在空前紧张的精神状态与饱满热情中，追求人性的完善。他将悲剧寓于自身，寓于人的内心冲动和意向的矛盾之中，寓于人的体力备受压抑的情境里。

与达·芬奇博大精深的艺术风格不同，米开朗琪罗的艺术显得雄强伟健，而当时另一位杰出的艺术家拉斐尔的艺术则呈现出端庄典雅的特点。文艺复兴时期的人文主义艺术家们，其作品题材大多源自宗教生活，但艺术家们创作的宗教题材作品都与现实紧密相连。拉斐尔曾说："为了创造一个完美的女性形象，我不得不观察许多美丽的妇女，然后选出那最美的一个做我的模特儿……但由于特别漂亮的妇女不多，我就只好抓住某种思想作为自己的向导……"可见，画家的作品多取材于宗教内容，但往往借宗教题材的形式来表现现实生活的理想美。这点在拉斐尔的《西斯廷圣母》中体现得淋漓尽致。从这幅构图讲究、比例均衡、色彩柔和圆润的圣母图中可以看出，这种善良端庄、纯洁美丽的圣母像集中体现了文艺复兴时期所有圣母像的优点，即兼具人间母性和少女的思想品质。在这里，宗教的外衣已被剥离，艺术家冲破了束缚人性的禁欲主义，人性的尊严得到了充分展现。这种既来自生活，又由作者按照人文主义观念加以理想化的人间典范——贤妻良母的形象，在宗教题材中体现了古希腊时期的古典美，这正是当时人文主义者所崇尚的。

可以说，自古希腊时期断臂美神阿芙罗狄忒宣告人性之尊严起，至文艺复兴时代，无数艺术家围绕这一神圣主题进行开掘、创造，为提高人的地位、尊严与无限发展的潜能而不懈奋斗。因此，在文艺复兴时期，个性的自由、理性的至上和人性的全面发展是艺术家们的共同理想。经历中世纪摧残人性的生活后，人们愈发渴望互相了解、同情、尊重、爱护。而文艺复兴时期的人文主义艺术家们从人间生活出发，创作美的艺术作品，让人们领悟到真正的"天堂"不在天国，而在人间。尽管他们大多借助宗教题材进行表现，但实际上这些作品与现实生活息息相关，真实的世界和活人的个性成为艺术家们描绘的主要对象。在这场争取人性尊严的斗争中，当时的封建教权依然强盛，宗教阴影仍在笼罩。人文主义艺术家在这场严酷的斗争中，内心往往充满愤慨，为人的本性遭到摧残而愤慨。波提切利、米开朗琪罗、达·芬奇等人的作品更能激发人们去捍卫和追求人性的尊严。

从以上作品分析可知，众多艺术家的作品都在展现人们为使自己成为真正的人、维护人类的本性、改变非人的生存状态而进行的热烈斗争。人性的尊严，堪称艺术家创作的永恒主题之一。在文艺复兴之后，"荷兰小画派"的作品大多表现世俗生活。18世纪的法国美术，几乎每幅画都反映着国内封建主义与新兴资产阶级之间的尖锐矛盾与冲突。资产阶级激进派要求民主、自由、平等，造型艺术在这可歌可泣的政治舞台上也扮演着不同的角色。随后是19世纪出现的浪漫主义美术，如西班牙画家戈雅的《五月之日的枪杀》、法国的席里柯的《梅杜萨之筏》、德拉克洛瓦的《自由领导人民》，这些作品都在追求着人性的尊严。到了后期印象派，凡·高、高更、塞尚也都在自我完善中追求人性之尊严。可见，人性的尊严——自断臂美神阿芙罗狄忒宣告起，直至今日，无数艺术家都围绕着这个永恒的主题进行开拓、创造。

（本文发表于2005年第3期《邵阳学院学报》。有改动。）

第
二
辑

DI-ER JI

美丑思辨

微媒体的审丑艺术探析

一、微媒体中美丑的种种变异

"世界上最遥远的距离，是我在你身边，你却在玩手机"，这句流行语生动地描绘出微信时代人们的生活状态。2013年1月15日，腾讯宣布微信国内用户已达3亿，《纽约时报》评价中国微信"正积极尝试扭转中国本土互联网产品无法推向世界的命运"。微信文化代表着个性文化的兴起，其自由多样的特征，标志着我国人民生活、经济与文化形态的转型。

微信不仅改变了传统影视艺术的传播方式，作为"富媒体"，它还不断蚕食着大众的阅读空间。这种浅表化、碎片化的传播方式，颠覆了传统美学观念，使反传统美学在微时代呈现出草根、微小、便捷、琐碎与互动的特点。传统美学中的崇高与神圣感逐渐消失，对革命英雄主义的歌颂也不再占据主导，微信用户发布信息的种类日益丰富，传播内容的表现形式与信息容量也大幅扩大。有专家指出，"微"作为一种新兴的传播方式，具有去中心化、动态化、碎片化、零散化、即时化和赛博化的特征，在文化与日常生活层面，它代表着祛魅时代的平民文化与去精英化时代的草根文化。

微时代的审美也被压缩至"微"层面，碎片化的信息如同水滴般渗透到社会细胞层，纷杂的信息不断冲击着社会。尽管微信中的丑艺术难以像传统艺术那样永恒，但这种零碎的短艺术往往以丑恶、自私的形象迷惑大众，容易引发谩骂、猎奇与围观现象。微媒体的广泛传播，最终可能导致全社会的审丑"集体狂欢"，其"微言大义"已深深渗透到中国人的意识形态中。

微媒体审丑对艺术传播的威胁，如同网络病毒一般难以应对。青少年由于好奇心强、缺乏理性判断能力，尤其容易受到丑陋、荒诞、恶搞、炫富等恶俗视频画面的影响，进而导致人生观与价值观的扭曲，在现实交流中出现障碍，在微信的碎片化时间里变得浮躁，失去思考能力，"微信"变成了"危信"。前些年的网络审丑代表人物，如凤姐、芙蓉姐姐、hold住姐、干露露、犀利哥，近年来的"秦火火""郭美美"，以及微信中疯传的北京优衣库不雅视频等，都引发了"注意力经济"，在微信的真善美与假恶丑、精英文化与劣根文化的交融中，人们逐渐迷失。同时，微信传播的自由随意性迎合了青少年的心理需求，使得他们的思想行为难以被掌控，主流媒体的审丑教育因此陷入困境。在微信带来的国外文艺思潮的冲击下，艺术的真善美被假恶丑掩盖，微信时代的美学主导错位与无原则的艺术态度，导致艺术领域的失范与无序。微信上丑恶事件的传播，歪曲了人类的价值观，异化了生存观，消解了人与自然、自我的平衡关系，扭曲了人性，影响了社会群体的情绪，甚至给人类带来精神创伤与消极悲观的情绪，造成自私、私愤与道德紊乱。微媒体构建的世界让人捉摸不定，人们在犹豫彷徨中精神层面逐渐失落，享乐欲望与价值理性分裂对立。正确的美育观频频受到丑恶荒诞现象的侵扰，青少年正处于艺术启蒙阶段，单纯且缺乏经验，一旦陷入这些丑恶荒诞的事物中，尤其是在围观时，容易表现出轻狂与草率。

二、微媒体审丑艺术特征与策略应对

20世纪70年代末期，我国实行改革开放，美学研究迎来新的发展机遇，但对"丑"的准确定义一直是美学界的难题，被称为美学界的"哥德巴赫猜想"。十年前，国内对"行为艺术"中血腥、暴力、色情等丑恶荒诞艺术的研究较为热门。在信息时代，新的艺术样式不断涌现，时尚与经典如何融合？微媒体传播假恶丑为何能引发极大的围观效应？这些都是我们需要深入研究的课题。然而，微媒体中的审丑艺术研究空间亟待拓展，这一点尚未引起艺术批评界的足够重视。

微信流媒体传播能否被视为一种艺术？首先，我们需要明确现实丑与艺术丑的关系。现实中存在的丑，往往缺乏美感，遭人鄙夷与痛斥。但艺术家可以通过艺术手段将丑转化为一种独特的美，使审丑进入艺术范畴，与生活中的丑产生本质区别。其次，我们要深入分析微信审丑的正反两方面作用，尤其是其负面影响，从而制定积极的应对策略。在我国，艺术审丑在文学、美术、音乐、影视等多个领域已成为流行趋势，并逐渐世俗化，而微信的出现将审丑推向了一个全新的自由时代。微信审丑不同于经典艺术的审丑，它属于新载体审丑，深受传统审丑以及国外后现代主义与艺术思潮的影响。微信这种新载体审丑表现为审丑艺术的转向，推动了中国互联网艺术走向世界，微信流行的通俗艺术是对我国"主旋律"艺术的有益补充。在大众对传统审美产生疲劳的背景下，微信审丑艺术满足了人们的心理需求，同时也引发了微信审丑的围观现象，微信用户的刷屏围观催生了众多丑角，他们的丑态使交互双方都获得了心理满足。微信审丑带来了崇高感、快感、恐惧感等艺术情感体验，体现了娱乐他人与自己、满足好奇心、寻找刺激快乐、减轻压力、放松情绪的社会价值取向。微信艺术审丑产生了正反双重社会效应，既存在渲染丑恶的倾向，又具有针砭时弊、痛斥丑恶的内涵。

我们需要深入探讨微信审丑所展现的各种特征，并从学理角度将其回归到艺术范畴。微信技术的飞速发展催生了微媒体艺术的新特征，微视频和图片艺术打破了话语权的限制，呈现出受传合一的交互性。与传统审丑艺术相比，微时代的审丑、审恶、审假表现出感性化、大众化、平民化、碎片化、漂浮化等特点。在微信上，只要刷屏就能发现新奇内容。微信的审丑不再仅仅是艺术领域的专属名词，微媒体传播的免费复制粘贴功能，使微媒体审丑成为生活中的平民化现象，人人都可以成为审丑艺术的传播者与批评者，人人都在自我表达，甚至一些自恋者频繁发送丑异图片视频以获取认同、追求娱乐。这正是微信特有的媒介功能，使得微信审丑现象能够在社会中广泛传播。

我们必须从制度层面规范微信审丑艺术。"通俗—低俗—恶俗"，这是微信恶搞的一种发展路径。为此，国务院新闻办出台了关于丑恶艺术的界定标准，整治以微信为载体的恶搞艺术，以促进微信审美的健康发展。

微信的影响力不容小觑，这已成为社会共识。对微信公众平台的重视与抢注，已成为大众狂欢时代的一个显著特征。如今，许多纸质媒体纷纷抢占微信平台，越来越多的传统媒体迅速发展微信公众平台，且发展势头强劲。不少商家也以艺术的名义开设微信订阅号平台，艺术类微信平台成为艺术爱好者手机中的必备应用。微信已渗透到人类生活的各个方面，无论是在马路上、教室里、餐桌上还是床上，都有人在使用微信。微信的迅速普及，为创建艺术传播与教育工作微信平台提供了便利，使其不受环境、时间的限制。利用微信作为教育教学手段，拓展了艺术教育的平台，有助于缩小"代沟"，增进交流，提升相互信任感，消除隔阂。将微信艺术审丑与审美相结合，丰富素质教育的内容，是教育工作者及全社会都应关注的问题。

三、微媒体审丑艺术亟待解决的关键问题

（一）微媒体审丑中综合学科的运用

我国目前对微信审丑艺术的研究相对较少，相较于网络审丑艺术研究，仍较为薄弱。对微媒体审丑艺术的研究需全方位考量，通过实例分析进行逻辑演绎，从艺术学、美学、传播学、经济学等多学科角度进行客观分析。当前，大众对微信媒体传播的图片和视频的认知能力与水平有限，图像驱动文化使文化产品的消费呈现碎片化、表层化和快速化趋势。微信图片视频能够跨越网络防火墙，实现与不同国家、使用不同语言的人群的交流。

微话语的大量涌现带来了新的社会和文化问题。艺术教育者应正视微媒体的双重影响，把握微媒体给艺术教育带来的机遇与挑战。在与学生的交流中，艺术教育者要关注微信上流行的网络语言、丑恶现象、艺术新闻，对学生进行正面引导，培养学生健康的审美观。

（二）基于微媒体心理交流特征开展审美教育

微信时代对审丑艺术的欣赏需要较强的心理适应能力。艺术教育管理者需时刻关注大众心态，掌握大众交流方式与心理，将不良事态控制在萌芽状态。在当前大众审美疲劳的微信时代，亟待从学术理论上对微信审丑艺术进行系统梳理，重新树立被微信侵蚀的精英权威美学观。微信在传播丑的事件时具有批评价值，审美的丑以艺术性的否定来肯定现实存在的美，能使人们的心灵产生强烈震撼，化腐朽为神奇，在丑怪中展现出美。

在微信时代，蒙昧时代的浓情、游牧时代的无私无畏、农耕时代的英雄主义、工业时代的科学理性依然具有生命力。在微信中，我们可以弘扬古希腊罗马的至尊崇高、文艺复兴的神人同形同性之人文主义、古典浪漫主义，再现阿弗罗狄忒之美，同时展现百花齐放、魏晋风骨、汉唐恢宏的文化风貌。利用微媒体既尊重英雄又关爱平民的特点，在"微"生活中提升大众的审美鉴赏力，让微媒体的审美普及到社会的每一个角落，传播优雅与崇高的

大美风尚，消解多元碎片的丑恶娱乐。

（三）主流媒体审美价值取向的转型

我国主流媒体包括电视广播、各级党报党刊等。随着电脑手机的普及，大众获取新闻的方式更加多样化。进入"微媒体"时代后，中国媒体的体制改革迫在眉睫。主流媒体应结合微媒体时代的特点，在多学科、多领域开展研究，将微媒体纳入主流媒体的范畴。我们要对丑恶荒诞艺术进行分类整理与分析，辨别优劣，形成对审丑艺术本质的科学认识，并提供充实的理论依据。通过个案研究，深入全面地调查和剖析"微媒体时代的审丑艺术"，揭示其交融特色、规律与本质，帮助大众树立正确的人生观、价值观，构建和谐高尚的审美社会。

（四）构建微媒体"自我净化"的机制

在当今信息爆炸、信息处理智能化的网络时代，人们生活在Wi-Fi覆盖的环境中，需要对海量信息进行甄别、选择与处理，以提高生活质量。我们应针对微媒体时代的审丑艺术开展课题研究，发挥专业优势，例如运用图形图像学理论整理中外审丑艺术实例，系统梳理微媒体时代的审丑艺术特征，深入分析微媒体审丑功能，运用艺术学、美学、文学、哲学、传播学、广告营销学等人文科学知识，以及网络技术、计算机图形图像技术、印刷技术、包装材料技术等科学知识，评价微媒体审丑的意义与价值。对充斥人们视野的积极与消极信息，以及扰动人们思维和情感的各种信息资源进行分析，特别是对快节奏生活中带来烦躁不安的泛滥信息进行艺术剖析，梳理微媒体时代审丑理论，提出新的微媒体时代审丑理念，让大众在高效的信息社会中拥有更多闲暇时间，获得精神上的愉悦与满足。

（本文发表于2016年12期下旬刊《创作与评论》杂志，为2016年度湖南省邵阳市社科联立项项目"微媒体审丑艺术研究"成果之一。有改动。）

断臂爱神像前的遐思

"断臂爱神"即米洛的阿芙罗狄忒（在罗马被称为维纳斯），于1820年在希腊米洛岛的山洞里被当地农民发现。考古学家从神像台座上的铭文考证出，此雕像为公元前一百年左右的作品，也有观点认为它是公元前五世纪的作品。从雕像整体风格来看，爱神的脸庞呈椭圆形，有着希腊式的直鼻梁、平额、弧形眉、扁桃形眼睛，发髻刻成有条理的轻波纹样式，这些都是公元前五世纪运用在古希腊裸体女雕像中的风格特点。断臂爱神像所展现的古典理想之美超越了感官之美，她曲身立姿、凝视远方，那双平视的眼睛流露出坦荡与自尊。在她亭亭玉立的身姿面前，人们感受到的是亲切、喜悦以及对生命自由的向往……

这尊高约两米的女神雕像，下半身裹着衣裙，显得厚重而稳定，圆润起伏的胸脯格外秀美，那转折有度的身姿透露出大方与优雅。整体造型宛如一座纪念碑，给人以崇高之感，又兼具庄重的妩媚。她没有丝毫的娇艳和羞怯，她不是他人的奴隶，无需以娇艳的肉体故意取悦、挑逗他人；她也不想高高凌驾于人们之上，因此毫无装腔作势、盛气凌人之感。从她纯洁、典雅、坦荡的气质中，我们能够感受到古希腊文明所崇尚的自由、平等、博爱。这尊以现实生活中的人为原型塑造的完美典型神像，实际上是古代人对人的力量和美的肯定与歌颂。难怪文学家屠格涅夫曾将此雕像比作法国资产阶级大革命时期的《人权宣言》。

（本文发表于1985年11月9日《邵阳日报》。有改动。）

人体彩绘漫谈

　　近日，"西安模特人体彩绘"在本市某俱乐部上演，人体模特当众进行人体彩绘展示的场景引发社会强烈反响，也促使了人们对于人体艺术的深入思考。除了现场观众借此满足感官体验外，人们不禁心生诸多疑问：真正的人体艺术应当是怎样的？

　　据《北京青年报》2002年12月29日报道，12月24日，西安市文化局与公安局联合下发通知，明确要求从即日起，不得组织从事人体彩绘表演活动（经批准的专业摄影活动除外）。而湖南衡阳警方更是将人体彩绘定性为淫秽活动，有两位模特因此可能面临六个月至两年的拘留。近年来，原本鲜为人知的人体彩绘艺术逐渐走进大众视野，或为车展增添亮点，或助力商场促销，甚至出现在餐厅场景以提升食客兴致。然而，人们对此褒贬不一。有人觉得，在大庭广众之下如此展示女性身体，实在有伤风化；也有人认为，这是社会风气开放的体现，不必过分苛责。

　　人体彩绘本身理应归属于艺术范畴，其历史颇为悠久。有人将其源头追溯至原始人用化妆土（彩色土）涂抹身体的习俗。在现代社会，人体彩绘作为一种艺术形式的存在已无可厚非，世界上不少国家还时常举办人体彩绘大赛。就人体彩绘本身而言，在美丽的人体上绘制出精美的图案，往往令人赞叹不已，给人带来美的享受。

　　然而，当下的人体彩绘已不满足于在艺术殿堂内展示，而是频繁现身于室外及大庭广众场合。其目的常常并非弘扬和普及艺术文化，而是借人体彩绘追逐商业利润，这种趋势值得深入剖析。许多组织者从商业利益和社会轰动效应出发策划相关活动，致使人体艺术逐渐变味，甚至滑向色情的边缘。在这种策划思路的影响下，公众也常常从猎奇的角度审视人体彩绘，从而忽视了其艺术性。

于是，低俗且带有色情倾向的人体彩绘在公众场合出现，不仅迎合了低俗的文化品位与审美取向，还激发和诱导了人性中阴暗的一面。当人体彩绘被商业利用时，便已然失去了艺术的价值。当然，不能一概而论地将所有人体艺术贬斥为色情表演。就国内现状而言，"人体彩绘"的主要问题在于缺乏规范，相应机制缺失，整体较为无序。动机不纯常常致使艺术创新与探索停滞，艺术作品缺乏艺术性，甚至流于粗俗。此外，当商家仅仅追求聚拢人气时，往往会放弃艺术标准，致使艺术与色情的界限变得模糊，只要能盈利，就追求更强烈的感官刺激。

当人们面对眼前的人体彩绘难以分辨是艺术还是色情时，自然会产生疑惑与议论；当执法者也难以辨别时，出于维护社会正常秩序的考量，严格判定也在情理之中。对此，国家法官学院院长郑成良、上海交通大学法学院副院长周伟认为，人体彩绘既有积极的一面，也有消极的一面，但如果因存在问题就采取"一刀切"式的全盘否定，显然并不妥当。这两位专家表示，行政机关在自身管理职权范围内制定通知或禁令是可行的，但前提是不能超越法律权限。

期望"人体彩绘"在未来的展示中能够健康、有序地发展！

（本文发表于 2003 年 7 月 6 日《邵阳日报》。有改动。）

人体是大自然最美的造物

当下，"都市丽人"电视选美活动正在邵阳市紧锣密鼓地开展。"美女"的评判标准，核心在于人体美。欣赏人体美，是一种较为高级的审美趣味，彰显着健康、成熟的审美修养。在过去封闭的社会环境与年代，人体美术被视作"洪水猛兽"，人们被严禁接触。如今，美女参与的相关活动被称作"美女经济"。2003年堪称"人体艺术"年，从人体彩绘到全裸模特大赛，从西湖十景的女模背绘到赤身裸体的行为艺术，人体艺术一时间风靡全球，与此同时，观众的艺术素养与审美情趣也得到了普遍提升。真善美获得了应有的尊重，这无疑表明社会与时代在不断进步。"美女经济""人体艺术"在商业的参与下，更凸显出艺术在市场经济中的重要地位。

人体美术早在原始社会便已诞生，古希腊的造型艺术在塑造男女人体美方面达到了极高水准。在古希腊独特的社会风尚里，人们形成了特殊观念——不以裸体为耻。在斯巴达，青年女子运动时近乎裸体。在盛大运动会上，得胜的运动员会受到人们狂热的崇拜与赞美，政府还会为其立雕像以作纪念。在希腊人眼中，理想之人应是血统纯正、发育良好、比例匀称、身手矫健且擅长各类运动的人。俄国作家屠格涅夫曾盛赞《米洛的维纳斯》，称其如同法国大革命时期的《人权宣言》般重要。如今，这些作品已成为古希腊艺术与文化的杰出代表。

达·芬奇曾言："人体是大自然最美的造物。"上苍赐予人类双重美好：如诗般的人体造型以及能感知美好的灵魂触角。尽管上苍在人体造型的赐予上并非慷慨，但每个人都拥有感受美好的权利。生命是人体美的最高形态，人体美是大自然最为神奇的创造。米开朗琪罗在雕塑《大卫》时，将基督教传统中的少年英雄塑造成一位正迈向战斗的年轻人，他目光坚毅地注视前方，浑身散发着充沛的力量，呈现出完美的裸体形象。20世纪80年代初，安格尔的《泉》首次出现在《富春江画报》封底时，立刻遭到批判，有人认为裸体是资本主义的象征。历经几番争论与妥协，安格尔《泉》中那位托着水罐的裸体少女，宛如推开这扇艺术大门的勇士，凭借其清纯无瑕，为千百年来秉持"名不正则言不顺"观念的中国人找到了有力辩护。后来，《泉》再次现身竟出现在挂历上，这套挂历因《泉》身价倍增，转手价格达到原价的2至3倍。

对自身形体美的认知，是人类的一大进步。人体美能够培育和提升人的审美意识。古希腊对人体美的崇拜，甚至体现在建筑艺术中。例如，雄浑粗犷的多利安柱式，其比例据说源自"刚强的男性"；轻灵秀巧的伊奥尼亚柱式，则是模仿了"柔和的女性"。黄金分割是古希腊毕达哥拉斯学派从数学原理中提炼出的形式美法则，指事物各部分间的比例关系为 B：A＝A：（A＋B），即 1：1.618。一般而言，按此比例构成的事物，都展现出内部关系的和谐与均衡。人体的黄金分割因素涵盖4个方面：18个"黄金点"，如脐是头顶至脚底的分割点、喉结是头顶至脐的分割点、眉间点是发缘点至颏下的分割点等；15个"黄金矩形"，像躯干轮廓、头部轮廓、面部轮廓、口唇轮廓等；6个"黄金指数"，诸如鼻唇指数（鼻翼宽度与口裂长之比）、唇目指数（口裂长度与两眼外眦部距之比）、唇高指数（面部中线上下唇红高度之比）等；3个"黄金三角"，比如外鼻正面三角、外鼻侧面三角、鼻根点至两侧口角点组成的三角等。由古希腊毕达哥拉斯发现的黄金分割律，在体现人体内在的生理舒适与愉悦以及外在形象的和谐与美感方面，无处不在。甚至有人断言：宇宙万物中，但凡符合黄金分割律的，往往都是最美的。

人体美，尤其是女性人体的曲线之美，促使人类形成了以S曲线为核心的共同审美情结。这流转起伏的曲线，展现出节奏和谐的动感美。以人体背部为例，从头部到颈部有凹进的弧度，接着在双肩处向外延展；从胸部到臀部，呈现出一对双曲线，止于大腿起始处；从大腿到膝盖有轻微起伏，再往下到小腿上部又向外伸展，直至脚踝。这一系列微妙的起伏，搭配光与影的分布，共同勾勒出一幅美妙动人的画面。这些在人体上变化、流动的曲线，恰似高潮迭起、跌宕起伏的交响声乐中的和弦，共同奏响人体生命的如歌行板。人们对形体美的审美情趣实则极为相近：美丽女性的面容通常额头饱满、嘴唇丰满、腭骨短小且下巴尖细；英俊男性的面容则是腭骨宽大、下巴较粗且眉毛粗浓。此外，在人们的潜意识里，普遍认为腰臀比率（腰围与臀围的比率）较小是女性形体美的重要特征之一。虽说优雅尖细的下巴是女性容貌美的要素之一，但论及吸引力，容貌恐怕难以与体形的优美相媲美。这便是人们常说的"天仙般的容貌敌不过魔鬼的身段"，的确，再没有比人体更令人着迷的了。德国伟大诗人歌德曾说："不断升华的自然界的最后创造就是美丽的人。"

（本文发表于2003年8月31日《邵阳日报》。有改动。）

从牛仔裤谈女装的新浪潮

随着生活观念的不断转变，当下女装服饰的更新换代宛如汹涌奔腾的浪潮，令人目不暇接。

女装领域掀起的新浪潮，不仅体现在色彩观念的革新上，更显著表现在其日益明显的中性化趋势。比如，越来越多的女性选择穿着西装、系上领带，并搭配男式尖领衬衫。从审美的视角来看，女性柔和的脸部线条与圆润的下巴曲线，与男式尖领衬衫那有棱有角的设计相得益彰，这恰恰是柔与刚、曲与直，以及男性阳刚之美与女性阴柔之美的完美融合。再以牛仔裤为例，身材修长的姑娘穿上牛仔裤后，会显得利落、紧致，腿部线条愈发修长。若再搭配上蝙蝠衫，牛仔裤刚劲的线条与蝙蝠衫柔软的轮廓相互映衬，更能展现出女性亭亭玉立、轻盈随和、典雅大方的气质。

在服装款式方面，不仅牛仔裤在男女装中的样式极为相似，大多数女性的喇叭裤、直筒裤也与男装如出一辙。过去土气且不太美观的侧门襟，如今常被带有线迹装饰的正门襟所取代，有些款式甚至省略了两侧的裤内袋，如此设计让裤子更加贴合身形，腿部线条也得以更突出地展现。

此外，外露元素也是女装新浪潮的一大显著特点。夏季，姑娘们的穿着往往呈现出一种柔软的曲线美感，自然而潇洒，洋溢着青春活力。

（本文发表于1985年7月13日《邵阳日报》。有改动。）

艺术教育应加强审丑审荒诞教育

一、艺术的"丑"与丑陋的"艺术"

莱辛提出，艺术家可把"丑"当作构成"美"的一种元素，它能提升艺术情感的复杂程度。康德认为，艺术美之所以高于自然美，在于艺术美能赋予自然中原本丑陋或令人不悦的事物以美的呈现。罗丹则指出，自然中那些看似丑陋的事物，往往更能真实有力地展现人的性格，给人心灵带来强烈震撼。1853年，罗森克兰兹完成专著《丑的美学》，自此，"丑"成为与"崇高""悲剧""优美"并列的又一审美形态。在此，丑的美学定义为"在感性形式中，包含着对生活、对人的本质具有否定意义的内容"。在现实生活里，丑常引发人们心理上的抗拒和情感上的排斥，难以被审美心理接纳，进而被排除在审美视野之外。丑与假、恶存在一定关联，但丑并不等同于恶，丑只是恶的一种表现形式。对丑的理解需从形象层面把握，而对恶则可借助概念进行认知。

与艺术美相对的是艺术丑，它是对艺术家创造性劳动的否定。艺术美的价值并非完全取决于作品所反映的对象，而是在于艺术家如何反映对象，以及如何对现实中的美丑进行评价与表现。倘若艺术家能够洞察生活丑的本质及其背后潜藏的社会意义，并真实地将丑展现出来，这便体现了艺术创作规律性的"真"。同时，进入艺术领域的丑，渗透着艺术家的否定性评价，从反面肯定了美，体现了艺术目的性的"善"。所以，当生活丑被纳入艺术范畴，便蕴含了其原本所不具备的审美意义。审美的丑是以艺术性的否定来肯定现实存在的美，它能让人们的心灵产生强烈震颤，化腐朽为神奇，在丑怪之中展现光华。

后现代艺术彻底摒弃了艺术的审美原则，有人甚至主张美术与"美"毫无关系，以极为怪异的形态冲击传统艺术形式与观念，给本就迷茫困惑的精神世界增添诸多不安与焦虑。后现代主义艺术在形式上反对一切艺术美，在内容上也否定一切道德善。一些后现代主义倡导者认为，真假以基因获利与否为标准，善是基因的策略，美不过是基因的包装基础。这种观点将真善美当作嘲讽与调侃的对象。

丑恶艺术否定了理性价值，尤其在功利至上的时代，文学界盛行的"身体语言"和"下半身写作"充斥着荒诞与堕落意味，一味以"审丑"为乐，几乎毫无艺术美感可言。娱乐圈更是大肆炒作性丑闻，渲染色情暴力。这些以丑恶荒诞为时尚的行为有着深刻的社会根源。自西方进入垄断资本主义社会，政治、经济、文化艺术等领域发生重大变革，"什么都行"的无原则艺术态度致使艺术秩序混乱，"消解一切"让艺术秩序失范无序。人们在那些丑恶、荒诞的作品中，感受到的是异化和扭曲的精神创伤、变态心理以及消极悲观情绪，这一切导致人性结构中自然人和社会人、经济人和道德人、享乐欲望和价值理性的分裂与对立。

二、应以中国的和谐美学来进行审丑审荒诞教育

面对层出不穷的丑恶、荒诞事件，我们的美育必须尽快构建起自己的审丑教育体系。青年学子正处于艺术启蒙阶段，由于思想单纯且缺乏经验，在面对丑恶荒诞事物时，往往会表现出某种程度的轻狂和草率。审丑教育应直面各种丑陋与荒诞的艺术现象及其发展趋势，以健康的审丑态度影响学生，使其更具针对性和实践性。后现代主义否定和谐、张扬极端，而我们的审美教育目标是构建人们辩证和谐的审美心理结构，推动学生心理朝着宽广、复杂、深刻、丰富的方向发展。审丑教育的健康化是艺术教育面临的紧迫问题，因为我们无法阻止学生接触丑陋的、荒诞的艺术。在这种形势下，对丑与荒诞的认识和分析，在调整、完善学生审美心理结构方面具有不可替代的作用。

从事艺术教育的人，应正确认识所处时代的艺术现象和背景，丑恶荒诞为我们审视和研究当前艺术教育存在的问题提供了另一个视角。丑的、荒诞的事件对学生具有很大吸引力，但他们对这些艺术现象的反应往往是本

能的，缺乏反思。在后现代主义语境下，特别是面对崇高向丑、向荒诞的蜕变，以及后现代主义对本质、中心、统一性的解构，我们应以中国的和谐美学为指导开展审丑教育。审丑教育并非要培养学生对丑和荒诞的审美意识，而是要在和谐的前提下，培养出既对立又和谐的健康审美观。我们应提升学生的鉴赏能力和审美能力，在精神上超越丑、在情感上否定丑、在道德上审判丑，以此体现主体精神对客体对象的优越性与自主性。在美丑对照中，艺术会产生美的增值效应，同时能让人们将肯定性快感和否定性快感综合起来，避免单一化，这符合对立因素相生相克、相反相成的辩证规律。审丑教育既是目标教育，也是素质教育，因此应充分尊重人、理解人，引导受教育者朝着预期目标发展，使其获得应有的素质，学会将对丑与荒诞的感受力转化为理解鉴别力。审丑教育能够推动学生心理向宽广多元方向发展，从而形成更高层次的辩证和谐的健康审美心理。我们应将审丑审荒诞的感性认识上升为理性认识，增强对丑与荒诞的抵御能力，形成个人的创造评价能力，健全审美心理结构，培养学生敏锐的感知力，陶冶情感，实现完美人格的塑造。

（本文发表于2005年8期《美术观察》杂志。有改动。）

"丑"的遐想

辩证法告诉我们，"丑"与"恶"、"美"与"好"之间存在着一定联系。"恶"往往呈现出"丑"的特征，"好"常常展现出"美"的特征；然而，"丑"并不必然等同于"恶"。

张海迪下半身瘫痪，从外貌上看或许称不上美，但她身上毫无恶的影子。相反，人们从她残疾的体态中，感受到了她精神的崇高美。古人云："福兮，祸之所倚。"同样，也可以说"美兮，丑之所倚"。正因如此，《陪衬人》里的杜郎多才萌生了一个奇妙而惊人的想法：以每小时五法郎的租金出租丑女作为陪衬人。如此一来，"无须一条丝带，无须一点脂粉"，就能让夫人陡然增添姿色。

陪衬人的外貌丑，张海迪的瘫痪丑，皆是由先天条件或疾病造成的。不过，张海迪的瘫痪丑转化成了另一种美——她的心灵美通过战胜病魔的坚韧形象得以展现。资本主义社会中陪衬人的丑作为一种社会现象，体现了劳动异化条件下对人的本质的否定。可见，"丑"一旦打上社会因素的烙印，可能转化为美，也可能变得更加丑陋。

《老妓女》是法国艺术家罗丹的雕塑名作。作品中，老妓女干瘪下垂的双乳、松弛塌落且叠着一道道深深皱纹的肚皮、瘦骨嶙峋的身姿，整个体态尽显衰老之丑。然而，这个形象却具有审美价值。美学鼻祖鲍姆嘉通说："丑的事物，单就它本身来说，可以用一种美的方式去想。"这表明艺术家通过雕塑丑的形象，从反面肯定了美的存在。

（本文发表于1985年5月18日《邵阳日报》。）

快感·美感

当前，部分艺术品中存在凶杀、色情等描写，这些内容吸引了不少人，尤其是青少年。面对这一局面，提升大众的艺术审美能力迫在眉睫。

美学常识表明，美感的确包含生理感官的快感，但生理快感与美感不能简单划等号。艺术作品要展现人，就无法避开人的自然属性。作家王蒙曾提到，他写作时不仅依靠头脑，还会借助皮肤、眼睛、耳朵等感官。比如写到寒冷，便会调动皮肤去感受冷意。《祝酒歌》里"舒心的酒啊浓又美"，抓住了人们斟酒畅饮时的感性体验，让嗅觉和味觉在歌曲中得以升华。罗丹在观赏维纳斯雕像时感叹："抚摸这座雕像的时候，几乎会觉得是温暖的。"可见雕塑所引发的美感，也交织着触觉经验。

不少艺术家已经掌握了美感对快感的依赖关系，并在创作中充分调动自身内部的心理与生理功能。然而，也正是因为美感与快感存在关联，有些艺术品开始宣扬低级趣味，用凶杀、色情等内容来诱惑、刺激观众。这些作品内容胡编乱造，荒诞不经，毫无美感可言。它们将美感与快感割裂，完全把美感等同于生理快感，而这种所谓的生理快感不过是本能的自然冲动发泄。这种发泄无法给人带来精神层面美的愉悦与享受，更无法震撼心灵、陶冶净化灵魂；相反，充斥着凶杀色情的内容只会诱导人们走向犯罪。当下，那些充斥着色情、挑逗情欲的电视录像、小报的出现，从反面警示我们，健康正直的艺术家必须深入研究艺术欣赏中的心理及相互联系的特点，遵循美感与快感相统一的规律，创作出寓教于乐的优秀作品。

（本文发表于1985年8月10日《邵阳日报》。）

培养学生健康的审美观

美育，归根结底，是关于美感培养的问题。美感，是人们接触美的事物时所产生的一种感动，是对美的认识、欣赏与评价。一般而言，感受、知觉、想象、情感和思维是审美感受中的几种基本心理因素。比如，当欣赏唐代作品《五牛图》时，欣赏者会不由自主地赞叹："真像活的一样。"画家以简劲的笔墨、粗犷滞重的线条，勾勒出姿态逼真的五头牛，触动了欣赏者的情感，激发了他们的想象，使他们联想起生活中所见的牛。这便是一种情感上的满足，一种美的享受。然而，生活犹如万花筒，纷繁复杂。若不具备一定的审美修养，便容易美丑不分。

此前，电视播放深圳"力士杯"健美赛表演，中学生是如何看待的？他们是否拥有健康的审美观？是否懂得如何获得美感？这就需要我们引导他们欣赏人体艺术。为此，我制作了人体名作的幻灯片，以专题讲座的形式，对学生开展审美教育。人是生命进化的最高产物，人体美是自然美的最高形态。体态美体现于人体各部分及相互之间的比例关系，这种比例关系产生了对称、和谐与圆满之美。人体美有先天因素，但起决定作用的是后天发展形成的气质和个性。美的人体必须充分展现人类蓬勃向上的生命活力，这主要通过人的面部表情和体态变化来体现，进而展现出人类丰富多彩、纯正高尚的内心世界。

以欣赏《被缚的奴隶》《垂死的奴隶》这两尊塑像为例，若仅从直观角度去看，较难进入理性认知的层面。那渴望挣脱束缚的奴隶，强烈扭曲着身躯，一股股强健的肌肉凸起，会刺激欣赏者产生一种生理上的快感，同时也引发一种悲剧性的观感。面对裸体艺术作品，欣赏者的生理快感是美感产生的基础之一，美感依赖于生理快感。但中学生正处于身体发育成熟阶段，且知识积累尚浅，他们在欣赏此类中外名作、健美表演时，不少人往往仅停留在生理快感层面。受黄色书画影响的学生，更会以庸俗的情趣亵渎人体艺术。严格来讲，生理上的快感并不等同于美感。只有了解这两尊雕塑作品时代背景的人，才能理解这两具男性裸体所表现的奴隶们的战斗情绪和力士般的“巨人风”，它以人性遭摧残的悲剧形式，寄托了作者米开朗琪罗的人文主义精神。美感是在精神上产生的喜悦和快乐，是一种能使欣赏者心灵深处发生变化的情绪波动。

再如，在美神维纳斯这个半裸的女性雕像前，欣赏者从她那坦然而自尊的神态中，能感受到她的健美、落落大方、亲切，毫无矫揉造作，从而使人产生对完美的人和生命自由的向往。屠格涅夫曾将她比作法国大革命的《人权宣言》。的确，在她面前，可以感受到人性的尊严，回想起古希腊的民主政治理想。欣赏断臂美神，人的心灵能够得到陶冶与净化，人的精神境界会变得更加纯粹、旷达。通过上述引导，以及组织参观美展、博物馆，观看电影电视等一系列审美活动，学生的审美能力有了一定程度的提升。他们能够分辨美丑，在电视机前欣赏健美表演时，也展现出了健康而纯洁的审美情趣。

（本文发表于1987年第7、8期合刊《湖南教育》杂志。有改动。）

在美术教学中实施美育的初步探索

一、突破现行教材局限，优化教学内容规划

现行中学美术试用教材具有循序渐进的特点，初一至初三均涉及相同画种。然而，其弊端在于内容浮于表面，缺乏纵向深度，致使学生对美术知识与技能掌握不扎实。即便掌握了课本内容，学生也仅形成了较为肤浅、简单的认识。因此，我并未按照教材顺序开展教学，而是对初中六册美术教材进行综合运用，对部分内容予以删减或补充，既注重内容分类，又强调系统性。例如，在《雕塑》一课的教学中，我先引导学生欣赏中外雕塑名作，随后让学生动手进行泥塑创作（可选用泥塑、橡皮泥塑等可雕可塑的材料），将教材中所有与雕塑相关的内容集中讲解。又如，《建筑》一节则作为"建筑艺术"专题进行授课。先让学生欣赏第二册美术课本中的建筑图版，再让学生动手完成第三册中的手工制作，用纸制作桥梁模型和建筑模型。对于人体结构及人物动态、头、足、手等内容，我将其整合在一起，分八课时进行教学。先引导学生进行人物美的欣赏，然后进行人物及人物局部的绘画练习。在欣赏山水风景名画后，安排学生进行山水绘画；欣赏花鸟作品后，安排学生进行花鸟绘画。如此一来，我将欣赏课融入各个单元练习之中。

二、激励"主体"积极寻找"类主体"

摒弃填鸭式教学，打破"灌输—接受"的机械教学模式，促使主体学生与"类主体"（审美对象）进行同构同形的交流互动，变被动为主动，将平淡的审美体验转变为惊异的审美感受。让主体学生的所有潜力、才能以及心理结构中的各项要素得以充分发挥与和谐运用。

无论是创作还是欣赏，首要条件是让学生处于兴奋灵敏、注意力高度集中的状态。多数情况下，老师在课堂上介绍画种时，学生会在下面翻阅美术

书，他们对刚发下来的课本感到新奇，但这种新奇感很快就会消失。针对这一情况，我让学生自行寻找画作，并让他们阐述喜欢自己所选画作的原因。如此一来，课堂氛围变得活跃，学生真正成为学习的主体，主动性和创造性得以发挥。但需要注意的是，本节课的重点是让学生掌握绘画的分类。在众多学生的讲述过程中，教师应始终把握教学方向。学生之所以讲述得兴致勃勃，根本原因在于那些充满生命力的画面形态打动了他们。即便是静物画，学生最喜欢的也是那些具有生命力形态的物品。例如，在初一静物练习课中，我让学生从"西瓜、橡皮树、书包、笔记本、罐子"等范画中选择一幅进行临摹，大多数学生选择了西瓜这幅画。由此可见，最能吸引主体的类主体是那些富有生命力、充满情感活动、似曾相识、神秘奇异且亲切的事物。因此，教师应多为学生提供此类"类主体"，并与学生交流体验。

三、丰富学生"内在图式"，提升其审美理解力

"生活中并不缺少美，而是缺少发现美的眼睛。"只有那些"内在图式"较为丰富的人才能深刻体会这句话的内涵。那么，什么是"内在图式"呢？心理学认为，内在图式是以信息形式存储在大脑中的种种意象。它既能辅助知觉选择，又是想象的素材；素材越丰富，想象就越丰富。经验表明，在学生的审美过程中，往往会排斥那些与自身差异较大、较为陌生的事物。因此，我将欣赏课分散于绘画种类教学中，并抓住两条线索开展欣赏活动：一是作品所体现的生命力和情感活动；二是不同民族的不同意识和时代精神。例如，《被缚的奴隶》展现出的强劲肌肉；拉斐尔笔下圣母的温柔；"自由女神"的坚强不屈；纤夫的悲愤苦难等。敏锐的感受力最容易在对复杂活跃的生命活动的观察中获得。所以，我主要围绕画面所体现的生命特有形式与学生一同体会交流。对于画面中呈现的陌生内容，我则通过抓住时代特征、民族深层内涵，帮助学生理解。对于中国历代美术作品的欣赏，除把握历史背景外，还应着重挖掘中国儒家思想的礼乐观念、道家的崇尚自然理念、禅宗的妙悟思想以及民族意识中深层积淀的内容。这样，学生就更容易理解中国历代美术作品中所体现的含蓄敦厚、绵里藏针、天人合一、以空代实、意在言外等意境。在有限的课时内抓住重点，能够让学生增加"内在图式"的储备，从而提升学生发现美和选择美的能力。

四、突破纯技法训练的局限

在很多时候，一上技法课，学生就会感到头疼。然而，作为造型艺术教育，技法传授不可或缺。为了避免教学枯燥无味，同时又能让学生学到技法，我尝试从形式技法中探寻艺术意味，让学生从形式中领悟到蕴含特殊意味的直观内容。例如，在教授花木画法时，我专门选择梅、兰、竹、菊等进行绘画教学，并结合中国文人画传统，引导学生从技法形式展开想象和联想，使学生的内在情感与外在形式相互融合。此外，初中阶段学生的思维逐渐走向成熟，他们具备了较为丰富的数、理、化知识，对眼前事物倾向于运用抽象思维进行分析。比如，兰、竹的生长规律是他们乐于探究的，而对于兰、竹为何被画成墨黑色则关注较少。点、线、面具有较强的数学概念，而对于不同线条可表现人的不同性格特征，学生过问较少。可见，初中生最容易关注眼前事物的价值、规律、性质和功用等，而容易忽略事物外在形态的直观性。因此，作为美术教师，更需要引导学生克服这种惯性思维，将日常态度转变为审美态度，从单纯的逻辑推理或抽象沉思转变为情理交融的审美感受，把品评事物的科学标准转变为对情感的总体把握，把规规矩矩的方圆转变为生动的想象。只有这样，绿色的荷叶可以被画成墨黑色，兰、竹在墨黑色中也能体现出独特意味。线条也能展现出一种韵律，直线如同人的刚毅，曲线如同人的柔软……一切无生命的事物仿佛都被赋予了生命的意味。这种审美感知力的培养，并非仅靠技法训练就能实现，而是依赖于对完形的感性把握能力以及对人生各种情趣意味的体验。要培养高素质的学生，必须从这种审美理解力的培育入手，由感受引导理解，理解过程又不能脱离感受。这种审美理解力的培养远比单纯的技法训练复杂得多，它不仅包含抽象的思考，更是情感与理智、精神与物质相融合的思维方式。一个对人生情感有一定体验的人，他从画作中追求的不再仅仅是逼真，而是大自然那永恒生命力的闪耀。即使是一幅由点、线、面构成的图案纹样，他在审美时最迫切渴望的也是图案中所体现的生命的跃动。鉴于大部分学生将来不会成为画家的现实，我们的教育更应培养出心理成熟、对生命理解力强的学生。为此，要运用这种特殊的教育方法，让学生理解形式中的意味。

（本文发表于1988年第6期《中国美术教育》杂志。有改动。）

"美"与"丑"之边界

    某"80后"画家的画展在百年老字号荣宝斋展出，该画家曾被评论为"艺术前程无可限量"。各媒体的视频镜头聚焦于开幕式上，集中呈现了美女簇拥画家亮相及大量美女与画家的合影的场景。这些视频在各媒体引发热议，有人将其比作"天上人间""洗浴中心开业"，甚至调侃为"拜倒在石榴裙下"。对此，荣宝斋于4月12日郑重发表声明："有关荣宝斋的活动信息，包括但不限于活动仪式的内容，请以我们官方发布为准。"不可否认，此画家对中国传统艺术有一定贡献。画展主持人表示，画家对传统中国女性端庄典雅的表现影响深远，不仅在国内，在国外也具有较大的市场影响力与号召力。然而，开幕式上美女如云的景象却引发了绘画之外的"事件"，使美丑问题成为此次画展活动中的热议话题。

    在我国，文学影视中对崇高的表现较为常见，而绘画领域对崇高的研究则相对少见。对"崇高"艺术创作的研究，零星散见于对艺术史中带有"崇高感"作品的审美梳理。"85新潮"后，"丑"艺术、抄袭绘画迅速发展。早在本世纪初，陈履生、林木、刘东等学者就对丑行为、抄袭绘画予以批判，对当代艺术的丑现象进行分析，并依据西方丑艺术理论探讨了"丑"艺术的价值，对绘画中"丑"的本质与表象以及"丑"对当代社会的影响展开论述。审丑理论研究的导向，在一定程度上影响了崇高艺术的创作。

    在18、19世纪的西方艺术理论中，已出现对丑艺术的价值考量，审丑成为一个新的审美范畴。古希腊人将美理解为和谐与多样性的统一。国外的艺术流派和艺术思潮从不同美学、哲学角度出发，在总结艺术实践与观念时，都有关于"丑"的论述，并提出不同见解与新观念。埃德蒙·伯克分析过经典绘画中有关崇高的审美范畴，格林伯格在《前卫艺术与文化》中有诸多对崇高艺术的论述，翁贝托·艾柯的《丑的历史》从美丑辩证、丑的范畴等方面，对"丑"进行深刻剖析，还用图片展现了西方绘画、影视及文学创作中表现丑的作品。

中国历代有众多家喻户晓的英雄人物。如今，中央有关部门也曾联合推出100位英雄模范人物。当今社会的崇高精神在艺术作品中的呈现，能够体现感性与理性的关系，令人肃然起敬。党中央提出治国理政新理念、新思想、新战略以及对文化工作的系列部署，为艺术创作提供了表现崇高与审丑理论的依据。目前，理论界需要重新审视"美丑"之边界、"崇高与丑的边界"、"丑"艺术的价值考量等问题。崇高与丑艺术、丑书法、抄袭绘画、行为艺术背后存在复杂的社会政治原因，艺术崇高与审丑艺术的交融具有规律性。我们需要树立正确的审丑观念和方法，发挥艺术审丑的积极作用，构建和谐高尚的审美社会。艺术的英雄主义崇高表现精神亟待重建，"崇高"与"丑"在艺术创作中犹如钱币的两面，稍有不慎就会越界，致使崇高与丑艺术容易交叉混淆，崇高艺术出现价值"失落"。丑艺术在后现代艺术中呈现出随心所欲、玩世不恭的态度，暴露出无政府主义、相对主义倾向，造成审美"动乱"。因此，我们迫切需要构建民族崇高艺术的自信心！

当今时代需要弘扬崇高的英雄主义精神。"85新潮"后，崇高精神受到个人思潮的冲击，流行相对主义、虚无主义、非理性主义，消解总体性、系统性、统一性，颠覆本质主义、中心主义，价值体系和真善美理想遭到歪曲。丑艺术、抄袭绘画排斥艺术价值的精神性，否定艺术的本质特征，诋毁人类的道德价值和习俗。

崇高与丑在形式上相似，二者可相互转化。崇高艺术与丑艺术历史悠久，影响广泛。目前国内崇高艺术的创作处于低谷，我们需要对丑艺术、抄袭绘画、行为装置艺术进行美学辨别梳理，树立艺术创作的正能量。从国情实际出发，以崇高艺术文化为旗帜，通过对崇高艺术图像样式的数字化创新运用，推动崇高艺术的创新。在崇高艺术丰富的技法中，图像纹式的当代创新必将带动艺术力作的繁荣创作。艺术创作正从单一走向多元化，核心在于促进图像样式、美学观念的多样化发展。

我们应以表现崇高与丑艺术的比较研究为线索，以崇高艺术图式为内核，从艺术的英雄精神等视角，对艺术作品的图像造型样式、规律和文化内涵进行系统整合研究，对表现崇高与丑的艺术作品进行分类整理。在中外艺术史背景下，对崇高与丑艺术作品图像样式的历史现实依据、原创形态、艺术功能、历史意义等问题展开系统研究。明晰崇高与丑艺术的优劣，树立大众健康的审美观，对表现崇高与丑艺术作品进行学术定位，组织讨论，梳理艺术中崇高与丑的主题内涵，挖掘崇高与丑美学思想理论精髓，整理升华崇高与丑艺术图像样式创作理论，揭示崇高与丑艺术的历史地位、作用与意义，研究其美学价值。在真善美与假恶丑、精英文化与劣根文化的对比中，分析丑艺术所反映的精神创伤、变态心理、消极悲观无望、人格分裂、自私、私愤、金钱至上、道德紊乱、社会责任心逐渐流失等乱象，让大众明晰崇高与丑艺术的差异。依据可持续性、实用原则，全面梳理中外艺术史中崇高与丑的实例、美学思想，为当代艺术力作创作提供借鉴。整合崇高与丑艺术图像样式美学知识，提升中国艺术的核心竞争力，宣传崇高的英雄主义，带动崇高艺术创作的繁荣，促进大众树立健康的审美观和人生价值观。

（本文发表于2023年5月《艺术头条》。有改动。）

设 计 评 论

新潮的掀起

——观邵阳、株洲、岳阳、常德四市包装设计联展有感

　　踏入展厅，如入金光熠熠的圣殿，琳琅满目的展品令人目不暇接。这里孕育出一批崭露头角的弄潮儿，他们在包装装潢设计艺术的浩瀚海洋中，掀起了一阵新的浪潮。荣获一等奖的郑协平所设计的《强身酒》，大胆突破传统设计框架，将酒瓶造型别出心裁地塑造为牛角状，以牛的强健有力来隐喻人的体魄强健，韵味无穷。追求新颖、反拨流俗的造型设计，是此次大展的特色。诸如《文王酒》《竹叶青》《霸王醉酒》《洞庭酒》等酒瓶设计，皆展现出独特风姿，有的宛如竹筒，有的形似游鱼，可谓匠心独运，各有千秋。

　　创新固然需要反俗，但并不意味着反传统。荣获一等奖的赵铁成设计的《滩头红烛》，将传统精神融入现代设计之中。红烛纸盒采用现代的烫金纸包装，盒面上的门神图案以及大红大绿的鲜明色彩，极易让人联想起使用红烛祭祀神灵或庆祝喜事时的氛围。王新化的《汉代肖形章纹样火花》，传承了汉代艺术雄浑大气的风格，古朴厚重，不拘泥于形态的酷似，而是着重展现灵动的气势，真正做到了"师古而不泥古"，实现了传统与现代的有机融合。展品中，《电吹风》《茶叶》《麻油》《椒油酱》的包装设计新颖独特，不仅造型别致，而且在实用性上也充分考量，便于携带，极大地满足了消费者的日常需求。色彩运用上，奔放明快又不失浑厚和谐，这成为此次展览的又一突出亮点，像禹寿德的《浴巾》、刘红兵的《影集》、肖权主的《高级香粉纸》、谭革红的《高级皮鞋》等作品，均在色彩搭配上展现出非凡的艺术造诣。

　　这股新潮已然掀起，衷心期望包装设计这股艺术浪潮能够澎湃汹涌，奔涌向更为壮阔的未来，创造出更多令人惊叹的艺术佳作。

（本文发表于1986年10月25日《邵阳日报》。）

穿闹市话招牌

漫步在熟悉的邵阳街头，或许你能把东风路、红旗路的店铺名倒背如流。即便身处固定且熟悉的环境，人们的审美趣味也并非一成不变。那些如"箩大"般的"人民电影院"和"邵阳工业品贸易中心"的招牌，以五指齐力写成的镶金火红大字，让人联想到健美运动员的矫健英姿。遗憾的是，这些出众的招牌，并未留下款印。"广场大酒楼"的招牌则给人一种圆满之美，尤其是落款处那一方篆印，宛如圆月旁挂了两颗星，起了衬托与点缀的作用。

书、款、印完美融合的招牌，是为满足人们审美趣味的需要。随着大众艺术素养的不断提高，那些单调乏味或杂乱无章的招牌，正逐渐被大众所摒弃。比如，从广场的为民药店到板井巷针织厂门市部，这一带街道狭窄、店铺拥挤且杂乱无章，各门面的招牌也显得凌乱而肮脏。"米粉专店"的招牌尤为糟糕，破旧不堪且布满灰尘，令人望之食欲全无。此外，各门面还充斥着刺眼的红漆字，诸如"承修家用电器""经营大小百货""××老中医治牙镶牙"等，这些招牌不仅毫无美感，还让人感到心烦意乱。

◎邵阳市工业品贸易中心　/谢正之摄影

作为招牌，端庄大方才是美，不必担心客商不知经营范围。同时，还应依据门面面积进行合理布局，力求做到恰到好处。"吉星楼"的招牌，字体华丽，但从门面面积的布局来看，却不及隔壁的"中心陶瓷商店"。后者黑底白字，恰好镶满门楣，看上去饱满、和谐又端庄。"盟华园"的新招牌尽管典雅富贵，单独欣赏确实美观，然而它压在老招牌之上，给人一种参差不齐的挤压感，反倒不如老招牌那般朴实、饱满。另外，招牌上若出现错别字，难免会贻笑大方。比如"DO NG TO UNDERGROUND EMPORINM"，这块"东塔地下商场"的英文招牌，本想给人耳目一新之感，可遗憾的是，"TO"应改为"TA"，"EMPORINM"应改为"EMPORIUM"。

（本文发表于1987年8月22日《邵阳日报》。）

论艺术设计的源流传承与原创

一、我国艺术设计的源流传承与对原创学术的梳理亟待加强

艺术设计的发展具有深厚的历史传承性，任何一件艺术设计作品的诞生，都绝非完全凭空想象的结果。艺术设计的源流研究，主要体现在设计史论领域，而对艺术设计源流传承的探究，则需要统合多学科视角。相较于国外，我国的艺术设计史理论研究尚显滞后，尤其是在艺术设计的源流传承与原创研究方面，存在着明显的空白。在相当多院校的设计专业教学中，艺术设计史教学严重缺失，致使学生对诸如"包豪斯""长信宫灯"等基本概念模糊不清，传承与原创更是无从谈起。

传统陈旧的设计史教学方式在各院校普遍存在。在"重技轻道"的教学氛围中，学生局限于技艺的熟练掌握，整体思维能力却日益淡漠。特别是高校扩招后，通过高考选拔进入大学的艺术生，普遍缺乏艺术史论知识，教师上课时甚至需要先为学生补习基础知识。部分教师艺术理论水平偏低，加之艺术设计史课程内容陈旧，难以做到古为今用，对艺术设计的理念、现状及趋势毫不关心，对艺术设计的发展历程也知之甚少，可谓"眼低手也低"。

大多数艺术生错误地认为艺术设计传承就等同于设计史。设计专业的老师在设计史课堂上，尽管按照设计史的时间脉络滔滔不绝地讲授，但学生往往兴趣索然。由于学生对设计源流传承的认知缺失，导致他们在设计创作时茫然无措，缺乏追求原创的意识。受经济利益驱动，抄袭成本和代价低廉，急功近利的企业与设计师往往倾向于以抄袭代替原创。有些设计为体现传统元素，只是简单地将传统元素生搬硬套，贴上标签，根本谈不上对传统元素的再设计。

"设计概念产生于意大利文艺复兴时期。在艺术的定义最初系统地形成时,'设计'一词的界定与现代'设计'概念类似,其含义时宽时窄。设计最初的意义是指素描、绘画。"[①]艺术设计史在国外起源于包豪斯设计学校,20世纪20年代便成为一门独立的人文学科,30年代形成雏形。70年代,设计史作为一门专业的教育和研究领域,最早在英国形成并发展起来。1977年,英国成立了设计史协会,这标志着设计史正式从装饰艺术史或应用美术史中独立出来,成为一门全新的学科。经过几十年的发展,国外在设计源流传承研究方面成果斐然。

与之相比,我国对艺术设计史的专门研究成果相对落后。在中国,艺术设计学是1998年由工艺美术更名而来的新学科。2011年2月,国务院学位委员会颁发的《学位授予和人才培养学科目录(2011年)》使"艺术学"告别文学门类,正式升级为新的第十三个一级学科门类,即"艺术学门类",设计学隶属于此一级学科下的二级学科。改革开放后,我国设计史论专著不断涌现,如目前流行的艺术设计史著作,主要有王受之、尹定邦、张道一、李砚祖、李立新、夏燕靖、杭间、张夫也、赵农、赵江洪、荆雷、陈正俊、吴廷玉、董占军、杨先艺、李江、何人可、朱和平等学者编写的诸多设计艺术史论书籍,他们为艺术设计史与理论学科的发展做出了重要贡献。然而,有关设计源流传承与原创的研究著作仍各自为政,缺乏统一的目标体系。

在艺术设计史的研究中,大部分成果只是介绍国外的现代设计史研究成果。国内不少院校将艺术设计史课程定名为"现代设计史",例如山东某高校和湖南某高校的省级精品课程艺术设计史实际上都是现代设计史,缺乏对中国艺术设计内容的介绍。一部艺术设计史若缺少中国艺术设计史内容,就不是完整的学科体系。同样,名为《外国设计史》的专著若不涉及古希腊的三大柱式、古罗马水道、凯旋门、竞技场、拜占庭式、罗马式、哥特式、文艺复兴、巴洛克、洛可可、古典主义、浪漫主义等设计元素,也不是完整的外国设计史。设计史中的"血脉关系"、艺术设计的源流传承与原创体系等,还有待进一步进行学术梳理。设计史教学在整个设计教学中已固化为一种程式,出现一个精品课程后,大家便相互照抄下载,不考虑是否适合本校课程

---

① 尹定邦.设计学概论 [M].长沙:湖南科学技术出版社,2006:41.

教学计划和科目特色，设计史教学与科研在不少高校（特别是二本院校）已流于形式。

二、艺术设计源流动力的发挥

（一）艺术设计的源流传承首先需要解决核心问题：传承什么

艺术设计源流传承的核心问题，即传承什么以及如何传承，这是设计师们面临的棘手难题。

黑格尔依据"美是理念的感性显现"理论[①]，将艺术的发展划分为象征型、古典型、浪漫型，论证了艺术是按照"物质压倒精神—精神与物质相契合—精神最终超越物质"的客观规律向前发展的。艺术设计的源流发展与政治经济、宗教哲学、科学技术等诸多因素密切相关，同时，艺术设计的源流发展也具有自身的自律性，传承、借鉴与创新是艺术设计自身绵延发展的内在机制。

一定的艺术形式感知与特定的历史社会紧密相连，且后代的艺术形式感知总是在前代基础上的传承和延续。艺术设计的传承性主要体现在思想内容上，也就是黑格尔所说的"精神性"。艺术设计的发展表明，每个时代的设计一方面从过去的设计中接受思想上的影响，汲取其思想精华，另一方面又对当代人们产生教育作用，并给予后代设计以思想影响。"设计史的思想与理论设计的历史，必须是一部启迪思想，创造理论的历史。"[②]艺术设计的历史传承性，首先表现在艺术设计源流思想内容的某些共同性，其次表现在艺术设计创作方法上的某种一致性，如各种思潮流派的创作风格，最后，艺术设计的传承还表现在对旧形式的利用以及艺术设计技巧的借鉴。艺术设计的传承与发展都经历了由简到繁、由粗朴到精致、由不完善到完善的过程。

（二）艺术设计源流传承旨在为应用服务

在2014年3月召开的十二届全国政协会议上，天津市美协副主席王书平委员指出："教育必须适应并服务于社会的发展，这是教育改革的重大命题。目前，我国经济社会发展既需要大量的学术型高端人才，也需要大批从事技

---

① 黑格尔.美学（第一卷）[M].朱光潜译.北京：人民文学出版社，1958：138.
② 李立新.我的设计史观[J].美术与设计，2012（1）.

术开发与应用的应用型人才。"

2014年教育部工作要点提出：引导一批地方本科院校向应用技术类型高校转型。所谓应用型人才，是指能够将专业知识和技能应用于所从事的专业社会实践的一种专门人才类型。应用型人才主要是应用知识，而设计史论的知识运用相当广泛。在艺术设计的创造与发挥中，排除模仿与再现是设计传承的宗旨。对于艺术设计专业的人才而言，要发挥专业特色，运用图形图像学理论阐述中国艺术设计源流中包含的意境美、语言美和形式美，整理前辈设计师的杰作，体现出强烈的民族风格等一系列大量的源流传承原创；运用图像整理中国元素在设计实践中的应用方案，例如中国传统图案在室内设计中的应用范围极为广泛，吊顶、墙体、柱体、隔断中都可以融入传统元素；研究艺术学、美学、文学、哲学、广告营销学等人文科学知识，以及网络技术、计算机图形图像技术、印刷技术、包装材料技术等科学知识，并将其有效地运用到艺术设计领域中，使不同艺术学科与不同技术学科之间相互连接与相互渗透，整合知识，最大限度地提高设计师的综合素养。

三、艺术设计也应由"中国制造"走向"中国原创"

潘鲁生委员在2014年3月的十二届全国政协会议上提到，设计要从"中国制造"向"中国原创"转型。对于设计而言，文化是引领。应从国家层面重视设计、发展设计，解决我们在产业转型升级、文化传承发展中存在的具体问题，使设计成为一个关键的因子和杠杆，发挥落实和推进的作用。

在设计的源流传承中，人们容易陷入以史论史的误区，忽略了设计史与当代艺术设计实践之间的联系。在设计史论的研究中，有专家提出"设计史研究的方法论转向——去田野中寻找生活的设计历史"。[①]在设计传承的研究过程中，要重视理论联系实际，将其视为一个各艺术设计思想演变的审美过程。在研究传统各艺术设计风格与流派的基础上，更重要的是传承它们的设计观、美学思想以及这些对当代设计的影响与实用价值。

设计的原创是对设计源流的怀疑与否定，是在刷新固有的经典界面之后

---

① 李立新.设计史研究的方法论转向——去田野中寻找生活的设计历史［J］.美术与设计，2010（1）.

呈现破土而出的生命气息，是在展现某种被忽视的体验，并预设着新的可能性；原创是可经过、可停留、可发展的新的存在，是新的经典的原型，具有集体共识的社会价值。完整、系统的艺术设计史资料库是设计师们原创思维的宝库，经历否定之否定创造新的生命，根据设计项目内容的需要，以一切已知的信息和经验为基础，在良好的创造性思维品质的支持下，运用各种思维形态和方式进行有效规划，进行原创。文化是设计的引领，设计中的文化传承是设计的关键环节。设计发展的脉络，包括各种设计学派、设计风格、著名设计师经典作品及当代设计发展的趋向。对于汲取历史文化精华，借鉴已往的经验教训，正确把握专业设计的未来具有积极的意义。一部世界艺术设计史，就是以不同民族艺术设计为前提的不断追逐并充分体现人类艺术设计互融与演进的过程，丰富多彩的民族性造就了艺术设计世界的丰富多彩，组成了丰富多彩的世界艺术设计。设计的全球化并非"同化"，而是地域艺术设计在包容人类设计文化互融过程中体现出本土设计文化特色，个性与共性互融共存，艺术设计的地域差异中蕴含着"共性"，在全球化浪潮中，艺术设计往往会经历本土化过程，博大精深的中华艺术设计传统值得设计师们学习和思考。掌握设计历史的研究基本方法，研究和把握设计潮流和风格的发展趋势，统合多学科的知识，全面提高设计史论知识与修养，参与分析设计语言，感受、思考设计师对造型设计基本要素的创造性应用，提高对优秀设计的鉴赏与评价能力。我们亟须从理论的高度与实践的角度阐述传承与创新的过程样式，亟须进行原创设计，亟须更系统地整理和丰富艺术设计史资料库，通过设计史传承案例的整理去解读艺术设计的源流传承，观看和分析艺术设计的历史事件和现象，通过这种研究，更好地认识艺术设计，促使设计者创作出更好的艺术设计。

在原创过程中，我们要紧紧抓住"民族性"这根艺术设计的灵魂线，将中国传统文化、传统图案、传统符号作为一种元素融入当代艺术设计中。中国传统图形符号是中国文化的"典籍"，它涉及图腾崇拜、宗教信仰、哲学观念、道德审美等各个层面。将史前彩陶、书法篆刻印章、青铜纹饰、秦砖汉玉、秦俑汉雕、魏晋风、唐三彩、水墨青绿山水画、文人画、宗教美术、京戏脸谱、皮影武术、桃花扇、景泰蓝、玉雕、中国漆器、龙凤祥云图案、中国织绣、年画及各种民间设计等设计源流符号融合到当代艺术设计的理念中。在设计手法上，对传统形式进行艺术加工提炼与抽象简化，使之成为带有传统文化韵味的新形象。

艺术形式感知总是在前代基础上的传承和延续，一定的形式感知与一定的历史社会联系密切，设计史形式美的形象化是传承的突出特色。在艺术设计源流研究的线性思维过程中结合发散性思维是重要方法：从一种艺术设计风格辐射到其他风格，比较艺术设计风格之间的差异。资源战略和组织战略之间的相互契合有利于提高设计绩效。

博大精深的中国艺术设计源流体系蕴藏着中国美学文化的传统精髓，从思想到行为上都潜移默化地影响着中国人。然而艺术设计的原创并非对既定状态的完善与提升，也不是对已有的存在的另类注解；注解可以发展原创，但不等于原创。原创设计也不是形式的突围表演，不是先锋理念的夸张与变异；反叛的行为虽然具有对既定秩序与价值的否定，但不指向原创及原创设计。原创是从传统源流中找到创新的动力，发掘新的设计表现形式。贡布里希曾指出，美术史上的印象派、塞尚、毕加索意味着艺术传统的传承性发生了质变，由质变而转型，是对过去的东西所持的"带批判的叛离态度"[①]。值得注意的是艺术设计源流的自律发展形态：一种是在一种模式下的常规发展，一种是打破传统模式的艺术超越，或称风格转型化。中国的设计师应重新发掘和诠释设计源流，从文化层面与艺术层面为现代设计注入新的活力。

2014年11月APEC之夜，水立方以APEC领导人非正式会议晚宴及文艺演出围绕的主题，如"上善若水""同舟共济""天圆地方""有朋自远方来""新中装"等中国设计元素的精彩呈现，让人们看到了中国原创设计的希望。让我们的艺术设计传承和发扬传统设计文化源流，形成新的设计风格，发挥源流文化的原创力，创造更多的中国原创设计！

（本文发表于2016年6月中国文联出版社出版的《中国艺术学的传统资源与当代构建——第十一届全国艺术学年会论文集》。有改动。）

[①] 贡布里希.艺术发展史［M］.范景中译.天津：天津人民美术出版社，1986：370.

设计本质论

一、设计学科的发展与对设计本质的认识

在20世纪80—90年代，我国对"设计"含义的界定基本局限于"大美术"范畴。受"85美术思潮"影响，中国艺术设计开启新篇，随着经济改革推进，积极融入社会文化，吸收西方现代主义文化艺术思想。同时，经济改革为艺术设计提供广阔空间，众多设计师在新建筑、时装展示、包装广告等设计中追求新风格，展现新潮、时尚乃至前卫特点。经过不断演变发展，艺术设计在我国形成广泛文化基础，并逐渐发展成为一门重要学科。1998年，教育部在《普通高等学校本科专业目录》中，将原来的工艺美术专业调整为艺术设计专业。2011年，国务院学位委员会通过议案，将原隶属于文学门类下的一级学科——艺术学，提升为独立门类，这标志着我国艺术学学科摆脱长期发展困境，迎来按自身规律独立发展的契机。新学科目录增设"艺术学"门类，设计学成为艺术学中的独立学科，与美术学正式并列。

与此同时，王受之、尹定邦、张道一、李砚祖、李立新、夏燕靖、杭间、张夫也、赵农、赵江洪、荆雷、陈正俊、吴廷玉、董占军、杨先艺、李江、何人可、朱和平等众多学者编写的设计艺术理论著作，为艺术设计理论学科建设与发展作出重要贡献。然而，有关设计本质的研究仍较为分散，缺乏统一目标体系。受旧有学科规范限制，多数设计学研究者难以跨越自然科学与社会科学的界限，深入开展立体化研究。设计的终极目标是实现功能性与审美性的统一。从功能性角度看，设计学领域需对数理化、材料学、机械学、建筑学、工程学、电子学、经济学等进行理论研究；从审美性角度看，设计学则需涉及艺术学、美术学、考古学、美学、构成学、心理学、民俗学、传

播学、社会学、伦理学等领域的研究。目前，我国设计史研究材料多源于美术史与科技史史料，科技学、心理学、机械工程学、电子经济学、数理化学等众多学科成果尚未充分纳入设计理论研究视野。

设计学作为横跨文、理两科的边缘综合学科，学者们对设计本质的理解存在多种观点，主要有以下八种：

1.设计是设想与计划。①

2.所谓设计，指把一种计划、规划、设想、问题解决的办法，通过视觉的方式传达出来的视觉过程。②

3.设计是围绕目标的问题求解活动。③

4.诺贝尔奖获得者管理学家西蒙认为"设计以人为本"。④

5.乔尼斯认为，设计是表达一种精粹信念的活动。

6.路甬祥在《再论现代工程教育》文中认为"设计是在一定约束条件下，最合理地满足社会的需求"。

7.设计是从客观现实向未来可能富有想象力的跨越。

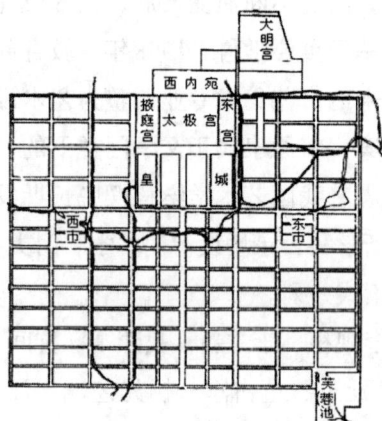

◎唐长安城示意图

8.迪尔若特在《超越"科学"和"反科学"的设计哲理》中指出设计是一种社会文化活动。

二、中外历史上对"设计"的解释

《现代汉语词典》对"设计"的解释为：在正式开展某项工作前，依据一定目的要求，预先制定方法、绘制图样。⑤

在古代中国文献中，与古代西方

---

① 李砚祖.艺术设计概论［M］.武汉：湖北美术出版社，2002：1.

② 王受之.世界现代设计史［M］.北京：中国青年出版社，2002.

③ 荆雷.设计概论［M］.石家庄：河北美术出版社，2007：2.

④ （美）赫伯特·A·西蒙.管理行为［M］.詹正茂译.北京：机械工业出版社，2004:66-69.

⑤ 中国社会科学院语言研究所词典编辑室.现代汉语词典［M］.北京：商务印书馆，1978：1003.

"设计"概念相近的是"经营"。

追溯中国古代设计相关词源，《诗·大雅·灵台》中有"经始灵台，经之营之"；春秋末年《周礼·考工记》提到"设色之工，画、缋、锺、筐、帻"，此处"设"字意为"制图、计划"，还记载"天有时，地有气，材有美，工有巧，合此四者，然后可以为良……匠人营国、方九里，旁三门，国中九经九纬，经涂九轨，左祖右社，面朝后市"。《考工记》首次提出朴素工艺观与都城设计制度，是早期人类设计经验总结，可视为设计学理论的萌芽，总结了我国古代各种工艺制作的科学经验，其原则至今仍是工艺制作的基本法则。

《管子·权修》中"一年之计，莫如树谷；十年之计，莫如树木；终身之计，莫如树人"，其中"计"字与解释"design"的"plan"相符。《三国志·魏志》有"赂遗吾左右人，令因吾服药，密因鸩毒，重相设计"记载，此"设计"指设下计谋。南齐谢赫在《古画品录》中称"经营，位置是也"；北宋郭熙、郭思在《林泉高致·画诀》中提到"凡经营下笔，必合天地"；清代邹一桂在《小山画谱·六法前后》中指出"愚谓即以六法言，亦当以经营位置为第一"；唐代张彦远在《历代名画记·论画六法》中明确表示"至于经营位置，则画之总要"，通过对谢赫"六法"中这一技术性方法的阐述，体现了中国艺术中"设计"的含义。以上古籍中的"经营"在古代文论、书论和画论中，与"布局""结体""构图"形成互指关系，与现代汉语中"设计"类似。元尚仲贤《乞英布》第一折"运筹设计，让之张良，点将出师，属之韩信"中"设计"也是计谋之意；唐杜甫《丹青引》"凌烟功臣少颜色，将军下笔开生面……诏谓将军拂绢素，意匠惨淡经营中"中"意匠"指绘画开始时的设计构思；清赵翼《游网师园赠主人瞿远村》"想当意匠经营时，多少黄金付一掷"中的"意匠"与"设计、建造"同义。

古代中国"设计"有两种含义：一是作为实现治国构想的主要手段和模式；二是通过设计的形式、功能因素及心理学范畴，体现设计功用目的与审美效果。

"design"这一外来词于20世纪初传入中国，当时被解释为"图案""工艺美术"。20世纪以来，汉语中"设计"名称至少经历三次变化：图案—工艺美术—设计艺术，反映不同时期对"设计"理解的差异。俞剑华在《最新图案法》中提到"图案"（design）："近始萌芽于吾国，然十分了解其意义及画法者，尚不多见。国人既欲发展工业，改良制品，以与东西洋相抗衡，则图案之讲究，刻不容缓！上至美术工艺，下迨日用杂器，如制一物，必先有一物之图案，工艺与图案实不可须臾离。"此处"图案"指平面纹饰、立体设计图样及模型方案。

我国最早倡导"美育"的蔡元培，在《美术的起源》中指出："美术有狭义的，广义的；狭义的，是专指建筑、造像（雕刻）、图画与工艺美术等。"这里"工艺美术"既反映时代思想，又体现社会生活方式，侧重于研究人类生活用品的审美演变和生产发展历史，重视生产制造过程，强调材料、技术、制作的重要作用。20世纪30年代，柳林呼吁："欧美日本等国工业产品大量倾销我国，主要原因就是他们注重设计，即注重产品的形式与质量，价格低效用大，而我国产品则形式丑陋。这明显完全是由于我国制造家、实业家忽视工艺美术之重要，不以工艺美术为商品竞争之必要工具的结果。"

1786年版《大不列颠版的百科辞典》将"design"解释为"艺术作品的线条、形状，在比例、动态和审美方面的协调。在此意义上，'design'与构成同义，可以从平面、立体、色彩、结构、轮廓的构成等诸方面加以思考……"此时，"设计"被赋予美学意义，与装饰意味浓厚的"图案"相关，但含义仍局限于"艺术作品"范畴。随着大机器工业化发展，"design"概念及语义从纯艺术领域扩展。"Design"主要指创造时计划、方案的构思过程，通过图形、模型表现，最终完成实体并非"design"，仅指计划和方案。广义的"Design"指为产生有效整体而对局部的调整，以及对结构和细部的确定。

《牛津辞典》将"design"分为动词与名词。作为名词，主要指心理计划，即思维中形成意图并准备实现的计划乃至设计；也指艺术中的计划，尤指绘画制作准备中的草图。1974年第十五版《大不列颠百科全书》对"design"的解释为：美术方面的设计常指拟订计划的过程，又特指记在心里或制成草图或模式的具体计划。产品设计首先指准备制成成品的部件之间相互关系，通常受材料性能、加工方法作用、部件紧密配合、整体对观赏者与使用者或受其影响者产生的效果这四种因素限制。产品设计图案属于应用艺术作品。在美术中，设计本身是创作过程；在建筑中，设计是体现适当观念与经验的简明记录。在建筑工程和产品设计中，艺术性与工艺性趋于融合，建筑设计师、工艺工人、制图员或工艺美术设计师既不能仅依据公式设计，也不能像画家、诗人、音乐家那样自由发挥。在各种艺术及艺术教学中，"设计"含义广泛，常与构图、风格和装潢相对，作构图解时，指物件所具有的各种内在关系体系。

三、设计的本质与意义

（一）设计来源于生活

设计源于生活且服务于生活。从衣食住行到航母、宇宙飞船等，生活中的诸多事物都与设计紧密相连，设计为人类生活带来便利。设计是涉及人、社会、环境等方面的系统工程。国家发展战略需设计先行，各类艺术设计、产品外形与包装影响着人们的选择。设计艺术之美推动人类生活方式改进，改变生存空间，在建筑环境、工业产品、装潢广告、影视动漫、服装服饰、企业形象等方面，因设计成功而展现创新精神。

艺术设计属于实用艺术，以艺术为要素，存在于人类造物历史，涉及衣食住行用等方面，是人造物系统重要组成部分。它以艺术表现方式在不同设计类型中呈现不同艺术形态，本质是实用与审美的结合。人类通过劳动创造文明与财富，造物是基础创造活动，设计是造物活动中的预先计划，可将造物活动的计划技术和过程理解为设计，如日常所说"动脑筋""想办法""找窍门"。设计是人类为实现特定目的的创造性活动，本质上，其社会性甚于文化性，源于与日用品生产相关的经济利益结合。

（二）设计是基于人的一种经营活动

劳动创造一切，人类通过造物活动改变自身。设计是人类主动生存性质的自我装饰，是主观意识的物化过程，通过特定方式和手段将观念明确表现出来。设计借助视觉艺术图像资源传达，其图像性适应读图时代需求。

瓦萨利指出："设计是三项艺术（建筑、绘画、雕塑）的父亲。"[1]在"设计—生产—销售—使用"环节中，设计处于首位，决定后续环节方向。设计作为人类生物性与社会性的生存方式，伴随"制造工具的人"产生。设计对象是产品，目的是为人服务、满足人的需要。

原始壁画可能是古人类与超自然力联系或表达对神灵崇拜的方式，这是人类最早的艺术设计意识，即贝尔（ClivBell，1881—1964）在《艺术》中提

---

[1] 尹定邦.设计学概论 [M].长沙：湖南科学技术出版社，2006：41.

出的"有意味的形式"，该形式将个人情感与视觉经验相联系，是作品内在价值所在。

（三）设计是一种审美活动

"设计"概念诞生于文艺复兴时期的意大利，成熟于德国包豪斯时代。在文艺复兴时期的意大利，"设计"（disegno）作为艺术批评术语发展起来，当时"设计"指"素描"，即合理安排艺术视觉元素与基本原则。线条、形体、色调、色彩、肌理、光线和空间等视觉元素的合理安排构成构图或布局。艺术设计包含物质和非物质两个层面：物质层面，它是人造物的艺术方式，构建艺术质的人造物系统；非物质层面，采用艺术设计方式筹划、安排事物，目的是使物更适合人。

设计是人类观念物化、有目的的审美活动。人类艺术活动具有明确目的性和预见性，是自觉行为。设计过程以问题求解为核心，创造新符号，是选择理想方案满足需求的过程，属于智能文化创造活动。审美趣味和理想在审美活动中产生，审美观念是人类精神活动产物。设计美学反映多元整体的审美价值，具有精神影响，实现人与人、设计师与大众的信息情感交流，传达审美观念，提升大众审美能力，促进精神文明建设。设计是利用知识的智慧密集型创造性活动，旨在提高生活质量，创造更美的"人—自然—社会"环境。

◎李自健美术馆 ／魏春雨

◎南岗小镇大门设计方案图 ／汪碧波

（四）设计具有时代性

设计的时空性使其成果带有不同时代、社会、时间和空间的特征，且日益呈现职业化、专门化特点。人类生活方式决定创造性活动，设计的目的、内容、手段及整体思想受特定社会生产力状况和生活方式制约。

农业社会以手工劳动为主，缓慢低效的生活方式孕育传统手工艺设计；工业社会以机器化生产为主，快速、高效、开放的生活方式催生以机器批量化生产为基础的现代设计。信息社会的生活方式、生产和运作方式决定信息化时代设计。后现代信息社会设计在对象、手段、形式及思维等方面发生巨大变化，人类在物质、精神和文化层面需求的多样化，以及生活方式和意识形态的多元化，决定设计多元化。但无论何时，设计为人服务的终极目的是不变的。

（五）设计的终极目的是为人而设计，具有功利性

设计学是对设计这一人类创造性行为的理论研究。设计首先需研究人的生理特点，如人机工程学、人体计量学、解剖学、行为学等；同时研究物与环境关系，如材料学、环保学、构造学等，以实现物与环境和谐，满足人类生存需求；还需研究物的流通方式，如广告陈列、展示设计、包装装潢等。

现代人依赖工具，只有当"物"与"人"产生联系时，"物"才成为

◎湖南美术馆 /安勇

◎吉首美术馆建筑元素分析 /安勇

"机"。设计产品要从人的需求出发，为人服务，人机关系是设计核心问题之一。深入研究分析人机关系，有助于设计更好地满足人的需求。从人机关系分析入手，细化到"人"与"物"不同部位、层面关系分析，人机关系越具体，越能为设计找到问题根源和解决方向。

"以人为本"是设计领域重要理念。有学者从"人"的纵向领域将其分为"人欲""人性""人道"。"人欲"因生理缺陷或缺失产生，是设计较低层次；"人性"体现人"求我幸福"的本性，反映精神需求，属于设计高级层次；"人道"指"求人幸福"，涉及"最广泛的人"和"最长远的人"，是设计最高层次。[①]

设计因人而生、为人服务，目的是满足人的需求，实现设计与人关系的合理化。人机关系在设计中要实现高效、健康、舒适、安全等目标，需明确涉及的人机关系及相关因素和技术指标。在实现合理人机关系设计时，还应处理好普通人群与特殊人群、静态人与动态人、人的生理需求与心理需求之间的关系。

（六）设计是先进生产力，可以创造新物质、改变生活方式、提升商品附加值与管理效能

设计对社会的影响体现在物质与精神两个层面。设计承载着人类的精神文化价值，设计作品是设计师精神的物化呈现。设计师借助产品将自身的才能、精神人格与趣味展现出来，产品在一定程度上彰显着设计师的特质。从设计生产的角度来看，设计并非仅仅局限于产品的制造，它还塑造了设计师这一创作主体，以及培养了欣赏、感受艺术的大众群体。设计具有广泛的大众性，其影响力相较于其他艺术形式更为显著。

设计属于可批量生产的商品生产活动，具有物理属性。设计的市场属性遵循商品价值规律，反映着时代的科学技术水平，这是商品时代的必然产物，也是设计区别于绘画等其他艺术形式的突出特征。设计是社会经济与意识形态的关键载体。英国前首相撒切尔夫人曾明确指出："设计是英国工业前途的根本。倘若忽视优秀设计的重要性，英国工业将永远难以具备竞争力，无法占领市场。"她甚至强调："在一定程度上，工业设计对于英国而言，比首相的工作更为重要。"20世纪80年代，设计业为英国工业注入了强大活力。有经济界人士提出"日本经济＝设计力"的观点，日本作为资源匮乏的国家，

---

① 张海英.设计以人为本：人欲、人性还是人道[D].武汉理工大学，2010.

战后30年间其国民经济平均每年实现10%的增长率，这在人类6000年历史中是前所未有的。第二次世界大战期间，由于对纳粹的恐惧，众多欧洲国家的艺术家与设计家逃往美国，促使美国在二战后艺术与设计领域迅速发展，领先于世界。人类历史表明，设计已被视为提升经济效益的根本战略与有效途径。

商品的高附加价值体现在功能（Function）、材料（Material）与感性（Sensitivity）三者的有机统一上。通常情况下，三者的值越高，商品的附加价值也就越高。企业的CI设计同样能够创造高附加价值，设计的艺术内涵是实现高附加值的永恒保障。二次石油危机后出现的省能源、省材料、多功能、轻薄短小的现代产品，都是创造高附加价值商品的典型范例。高附加价值商品的竞争主要依赖设计竞争，世界经济正从"物的经济"向"知的经济"转变，从某种意义上说，设计时代意味着高附加价值时代。

设计是一种生产管理手段，关乎企业的生存与发展。设计已深入社会的各个领域，与国家的经济建设发展紧密相连，是社会经济发展战略的关键要素，对整个社会产生着深远影响。设计是塑造和提升企业品牌形象的重要方式，能够有效促进商品销售，决定着企业的兴衰成败。

设计的一般原则为"实用、经济、美观"。当然，设计还能够增强商品的市场竞争力。许多商品由于设计不佳或未经精心设计，不仅耗费大量人力、物力，而且成本高昂，不符合市场需求，从而不受消费者欢迎，导致滞销。设计涉及国家经济计划的合理调配，关联着农工商与第三产业教育、服务等多方面的关系。企业设计需要妥善处理市场调研、设计定位、科学管理、生产与销售、服务、品牌意识等诸多关系。

设计本质上是创造新符号的智能文化创造活动，是人类的一种生命经营行为。设计也是一种自我装饰行为，这种自我装饰因人类需求而生，为人类服务，满足人的需求，改变人的生活，是先进生产力创造商品高附加价值的体现。

（本文于2016年6月在第二届艺术、设计与当代教育国际会议上发表。有改动。）

设计主体论

　　主体总是从自身角度出发，积极创设与改造客体，其主动性和创造性贯穿人类认识过程的始终。在设计学科理论中，设计主体与客体存在改造与被改造的对立关系；在认识关系上，二者又存在反映与被反映的对立关系。设计主体和客体的统一体现在相互规定、缺一不可，且在一定条件下能够相互转化。

一、目前我国设计师状况

　　近年来，网络上流传着一个有关设计师的帖子，标题为《设计师与妓女》。其内容如下：①都是服务性行业，都是靠卖艺为生，吃青春饭，老了就熬不下去了。②生活没有规律，只要客户需要，日夜都得工作，常因工作而得病。③必须尽最大可能满足客户各种各样不正常的要求。④妓女靠的是三围，设计师靠的是三维。⑤喜合群，设计师集中的地方称为设计室，妓女集中的地方叫红灯区。⑥工作时精神高度集中，最怕外界干扰，工作完后身心舒畅，都有一种不可替代的快感。⑦设计师为了拉客，通常会免费先提供自己的作品，妓女会先让你看看身段……当妓女不需要经验，越新手越值钱，当设计师就不一样了。越老越拼命。⑧客户通常都能分辨妓女的优劣，却不能分辨设计师的水准。⑨设计业普遍存在压价竞争，免费设计。妓女好像没有。⑩妓女一般都吃香喝辣、睡眠充足，一脸的玉润光滑。设计师一般都吃得少、睡不着、要起早。⑪妓女一般都穿金戴银，左的士、右出租，进则星级宾馆、出则桑拿酒吧。生活多姿多彩，尽享生命中的每一天。设计师大多浑身乱着冒牌T恤，常年挤公交，进则工作室，出则工地现场、材料市场，生活极度乏味，无聊透顶……

目前，我国设计师群体大致可分为高端设计师、高校学院派设计师以及设计劳工等几类。高端设计师不屑于承接小型设计项目，倾向于从事奢华设计。高校设计师生活无忧，但所设计的作品往往与实践脱节。设计劳工对工作多有怨言。当前，我国一线设计师大多在外界干预下超负荷工作，媚俗逐利、误导消费、迷失自我。商品化的设计市场陷入了混乱无序的竞争局面。

设计对于普通老百姓而言是艺术，对于艺术家而言是工艺，而对于设计师而言是职业。艺术家常常认为设计只是为满足物质生存需求而保留的一种工艺，然而设计师与纯粹的艺术家有所不同，他们需要面对现实。因此，"商业设计"这一称呼适用于众多设计师。

二、设计师身份的历史演变

原始社会就已出现专门从事手工艺生产的工匠。《周礼·考工记》记载："国有六职，百工居其一焉……审曲面埶，以饬（治）五材，以辨（办）民器，谓之百工。""百工"成为中国手工匠人及手工行业的统称。工匠们聚成流动人口四处游走，凭一技之长谋生，比如木匠、瓦匠、泥匠、石匠崇拜鲁班；铁匠、铜匠、银匠、锡匠崇拜老君（李耳）；织匠的祖师是黄帝、嫘祖和黄道婆；染匠和画匠的祖师是葛洪。以师徒传承为基础，形成了固定的行业组织。在欧洲，工匠行列中也包含画家和雕塑家，但他们的地位较为低下，例如雕刻家被称为石工。亚里士多德曾称工匠为"卑陋的行当"①。古罗马出现了专业的制陶师、建筑设计师，中世纪时期出现"手艺行会"，并诞生了专门的纺织设计师。在14世纪，一名纺织设计师获得的报酬要比一名纺织工高很多。艺术家作为学者和科学家的观念出现于文艺复兴时期，像吉贝尔蒂、波提切利、韦罗基奥、切利尼等都是从工匠作坊开启他们的艺术生涯的。18世纪，不少画家或工匠转行成为建筑师和设计师。1915年，英国成立了设计与工业协会，最早实行工业设计师登记制度，使工业设计职业化，确立了工业设计师的社会地位。如今，设计师的角色不再仅仅局限于商品"促销者"的层次。设计对于一个国家的经济发展至关重要。

---

① [古希腊]亚里士多德. 政治学 [M]. 吴寿彭译. 北京：商务印书馆，1965.

三、设计师的知识技能

设计起源于文艺复兴时期的意大利，拉丁文"disegno"原义就是"drawing"（素描）[1]。设计属于"大美术"范畴，因此，历年来艺术设计专业高考必考美术基础科目，如素描、色彩、速写等。造型基础技能涵盖手工造型、摄影摄像造型和电脑造型技能；专业设计技能包括视觉传达设计、产品设计与环境设计技能；艺术与设计理论包含美术史论、设计史论和设计方法论等。

设计师必须掌握的造型基础技能中的设计素描造型，与传统绘画造型不同，再现并非其最终目的。设计素描适用于所有立体设计专业（如产品设计、造型、雕塑等），画面凭借透视和结构剖析的准确性，从客观事物的具象形态中再现形式美感。设计色彩造型包含写实色彩和设计色彩，写实色彩有助于塑造自然真实的形象，而设计色彩则用于色彩塑造、表现和装饰形象。

设计速写造型是最为快捷方便的设计表现语言，不受时间限制。除了具备形体与色彩的记录功能和分析功能外，还能为设计创作积累大量的图片资料。几乎每一个设计都始于速写式的草图，所以，设计速写是设计师自始至终不可或缺的重要技能。

平面构成、色彩构成和立体构成这三大构成源于包豪斯的设计基础教学实践，是设计造型的基础技能。它们不仅为设计师提供设计造型手段和造型选择的机会，还能培养训练设计师在平面、色彩和立体方面的逻辑思维与形象思维能力。制图技能包括机械（工程）制图与效果图的绘制，这是产品设计师与环境设计师尤其需要掌握的基本技能。绘制效果图必须首先掌握透视图的原理和画法。透视图是在二维平面上用线条表现出对象的三维视觉效果，是绘制效果图的基础。

摄影摄像也是设计师应具备的技能。材料成型是依靠外力使各种材料按照人的要求形成特定形态的过程，包括人工成型与机械成型。

图形软件是设计师需要熟知的，常用软件如Photoshop、Freehand、Illustrator、CorelDraw、AutoCAD、Painter、Pagemaker、Quark、3Dstudio、

---

[1] 尹定邦.设计学概论[M].长沙：湖南科学技术出版社，2006.

Animator等。

设计师应掌握的艺术与设计理论知识主要有艺术史论、设计史论和设计方法论等。设计师还需掌握自然学科的物理学、材料学、人机工程学、人类行动学、生态学和仿生学等，以及社会学科的经济学、市场营销学、消费心理学、传播学、管理学、经济法、思维学和创造学等。

设计是一种经济行为。设计的经济性质决定了设计师必须具备一定的经济知识、市场营销知识；注重社会伦理道德，树立社会责任感；必须对部分法律、法规，尤其是与设计紧密相关的专利法、合同法、商标法、广告法、规划法、环境保护法和标准化规定等有相应的了解，并切实遵守；既要维护自身权益，也要避免侵害他人与社会的利益，使设计更好地服务于社会。

设计师的实践行为包括设计的调查，设计的竞争，设计合同的签订、实施与完成，设计师与设计委托方、实施方，消费者及设计师之间的合作、协调，设计事务所的设立、管理等。组织协作能力是设计师重要的社会技能。在信息时代，设计师必须善于发现和接受新事物，持续学习，不断提高自己的技能水平，如此才能创造新的设计。

四、设计师的分类

设计师因设计领域的不同，有多种分类方法，专业分工愈发精细。若按工作内容性质划分，大致可分为视觉传达设计师、数字媒体设计师、产品设计师和环境设计师；按从业方式的不同，大致可分为驻厂、自由和业余设计师三类；按设计作品空间形式的不同，还可分为平面设计师、三维立体设计师和四维设计师。这三种划分方法均为横向划分。从纵向角度可分为总设计师（通常同时负责一个或多个设计项目，主持或组织制订每一设计项目的总方案，确定设计的总目标、总计划、总基调，界定设计的总体要求和限制）、主管设计师（或称主任设计师，负责某一具体设计项目的设计师）、设计师（负责设计项目中某一部分的设计工作）、助理设计师（主要协助设计师完成其负责部分的设计制作）。此外，还可根据设计师的专长分为总体策划型、分项主持型、理论指导型、技术设计型、艺术设计型、技术研制型、艺术表现型、综合型、辅助型和教育型等。复杂的设计工作通常难以由一个设计师单独完成，需要一个设计群体携手合作、共同完成。在这样的群体中，每个设计师的工作内容、所负职责和素质要求等各不相同。中国专业领域的人才培养存在诸多分离现象，院校的专业设置将建筑设计、景观设计、室内设计分别立科，这种人才培养结构导致国内建筑设计领域存在设计不连贯的弊端。例如，建筑设计师完成土建结构设计后，就将建筑毛坯交给室内设计师，而室内家具体系多半只能选购市场成品。这种接力棒式的设计不利于优秀建筑室内作品的诞生。为人类利益设计，这是设计师的根本要求，也是设计师崇高的社会责任，只有实现这一目标，设计师的设计才有意义，才能实现自身价值。

五、设计师的社会责任

设计师改善着人们的生活质量，优化着人们的生活空间，并深刻影响着人们的生活方式。设计师是促使设计作品发挥社会功用的决定性因素。设计师已成为科技、消费、环境乃至整个社会发展的主要推动力量。设计师具有设计活动主体与设计消费者的双重身份，既是设计接受者又是传播者。设计师在传播中还担当设计批评角色，既是设计批评的主体对象也是客体，设计批评者与设计者是一种紧密的互动关系。

有人认为，设计作为一种服务行业，就是拿别人的钱为别人服务，为别人赚取更大的利益。然而，在这种人与人的交流中，信任才是设计师实现价值和责任的统一体，赚钱并非唯一目的。设计师应致力于"优化"设计。"优化"一词指在使用的基础上追求更优质精细、转化更简便的效果。只有实现"为人类的利益设计"这一目标，设计才有意义，设计师才能实现自身价值。中国设计需要创新。中国设计企业正在崛起，要走向世界，就要真正实现从"中国制造"到"中国创造"的转变。设计不仅是设计师的个人行为，更是社会行为，必须注重社会伦理道德，树立高度的社会责任感。

设计师应具备敏锐的洞察力，对时尚具备敏锐的观察能力和预见性是设计师自我培养的一项基本能力。从更高层面来看，设计师担负着引导时尚的责任，应设计符合人们审美愿望的产品。好奇心、发明创造的能力能够激发设计师的创作欲望，他们细致入微地观察、追求感性、关注周围世界，对美学形态及周围文化环境的意义怀有浓厚兴趣。设计师的观察和感受能力是设计创造的基础，应具备较强的表现能力及丰富的表现手段；能够清晰准确地表达自己的设计意图和思想，便于与业主沟通理解；应具备准确把握材料信息和应用材料的能力。作为一名设计师，创新至关重要。概念设计是对项目的设计思路，是一个综合结果，也是一个总的思路，包含对各个方面的综合考量，有设计者对设计项目独特的认识因素和个性特征，是区别于其他设计方案的关键。设计是服务性行业，服务于大众，优秀的设计师会不断探寻客户需求，与业主的沟通、磨合是达成设计方案的关键，同时重视市场调查。

一个成熟的设计师必须具备艺术家的素养、工程师的严谨思想、旅行家的丰富阅历和人生经验、经营者的经营理念、财务专家的成本意识。设计是设计师专业知识、人生阅历、文化艺术涵养、道德品质等方面的综合体现。只有不断提升内在修养，才能创作出优秀的作品，避免沦为媚俗趋利的设计劳工。

（本文发表于2014年第4期《设计》杂志。有改动。）

书籍装帧的"民国范式"探析

在鸦片战争以前，我国的视觉传达艺术设计相较于西方发达国家存在较大差距。鸦片战争之后，国外的商品广告开始出现在中国的通商口岸以及租界城市，如北京、武汉、上海、天津等地。西洋音乐、美术、电影戏剧的传播，为书籍装帧设计借鉴西方设计元素提供了可能，尤其是摄影技术的运用，对我国近代视觉传达设计产生了划时代的影响。这一时期，书籍装帧设计的题材日益丰富，逐渐形成了独特的"民国范式"。正如托马斯·库恩所言："范式一改变，这个世界本身也随之改变了。"①当时，军阀混战、政府更迭、战火纷飞，社会动荡不安，却也唤醒了知识分子的政治觉悟。新文化运动、五四运动的兴起，促使民国的书籍装帧呈现出百家争鸣、百花齐放的活跃与繁荣景象。

一、"民国范式"受西方与日本书籍设计文化影响

中国古代传统的书籍装帧形式丰富多样，主要有简策、卷轴装、经折装、蝴蝶装、包背装、线装等多种形态。受莫里斯工艺美术运动、包豪斯设计风格、欧洲新艺术运动、装饰运动以及日本"图案字"的影响，民国时期的书籍装帧设计逐渐走向现代化。在晚清时期，欧洲先进的金属凸版印刷技术传入中国，逐渐取代了传统的雕版印刷术，使得书籍装帧从传统模式迈向现代。20世纪20年代，西洋的石版、铜版、锌版、铅字印刷、照相制版（又称珂罗版）等设计技术在我国开始普及。随着国外先进印刷技术的引进，书籍装订形式由线装改为铅印平装，国内出版机构如雨后春笋般涌现，报纸杂志数量增多，国内书籍装帧设计迎来了繁荣发展的时期。特别是五四运动之后，新文艺作品

---

① [美]托马斯·库恩.科学革命的结构[M].金吾伦，胡新和译.北京：北京大学出版社，2003：101.

与期刊杂志、新教育课本大量涌现，大批留学归来的学子和艺术家积极投身于书籍装帧设计领域。"20世纪初，近代中国美术的著名开拓者几乎都去过日本留学或考察过……据不完全统计，在这期间去过日本留学的中国著名美术家多达300人以上。"①例如，陈之佛（1896—1962）是我国第一个到日本学习图案的艺术家，他在书籍设计中注重装饰语言，在《文学》杂志的装帧设计中融入立体派、构成主义等西方艺术元素，以几何图案元素进行抽象概括，色彩强烈。《苦闷的象征》封面设计将景物融入人体，明显受到未来主义的影响。此时的书籍装帧设计显著受到国外诸多艺术流派的影响。书籍形态从清代的线装书转变为平装、精装，

◎图一 《礼拜六》杂志

书籍的封面、字体、插图、版式、开本（采用1∶1.618黄金分割比）呈现出多样化的风格，封面格局有竖向型、横向型、自由型三类。印刷纸张也改为双面印刷、右开本、切边书等，显示了设计师们将传统与时尚结合的努力，具有民族风格的新式书装成为书籍设计的主流。在文学刊物中，有以"政治启蒙"为办刊宗旨的文学期刊，如《新小说》《绣像小说》等，也有以"游戏、消遣"为目的的鸳鸯蝴蝶派刊物，如《小说时报》《礼拜六》。

《礼拜六》（图一）封面受到日本书籍装帧设计风格影响，以风景和美女迎合大众审美情趣，书刊封面创作呈现通俗化特点。同时，不少国外企业如英美烟草公司也投入设计资金进行书刊的广告促销，以赚取利润。

二、文学家、画家参与书籍封面与插图设计，壮大了"民国范式"出版设计队伍

民国时期的书籍装帧设计在特殊的社会环境中成长起来。这一时期的文

---

① 刘晓路.各奔东西：纪念近代留学东洋和西洋的中国美术先驱们 [M].南宁：广西美术出版社，2001：213.

人与画家们受到西方与日本文化、新文化运动以及五四运动的影响，对书籍装帧设计起到了积极的推动作用。民国时期，书刊是知识与信息传播的主要媒体，新文化运动中，报刊杂志的语言由文言文改为白话文。新文艺思想以书刊为主要宣传工具，众多出版机构，包括官办、社会团体、教会、学校、个人创办等，实力强大的商务印书馆、中华书局、良友公司等都拥有自己的排版师、编辑、装帧设计人员，以适应民国文化消费模式特征，阅读群体迅速扩大。民国的书籍装帧艺术设计形态的发展变化受到新的生产方式影响，从而诞生了新的出版形态。与中国封建体制下的出版形态不同，现代作者、艺术设计师、画家、编辑、出版家、印刷师等书籍装帧链上的各种力量共同参与出版形态的生产，扩大了书籍装帧设计的空间。随着出版机构的增多，为防止不正当竞争、规范行业规则，民国时期的行业书会颁发了一系列书籍市场管理法，对书籍价格、印刷资费、彩印许可都做出了详细规范。民国时期的文化转型与类型化出版中的文化启蒙运动与通俗出版物的产生、新文化运动与精英出版、都市文化与图像出版等方面都出现了新的机制，出版业的生产组织方式也发生了变化，包括编排的生产组织方式、艺术设计人员的新兴起等，使得设计主体的知识结构更加丰富，深化了设计理念，出现了不同类型书刊的形态。民国时期书籍装帧设计对旧有文化表征的对抗与蜕变，表明中国视觉文化转型推动了艺术设计向不同形态的发展。

1910—1920年，《小说月报》由"鸳鸯蝴蝶派"作家王蕴章、恽铁樵主编，该刊物以消遣娱乐、迎合市民趣味为特征。1921年改版后，由沈雁冰、郑振铎、叶圣陶担任主编，此时刊物的书籍装帧设计方面配合"五四"新文学先锋派的文学"为人生"理念，以觉世、醒民为主题。

《新青年》刊物汇聚了一大批著名学者，如鲁迅、郁达夫、田汉、郭沫若、徐志摩、闻一多、梁实秋等，他们在翻译国外文学作品的同时还介绍美术设计作品，如比亚兹莱的画、王尔德的作品等。之后，丁玲主编的左翼作家联盟刊物《北斗》同样聚集了一大批文人学者。

文人学者的参与使得民国时期的书籍装帧设计呈现出新文化风格，这些作品既质朴平实又充满了唯美装饰趣味。文人学者们既注重文章内容的编排校勘，又参与设计封面扉页，显示出深厚的文化底蕴，形成了文人学者式设计。另一类是艺术家参与设计，如钱君匋、陶元庆、司徒乔、陈之佛、丁聪、丰子恺、廖冰兄、林风眠、叶浅予等。民国新文化运动时期的书籍装帧设计堪称我国现代书籍设计的典范，这一时期人才辈出，书籍装帧设计处于繁荣时期，文人学者们在其中凸显了中国设计元素。

三、"民国范式"融合中西，凸显中国元素

（一）比亚莱兹唯美风出现

受新艺术运动与装饰运动影响，民国书籍装帧出现了新的装饰纹样，特别是新艺术运动代表比亚莱兹的唯美繁复风格受到郁达夫、鲁迅、郭沫若、徐志摩等文人的推崇。如叶灵凤负责排印和装帧设计的周全平的短篇小说集《梦里的微笑》封面就受到了这种风格影响，呈现出细腻、唯美、梦幻、颓废的特点。不少出版社的书籍装帧设计，如光华书局、创造社出版部、北新书局和现代书局的出版物等基本都受到此种风格影响。闻一多先生为《清华年刊》创作的插图《梦笔生花》属典型的中西文化融合的案例，设计风格受到比亚莱兹的绘画影响，具有强烈的装饰风格，并融入中国传统线描元素。钱君匋1929年为《苏俄小说专号》所做的封面设计受到构成主义大师罗德钦的作品的影响，运用大字体编排，采用醒目的红色和黄色，视觉冲击力强烈。

20世纪初至20世纪30年代，英、美外商在上海创办广告公司为抢夺中国设计市场，聘请中国画家绘制广告，要求必须符合中国民情和习俗的广告设计。外国政客、商人带来大量供应外国读者的书籍杂志进入中国，设计师得以见到欧洲19世纪晚期光彩夺目的平面设计思想与产品。这些书籍装帧设计充分理解并尊重中国人的审美习惯，多运用中国民俗年画样式，舍弃西方招贴形式，如杭稚英、郑曼陀等设计师就结合中国审美观念与装饰特征创作了不少令中国民众喜闻乐见的月份牌作品。

（二）以水墨、漫画、木版画等多种形式体现中国元素

从近代转向民国时期，书籍封面图形设计呈现出由"晚清"向"民国"过渡的特征。这些特征主要体现在书籍装帧设计中运用绘画式手法，如国画、版画等。民国后期在"左翼文学联盟"运动思潮影响下，出版类的书籍装帧设计受到苏联影响，采用了一些西洋画法的设计语言。由于民国时期受印刷条件影响，书籍装帧形成"惜墨如金"的氛围，在色彩运用上，民国书

◎图二 《小说月报》
5期

◎图三 《小说月报》
18卷5号

◎图四 《小说月报》
18卷8号

籍呈现出"吸色如金、以少胜多、计白当黑"的特征，对色彩的选择与运用相当谨慎，红、蓝、绿、黄原色加上黑色运用较多，并巧妙运用纸张的原色。在学习了日本图案之后，不少艺术家发现日本装帧中的图案源自中国敦煌石窟壁画，如鲁迅曾与陶元庆、钱君匋等讨论如何将中国画像石、画像砖、青铜器纹饰、石窟石刻等运用到书籍装帧中。钱君匋曾说："我觉得书面装帧要有东方的、中国的气派，把古为今用这句话体现出来，取法我国古代的铜器和石刻的纹样，是大有可为的。不但如此，凡我国古代优秀的绘画、书法、工艺品、服饰等各方面遗留下来的东西，无论是造型、结构、色彩、线条等，都可以在设计书面时，根据实际需要，融会化合到创作中去，成为现代的有民族特色的装帧作品。"①

　　1897年创办的商务印书馆旗下有两本知名刊物。一是1910年于上海创刊的《小说月报》（图二至图四），这本"百年老字号"的文学刊物对我国的书籍装帧与设计影响了几代人。《小说月报》中的插图多为风景古迹，也包括名人字画，装帧设计以"消闲、娱乐"为主。这段艺术设计的历史一度被遗忘，但其在艺术设计思潮探索民族特色方面值得被再次思考。《小说月报》前期的封面设计主要采用以中国文人画为主的传统设计，后期封面设计则以

---

① 费维恺，费正清.剑桥中华民国史（下）[M].北京：中国社会科学出版社，1998.

西方绘画为主，呈现多元化设计理念。另一本是陈之佛曾任装帧设计的《东方杂志》（图五、图六），他运用中国艺术中的书法、汉画像石图案、吉祥图案、埃及艺术等凸显书籍装帧的东方民族气节。

陶元庆为许钦文小说集《故乡》（图七）设计的大红袍形象就来自中国传统戏剧舞台形象设计，采用红、蓝、黑三种颜色，以版画形式体现了中国传统戏剧美学的虚拟夸张、意趣天然特色。

（三）摄影图案式图形

鸳鸯蝴蝶派作家王文濡主编的《香艳杂志》在1914—1915年间出版了十二期，由中华图书馆发行，杂志的封面以女作家或女学生肖像为主，显得时尚，装饰手法迎合当时大众口味。被视为"迷魂汤、麻醉剂"的庸俗空虚小说《玉梨魂》也是鸳鸯蝴蝶派作家出版的畅销书，出版商对商业利润的追求使得设计商业化迅速发展，绘制照相布景、舞台背景、月份牌广告。在书籍封面上出现了注重图文并茂的彩印图案。《新青年》《良友》等刊物壮大了封面设计、封面摄影、绘画插图艺术家的队伍。《良友》（图八、图九）创刊于1926年的上海，直到1984年在香港复刊，其书籍装帧设计影响深远。《良友》采用先进的照相和彩色印刷技术，刊登了众多新时代女性照片，如胡蝶、阮玲玉、黄柳霜、陈云裳、陆小曼等。《良友》画报的珍贵照片展示了民国时期社会风貌文化、视觉传达设计艺术的特征，是民国时期艺术类刊物中发行流传最久的之一。

◎图五 《东方杂志》

◎图六 《东方杂志》
25卷

◎图七 《故乡》

◎图八 《良友》画报

◎图九 《良友》25期

◎图十 《萌芽月刊》

◎图十一 《国学季刊》

《萌芽月刊》(图十)封面由鲁迅设计，摆脱了鸳鸯蝴蝶派的俗气庸俗，以"图案字"做编排创意，显得大气醒目。《国学季刊》(图十一)以中国古代青铜器、汉画像石、画像砖等中国古代图案纹样作为书籍封面主要图案。《北斗》封面设计也以"图案字"为设计中心，具有装饰性，视觉效果一目了然。总之，民国书籍装帧既以开放的势态吸取西方风格，又保存民族传统样式，融合各种因素，呈现了新旧艺术交叠，百花齐放、百家争鸣的局面。

（四）以汉字美术体样式进行装帧设计

各种艺术字体多样化地出现在民国书刊的装帧设计中。其一，书籍封面字体设计在传承传统的基础上创新美术字，将传统的统一字体设计为具有变化的各种形态，将文字笔画抽象化，以三角形、圆形、方形图案进行几何概括，表达一种现代的建筑体积感，对美术字体中的横、竖、掠、撇、点都进行整体的创造性设计。例如，民国书籍《抗争》封面的"抗争"两字的笔画设计成三角形。其二，从中国书法字体演变而来，具有书卷气，富有人文气息。例如，1933年由叶圣陶设计的《山雨》封面，以篆书演变而来，富有稳定感。鲁迅的《心

的探险》（图十二）、
《南腔北调》就是用
传统中国书法字体进
行封面设计，书法题
书进入书籍装帧设计，
提高了书籍的品位。
其三，文字与图形相
结合显示装饰性。受
到外来新艺术运动思
潮影响，使用"鞭线"
似的植物曲线为装饰；
《青年界》采用图案式
的封面设计。鲁迅全
集单行本之一的《坟》
（图十三）封面设计
就以坟墓与棺材作为
设计图形，显示苍凉
孤寂。

◎图十二 《心的探险》

◎图十三 《坟》

《新青年》（图
十四）装帧设计显示
了我国现代视觉传达

◎图十四 《新青年》

◎图十五 《青年杂志》

设计意识的兴起。这本刊物的前身叫《青年杂志》（图十五），刊名采用方正
红色美术字，横竖笔画粗细相近。改版后的《新青年》封面设计中，整体呈
现梯形，上宽下窄，富有形式感，刊名字体具有现代感、冲击感，视觉效果
醒目突出。不同于传统的纵向排版，其采用了横向排列，时尚感强。在刊物
《诗刊》《现代》中都能找到立体主义的影子，从而在中国文艺界兴起一股崇
尚唯美的热潮。陶元庆被称为"中国现代书籍装帧史上第一人"。他设计的
鲁迅短篇小说《彷徨》（图十七）运用橙色底色，黑色太阳与农民形象简洁
抽象，富有装饰感。这一设计表现了鲁迅作品中农民在烈日下的疲惫状态，
通过视觉语言传达了鲁迅对国民精神困境的深刻揭示。

◎图十六 《鲁迅散文集》　　◎图十七 《彷徨》　　◎图十八 《呐喊》

鲁迅的《呐喊》(图十八)封面字体如同锋利的刀刻，苍劲有力，属"图案字"体系，装饰性强，字体醒目，变化鲜明、鲜活灵动。由于印刷条件局限，封面印刷的色彩一般不超过三种颜色。尽管色相少，但这一时期的封面十分注重色彩的整体统一协调，突出主色调，红黄等暖色调多有应用，形成主、从、衬层次分明的三个层面。

四、"民国范式"须发扬光大

在短短三十多年里，书籍装帧的"民国范式"在中国出版史、书籍史、工艺美术史及社会史上构建起中国现代书籍设计的基本形态，代表了中国现代书籍装帧设计的价值审美观与核心理念，实现了中西文化互融，促进了现代工业社会的艺术设计与中国传统手工业艺术设计的融合和提升，同时也引领了时代变革。民国时期的报纸、杂志、书籍装帧、广告、月份牌等视觉传达设计领域曾一度繁荣，可谓百花齐放，形成了设计的"民国范式"。

民国时期，由于各党派需要"喉舌"，不少报纸杂志纷纷涌现，政府也开放了报馆的"言禁"。这个时期在我国出版形态史上堪称"活跃期"。蒋介石于1929年12月27日在北平记者招待会上曾说："以真确之见闻，作翔实之贡献，其弊病所在，能确见其症结；非攻讦私人者，亦请尽情批评。"国民政府在1933年9月发布了《保护新闻从业人员》的命令，起因是报道江苏省政府买卖鸦片的江苏《江声日报》经理刘煜生被省政府主席顾祝同下令枪杀，此事被南京的《中央日报》于1933年9月2日报道。《保护新闻从业人员》命令指出"察核该省党部以各地方政府，对于新闻从业人员，常多不知爱护，甚至有任意摧残情事，特令通令保护。"国民党中央政府将顾祝同免职调离，1934年8月，国民政府在杭州记者公会的倡议下，将9月1日定为"记者节"。由于民国时期错综复杂的政治、战争、文化及社会生活，导致国民政府的出版政策矛盾重重。1914年，袁世凯颁布了民国史上第一部出版法，北洋政府严格控制出版物，不少著名刊物因此遭到查封。国民

◎图十九《欧洲大战与文学》

◎图二十 《桃色的云》

◎图二十一 《莫奈》

◎图二十二 《旧巷斜阳》

党政府对出版的管理也近乎严苛，频繁地查禁报刊书籍。1930年，左翼作家联盟的《拓荒者》《萌芽月刊》等刊物在国民党的《出版法》公布后，被勒令停止出版。1946年，国民党开始全国性的出版与新闻查换证，就连坚持了三十年之久的《东方杂志》也在内战中夭折。由于政治、战争等各因素影响，民国时期的书籍装帧设计的中国体系没能得到很好传承，以致断裂，设计的"民国范式"在内战期间衰微，1949年以后更是彻底断裂。我们亟待推动中国本土书籍装帧等设计的现代化进程，使设计文化创新与民族精神在当代得到更好的传承与发展。

（本文发表于2016年3期《湖北美术学院学报》，为2015年湖南省普通高等学校教学改革研究立项项目"研讨式教学在艺术设计理论课程中的运用"阶段性成果之一。有改动。）

传神写照，迁想妙得

——设计素描教改心得

一、近年来对设计素描的几种认识

随着艺术设计的蓬勃发展，设计素描教学成为行业内探讨和争论的焦点。在对设计素描的研究中，很大一部分强调设计思维和创意在其中的重要性。由于观念的差异，产生了不同的认识和理解。设计与绘画在理念上既有统一之处，又有分块的不同要求，这为设计素描实践带来了新思路和新观点，涵盖了设计素描与传统素描的关系、结构设计素描、解构与重构，以及偏重表现性素描和偏重创意设计素描等方面。

1.认为传统素描与设计素描"这两种基础的关系实际为一体，而不是割裂开的，应是传统素描和设计素描教学有机的结合，但是不要把其视为唯一"①。"所谓设计素描的理念是靠一定的素描造型理论知识和大量的实践来支撑的，是经验的积累和艺术修养的升华。写实素描是设计素描的基础，设计素描是写实素描的发展和变化。"②

2.认为"从结构出发研究造型，是以设计概念为先导的素描造型形式，以艺术设计为教学目的而进行的素描写生和素描创作的实践活动"；并且划分了结构设计素描四个方面的训练"准确描绘能力的训练、结构分析能力的训练、空间透视层次表现能力的训练及构想创意能力的训练"③。也有教师把设计素描的知识命名为"兴奋点"，通过兴奋点训练达到开发创造性思维能力，在游戏中教学，体会设计素描是为了设计的造型训练。④

---

① 李鹏.重构素描——艺术设计基础中的设计素描教学［J］.艺术教育，2013（12）：169.
② 张继渝.论设计素描教学［J］.装饰，2005（5）：126.
③ 胡文光.结构设计素描［J］.装饰，2009（9）：84.
④ 宋启明，等.设计素描教学中几个兴奋点的分析与探讨［J］.装饰，2008（3）：88-89.

3.认为设计素描在样式、教程、内容、目标、教学方法、课程设置、训练指导上，都应区别于绘画素描。划分设计素描与绘画素描的区别，认为设计素描重新用理念手法再现形体；而绘画素描强调形象思维、欣赏功能；强调表现力。①

4.有行家从后印象派及立体派现代绘画的形式美感、主观构图、抽象构成、变幻空间设计方面找设计素描的形式构成规律，认为"设计素描从一开始就是伴随后印象派绘画而产生的……其立足点就是探索物体本质构造、结构、内涵、形态和画面构成、分割、秩序、空间及变化了的质感、符号，结合艺术家的现实艺术感受，将主观情感赋予画面形态之中。从现代派绘画的多角度观察方式拓展设计素描画面空间的立体结构"。②

5.认为"设计素描教学不应仅停留在技术训练的层面上"。有教师认为设计素描教学不应只是技术训练，"要打破严格的焦点透视习惯，让同学们知道，准不一定美、美不一定准，刻意进行扭曲化平面化夸张化的形象处理"③。有专业教师提出："素描不一定人人都必须过'写实关'。素描并非一切造型艺术的基础……以西方现代艺术教育为例的看法，认为素描本身即艺术形式，艺术传授中规范与个性的矛盾不可调和，因而在实践环节中应彻底改变现行的方式，变规范为引导。教师应退后，以便于充分发挥学生的个性。"④有的认为要在"明与暗的节奏中感受、发现'光、影'的形式美感，成为设计素描意象表达的一种方式"⑤；也有人认为"'光'不是设计素描表现的主要对象，表达和理解物体自身的结构本质才是根本目的"⑥。为创"新"而将设计素描的教育思维体系走向极端，强调光影对设计素描的创意，这种创新、改革，片面强调学生的"个人风格"形成和"创新"效果的出现，设计素描用"黑、白、灰色调来表达"及"光影"表达不能解决造型与创意问题的，"光影"有助

① 梁少兴.设计素描教学内容与课程设置［J］.美术研究，2004（3）：97-99.
② 闫翀.论后印象派及立体派绘画结构给设计素描形式构成的启示［J］.装饰，2012（1）：141.
③ 刘华东.关于艺术设计专业设计素描教学的思考［J］.艺术百家，2012（7）：430.
④ 苏坚.素描，仅此而已［R］.西安国际素描研讨会，2003-10-24.
⑤ 邹璐.感受"光、影"的节奏——设计素描意象表达教学探索［J］.装饰，2014（4）：110-111.
⑥ 刘有全.浅议艺术设计中的设计素描［J］.美术观察，2005（9）：101.

于表现形，但应处于从属的地位，解决不了艺术层面的形式美感和表现方法，而无形中会误导学生走上一条毫无一技之长、不学无术的歧途。

6.不少专家主张，创意是设计素描造型训练的核心，在设计素描的教学过程中，应把培养创意思维能力贯穿始终。设计素描是一门注重表现造型创意的学科。但是我们又难于摆脱习惯性束缚，只满足于对自然形体与空间关系的临摹能力，无法认识规范之外的多种多样的构想方式，其结果是'基本功很扎实，而创造力不强'。①还有如以主题创意为主的训练模式，教师根据教学目的，事先设计并拟定出一些课题，交由学生发挥想象，并完成相应的主题素描设计："课题制教学模式是教师根据一定的主题，要求学生用素描的形式进行设计表达和创作的一种训练方式，主要培养学生的认知能力和视知觉的转换能力。"②也有教师将系统论在现代系统控制、计算机编程、项目管理等中的时序图理论运用于设计素描教学，认为"在设计素描课程呈现非线性因果关系下，时序图（对象、生命线、消息、激活）的内容可以整体地与设计素描课程教学的四大要素（对象、课题、信息、创意与执行）相契合"。③也有教师有采用文学语言方式来研究设计素描，认为设计素描中，情景构想的要件包括三个内容：情节、场景和氛围。情景构想的视觉化呈现成为设计素描的交流语言，情景构想能力是设计素描创造性思维的重要因素。④总之，设计素描的创意训练使教师们绞尽脑汁、各显神通。

7.还有人主张要取消设计素描教学，认为"严格地说，现行的学院设计素描课程并没有太大存在的必要，因为它解决的仅仅是一个美术基础的问题，而不是引领学生步入开启创造力与艺术才智的开端"。⑤

二、从素描与设计的起源与发展看设计素描的性质

追溯美术与设计的历史可以发现，设计起源于素描，素描是对现实事物的一种研究方式。

---

① 刘伟红.创意——设计素描的核心［J］.装饰，2007（2）：127.
② 尚勇.设计素描的再设计——设计素描课程实践性教学新探［J］.装饰，2013（9）：110-111.
③ 林辉.以时序图理论来优化高校设计素描的创意教学［J］.装饰，2012（3）：114-115.
④ 唐莲.设计素描中的情景构想［J］.文艺研究，2011（9）：165-166.
⑤ 黄印凯.重新解读设计素描［J］.装饰，2008（4）：96-97.

素描起源于意大利文艺复兴时期，是一种运用单色表现构图、明暗、空间虚实、透视和解剖结构的绘画形式。米开朗琪罗将素描描述为所有"艺术的源泉和身躯"。①同时，"设计（design）"概念也产生于意大利文艺复兴时期。在艺术定义最初系统形成时，设计一词的含义与现代"设计"概念类似，宽窄不一。设计最初指的就是素描、绘画（drawing）。②

"迪塞诺"（disegno）是文艺复兴时期造型艺术理论中的核心概念，是绘画、雕塑、建筑"同源说"的产物。西方美术史之父瓦萨里在全面探讨设计这一概念时指出，设计（disegno）是建筑、绘画、雕塑三项艺术的"父亲"。而设计又是从素描开始，整合造型规律、空间结构规律，感悟自然属性中的灵性造型要素，重构自然形态的重组变形，构建新的形体秩序、新的视觉关系和造型实体。

达·芬奇曾说"轮廓线是绘画的开始"。文艺复兴时期的大师们排除明暗干扰，借助透视手法表现三度空间，着力用线条表现空间内部无法直接可视的结构。纵观文艺复兴时期的素描，大多是当时为完成教堂壁画和雕塑所做的草稿。由此可见，素描的另一个重要作用是作为记录构思、想法和方案的手段。《不列颠百科全书》中对"素描"（Drawing）一词的解释为"以线条表现物体、人物、风景、象征符号、情感创意或构想的艺术形式"，即描绘、制图、图画、图形，是大型创作之前的草稿草图。早期素描使用的工具包括铁笔、铅笔、毛笔、钢笔、木炭、针、凿子等，后来又出现了银笔、羽毛笔蘸墨汁、蜡笔、色粉等。在文艺复兴时期，艺术设计等同于素描，设计与素描指的是造型的草图、草稿，用于表达宗教文化内容与科学发明创造。随着绘画科学的发展，素描从其他学科中独立出来，成为具有视觉审美含义的造型艺术。包豪斯时期，伊顿、纳吉、阿尔伯斯、康定斯基、克利等人对视觉语言教学进行了探索与试验，开创了设计基础的新教学方法。例如，伊顿提出的绘画视觉训练、视觉规律、素描的结构和韵律等，都是早期设计（结构）素描的训练方法，克利则将素描形容为"一条线去散步"。

中文"素"字的本义是没有染色的丝绸，在古籍中，它还被用来表示生帛、白色、无色、原色、空地，此外，也有朴素、无饰、丧事等含义。《论

---

① 周晶. 米开朗琪罗素描解析（下册）[M]. 重庆：重庆出版社，2008：1.
② 尹定邦. 设计学概论 [M]. 长沙：湖南科学技术出版社，2006：41.

语·八佾》中有"绘事后素"的说法，意思是绘画要以白地无色的东西为底衬，需质朴认真地下功夫。"描"字的本义是依样摹写或绘画。中国古代所说的"非彩为素，摹画为描"是针对彩绘而言的。中国画中的"白描""双勾"及"粉本"也属于"朴素的描写"，因此也可归为素描范畴。潘天寿认为，美术基础教学应以白描为主要内容。[①]

中国早期的素描教学体系是徐悲鸿从法国引入的。1958年，人民美术出版社出版了契斯恰科夫素描体系的总结性教科书《素描教学》（索洛维叶夫、斯米尔诺夫和阿列克塞耶娃等编著）。契斯恰科夫教学体系忽视速写和默写训练，在我国高等美术教育界影响了几代人。1979年，文化部召开的第二次全国高等艺术学院素描教学座谈会，批评了以行政方式推广的契斯恰柯夫素描教学体系，因其导致我国素描教学方法和基础素描教学风格的单一化。

1982年召开的全国工艺美术教学座谈会议提出，各专业设计课程的内容应直接根据专业设计需要确定，随后出现了"结构素描""设计素描"等名称。1985年，瑞士巴塞尔设计学校的教材《设计素描》（吴华先译）由上海人民美术出版社出版。1986年，孙宜生的《意象素描》（华中工学院出版社）流行开来。到了20世纪90年代，设计素描教材种类繁多，观点各异。主要的设计素描教材有：田敬、韩凤元的《设计素描》（河北美术出版社），陈志明的《设计素描教程》（浙江人民美术出版社），唐鼎华的《设计素描课堂》（江西美术出版社），冷先平的《设计素描》（华中科技大学出版社），赵君超的《设计素描》（辽宁美术出版社），王中义、许江的《从素描走向设计》（浙江美术出版社），黄作林等的《设计素描》（重庆大学出版社）。到了2007年，单德林的《设计素描》（辽宁美术出版社）及潘吉成的《设计素描教程》（中国纺织出版社）使用较为广泛。

从素描的历史发展来看，设计素描具有功能性特点，其第一要素是强调物质性与适用性，它是表现物象形体结构及组合构成的手段工具。画面构成要素的合理安排是其造型特点，能充分反映物象的本质属性与特征；可以采用不同材料和多种载体，展现设计师的观察、设计构思、感受、联想和情感等；便于设计师以线为表达方式，快速、随意地捕捉对象，控制表现形象；

[①] 潘天寿. 潘天寿论画笔录·关于基础教学[M]. 上海：上海人民美术出版社，1984：96-100.

设计构思创意和情绪流变都蕴含在设计素描之中。

三、"传神写照、迁想妙得"是设计素描的根本

物象解构离不开形体结构和空间，色彩和明暗只是外在表现形式，形体空间是设计素描的支柱。素描的基本要素是设计素描训练的出发点，造型表现的技能技巧是设计思维和造型观念的载体。在设计活动中，设计理念通过一定的绘画技巧得以表达，使观念意象视觉化，呈现出一种形式美。在认识自然表现结构中设计因素的启发下，形成与设计命题相关的意象。设计素描是在原始状态下，通过寻找结构转化为艺术形象，作为一种有效的视觉传播手段，是通过视觉化表达设计意念与创意的语言工具。设计素描教学应根据艺术设计的特点和要求，在培养学生审美能力和造型能力的基础上，启发和拓展设计思维。

传统绘画素描以形象思维为主，而设计素描以设计思维为主。我们应将传统造型方式与设计素描相结合，突破绘画素描的理论束缚，倡导设计创意，培养学生在设计范畴内观察、发现和解决问题的能力。通过默写强化学生的设计造型、创意能力以及对新型事物的感知能力，提高对透视空间关系的准确把握能力，增强观察能力和判断能力，提升设计草图的绘制能力，为专业设计课程奠定基础。设计素描就是要画思想、画分析、画认识。设计素描应改变习惯的透视方式，进行多方位、多角度的观察思考，不断感受和体验物象的形态特征，分析理解和剖析物象的形体结构、空间等，用设计语言创造新的艺术形象。

目前，国内设计素描的教学内容基本分为结构设计素描、具象设计素描、抽象设计素描、意象设计素描、装饰设计素描、表现设计素描、材料媒介综合设计素描等板块。例如，中国美术学院的周刚老师将设计素描分为以下几个阶段：①线性描绘；②空间建构；③空间悬体；④从具象到抽象。①

南京艺术学院的单德林老师认为，基础素描以聚合思维为主要思维方式，着重解决造型的观察和表现问题，即先具备造型能力，而"迁想妙得"主要体现在扩散思维能力训练上，"对'心'（未知领域探索的创造意识）的神奇世界的探测是设计素描教学的核心思想"。②

---

① 周刚.设计素描的知识点与教学层次［J］.美术观察，2004（6）：99.
② 单德林.设计素描教学中扩散思维方式训练的探讨［J］.南京艺术学院学报，2005（4）：107.

中国美术史上，六朝画家陆探微的"陆得其骨""秀骨清像"，曹仲达的"曹衣出水"，顾恺之的以形写神、传神写照、迁想妙得，以及南齐梁时谢赫在《古画品录》中提出的评画标准"六法"中的"应物象形""骨法用笔"，都是中国传统绘画的结构表现。"随类赋彩"在素描中可理解为调子，调子有助于表现形，但应处于从属地位。"设计素描"属于"舶来品"，在"中国化"过程中还有诸多学问需要深入研究。例如，中国传统绘画讲究以线造型，认为美的全部特质存在于线中，通过线描法把握形体的轮廓和结构的重要转折点，用"写虚"手法表现转折点和轮廓线之间的面，省去过多光影色调的绘画时间，突出对象的内在特征。线条的形态美体现了设计的构成和创意，线条的粗细、浓淡、光滑与粗糙、曲直与弯弧、疏密与重叠等变化，能展示出不同寻常的空间效果，其视觉冲击力在很大程度上强于明暗处理的效果。线条在构建空间的艺术形式中，兼顾空间和形式的双重目标，其艺术表现力具有无限空间。设计师从构思创意和情绪流变的设计素描中捕捉灵感，设计创意源于自然物象，只有"以形写神"才能"迁想妙得"。

坚实的基本功是设计创造活动中想象力和创造力发挥的基础。设计素描的课程内容应与实际应用相结合，艺术设计的造型行为应以服从功能和实用为目的。学好设计素描相当于完成了设计的前期工作。根据不同专业方向设置不同的素描教学内容是设计素描的目标导向，依据不同专业特点规划设计素描课程内容，将学生带到工厂、商场以及自然景观中进行现场教学，启迪学生的设计思维。平面设计、图案设计、装潢设计、服装设计等不同专业方向，都应有独特的设计素描课程定位。环艺设计专业的素描课应多以景观素描和建筑空间素描为主，工业设计专业的素描课程应以产品造型和器物外观设计素描为主，视觉传达设计专业的素描课程应多体现平面标志性的构成，装潢设计专业应以浮雕装饰造型的素描为主，染织美术的素描课则应以表现不同花卉和植物的写生变形素描为主等。

（本文发表于2015年第8期《设计》杂志，为湖南省教育科学研究工作者协会2016年优秀论文三等奖（本科）。有改动。）

论滨江景观设计中地域文化的特色发挥

——以邵阳市两水四岸景观设计为例

人类社会文明的起源与发展，深深植根于深厚的河流文化。河流，作为人类的命脉与城市的载体，是城市经济文化繁荣的根基。泰晤士河孕育了伦敦；塞纳河右岸为政治、商贸中心，左岸则是文化中心；长江与汉水孕育了武汉，而资江与邵水催生了邵阳。

一、滨水景观设计中生态地域文化与防洪矛盾的处理

邵阳市内行政区域依河流划分为三块：资江以北是北塔区，资江以南、邵水之东为双清区，资江以南、邵水之西为大祥区，素有"小武汉"之称。市内资江、邵水两岸形成众多聚落，资江风光带东自双清公园，西至资江二桥，长约六公里；邵水风光带北起沿江桥，南至佘湖桥，长3.2公里。资江与邵水迂回曲折，使得城市景观中的山、水、洲、城构建出得天独厚的城市亲水区，城市文明由此孕育。邵阳拥有2500多年历史，春秋鲁哀公时期（前494—前477年），楚王族白公善临水筑城，称白公城，属楚地。三国吴宝鼎元年（266年）设为昭陵郡，晋武帝太康元年（280年），为避司马昭之讳改为邵陵，"邵阳"之名自此开始，郡治移至资江北岸北塔湾。唐代设邵州，南宋宝庆元年升邵州为宝庆府，1913年废宝庆府设宝庆县，民国十七年（1928年）改为邵阳县，1949年10月建立邵阳市（地级市），1986年实行市管县，如今全市辖8县1市3区。

依据景观生态学理论，滨水景观设计应遵循以下原则：维护河流生态环境，实现人与自然和谐共处；推动环境系统的经济与社会协同发展；师法自然、回归自然，秉持"可持续发展"的生态理念。然而，在滨水道路景观建设过程中，邵阳的自然生态设计与人文生态设计均遭受严重破坏。例如，2011年邵水东路改造时出现填河乱象，大量泥土被倾倒进邵水河中，本应疏

挖的河道与河床反而被填泥淤积，致使河道变窄。

在滨江景观设计中，部分滨江历史景观因设计模式与防洪需求被拆除，造成历史文化文脉的断裂。20世纪90年代末，邵阳市因修建邵水东、西两路，拆除了邵水两岸的古建筑吊脚楼以及上墙街、下墙街的古城墙。同时，青龙桥的铁犀牛、邵水的盐码头、狗粪码头等滨水景观也一并被拆除，电影《路漫漫》中的景观镜头不复存在，周敦颐住地爱莲池遭破坏，爱莲巷被拆，邵阳人只能从水彩画家黄铁山的画作以及老照片中回忆邵水滨水景观。

防洪堤的设计修建应注重亲水性能。有专家指出，滨水区的具体界定范围："从空间上看，是指200-300m的水域范围，加上与水域相邻的陆域空间范围。"①邵阳市自20世纪90年代修建市内邵水河防洪堤后，防洪堤却造成了围城的不良后果。六七米高的防洪堤遮挡了滨水视觉岸线，浪费了水面空间，隔绝了亲水性。过高的防洪标准定位，使得人与水面的距离拉远，水域空间有待开拓，缺乏滨水梯段道路与空间，城市水面缺少休闲活动空间，空间和道路设计无法服务于城市生活的综合功能。

在洪涝时期，城市防洪堤是保护城市的重要工程设施，因此其设计必须遵循流域防洪原则。在非洪水期，防洪堤应成为人们的亲水平台，防洪堤的建设设计应与滨水景观设计有机结合。2011年，邵阳市邵水两岸一中、六中地段至佘湖桥的滨水景观建设吸取了防洪堤围城的教训，依据建设部《堤防工程设计规范》（GB50286-98），因地制宜，堤线设计布局合理，堤防结构科学，充分利用水面空间。防洪堤的梯段台阶设计，临水面采用开敞空间，并设计街头绿地游园，增强了邵水风光带的视觉空间效果，较好地发挥了亲水性能。

景观设计中必须强调依法保护城市历史文化遗址。邵阳滨江景观规划中，因追求经济效益，省级重点文物水府庙等历史文脉遭到破坏，滨水岸线视觉走廊风景线被对面某高层酒店破坏。

二、滨江景观设计中的历史文脉传承

沿着市内两水四岸走一圈，便能大致领略邵阳的文化特色，因为这里留存着邵阳历史文脉的延续与地域特性。在这片城市的形象窗口中，积聚着邵

---

① 黄金华.浅谈城市滨水区设计［J］.山西建筑，2005（8）：43-44.

◎图一　邵阳市滨江景观：水府庙

◎图二　邵阳市北塔

阳厚重的历史文化，在滨水岸线视觉走廊的黄金地段视野里，展现着邵阳的门户性、标志性滨水景观。景观中的重要节点与文物遗迹，展示了本土文明的演变。例如，邵阳有两处与河流相关的景观——水府庙（图一）、北塔（图二），均位于资江和邵水汇流处，都属于祭水神的滨江景观。每年农历三月十五日是水府神诞辰，船业人员都会云集庙堂祭祀。其中的水神之一肖天任（1324—1405年）曾搭救过遇飓风翻船的郑和，在民间传说中被奉为神明。古塔融入滨江景观设计，构成一道亮丽风景。邵阳资江北岸弯道之畔的北塔，与资江南岸人民广场的东塔遥相对望，也与古宝庆十二景之首的"双清揽胜"高庙砥砥柱矶上的亭外亭隔江相望。北塔始建于明万历年间，是湖南省唯一的古塔"国宝"。北塔作为景观塔镇守一方平安，是船工们祈求平安的寄托。因"救人一命，胜造七级浮屠"，所以北塔建了七层。邵阳的资、邵二水交汇处，常因河床淤积，春汛时洪水易泛滥。相传秦始皇南巡时在此修建过"望江亭"；三国时诸葛亮在此建有"点将台"。明万历年间（1614年），船民们为避免江难，合资修建水府庙，后于清道光二十一年（1841年）重建。庙共三层，采用2000根纯木构件，属于湖南省重点文物，沿江还有"秋月楼""江风亭"以及一条9曲62柱长廊。历经沧桑的北塔、水府庙，既是邵阳资江岸边人们心中的保护神、精神支柱，也是当代邵阳文人墨客的文化讲堂，是宝庆府的思想文化中心，更是邵阳两江汇合处治水、悦水、亲水区的重要亮点。

在资江与邵水汇合的砥柱矶上的双清亭，始建于宋，采用六角重檐、纯木结构。元郡首三不都在亭上题字"天开图画"，明湖广巡抚赵贤题有"双清胜览"，明朝刑部尚书顾璘题"砥柱矶"，清末诗人徐小松的楹联"云带钟

◎图三　邵阳市双清公园资江
滨江岸线走廊与交通轴

声穿树去，月移塔影过江来"如今刻于双清亭亭柱之上。双清亭旁有高庙，原名康济庙，宋徽宗赵佶曾题额"康济"。"屿扼双流合，江涵一廓烟"是邵阳著名学者魏源的绝唱；"阅尽狂澜色，何须问水神"则是顾璘对"砥柱矶"神奇的生动写照。在滨江景观设计中，依据"宝庆十二景"之首的双清亭的自然山水形态，重建双清公园，并将原来的封闭式公园改为开放式公园。在滨江景观轴中，结合防洪堤建设游船码头、亲水平台，新增回澜书屋、观景廊、雾江揽胜等景点，构成水系景观轴、滨江岸线视觉走廊以及交通轴线双清北路、高庙路，还有与岸线垂直向外辐射角度的视觉走廊（图三）。

三、邵阳资江、邵水两岸的滨水景观风景线再现了地域文化特色，促进了经济发展

"通过对雪山水景等生产资源和景观资源的要素进行评价、开发与创新，强化自身文化特色，一村借一品扬名，创造一个富有地域特色的传统文化环境"，[①]这一理念在国内专家学者中已达成共识：滨水景观建设应在景观恢复与完善、遵循自然规律的基础上，结合城市人文景观性的规划理念，复原城市滨水区景观的人文历史风貌。

邵阳滨江景观设计始终贯穿人文历史脉络，在滨水景观设计施工过程中，已投入大量财力，邵阳滨水景观的历史、文化、生态、经济等价值得以充分体现。一提到邵阳的资江南路和邵水东、西路，来过邵阳市的人都会印象深刻。因为这里是邵阳景观中最具活力的空间场所，KTV歌厅、商铺林立，流浪歌手与明星往来不断，年轻与古老、传统与现代在此交融，宁静与动感相

---

① 张燕.经济的追求和文化的维护同样重要——日本"造乡运动"和台湾"社区营造"的
启迪［J］.装饰，1996（1）：50-53.

互交织。景观走廊汇聚了邵阳本土文化内涵，城市的丰富多样性得以展现，成为城市特色景观的风景线。

邵阳滨水区景观促进了城市生态自然的协调、稳定、平衡发展，彰显了邵阳的活力与可识别性，是邵阳旅游的宝贵资源，对邵阳的经济发展起到了重要推动作用。

在进行邵阳资江南路滨江景观设计时，我们遵循因地制宜、生态性、地域文化特色、以人为本等原则。建于汉代的宝庆古城墙，最初为土筑城垣，宋代改为砖石城墙，明、清时期多次修葺与扩建，清代时宝

◎图四　邵阳资江南路北门口古城门

◎图五　邵阳市西江南路临津门古城门

庆古城墙最长曾达4370米，高8.3米，宽约5米。150年前，太平天国石达开率20万兵围困宝庆城两个月，守城湘军依靠城墙负隅顽抗。石达开久攻不下，感叹"铁打的宝庆"。20世纪90年代末，市政府计划搞房地产开发，欲拆除古城墙、建楼修路，遭到专家学者的坚决反对。在滨江景观设计中，将古城墙纳入防洪工程建设，对防洪堤段的景观进行特殊处理，根据场地情况对堤坝的断面形式做出不同设计，完善了滨江区的防洪性与景观性。保留了1300米城墙以及北门口、临津门两道城门，这两个古城门门洞为砖石券顶结构（图四、图五），如今宝庆府古城墙已成为全国重点文物保护单位。

邵阳地域民俗活动、历史文化也在景观构筑物、景观雕塑、景观小品、植物设计、节点空间等方面得以具体呈现。资江南路滨江景观区为一街三广场，即西湖、北门口、南江嘴广场，设有13组雕塑，景观文化主题以邵阳人文历史元素为表现题材，如邵阳本土的《做糍粑》（图六）、《卖烤红薯》（图七）、《制作猪血圆子》等圆雕，西湖桥下的防洪堤墙展现邵阳十二景，如周

◎图六　邵阳市资江南路滨江景观雕塑
《做糍粑》

◎图七　邵阳市资江南路滨江景观雕塑
《卖烤红薯》

◎图八　邵阳市资江南路滨江景观雕塑
《邵阳本土贤人雅士雕像》

敦颐爱莲池、东山寺、六岭春色等浮雕，为邵阳增添城市记忆，城市景观空间的地域文化内涵在此得到延伸。北门口旁铸建了一排雕像（图八），他们是杰出的邵阳人，如魏源、蔡锷、蓝玉、匡互生、贺绿汀等，这些同饮资江水成长起来的先贤们，依旧守望着这座城市，也让后人追忆感怀邵阳本土贤人雅士的恩德，这里被开辟为邵阳市爱国主义教育基地。

四、结语

城市滨水区的景观设计应将景观生态、社会发展及地域文化等有机融合，打造一个整体性、多元素结合的滨水景观。贯彻可持续发展理论，协调统一自然景观与人文景观，重视滨江防洪堤的视觉元素、滨江水系景观轴、滨水岸线视觉走廊。在滨水景观设计中，结合实际情况进行多方案对比，在确保经济社会效益的同时兼顾环境效益，做出契合滨江景观实际的优质设计。

（本文发表于2015年12月31日《艺术百家》。有改动。）

湘西南高沙戏剧硬盔制作工艺探析

盔头（俗称戏帽）是我国戏剧独特传统文化的象征，属于戏剧"行头"的一种，即传统戏曲中人物所戴各种冠帽的统称，是经过美化与夸张的戏剧表演帽饰，在戏剧中具有重要的标识作用。它是冠、盔、帽、巾的统称，其中冠为帝王贵族专用，盔是武派演员的冠帽，例如武将佩戴帅盔，贵族妇女则戴凤冠。盔头是舞台演员用于表明忠奸善恶身份的标识，一般分为硬质冠盔与软质帽巾。

一、湖南高沙戏剧硬盔的工艺制作背景

湖南洞口县高沙镇的蓼水河上，回澜、浮香、太平、水南等十余座廊桥、风雨桥如彩虹般横跨。桥上、书院、宗祠等地，均为高沙镇的戏剧演出场所。清嘉庆年间（1796—1820），高沙地区的戏剧帽盔制作极为兴盛。以祁剧为主的戏剧活动丰富多彩，像每年六月的"迎故事""台故事"（将戏剧人物安置在方桌上抬起）、"高故事"（将戏剧人物举至丈余高）、"地故事"（戏剧人物在街上边走边表演）等活动在此地蓬勃开展。2014年8月被评选为国家级非遗的洞口县"棕包脑"祭祀舞，起源于宋熙宁五年（1072），与"天贶节"同属雪峰文化非遗，具有固定的表演程式，包含戏曲的写意、假定、虚拟等表演形式。戏剧帽盔的内容主要围绕忠孝文化，高沙地区宗祠集中且丰富，祠堂内的"宗圣遗像"、壁画等石刻线画风格，为戏剧帽盔的造型制作提供了参考，戏剧帽盔制作技艺在"乡绅乡贤"的雪峰文化中得以传承。

据高沙戏剧盔头传承人袁小武介绍，袁氏家族最早制作戏剧盔头可追溯至清康熙年间。当时盔头制作生意兴隆，清朝任五品蓝羽官位的袁子节也是一位戏剧盔头艺人。自乾隆以来，他们家传的"恒春奇"戏剧盔头作坊制作

戏剧盔头已有二百多年历史。袁氏家族在高沙闹市区建有或置办的店面达六十八间。一直到袁小武父亲那辈，戏剧盔头帽饰制作不愁销路，只愁忙碌不停。"恒春奇"制作的盔头不仅在湖南的祁剧、花鼓等戏剧团销售，还远销邻近的湖北（汉剧）、广西（桂剧）、江西等地。然而，如今随着戏剧的衰落，盔头帽饰手艺也面临生存危机，"恒春奇"戏剧盔头作坊已成为湖南省内最后一家手工制作盔头帽饰的民间作坊。

二、高沙袁氏"恒春奇"作坊戏剧盔头制作流程与工艺特色

高沙袁氏"恒春奇"硬质盔头制作延续了祁剧与花鼓戏的戏剧盔头类型，同时兼具汉剧、桂剧、辰河戏、京剧等戏剧头饰类型特点。盔头制作分为硬盔与软帽两类，硬盔一般采用纸质材料，制作工序包括袼褙、镂花、盘缠铁丝纱线、火烙、上胶、沥粉、刷漆、贴箔、镶镜、镶珠、挂绒球、挂穗等，少则十七八道工序，多则可达三十多道工序。制作工艺涵盖雕、刻、挖、嵌、堆、塑、染、绣、扎、贴、胶、漆等手法，总计二十多道工序，其中脱模、凿样子（足活）、掐丝、沥粉是重要的工艺环节。

（一）纸袼褙材质与工具

目前市场上销售的戏剧盔头，大部分材质为硬纸片，部分商家为追求效益、节省工艺，不制作纸袼褙。纸是戏剧盔头的主要原料，材质与工艺的差异决定了戏剧盔头的工艺质量。与高沙镇同处湘西南宝庆府的滩头，距高沙六十七公里，滩头年画颇为流行。经公认考证，滩头年画起源于元初大德年间（1297—1307年），彼时在荆楚大地，滩头年画的"赵元帅像"就已盛行。作为贡品的滩头五色纸也在宝庆地区流行。高沙袁氏"恒春奇"的戏剧盔头，其纸袼褙材质与其他使用马粪纸、硬纸片的材质不同，纸张主要来源于滩头地区。滩头手工纸技艺已被评为国家级非遗，这种手工纸以毛竹为原料，经过泡、踩、煮、洗、晒、打、捞、榨干、焙纸等十几道工序，造出的纸纹理清晰、纸面光滑、古色古香。高沙袁氏"恒春奇"戏剧盔头的纸袼褙，采用滩头土纸，刷上面粉、明矾，用糯糊调成稠稀适当的面糊，粘贴十八至二十三层后晾干成为纸袼褙。用来刷面糊的刷子是自制的棕刷，刷的过程一般从中间往四周进行。这种技艺需要长期实践操作，才能做到均匀用力涂刷，不留下气泡。（图一）

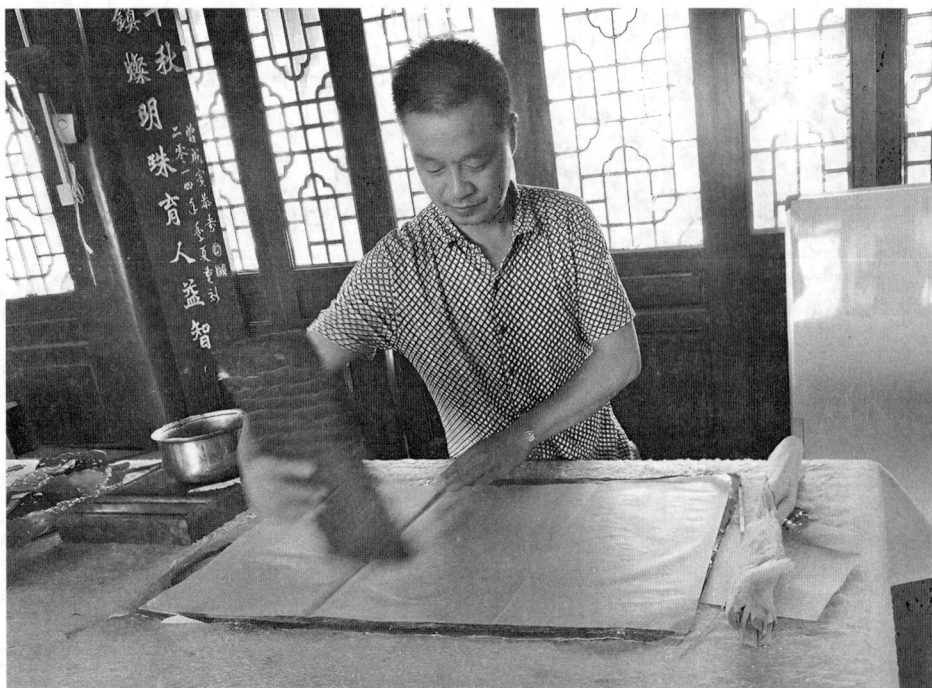

◎图一 高沙"恒春奇"盔头作坊传承人袁小武在制作纸袼褙

（二）脱模后做基础造型

根据角色头型大小，用泥土加棉花泥塑，泥土选用具有较强吸附力和黏性的白土，使用锤子打烙技艺制胎。制胎是盔头制作的第一步，需依据戏剧角色的不同，制作不同造型的盔头胎，这要求制作者掌握祁剧、花鼓等戏剧人物角色特征。目前，"恒春奇"留存了不少造型娴熟的不同角色盔头胎。

（三）凿样子（又称"足活"）

凿样子（足活）类似于绘画中的构图布局，是制作戏剧盔头的关键环节。高沙袁氏"恒春奇"戏剧盔头制作中的凿样子，是先在纸袼褙上画稿，然后将画在纸袼褙上的画稿固定垫放在自制的蜡板上，对图案盔头进行制作。北宋何薳在其笔记《春渚纪闻》中写道："毕渐为状元，赵谂第二。初唱第，而都人急于传报，以蜡板刻印"，由此可见，蜡板在北宋时期就已出现。高沙袁氏"恒春奇"自制的蜡板（图二）传承了传统手法，结合本地材料，由石蜡、蜂蜡、枞树皮灰、菜油等混合，在火锅中如炒菜般炒制而成。此自制蜡板松软柔滑，便于在蜡板上对图形进行凿镂挖空，在纸袼褙上形成平面镂

◎图二　蜡板

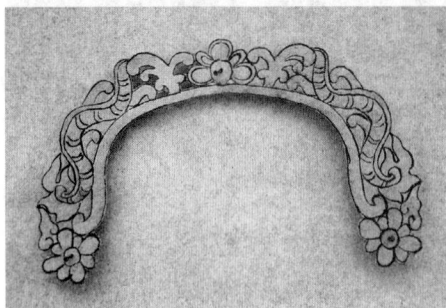
◎图三　皇帽架桥纸袼褙中片

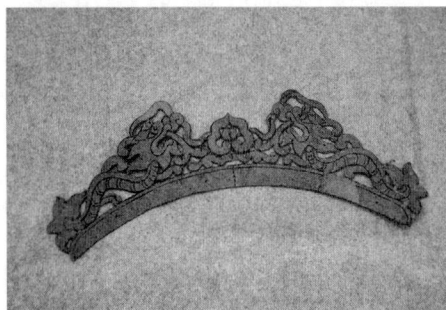
◎图四　二龙叉纸袼褙前篇

空的形状。如果是层数较多的纸袼褙，就要左手握紧凿刀，右手拿锤子敲打凿刀，按照图案进行镂空。（图三、图四）

（四）盘缠掐丝技艺

纸袼褙图案在蜡板上镂空后，一般将画面的外框用铁丝盘绕，若中间画面镂空较多，也会进行铁丝盘绕。铁丝盘绕后，再用纱线盘绕铁丝，以增强牢固性，手工盘丝针眼需均匀密布。因此，无论是铁丝还是纱线的操作，都需要熟练娴熟的技法。

（五）刷胶漆技艺

在盘缠铁丝纱线之后，刷土漆（又称国漆、生漆、大漆）、刷土制牛胶。这种土制胶与漆具有防虫、防腐、防霉、防潮的特性，且胶合力强。盘好铁丝线、刷好胶漆的盔头需晾干。

（六）烫烙成型

根据戏剧角色帽型造型需要，在刷好胶漆晾干的盔头上用烙铁烫烙造型。如今市场上销售的用硬纸片做材料的盔头，烫烙仅仅是烫平，盔头的凹凸造型性较差。高沙袁氏"恒春奇"的戏剧盔头成型使用简易的三角铁烙铁。这种小型三角铁烙铁在"恒春奇"盔头手艺传承人袁小武手中操作自如，盔头的小转角处都能烫烙，棱角分明。加之盔头的纸袼褙材质优良，在烫烙中可根据戏剧角色需要规范成型，立体感强。

（七）沥粉镶嵌技艺

在制作过程中，最关键的一环是沥粉线、镶镜片，这也是盔头制作工艺中最考验功夫的一道工序。胶粉是用金属筛子筛过后的石膏胶水（牛胶）调成，沥粉线的工具为自制的铜沥粉嘴，粉嘴小孔仅有0.1厘米，粉嘴连接粉筒球，用塑料布细线扎紧。技师通过握手挤压小球，运力轻重可沥出各种粗细线条，十分精确。"恒春奇"盔头手艺传承人袁小武通过手腕操作，在盔头的边缘沥粉流利娴熟，沥粉后的盔头立体感增强。在沥线后，再进行刷色等技艺操作。戏剧帽盔的颜色根据角色设定，以金、银、黑、红为主。（图五）

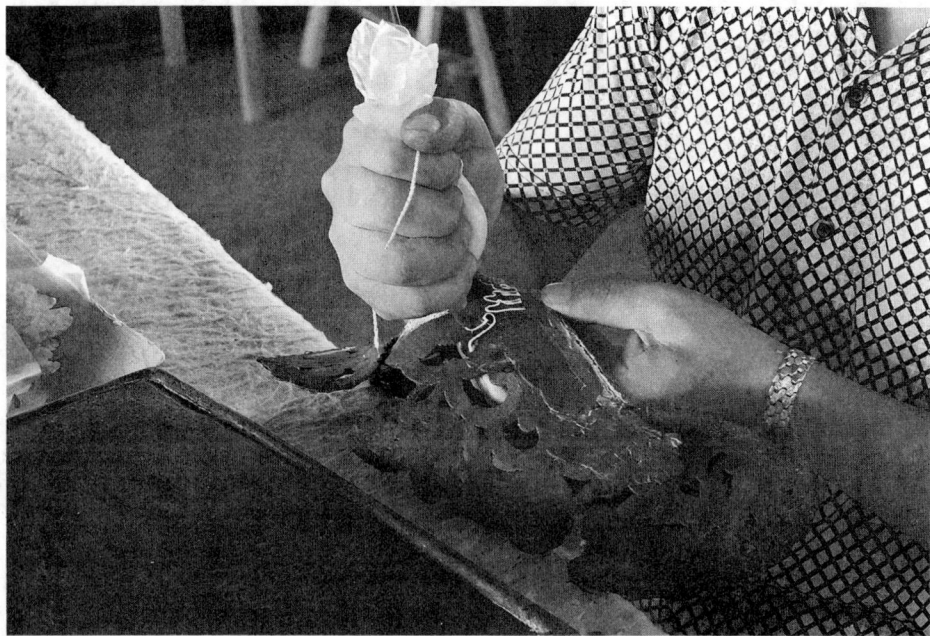

◎图五　高沙盔头传承人袁小武在操作铜沥粉嘴沥粉

盔头沥粉后刷色涂清漆，在清漆微干时进行镶嵌贴金珀或银珀，在沥粉勾出的图案内贴绫子。贴在内纱网绫子为装裱中国画时的主要材料，质地轻软，绫子一贴上，便能拉开绫子与金珀、银珀的色相，形成对比。

（八）组装成型

盔头制作的最后工序为组装绑扎成型。在成型过程中装配饰，如绒球、镜片、玻璃珠、珍珠、塑料球珠等，绑扎的线尽量要隐蔽。用刀片修饰过多颜色、镜片后，戏剧帽盔制作完成。

目前，高沙"恒春奇"盔头作坊制作的盔头主要有：霸带帅两用头盔（霸盔和帅盔）（图六①②）、耳卜闻（图七）、勒子（图八）、尖沙（图九）、驸马沙（图十）、紫金冠（图十一）、女勒子（图十二）、过龙盔头（图十三）、岳飞盔头（图十四）等。这些戏剧盔头的造型设计，在几百年前就以传统人物服饰、戏剧表演的程式化与艺术性为主要参照，融入了雪峰文化中的忠孝文化，并在"乡绅乡贤"文化中传承。盔头设计制作注重装饰，盔头的样式多达百种，装饰纹样主要有龙、凤、云、火等吉祥图案，以金、银、红、黑颜色代表不同戏剧角色，缀有珠花、绒球、帽翅、丝绦、雉尾等。

◎图六① 霸带帅是两用头盔
（霸盔和帅盔）

◎图六② 霸带帅是两用头盔
（霸盔和帅盔）

◎图七 耳卜闻盔头

◎图八 勒子盔头

◎图九 尖沙

◎图十　驸马砂紫金冠

◎图十一　紫金冠盔头

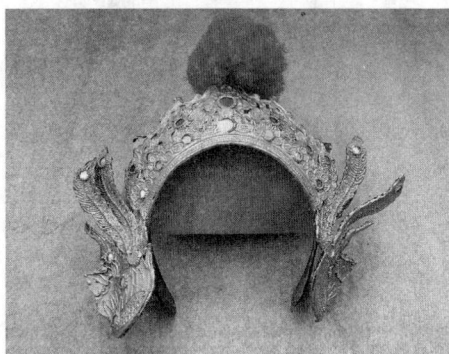

◎图十二　女勒子盔头

◎图十三　过龙盔头

◎图十四①　岳飞盔头（侧面）

◎图十四②　岳飞盔头（后部）

◎图十四（3） 岳飞盔头（正面）

◎图十五 盔头部件

三、结语

目前，国内制作戏剧盔头产量较大的，首推北京的刘森溥（2009年病逝），此外还有张连城、杨玉栋、李继宗等，其中李继宗在2010年获得北京市西城区非遗称号。地方省区的盔头作坊面临濒危困境，例如福建漳州的沈崇荣，安徽怀宁徽剧和黄梅戏帽盔制作者产云秋、何珠流，甘肃天水的李海清，被称为"关中帽子韩"的陕西韩小利，在2015年一单活儿都未接到，其从事了40年的戏剧帽盔制作工作，被迫改行。

戏剧盔头在唐、宋、元、明、清各朝官帽和礼帽的原型基础上演变而来。我国各地方民间戏剧盔头作坊各具特色。如湘西南雪峰山系高沙袁氏"恒春奇"作坊的硬质盔头制作具有浓郁的地方特色，历经几百年传承，其戏剧盔头制作技艺形成了独门绝技，作为湖南最后一家制作戏剧盔头的民间作坊，亟待进行保护整理、研究开发与发扬光大，以使优秀民间美术得以传承发展。

（本文发表于2017年第3期《南京艺术学院学报（美术与设计版）》。有改动。）

第四辑 DI SI JI

本土观照

"绘画之乡"邵阳地域美术风貌谈

一、前言

刘晓路在1986年第5期《美术》中称邵阳为"绘画之乡",这一美誉得到了王朝闻等名家的赞许。1988年,文化部命名邵阳隆回县为"中国现代民间绘画画乡"。邵阳能获此称誉,一方面源于画家们传承了邵阳地方非遗,如"宝庆竹刻""邵阳羽毛画""滩头年画""花瑶风情""蓝印花布"等民间艺术精髓;另一方面,得益于邵阳突出的美术教学。特别是在"文革"期间,陈西川、银若湖、李天玉等美术教师相互竞赛,免费带学生习画,从而形成了张扬质朴人性、霸蛮灵泛、坚毅执着、义勇顽强的邵阳地域美术风格。以曾以鲁、李自健、刘人岛为代表的不少邵阳籍画家,已超越地域范畴,成为现当代中国美术的代表人物。这种超越地理限制的文化现象,在"走出与回归""霸蛮与灵泛"中,体现了邵阳画家们旺盛的艺术创作活力,凸显了湖湘文化特色,美术创作成就斐然。

◎陈西川肖像 /李自健

◎红花被系列 /李自健

二、敢为人先、霸蛮灵泛的邵阳绘画

邵阳是湘中湘西南文化中心，建城于2500多年前，古称"宝庆"，是一方人文荟萃之地，除汉族外有39个少数民族，民风淳厚，代有才人。其中，早期画家有曾以鲁（邵阳武冈人），这个跟火烧赵家楼的匡互生一样出名的敢为人先的"宝古佬"，在毛泽东鼓励下考入巴黎美术专科学校，1919—1927年留学法国，1924年1月与吴大羽、林风眠、林文铮等成立霍普斯学会，蔡元培任名誉会长。次年在法国史特拉斯堡的莱因阿宫举办了首次"中国现代美术博览会"。曾以鲁是邵阳现代史上走出的最早的成功画家，也是把中国现代美术推向国际的最早一批美术家之一。1929年4月，他在动荡政局中敢为人先，在上海策划举办了"第一届全国美展"，此画展是中国历史上首次以政府名义举办的大规模展览。他先后任教于武昌艺专、北平艺专、北师大、山东大学、华东艺专、南艺，直至退休。曾以鲁的油画作品曾发表于1934年1月《艺风》第二卷第一期，其他传世作品比较少见。

邵阳县小溪市乡人简坚（1905—1976年）在北京求学时曾得到齐白石赏识，与王雪涛一起学习花鸟画，绘画具有文人画特色，墨色兼容。新中国成立后一直在家乡从事中学教学。

向光于1951年离开邵阳参军，1957年考入中央美院华东分院，后在多所高校任教。他带着邵阳人的霸蛮灵泛，从战场走向高校，从民工成长为教授。其《酒歌》《原色》《笙舞》等一流油画作品走向世界，得到美国缅因美院的认可。

20世纪80年代初的一个春节，古城邵阳市因一场迎春画展而沸腾。李自健带回在广州美院学习时的人体绘画作品，银小宾从中国美院学习归来，带回现代实验水墨作品，一时轰动全城。在那个年代，一个三线的古老小城能出现大幅女人体油画、现代实验水墨、装置行为等艺术形式，难怪外埠称这座古城为"小香港""绘画之乡"。邵阳市出现的美术潮流，可与同时代的"星星"画会的绘画潮流活

◎秋天采山果的母子　/陈白水

动相媲美。

1974年，我从邵阳市中河街小学毕业，进入邵阳市二中读初中，直至1978年高中毕业。记忆中，班主任老师发现并发挥了我的绘画特长，安排我画大字报刊头漫画，很多形象都是从《工农兵人物形象》画册、电影海报上模仿而来。我在启蒙恩师陈西川、银若湖、张梅华、周立萍处习画，观看李自健的画作《华国锋在韶山》、王文明的画作《华国锋在湘阴》，还常去大众电影院、乐群剧院、花鼓剧团、人民电影院观看电影海报与舞台布景，曾恕、谭捷、周明驼、刘三元等画家所画的影剧海报与舞台布景，成为我们这辈学美术之人的直观教材。我们还会到青龙桥头邮电局购买《工农兵画报》，自制竹蛇玩具、羽毛画，这些便是那个年代我在邵阳市对美术的启蒙认知与学习经历。

令人想不到的是，当年跟着李自健在邵水河边的下墙路（现邵水西路北段）画河对面中河街的场景，如今李自健已将画笔伸向旧金山、塞纳河。自称为"犟骡子"的李自健，执着于"人性与爱"主题，走遍六大洲三十多个国家和地区。仅用两年多时间，于2016年10月1日建成占地面积15.3亩的"李自健美术馆"，被英国伦敦"世界纪录认证机构"确认为"全球最大的艺术家个人美术馆"。2018年3月24日，李自健在巴黎获得"联合国全球公益联盟文化（艺术）骑士金质勋章"证书，肯尼迪、丘吉尔、科菲·安南、古特雷斯、赵无极也曾获此勋章。媒体曾称李自健为"霸得了蛮"的典型邵阳人，他如同脱缰的野马，绕着地球跑了三圈半，只为做一件事——自费巡展，传播"人性与爱"。

敢为人先、开风气之先、霸蛮灵泛的气质，在陈白一、粟干国、陈西川、何建国、李习勤、向光、银若湖、黄铁山、易至群、姜坤等伴随新中国成长的邵阳籍画家身上体现得淋漓尽致。黄铁山14岁时创作的描绘邵阳洞口家乡的习作《故乡风景》，便已崭露头角。此后，他熟练掌握中西笔法，能够灵动自如地描绘出饱含深情的乡土大地。姜坤"在当代意识中对乡土文化的反思，对家乡养育恩泽的深情，都强化了画家艺术想象中的乡土情结"。聂南溪在1950-1953年于邵阳资江文工团从事美工工作，1953年与邵阳籍画家陈白一一起调到湖南省文化局从事美术工作。当时他们的宣传画吸收了邵阳滩头年画的特色，以陈白一、聂南溪、莫高翔等为代表的工笔画家，开创了湖湘优美乡土情趣风情的美学品格，影响至今。工笔画家能霸蛮吃苦，且蛮中有细，霸蛮中显灵泛。工笔画讲究格物，纤毫毕现，正如莫高翔告诫学生：工笔作画，工整为人。从邵阳走出来的莫高翔的硕士学生姜贻华，于2018年6月在湖南后湖高地美术馆举办了《花心羽意——工笔花鸟画展》，引起业内关注。外表看似粗蛮的姜贻华，在细微之处创造了工笔画的时代语境图像，传承了湖湘工笔文化。

李天玉在1966—1972年于邵阳市竹艺厂担任美工，创作了大量竹刻题材、花卉图案作品，并出版了《李天玉花鸟画集》。陈西川在"文革"前夕回到家乡邵阳市群艺馆，致力于美术教学四十多年。在他的号召下，无论多大风雪，学绘画的同学们都会清早就赶到府门口、东门口菜市场画速写，晚上则齐聚在邵府街伙铺里，在昏黄灯光下画老农市民肖像素描。西川老师"以形写神、坚毅执着"的绘画理念，让我们从懵懂走向领悟，直至今日，对我所从事的大学素描教学、设计基础教学仍具有指导意义。在陈西川的美术教育指导下，邵阳人如李自健、李晨、王文明、雷小洲、刘人岛、曾陆红、何愈明等，纷纷考入广州美院、中央工艺美术学院、中央美院、湖南师大美术学院等院校。

邵阳还涌现出一批美术理论家，如刘晓路、李路明、邹跃进、姜松荣、胡彬彬、马一鹰、曾陆红、聂世忠等。

现已八十高龄的谭仁、何建国仍坚持创作，展现出"宝古佬"的霸蛮灵泛、顽强坚韧，在绘画这片乐土上，充满了画家的永恒欢乐与幸福。何建国创作了不少表现家乡风光题材的作品，如《家住资江岸》《崀山天下无》《资水江畔染秋色》等，皆是对家乡山水的生动描绘。2017年11月16日，在湖南邵阳市美术馆举行了"何建国先生书画作品捐赠仪式"，他共捐赠给邵阳美术馆395件书画作品，捐献给邵阳市博物馆文物共20件。德艺双馨的邵阳艺人的文化义举，在家乡偿还夙愿、泽被后世。

三、以形写神、坚毅执着、弘扬人性的邵阳绘画

邵阳艺术家们传承了魏源、蔡锷等"以民为本，重民恤民"的民本思想。以李自健为代表的一大批同时代邵阳籍画家，在艺术创作中始终坚守人文关怀、追求真善美的艺术境界。他们在艺术道路上不忘初心，抱朴守真，砥砺前行。

吕品田曾评论李自健："敢为人先的湘人血性、坎坷艰辛的人生历练，造就了李自健坚韧果敢、热诚和善的人格品性。"可以说，李自健的绘画题材很多源自对故乡邵阳的生活感受，故乡成为他艺术生命力永不枯竭的源泉！

李自健的力作《南京大屠杀》源于星云大师的委托。星云大师12岁时与母亲侥幸逃脱屠杀，母亲与他在成千上万具尸体中未能找到父亲。多年后，他希望画家能画出自己记忆中的这一图景。李自健连夜赶图，通宵达旦完成草图，连续八十多天，不计成本完成此作。这件承载着厚重使命与责任的油画，在荷兰展览时遭到日本右翼的阻挠。此力作以强烈的写实技法与深刻内涵感动大众，是李自健"人性与爱"系列中的代表作品。在兰州，李自健的《人性与爱》巡展留言册里有这样一条观众留言："我刚刚跟我太太吵架分手，来到这个画展，看到那么多人性和美的瞬间，感到很对不起她，我们那么幸福，有什么理由去产生矛盾呢？我要马上去找她。"这充分体现了艺术对人性的感召力！李自健在故乡邵阳曾从事挑沙土、拉沙船、修铁路、抡大锤等繁重劳动。然而，就是这样一位"宝古佬"，为家乡建希望学校、为汶川地震捐款，将作品《听涛》捐赠给汶川孩子们。媒体曾报道李自健美术馆的开馆"柔软一座城市的心"。李自健将油画的古典技巧、浪漫笔触、印象派色彩融为一体，张扬人性。他从普通视角出发，以俯首甘为孺子牛的姿态取材，真情实感，慈悲宽怀，既有生活细节，又有史诗般的宏大场面，人物形象皆源于生活体验，塑造了芸芸众生相。

画家王文明同样弘扬人性与爱，在他看似草率不经意的作品中，实则蕴含着人性美的厚度与弹性。他站在人文主义视点上，使作品处于生命与人性的对话之中。陈侗曾说画家创作与生活在作品中是一种平衡的同量齐观，"对于王文明来说，重要的不是将'他人'之外的东西归为'自我'，而是要探讨'自我'的实质。这个探讨的过程显然不是一种退缩的策略，它体现出一个人文主义者的基本观念"。

雷小洲的写意油画作品多呈现人与环境。画家发扬中国传统色彩，按照中国人画西画的写意系统，形成了自己的艺术立场与精神取向。邵大箴评论雷小洲的油画作品时说："画风质朴，色调单纯而丰富，写生具有浓厚的创造性，是写意性油画创造成果……表达现代生活的感受，亲切的、自然的个人感受本身就具有当代性。"杜键先生评价雷小洲作品："为实现对人的质的魅力的追求与展示这一目的而相辅相成。在雷小洲的作品里，我们也看到他把写意与写生结合起来的尝试。寻找自我、挖掘人文意味，丰富美学价值的凝结积淀。"画家雷小洲注重绘画语言的修饰、美化，注重形式符号、意义表达和图像结构所聚合成的画面语言的深化与调整。他的风景画中都蕴含着故事，如《母与子》《劫后余生》《寂寞如尘》《高飞燕的故事》等，都体现出人性与爱主题，《澜沧江去》则体现了对人与自然、人与社会及人与自我的传统式内在和谐的思考。

◎安顺写生　/雷小洲

◎宝庆会馆　/雷小洲

四、"走远与回归"的邵阳画家绘画

湖南省文联主席欧阳斌在"李自健美术馆"开馆仪式致辞中，用"老马识归"来比喻李自健。作为湖南人，李自健能在湘江河畔矗立一座以自己名字命名的美术馆，这是画家回归思绪的体现。

画家易至群1938年生于邵阳，先后在湖南、广东、江西、湖北、海南及美国生活创作。荆楚文化赋予他创作灵感，他被称为当代画坛"文化寻根"的代表画家、"荆楚文化"的探拓者和坚守者、中国画"新楚风"的里程碑式先驱人物。

画家银小宾，先后考入湖南轻工业专科学校、中国美术学院。作为艺术博导学者，他继承了父亲的艺术基因，站在更高的视角，组织策划了不少

◎高原情 /银小宾

美术学术展览活动。作为画家，银小宾认为，中国绘画的变化，一是内涵、文化意义的变化，这离不开生活、思想、情感等因素；二是语言上吸收外来语言形式与新材料技法构成与表现上的变化，如在"出湖·入湘"2016年湖湘当代艺术家邀请展中的作品《NO.2》，融入了水墨画新的艺术语言。银小宾走出邵阳，志在千里。作为美术学院博导，他常回到家乡，为家乡带来新思潮，在"霸蛮"与"灵泛"中发挥张力，对艺术进行加法与减法的表达，在出走与回归中焕发出新的艺术生命力。银小宾的父亲银若湖，毕业于武昌艺专，1949年在邵阳资江文工团工作，1951年起一直在邵阳师范从事美术教育，为邵阳的美术教育奉献了毕生精力。其作品多次参加全国美展，如《二月扑城》《评教图》《老伴》《清泉石上流》等国画作品，均以身边生活为题材进行表现。他与王憨山、易图镜、澍群、荣之七、邬邦生等成立了湖南九歌书画院，弘扬屈原文化精神，活跃湖湘艺术。

水天中对刘人岛作品评价道："作品显然是他家乡湘西南新宁崀山景色的艺术转化，层峦叠嶂、飞瀑流泉被低云薄雾掩映装饰，山间瓦舍和水上舟楫给空旷幽深的林壑增添生活温情，而空阔的江河、浑厚的山岳或者弥漫的流云则主宰着画面的基本构成，并且与笔法细密的竹木、曲折有致的溪涧形成虚实照应。"

◎浮云山霭莽苍苍 /刘人岛

传说邵阳新宁蜡烛峰是一对文笔，滔滔的夫夷江流淌的是墨汁。崀山山水孕育出众多画家，邵阳新宁籍中国美协会员就有12人。邵阳新宁籍画家杨世友、陈吉昌在"文革"时从美术科班毕业，从事美术教育，影响并培养了一批本土画家，如刘人岛、刘昕、李月秋、阳先顺、刘鸣、李巍、陈湘金、肖剑等通过高考走上美术之路，在高校、出版界、艺术界中都取得了不错的成绩。对本土山水的热爱，激发了一大批崀山风光作品的创作。阳先顺的《梦里家山》获首届中国美术家协会会员中国画精品展银奖，他的《锦绣山庄》入选"第十届全国美展"并获银奖，被中国美术馆收藏。阳先顺的工笔画在多元艺术环境下，从古典拓展到现代，以新的审美视角与工笔语言表现本土文化。

　　走出邵阳的画家何愈明，早在1987年从湖南师大美术学院毕业时创作的《阿坝人》，便在《大众美术报》上刊登。他在广州长期从事公共艺术空间艺术研究与实践，广州美院油画高研班毕业后，以邵阳本土瑶族生活为题材的油画《瑶姑．山岚．狗》参加湖南省新中国成立四十周年美术作品展，油画《殇．2008.5.12》参加改革开放三十周年广东省美术作品展。何愈明创作了一批以邵阳绥宁大园苗寨生活为题材的作品，如《大园苗寨村口》《庭院》《巷》《大园冬雪》《苗女》《老汉》等，将乡情倾诉于画布之上。曾在邵阳市内的湖南省汽车制造厂工作的王炳炎，当年作为业余画家创作的《胜似亲人》获第六届全国美展银奖，被中国美术馆收藏，作品参加了中国现代美术赴苏联的展出，同时被国家教委编入全国小学第五册语文教材。2004年，他的画作在全国政协礼堂展厅展出。王明炎在吸收本土传统的基础上，探索所谓"无皴法"的新路。他以淡墨痕配焦笔枯擦，代替传统的皴法，画面简而华滋。这使得作品既具远古无皴画的简朴古拙，又有现代绘画的苍茫浑厚。

◎大园村冬景　／何愈明

五、本土题材与非遗文化影响下的邵阳绘画

邵阳拥有深厚的历史文化底蕴，孕育了众多名人。在思想政治领域有刘长佑、刘坤一、魏源、蔡锷、谭人凤、匡互生等；在学术科学界有刘敦桢、吕振羽、尹世杰、李国杰等；在艺术领域有曾以鲁、贺绿汀、陈白一、向光、黄铁山、姜坤、李自健、刘人岛等。

悠久的文化积累为本土画家提供了丰富的创作题材。刘人豪创作了邵阳名人雕塑，张松青绘制了《蔡锷肖像》，佘焕晟则创作了《魏源》《贺绿汀》等，这些作品塑造了本土名人形象，展现了邵阳的文化底蕴。佘焕晟的《你们要讲真话、讲实话》《天路》《搭伴》《归寨》《脊梁》《工地午餐》等作品荣获诸多国家级大奖。其《百味人生图》以组画形式展现清末至民国时期的本土民俗；《相亲图》《提亲图》《结婚图》《有喜了》等婚嫁系列，通过人物动态和场景造型，生动描绘了邵阳近现代市井民俗，如《好命相》中看相的老先生，形象活灵活现。《农民工兄弟之工地》在"塞上明珠·美丽宁夏"第八届中国西部大地情作品展中荣获最高奖。

邵阳学院首位美术教授李巍，在水彩与水墨创作领域成果丰硕。多年来，他外出写生，创作了上千幅水彩写生作品。《挤板凳》入选第十二届全国美展湖南省展，题材取自本土花瑶生活；《瑶寨思洛克》获省展银奖，直接描绘花瑶山寨；《云起》则以焦墨表现本土崀山。

李月秋的版画作品成绩斐然，《勇士》《闹洞房》入选全国第七届综合美展与全国首届青年版画大展，《山媒》入选全国第一届版画展，表现本土题材的《瑶区梅山文化》入选全国第十届综合美展，并获湖南省优秀作品展银奖。近期，李月秋重拾木刻刀，运用熟练的木刻符号展现崀山的风貌，其崀山山水系列作品画面构成各异，在黑白主调中彰显崀山的俊秀与个人情感。例如，《八角寨云海》在大面积白色中缀入黑色山形，展现出空中仙境；《崀山天生桥》则在大面积黑色中融入天与水的流动白色，使天生桥巍峨挺拔，同时展现出婉转起伏、天水舒畅轻快的感觉。崀山群体的画家们赋予家乡山水现代内涵，延续古老之美，演绎时尚之美，将军岩、夫夷江成为他们笔下无尽的情思寄托，通过画笔构筑章法气势，以韵感人、以情动人，达到物我合一之境。

邵阳丰富的自然景观，如隆回花瑶、城步南山国家森林公园、崀山旅游

景区、武冈云山、绥宁黄桑、上堡古国、雪峰山等，为美术创作提供了大量素材。2016年10月，李月秋在北京国家画院举办的《秋韵城步》展引发广泛关注。2017年6月，在"美丽湖南·三湘巨变"湖南省现实题材美术创作工程美术作品获奖入选作品中，马文新的《湖湘风情》、李月秋的《武冈机场》、朱戊扬的《嬗变》、刘华旺的《喜看资畔气象新》等作品，是邵阳本土画家对家乡巨变的"传神写照"。他们以精湛技艺描绘家乡变化，展现珍贵的邵阳民俗遗存与乡景湘情，唤起观众的回味与眷恋。本土画家饱含情感地运用笔墨技法对家乡巨变进行艺术加工，提升了家乡景观在大众心目中的审美地位，打动了旅游者的心灵，美术创作承担起记录和保存自然风貌、人文景观的重任。谭仁收入《可爱的邵阳》画集的作品《崀山图意》、邓辉楚出版的《奇美邵阳全图》、马文新的《绿染苗家》、朱保平以邵阳老景为题材创作的一批水墨山水画、回楚佳的《山高水长云自闲》、毛政叶的《巍巍家山》、石谷的《溪山闻瀑声》等，都是邵阳地域人文特色的真实记录。

邵阳花瑶族群于明朝迁徙至此，形成多神崇拜信仰，秉持天人合一自然

◎溪山幽境 ／马文新

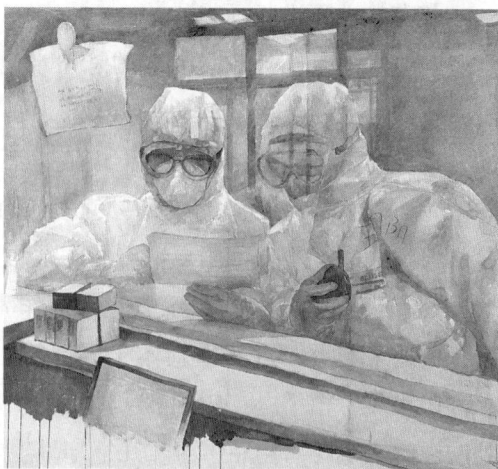

◎抗疫一线 ／蒋剑平

◎《曾门群英谱》／佘焕晟

观，原生态民俗文化意象浓厚。花瑶挑花作为花瑶服饰的精华，其形式、造物观念、图腾样式等体现了花瑶族人共同的审美心理认同。

宝庆竹刻、滩头年画、花瑶题材深受本土画家喜爱。1985年，邵阳市成立"滩头年画研究会"，本土人陆显中为滩头年画第五代传承人。在绘画领域，刘铁臂的没骨工笔染色技法——"阴阳染"别具一格，其笔下人物曾被观者戏称为"人菩萨"。他运用滩头年画与剪纸技法，以纯水墨表现出丰富层次，花瑶人物造型夸张笨拙却饶有趣味。例如其作品《奇美花瑶·年年红》《瑶岭风》《秋高图》《瑶家黄花女》等，明暗反差强烈，循环对比具有装饰美，简洁高雅且整体感强。

本土画家普遍受到滩头年画影响。傅真忻曾任邵阳市美术家协会主席，其国画、版画吸收了滩头年画技法，作品融合民族、民间、现代艺术。他的作品《打泥坨》入选《中国现代美术全集》，《悬梁刺股》《1935这年冬》《山道》等一大批独具特色的版画和重彩作品，分别入选第四届、第六届、第七届、第九届全国美展。1993年，他获得"荷兰首届国际绘画双年展评奖"，1999年荣获"鲁迅版画奖"。

毕业于湖南师大数学专业的陈白水是位奇才，其先后入选第七届全国画院美术作品展的作品《母子》、第八届的《秋天，采山果的母子》、第十一届的《瑶女出嫁》，均以表现本土瑶族生活气息为题材。其版画中的瑶山，色彩浓艳，融入滩头年画的线条、色彩与构图，简洁艳丽，是本土民间民俗文化的典型代表。表现邵阳乡情市井的水彩画家周惠荣，创作了《田家湾之晨》《铁炉巷》《清真南寺》《宝庆老宅》等作品，描绘邵阳市井景象。谢雾评价周惠荣的水彩创作"充满着对本土乡情的热爱"。刘国志、胡继辉、吴之东曾在邵阳市美术馆举办"中国梦·故乡情"联展，三位画家皆为陈西川的学生。刘国志的水墨花鸟作品，寥寥几笔却呈现出厚重踏实之象，枯润相映。

六、传承创新的邵阳新人新作

历经百余年沉淀，邵阳地域绘画精神在新一代画家中得以传承和彰显，呈现出新的面貌。近年来，邵阳相继成立了水彩画、油画、中国画艺委会、花鸟画协会、焦墨画学会等。各艺委会组织的写生、竞赛展出活动频繁，推动了邵阳美术创作的繁荣。

以方伟为代表的一群邵阳画家在本土成立"邵阳市焦墨艺术学会",并从200幅作品中精选出68幅,在邵阳市菩提美术馆展出。美术史论家曾陆红评价:这是首个地域性焦墨画学会的成立,也是焦墨画家们的首次集体展览。著名焦墨画家王界山亲临展览现场,认为邵阳焦墨艺术创作异军突起。他在邵阳进行了12天写生,赞叹宝庆四周风景如画,每一次转身都能发现另一番美景。在花瑶白水洞,他不禁发出"不来白水洞,枉为画中人""若痴若醉若神仙"的感慨。

陈西川之子陈小川现任邵阳市美术家协会副主席、邵阳市油画学会主席。近年来,他为促进邵阳地域美术创作投入大量时间和物力,组织画家写生创作。在陈小川的组织下,邵阳籍油画家、现任珠海美术家协会主席的刘文伟,东莞"绘美艺术馆"馆长范国庆(邵阳籍),以及本土油画家刘建华、金大状、蔡文武、邓红城、康建中、丁君君、谢勋雄等,经常在邵阳各地写生,师法自然。一批油画家以家乡生活场景为题材,发扬了"开风气,逞风流"的邵阳艺术特色。例如,陈小川早期作品《嫁女》入选广东省美术作品展,邓红城的《打糍粑》入选2012年文化部"群星璀璨、全国群众美术、书法、摄影优秀作品展",刘建华的《小背篓》《乡音》,蔡文武入选全国第八届群星奖美术展览的作品《金秋瑶家》、入选第九届群星奖美术展览的作品《囍》等,均取材于本土乡情。刘建华与陈小川合作的《赤壁饬》由湖南省选送参加中国历史博物馆大型历史题材作品评选。罗艳良的《父亲》、舒欢欢的《大南山下》荣获"从心出发"湖南省第七届油画展全部金奖。

邵阳籍女画家周玲子以女性视角进行绘画创作。谈及自己的《早春》《初夏》《秋凉》《梦回家园》等作品时,她表示:"情怀多以都市女性为主题,基于我身处都市生活的感受,主要思考现代文明的发展进程对人的发展关系。"在邵阳,活跃着一批女画家,以青年美术家协会主席周冰为代表,还有谢朝玲、何娟、陶慧、马金玲、张海燕、陈春岚、王唯、付寒、毛文丽等。周冰作为邵阳当前青年美术家代表,创作了一系列没骨花鸟画,如《苗寨情韵》《幽香素影》《含熏待清风》等,多次获得中国美协奖励。谢朝玲的作品《山媒》早在1995年就入选第四次世界妇女大会中国女画家作品展,《山寨奥运》在2005年入选第六届中国体育美术作品展览,《惑》在2014年获湖南省第三届水彩女画家展二等奖。何娟作品《飞鸟》曾获湖南省第六届水彩展优秀奖。在湖南省历届花鸟画展中,邵阳女画家陶慧的花鸟画《荷塘一夜秋风冷》、陈春岚的作品《雅韵四品》、王唯的作品《一树香雪眠不足》分别获得优秀奖或入选奖。

青年画家姜建清、邓新影、阳志华、彭晓智、刘德高、李晶莹、张志涛、羊辉武、吴飞等邵阳本土画家，致力于挖掘邵阳地域族群美术，开拓地域绘画空间，创作不断，新作频出。姜建清的多部作品入选中国美协举办的展览，如《鱼乐图》《春声》《竹溪渔隐》《释然境》《野塘清趣》《观自在》等，这些作品彰显了"含道映物、天人合一"的美学观。水彩画家邓新影的《芳草萋萋鹦鹉洲》参展2017年中国水彩画家新春新作展，《身轻亦有傲骨》获2012第六届亚洲华阳奖佳作奖，作品《守望》入选"2013·我爱水彩作品展"（上海·朱家角）。这些作品表达了画家深厚的乡情。青年画家阳志华的《秋染家山》《绿色家园》《家山秋语》《苗乡新绿》《绿染苗乡》等作品入选国家级展览，以浓情笔墨描绘本土风光，展现邵阳地域风貌。彭晓智表现土家族题材的作品多次获得省级奖励。2018年，历时五个月的"欢乐潇湘大美邵阳"群众美术展于9月在邵阳市美术馆举行，作品创作征集在全市各乡镇（街道）、村（社区）全面展开。一等奖作品邓集军《泌境》、邓南洋《牧归图》、龙志勇《山里娃》、申春兰《梦里侗寨》、伍茂兴《湘西印记》等新人新作，展现了邵阳地域美术的延续与发展。

七、结语

本文从社会学角度分析邵阳籍画家与作品，并非为邵阳地域绘画贴上流派标签，而是通过梳理被称为"小香港""绘画之乡"的邵阳众多画家作品中的地域特色、个性特色、地域人文精神及现代化影响，探讨"宝庆竹刻""滩头年画""花瑶挑花""蓝印花布""布袋戏"等国家非遗民间美术对邵阳美术的影响。同时，邵阳本地民风彪悍，具有敢为人先、霸蛮灵泛、义勇顽强的精神特质，形成了以形写神、坚毅执着、张扬人性等邵阳地域美术特色。新人新作在各类艺术创作活动中不断涌现。邵阳被命名为"绘画之乡"这一文化现象，表明邵阳绘画已超越地理范畴，在走出与回归中彰显艺术的社会生态性。2017年文化部"十三五"时期文化发展改革规划强调弘扬民族美术、增强文化自信，而邵阳美术地域特色正是文化艺术多元化的体现，值得关注。

（本文发表于2018年第5期《邵阳学院学报》。有改动。）

玄素浑厚寄乡情

——邵阳焦墨创作中的乡情赏析

一、焦墨画在邵阳的兴起

20世纪80年代，在"邵阳、株洲、岳阳、常德四市包装装潢设计联展"上，我与方伟初次相识。后来，通过他在邵阳市湘中图书城举办的个人画展，我对他有了更为深入的了解。彼时，曾陆红正在北京策划焦墨高研班，经我介绍，方伟与曾陆红结识，自此搭建起了邵阳至北京焦墨画学习与交流的桥梁。曾陆红先生在相关画展中提到，邵阳焦墨画能蓬勃发展、成果显著，方伟功不可没。确实，那几年方伟在担任公职的同时兼任邵阳市美协秘书

◎劲竹 / 方伟

◎宝庆乐章·中河街 / 聂世忠

长，忙碌异常，但他仍见缝插针地投入绘画创作，身边也聚集了众多画家朋友。邵阳市焦墨艺术学会的成立以及邵阳市首届焦墨艺术展的开幕，正是得益于"他的人格魅力和极力推动"，使得邵阳绘画界热闹非凡。

方伟在北京参与焦墨学习活动，尤其是参观学习了王界山老师在中国美术馆的焦墨画展后，登门向王界山老师求教，并深受他的熏陶。毕竟，焦墨作品的格调与创作者的品鉴能力紧密相连。方伟和导师王界山一样，为人热情厚道、淳朴且行侠仗义。方伟成长于国家非遗宝庆竹刻的故乡，对竹子情有独钟，痴迷于品竹、画竹，他笔下的竹在业界被誉为"方门竹"。他甚至能在迪斯科音乐声中，随着节奏用双笔焦墨画竹，左右开弓，肆意纵横，画出的竹枝形态各异、栩栩如生。通过在京城的学习，他进步飞速，焦墨画内涵愈发丰厚，完美秉承了文人画的精髓。在邵阳市首届焦墨展上，他的作品《秋声》追求虚实互渗、阴阳开合，由衷地歌颂家乡之美。

二、焦墨艺术的发展与特色

焦墨，又被称作"黑色文化"。追溯到距今6000多年的新石器时代的彩陶文化，在白色或红色底子上，由圆润流畅的点线构成的黑色图案，便是最早的焦墨呈现。4000多年前的龙山文化中的黑陶，运用浓重且干枯的笔画，勾勒出神秘优雅的陶器图案，历经数千年的焦墨绘画史，在人类记忆中留下了深刻的"黑色"印记。与西方文化对黑色的惧怕不同，中国人对黑色的永恒性满怀敬畏。殷商时代的青铜器，三国魏晋的祭器、战车、弓箭，汉代的食器、礼器等，都采用黑色绘画装饰，尽显潜寂幽沉、稳重大度。在先秦哲人们的观念里，"黑与白"即"玄与素"，玄是宇宙的根本。绘画中若缺失黑色，就如同葛洪在《抱朴子·畅玄》中所说"玄之所去，器弊神逝"。唐代张彦远将哲学中的宇宙论运用于绘画，提出"运墨而五色具，谓之得意。意在五色，则物象乖矣"（《历代名画记·论画体工用拓写·论用墨》），中国画中的墨分五色，在阴阳黑白中囊括万物。

在墨分五色里，焦墨位居首位，在中国画中占据独特且显赫的地位。清代盛大士在《溪山卧游录》中指出："辅色之不可夺墨，犹宾之不可溷主也。"即便在丹青色彩中，也是以焦墨骨线为主，丹青五彩为辅。焦墨在中国画中起着提纲挈领的关键作用，焦墨画的创作难度相较于水墨画更大。张仃在《我为什么画焦墨》一文中谈及："唐以前，画家只注重笔，不懂或不重视用墨，画山水多以焦墨勾勒轮廓，最多用相同的焦墨擦几笔；到元代，在最讲究笔墨的时期，人们多用淡墨渴笔，名家们偶尔也用老方法，像王蒙，有时也会以焦墨创作；明遗民程邃，以焦墨著称，石谿也偶尔为之；清罗两峰的焦墨山水，评论家称有唐风。近代，我仅见到大师黄宾虹常以此法画小幅山水。"①

专家普遍认为，我国焦墨画的开山鼻祖是明末清初时期的程邃，作为新安画派的代表人物，他常以黄山、徽州山水为创作题材，将焦墨与金石元素相结合，作品风格呈现出"润含春泽，干裂秋风"的独特韵味。黄宾虹进一步发展了焦墨语言，在焦墨画法的理论与实践探索方面做出了卓越且独特的贡献。张仃则将焦墨提升为一个独立的画种，在徐悲鸿倡导现实主义而放弃笔墨的时代，建立了焦墨语言体系。崔振宽在焦墨的现代性转型上取得了突破性进展。"王界山焦墨山水画，是继黄宾虹、张仃的焦墨山水画创作之后，又一位承前启后、自出机杼的高手。"②另外，赵亚铭、邵璞、宋国琦、姚伯齐、朱松发等画家的焦墨作品，也显示了绘画中的笔力与姿势所蕴含的内在美。

三、邵阳焦墨创作团队的异军突起

（一）厚拙虚简：焦墨绘就乡情韵

2017年5月13日下午，邵阳市首届焦墨艺术展在邵阳市资江南路菩提书画院盛大展出。开展当天上午，以朱保平为代表的18位邵阳焦墨画家合作创作了长达21米的《古城宝庆八景图》长卷。该作品运用散点透视画法，将邵阳的古景巧妙地汇聚于焦墨长卷之中，堪称表现邵阳古景的扛鼎之作。观众们纷纷赞叹："啊，原来邵阳老景是这般模样！好气派！好生动！"邵阳画家们深知"外师造化、中得心源"的艺术真谛，早在2016年，何斌阳等14位邵阳画家便集体创作了《万壑云烟图》，充分表达了他们对宝庆古景、南山、崀山、云山、黄桑、上堡古国、雪峰山等本土山水的热爱。

《古城宝庆八景图》对邵阳古景的描绘凝练、概括且典型，承载着邵阳老人们珍贵的记忆，也是邵阳人情感的寄托。画面在厚拙与虚简的表现上恰到好

---

① 张仃.我为什么画焦墨《笔墨乾坤》[M].济南：山东画报出版社，2011：61.
② 李翔.山行——王界山画展前言[Z].中国美术馆，2016-11-9.

处，例如洛阳洞以粗犷深重的笔触，凸显出洞内的深奥莫测；双清秋月则展现出明净隽秀、空灵俊爽的气质，在老画家朱保平的笔下，这些景致栩栩如生。朱保平先生自幼习画，是20世纪70年代成长起来的优秀画家，他身边汇聚了一批同时代的邵阳画家，他们对家乡邵阳的一草一木饱含深情，对家乡的古景更是了如指掌，能够默写自如。此次展出的作品《苗山烟云》笔力老辣，雄秀相生。曾担任乡党委书记、县文化馆馆长的刘华旺，从小跟随叔父习画，他笔下的山水是其长年累月生活的真实写照。几年前，他在湖南省画院美术馆、湖南国画馆、后湖国际艺术区美术馆举办个展，均获得了业内的高度评价。此次展出的作品《无尘世界》以骨法用笔，展现出本土山水高古、苍润、沉雄的特质，是邵阳焦墨厚拙风格的典型代表。百米长卷《老房子》集中描绘了不同地域民俗下中国古木结构房屋的多样样貌，生动地再现了中国古建筑的魅力。

◎刘华旺作品　　　◎梦回长安·情系大寨　　◎苗家山里人
　　　　　　　　　　　/李本湘　　　　　　　　/熊正斌

（二）玄素静谧：墨色浸染乡意幽

曾跟随何斌阳学画的李自健评价何斌阳的作品"诗风荡漾，气韵灵动"。何斌阳自幼生长在古城邵阳，对家乡的山水了若指掌。即便身患癌症，他仍与病魔顽强抗争，笔耕不辍，饱含深情地创作了"宝庆古景、苗寨侗岭、花瑶风情、黄桑风光"等一系列极具代表性的邵阳本土乡情长卷作品。在此次焦墨画展中，他的画笔聚焦崀山古韵，《悠悠千古韵》仿佛是他用焦墨画笔与癌症顽强搏斗的见证。画作中，崀山用笔遒劲，清旷性灵，圆浑幽邃，展现出崀山的千古传奇，让人不禁联想到千古传奇的崀山如同画家的身影悠悠浮现，恰似《阿尔卡地亚的牧人》中的那片乐土，充满了画家对永恒欢乐与幸福的向往。画家将焦墨与自身的生存状态相结合，表达了一种深刻的生命哲学，其所体现的玄素静谧，让人不禁联想到宇宙的永恒浩荡。

◎南山烟云 / 朱保平

资江蜿蜒流经邵阳南北，最终北入洞庭，邵水在邵阳下河街汇入资江，两水四岸凝聚了2500多年的悠久文明。本土画家们纷纷用画笔表达对家乡母亲河的崇敬与赞美之情。周诚昊的《资江卧游图》以15.6米×0.62米的长卷，气韵神妙地描绘了资江两岸千古传颂的壮丽江山，画面悠远深奥，内涵厚重。回楚佳的《山高水长云自闲》玄素运用得当，黑白冲和淡远，表达了对乡情苍润浑厚之美的独特感悟。杨文武的《高山出谷听泉声》则深沉而富有张力地将家乡山高水长、浑厚高贵的特征呈现在焦墨之中。画家们不约而同地通过作品，抒发了对生长于此的母亲河畔朴拙静谧之美的热爱。

◎晒秋 / 杨文武

（三）勾勒皴擦：笔锋流转乡韵逸

画家石谷主要从事建筑设计工作，但在设计之余，绘画创作从未间断，是一位典型的湖湘乡土风情山水画家，他自嘲为"草根个性"书画家。他将书法的现代个性融入焦墨画创作中，作品《溪山闻瀑声》取材于本土山水，集中展现了山涧、农舍、水流的场景，运线流畅，充分释放了中国画起承转合的律动弹性。身为宝庆竹刻老竹雕艺人的隆剑平，其作品灵动简洁、奇僻夸张，在知白守黑中彰显出健拔精谨的风格。毛政叶在《巍巍家山》《问道云山》等作品中，将焦墨用笔与书写逸气相结合，充满灵性地描绘了本土山水，呈现出一种超脱飘逸、神秘且无限高远的空间感。

（四）古典隽永：墨彩交融乡魂厚

在本次画展中，市美协主席李月秋、副主席李巍也带来了他们描绘乡情的佳作。李月秋继《秋韵城步》在中国国家画院展出后，依旧勤奋创作。《绥宁古村落寨市》便是他的焦墨精品，焦而不躁、浓而不滞，生动地表现出湖湘山水的温润之感；李巍笔力深厚老到，采用竖式构图，以焦墨横擦竖钩，山涧小桥在画中尽显。李本湘的《密体山水》积极探索焦墨的创新性，所画山水具有强烈的视觉冲击力，变化丰富，设计感突出；刘彪的《峰峦叠翠》沧桑浑厚；王艳荣、龙志勇、朱勇、刘文文、熊正斌等画家的作品，都展现出黑白的本色美，质朴苍润，素以为绚；唐璜安的作品则流露出古典情调的乡情美；画展中年龄最小的覃湘婷（13岁）的三件作品也格外引人注目……素有"绘画之乡"美誉的邵阳，美术人才层出不穷。

四、结语

焦墨大家王界山曾说："焦墨画创作是一种置之死地而后生的画种。"在焦墨艺术面临困境的当下，邵阳焦墨画家们集体展示出近年来的焦墨创作成果，这是对画坛的一次"敢为人先"的大胆尝试。在艺术多元化和多样性格局并存的今天，邵阳画家们的焦墨作品展现出蓬勃的生命力，饱含深情地表现了本土山水的意境与情感，对绘画潮流发起了有力挑战。

邵阳人具有敢为人先、果敢行事的作风，以及"发先声，领风骚，开风气，逞风流"的特质。邵阳焦墨画家们钻研笔墨、师法造化、展现自我。他们虚心好学、积极开展集体创作、相互激励，用焦墨的"玄与素"诠释宇宙的根本，表达对乡情的深厚热爱，极大地推动了乡土美术的发展。

（本文发表于2017年第11期《艺术中国》杂志。）

加强本土美术研究，
发挥地方美术馆的社会责任

在繁华开阔的邵阳大道上，雄伟的邵阳艺术中心拔地而起。邵阳市美术馆坐落在其二楼与四楼，馆内设有精品展厅、回形画廊、创作室、临展厅、会议室、开幕场地、装裱室以及摄影室。这里承担着美术作品与美术文献的征集、收藏、陈列和展示重任。在邵阳市

◎邵阳市文化艺术中心 ／李珍珍摄影

文化旅游广电体育局的指导下，馆长刘展艳带领全体馆员，积极践行服务繁荣美术事业、推动艺术品展览及艺术活动、提升本土艺术学术地位的美术馆宗旨。青年馆员在馆领导的引领下，勤奋钻研专业知识，正迅速成长。

一、整合区域文化资源，服务大众

邵阳市美术馆的首要职责，便是深入挖掘、弘扬、整合并利用本土历史文化资源，对本地域的美术进行研究、收藏与展示。依据自身条件与定位，美术馆致力于打造邵阳特色，主要服务本地民众，影响力主要辐射邵阳区域。立足本土，针对邵阳文化特点，美术馆勇挑邵阳文化建设的重担。

邵阳地域文化秉持"睁眼看世界"的精神，影响广泛。邵阳美术在展现邵阳精神、情怀、故事与审美时，凸显出"绘画之乡"的特色。作为"湖南省域副中心城市"与"湘中湘西南经济文化中心"，在全球化背景下，邵阳社会变

化加速，地域特征虽有所减弱，但美术创作中的邵阳地域特色却愈发鲜明。在同质化日益严重的今天，众多作品深刻反映了地域文化与历史，为地域艺术注入生机，增强了凝聚力。

2021年底，邵阳市美术馆完成了典藏库房的提质改造。目前，馆内藏有各类作品1840件，其中名家作品超400件，精品力作100余件。

邵阳市美术馆充分发挥职能，弘扬本土文化，与相关部门合作，持续推出一系列展现本地区美术创作整体水平的展览，如《生命重于泰山·全市抗疫书画摄影作品展》《邵阳市美术馆馆藏精品展》《画说邵阳·庆祝中国共产党成立100周年全国美术作品展》《画说邵阳·学院提名画家作品展》《鸿图·庆祝建党100周年邵阳市书法美术摄影作品展》《邵阳市第四届美术节》《大美罗溪摄影展》等。此外，还圆满完成了"喜迎二十大永远跟党走奋进新时代"——邵阳市青年艺术家综合展的评选工作。

2021年5月，由邵阳市书法家协会、邵阳市美术馆、邵阳市文艺评论家协会联合主办的"闻过则喜"邵阳国展书家批评展在市美术馆举行。75件作品被美术馆悉数珍藏，这些作品重现国展经典风貌，为建党100周年献礼。

二、开展志愿者服务工作，加强策展人才队伍建设

为深入推进精神文明建设，弘扬雷锋精神，营造"我为人人，人人为我"的友爱互助氛围，邵阳市美术馆组建了志愿者服务队，并开展了一系列活动。馆长刘展艳担任组长，副馆长曾伟中、马宝龙担任副组长，全体馆员均为志愿者成员。服务队开展爱心道路文明劝导活动；每年前往社区慰问老人、孤寡老人，关爱弱势群体；举办六一主题志愿服务活动，培养孩子们观察自然、体验生活、大胆创新的习惯，丰富其艺术生活，激发他们感受美、表现美、创造美的兴趣，让孩子们享受自由表达与创造的快乐；在端午节期间，通过文化探寻与实践活动，让孩子们感受乡情亲情，增强对中华民族历史文化的认同，培养爱国主义情感与良好的人文艺术素养。

策展人在美术馆展览中起着关键作用，需对展览方式、藏品及艺术基调进行设计与管理，其艺术水准和专业素养直接关乎展览质量。邵阳市美术馆的姜建清、周冰等画家担任策展人工作。他们具备丰富的美术馆知识，熟悉美术史发展脉络，能让藏品展现出更深刻的艺术形式。凭借清晰的艺术理念与出色的

文字能力，为藏品撰写评论。

　　同时，邵阳市美术馆成立了美术专业委员会，面向社会聘请高素质策展人。他们负责艺术藏品展示、协调艺术层面及各类问题，思考展览藏品内容与艺术潮流，对藏品进行分类整理，提升美术馆藏品管理效率。策展人挑选展览藏品，通过分析藏品的艺术内容与思想，确定藏品种类与数量，并对每件藏品进行评论，将藏品的艺术思想及其在当下社会的影响传达给讲解人员。

◎宝庆猪血丸子　/刘建蓉

◎龙头角烟云　/朱戊扬

三、重视公共艺术教育

　　公共教育是美术馆的重要功能之一。与学校教育不同，美术馆拥有独特资源。通过发挥场所效应，多渠道开展公共教育，近年来，美术馆举办了十余场美术公共教育活动，让文化广泛惠及邵阳民众，为市民提供优质文化消费空间，增强市民文化获得感。同时，丰富展览交流形式，联合社会力量举办少儿美术展及学术提名展，筹集资金开展学术研讨与公共文化服务课程。利用六一儿童节和传统节日，分别举办"童画邵阳·魅力双清""品味端午·传承文明"等主题活动，向未成年人传播优秀传统文化。

　　2021年3月，邵阳市文化旅游广电体育局与邵阳市美术馆共同发起"美

◎风正帆顺 /蒋剑平

◎梅花开满的季节 /姜建清

育乡村·关爱留守儿童"公益美育课。美术馆的十余名文化志愿者前往邵阳县长阳铺镇高巩桥小学授课,助力乡村振兴与教育扶贫。2021年11月27日,邵阳市青年美术家协会秘书长刘德高在美术馆为100多名书法、美术爱好者讲授《写最艺术的中国字,做有学问的新青年》,欧阳志华、李爱民等艺术家亲临现场,为孩子们加油鼓劲、给予指导。通过开展"名家名作零距离"公共教育活动,以馆校融合的方式,为青少年学生送上成长福利。

　　2022年6月1日,邵阳市美术馆精心策划的"童画邵阳·魅力双清"少儿写生采风活动在邵阳市文化艺术中心举行,为孩子们送上一份充满文艺气息的儿童节礼物,让美的理念悄然塑造孩子们的美好心灵。6月3日,邵阳市

◎微雨赏花 /姜建清

◎你们要讲真话、讲实话
/佘焕晟

◎新地开发·油画 /邓红城

◎新芽 /谢勋雄

美术馆举办"品味端午·传承文明"主题活动。在寓教于乐、亲子相伴的温馨氛围中，孩子们度过了一个趣味十足、意义非凡的端午节，进一步加深了对中华民族传统节日的了解，筑牢精神家园，增强爱国情感。2021年11月，美术馆举办"名家名作零距离·以画说话"活动，展出馆内画作，周冰、罗薇等老师对画作进行详细讲解，并鼓励孩子们以画家的创作思维，创作一幅题材相同但寓意不同的作品。孩子们奇思妙想，各有感悟，仿佛一个个小画家在"以画说话"。此外，美术馆开设的美育课、礼仪课、交通安全课，为青少年传承中华礼仪、了解交通安全提供途径，强化了审美、艺术、礼仪、安全教育等方面的素质教育。

四、不断完善，积极超越发展

邵阳市美术馆正开展清点整理、编号归类工作，并建立数字化管理与跟踪系统。尽管面临级别与场馆建设规模不匹配的困境，存在缺乏高质量核心收藏、展品水平参差不齐、资金投入不足、工作人员科研与整体学术水平有待提高等问题，美术馆仍积极应对，努力适应邵阳经济文化发展与民众精神文化需求，紧跟城市发展步伐。针对场馆运作经验匮乏、缺少专业策展人和研究人员等状况，美术馆积极改进，大力开展"馆校""馆企"合作，结合民营路线，吸引热心美术传播的个人及社会资金，发挥美术馆专业委员会的学术指导作用。邵阳市美术馆领导分工明确，加强监督管理，轮流带班、值班，指导本馆免费开放工作，确保工作顺利开展。做好统计与意见征求，制作征求意见表，请参与者提出意见建议，并对接待人员从好、中、差三个维度进行评价，作为考核奖惩依据，不断总结提升。每周召开工作例会，认真总结工作，工作人员提出意见建议，带班领导和主要领导针对问题提出改进要求，及时总结经验教训，提升接待能力与水平。

邵阳市美术馆致力于改变传统美术馆以展陈为单一功能的空间格局，增强开放性与公共属性，融入城市发展变革，扮演好城市客厅与文化广场的角色，承担起文化建设与传播的重要职能，实现美术馆公共空间开放性的美术价值。

（本文发表于2022年12月《文化创意与品牌建设》。有改动。）

论宝庆竹刻的传承创新

在明清时期，我国竹刻已形成嘉定派、金陵派、宝庆派等具有不同地域风格与手法特征的艺术流派。邵阳竹艺涵盖雕刻、绘画、版画、书法、文学、器形制作及竹材供应等领域，兼具观赏与实用价值。邵阳汇聚了一批宝庆竹刻传承人，他们通过口传心授传承竹艺技法，创造出丰富的邵阳竹艺视觉符号。2006年5月，国务院批准将宝庆竹刻列入第一批国家级非物质文化遗产名录。如今，一批宝庆竹刻传承人正持续丰富邵阳竹艺的语言符号。为贯彻落实党中央将振兴传统工艺上升为国家战略的精神，依据《文化部"十三五"时期文化发展改革规划》和《中国传统工艺振兴计划》的指导，宝庆竹刻艺人们正发挥竹艺这一传统工艺美术的优势，服务当代社会，力求突破发展瓶颈，探寻新的发展路径。

一、宝庆竹刻的艺术源流

邵阳地处湘西南，属丘陵地带，楠竹资源丰富。《宝庆府志》记载："闻万历间云山有好事者，就竹势之态，饰人物、山水、花鸟于上，或琢饰玲珑小器，供于茶肆或文房。"①1425年4月，朱元璋的第十八子朱楩北迁至宝庆府武冈州。朱楩与一同被贬的文人官员寄情于物，附庸风雅，嗜好古玩，宝庆竹刻于此应运而生。《宝庆府志·艺文志》记载，明崇祯年间进士潘应斗曾记录叔父潘一龙与宝庆竹刻技艺，并汇纂成《大来堂制艺》刻板刊印。潘一龙流传下来的竹刻作品有竹青雕笔筒《听松观泉图》，他与同时期的王嗣乾共同代表了邵阳竹艺的早期风格。

---

① [清]黄宅中，张镇南，邓显鹤.宝庆府志[M].长沙：岳麓书社，2009.

邵阳是竹簧雕刻的发源地，这一观点得到王世襄、史树青、吕舜祥、谭志成、叶义、胡彬彬等专家的认可。如"贴黄始创于湖南邵阳地方，嘉定是向湖南仿制的"[①]"施加雕刻的贴黄，是竹刻中的一个特殊品种。从故宫博物院所藏实物来看，乾隆时期的制品为数不少……湖南邵阳成了重要产地"[②]。《宝庆府志·乡土物产》记载："康熙十二年（1673年）近日有竹制为反面，制为方形，以售竹器名者"，表明清康熙时邵阳已有竹簧技艺。传说王尚智发明了竹簧雕刻（竹簧是将竹去青去节，留下竹簧煮、晒、碾、压平后贴在木或竹胎上抛光打磨）。竹簧工艺的发明是中国竹艺的一次重大变革，它拓展了竹艺题材，推动了竹艺大件化与批量生产。清末，邵阳竹艺著名的作坊有"文雅堂""爱此君斋""君雅堂""君子邻"等，王修龄、王树笺、王坚吾、王明生、朱莲舫、朱宝成等是这些作坊的竹艺名家。明清时期，宝庆竹刻被宝庆府衙定为进贡朝廷的贡品，如故宫藏竹簧雕刻《天地同春寿字盒》是李新鳞兄弟为慈禧太后所作，《芭蕉山石贴簧盒》为惜阴轩主李昌元所制，竹艺贡品中保存下来的还有食篚和书篚等。

从民国到20世纪70年代，宝庆竹刻取得了辉煌成就。例如，1915年太平洋万国巴拿马博览会上宝庆竹刻获奖；1943年中国首届工程展览会上，朱宝成、朱宣武的9寸竹簧挂屏《红楼梦故事》获得一等奖；黄肇昌、肖惠祥、邹乐夷、姜坤、喻文、曾剑潭等画家艺人共同为人民大会堂贵宾厅制作《洞庭岳阳楼》和《南岳衡山》，这两幅竹簧雕刻长3.6米、宽2米，属巨幅作品；曾剑潭的圆竹贴簧镂空雕《富贵牡丹、双凤朝阳》帽筒在1959年获全国工艺美术一等奖，巨幅翻簧雕刻《韶山银河》获全国第四届工艺美展一等奖。

宝庆竹刻在明代原竹雕刻、清代竹簧雕刻的基础上，历经数百年发展，已形成个性鲜明、技艺精湛的地方特色。1950年成立的邵阳市竹艺生产合作社，1958年改为国营邵阳竹艺厂；20世纪60—70年代，江西吉安、井冈山，四川万县（现重庆万州）以及湖南省内的株洲、益阳、沅江、邵阳县、洞口黄桥、绥宁等地相继派人到邵阳竹艺厂学习，并在本地开办竹艺厂；

---

① 王世襄.竹刻艺术[M].北京：生活·读书·新知三联书店，2013.
② 上海嘉定竹刻博物馆.嘉定的竹刻[M].内部资料，1958.

1993年邵阳市染料厂兼并了邵阳市竹艺厂，邵阳竹艺厂艺人们开始转向私人作坊小规模生产竹刻。随后，众多竹刻研究机构纷纷成立，经常组织邵阳民间工艺产品展览与竹刻文化活动，有力地促进了邵阳竹艺的发展。

二、丰富的竹刻品种与技法

宝庆竹刻中的竹雕主要包括竹青雕刻、竹蔸雕刻、竹簧雕刻。

竹青雕刻的材料一般选取3-5年生、生长在高岭石缝的大竹，这种竹肉厚节正。经煮、晒、刮表层等工序后，打磨制成竹青坯子，如笔筒、臂搁等。

竹蔸雕刻注重竹势竹态，依形造型，使其成为巧妙、古朴、精致的竹艺品。竹蔸雕刻又称竹根雕刻，利用竹根的天然形态及结疤布局构思进行雕刻，粗犷古朴的凿削留节雕刻体现了艺人即兴创作中对生活的感悟。

竹簧雕刻也称"贴簧""翻簧""文竹"。竹簧品工艺要经过伐竹取簧、器形制作和刻簧等几十道工序。

竹簧雕刻的器形制作（制坯）是竹簧工艺中的重要环节。首先设计图样制作木模具，通过刮、压、锯、清角、胶、捆、磨等工艺将竹簧贴于木胎或竹胎上，成型需要一定时间。宝庆竹簧器形品种有300余种，以盒、瓶、盘、碟、架、筒、扇、屏风、挂屏为主，多边花瓶、圆形花瓶、仿青铜器等异形器丰富了邵阳竹艺的艺术宝库。器形创作中需考虑竹簧材料特性，设计结构合理、形态优美的器形。根据设计图制作木模具之后，关键在于竹簧器上装饰胶合簧皮、压型成材、图样拓样、清刮角、打磨等方面，异形器形工艺更为复杂，如曲线形、圆形和综合形等。

宝庆竹刻有圆雕、浅浮雕、镂空雕、阴刻、彩绘、镶嵌、火烙等工艺技法。刀法包括单刀、回刀、双刀、劈刀、颤刀、划刀、排刀、逆刀、顺刀、中锋、偏锋等技法。各种竹雕中又有各自独特的刀法，如竹青雕刻的刀法就有陷地阳刻、线刻阴刻、浅浮雕、高浮雕、透雕等。

三、当代宝庆竹刻在题材与形式上融入现代元素

宝庆竹刻的各种图形符号具有显著的邵阳地域与文化特色。竹刻图像中的江南山川楼阁、人物风俗、花鸟、岁寒四君子等体现了文人的闲情逸致，

◎丹霞之魂 /张宗凡

人格化个性突出，小中见大，竹艺细致传神，传统图样洗练概括，金石韵味浓烈，刀线意赅，典雅秀美，明快飘逸。绘画审美倾向融入竹艺，既有全景山水，也有剩水残山，即使是花鸟题材也渗透着人品理想。

宝庆竹刻题材广泛，包括人物逸事、宗教故事、山水风俗、花鸟草虫、装饰图形等。竹艺题材扎根于传统民俗民风，如滩头年画、墨晶石刻、石雕、木雕等。当地少数民族的农耕劳作、婚丧喜庆、渔猎采摘、花鸟飞禽、习俗礼仪，以及历史人物与故事、神仙传说、猛兽神灵等，都是邵阳竹艺表现的题材。邵阳风俗与文人趣味相融合，题材中突出现代内涵，如崀山风光、潇湘八景、宝庆吊脚楼等。例如，张宗凡的作品《丹霞之魂》取材于崀山"辣椒峰"，运用阴纹浅刻手法，细腻地表现出"辣椒峰"的壮丽巍峨。唐文林的《宝庆印象》《中河街旧影》等竹艺作品饱含情感，以邵阳老街为表现对象，具有浓郁的古宝庆地域特色，典雅舒逸，恬静愉悦。

"在宝庆竹刻中有一种独特的表现技法，即将雕刻和彩绘相结合的表现

◎和谐世界 /陆凡林　　◎林下剪碟 /陆凡林　　◎国色天香 /张宗凡

方法，这种表现形式与宝庆竹刻中竹簧的独特材性有较大关系。"宝庆竹刻的色彩表现可分为竹青雕刻的青色、浅黄自然色与竹簧雕刻的描绘色彩。竹青雕刻的青色指竹材表面外部润泽的竹青色，浅黄色指去青留下的竹簧与竹肉的竹肌色。竹刻色彩不像

◎盛夏牧趣 /杨石生

绘画色彩那样自如写意，更多体现的是艺人的情怀与阅历，需要对竹刻作品题材与色彩进行合理搭配。例如，张宗凡的《国色天香》运用国画工笔重彩技法在竹簧上刻绘结合，色彩典雅飘逸；陈田安的《宝庆竹刻翻簧技艺传承图谱》彩绘施色浓淡适宜，富有层次感。

宝庆竹刻在根雕方面也有杰出代表。例如，陆凡林的竹根雕作品《和谐世界》利用竹根根须表现森林中的动物与人类共享大自然；竹根雕笔筒《松下剪蝶》运用留青灭地阳刻，其润泽的浅黄富有人文历史感。杨石生的竹根雕作品《盛夏牧趣》运用浅、高浮雕，镂空雕等技法，展现出惬意的田园生活。童子与水牛情绪互感、神态活泼，雕刻的树木苍健虬曲，竹根须的自然处理体现出山间风动的盛夏气息。

四、丰富发展的邵阳竹艺

（一）多样化发展

从宝庆竹刻发展到如今的邵阳竹艺，已呈现出艺术形式与品种的多样性。从单一的雕刻发展到木架配竹雕、竹编、竹编嵌竹簧、竹烙、竹刻饰品、竹刻日用配件的多元化格局。技法上融合金陵派濮澄的浅浮雕，嘉定派朱鹤、朱缨、朱稚征的高、深、透风格，以刀代笔、刀简意赅。竹造型纹样的文人文化是其主要因素，不同种类形状的竹艺纹饰从较早的简单花纹装饰图案发展为可与山水花鸟中国画相媲美的图形图像。视觉构成符号追求神似，形式上追求美好吉祥的寓意，竹艺纹饰艺术涵盖了文人修身养

◎古韵 /张宗凡　　　◎盛世花开 /张宗凡　　　◎湘山俊秀 /张宗凡

性特色，地方山川风光生活场景是创作的源泉，竹艺技法中主要传承竹刻的以簧代纸、以刀代笔、以刻代画的特色。版画家李桦曾把宝庆竹刻誉为"邵阳竹版画"。邵阳竹艺纹饰主要有角隅纹样、吉祥寓意纹样、边框纹样、独立纹样等，图样创新，立意新颖，刀法、烙法娴熟精巧。

（二）已形成不同门派风格

邵阳竹艺的传承在技法上形成了不同流派风格，其中以曾剑潭与弟子们为代表的豪放派尤为突出，代表人物有李静、张宗凡、王浩宇、李子迷等。他们的刀法凌厉，画面简练流畅。曾剑潭首创竹簧腹空图形镂雕技术，他的高浮雕竹艺《青山不老松》拙重圆浑，竹刻纹饰除用线外，又兼有阴刻阳刻块面表现，层次丰富。不少竹艺人将国画和版画技法融入竹刻纹饰中，特别是在浮雕人物的细节表现中把线的表现手法发挥得淋漓尽致，喻文的获奖作品《宋庆龄与孩子们》将国画线描技法与版画黑白灰手法完美融入竹刻中。

张宗凡的竹刻《古韵》融入了玉石雕刻技法，将传统的卷草纹、回形纹浮雕运用在竹簧上，达到了重典雅、工精微、近画理的境界。六边形竹簧作品《盛世花开》高108厘米，属大型作品。其传统花卉纹样采用浮雕阴刻并配以书法，突出了"线"的写意造型；翻簧竹刻作品《湘山俊秀》阴刻山水，将远山、农家、树木等景物用线条阴刻勾勒出来。

以胡恒明及张佼、胡培远、陈田安为代表的婉约派刀法细腻古典、意境隽永。张佼的翻簧竹刻作品《聚友畅谈乐趣事》在2014"中国原创·百花杯"中获中国工艺美术银奖。

以居住邵阳苗山的竹艺传人邓剑锋、李胜德为代表的苗山派，创立了去肉留节雕刻法。依据竹势竹态及翠竹节大肉厚、节密须多的特点，采取镂空雕刻的方法，突出竹节的表现力，作品清新、古朴、自然。

以唐文林、张宗凡为主的宝庆竹刻学院派传承人，培养了一批学生，如在2016国际"竹天下"竹艺大赛中获奖的罗练成、石建华等都是宝庆竹艺的学院派传人。

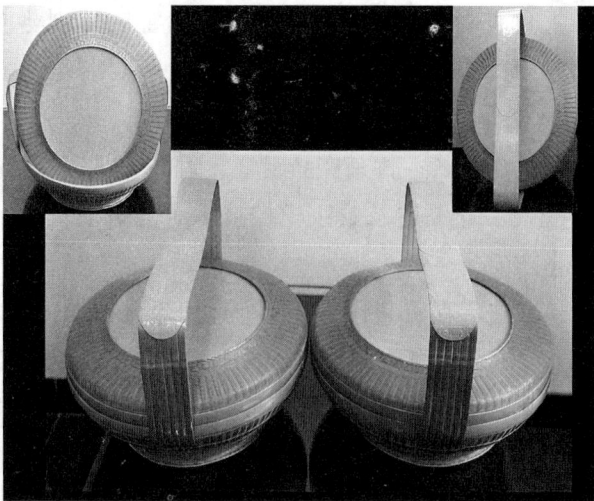

◎竹编嵌竹簧《喜庆丰收》/张宗凡

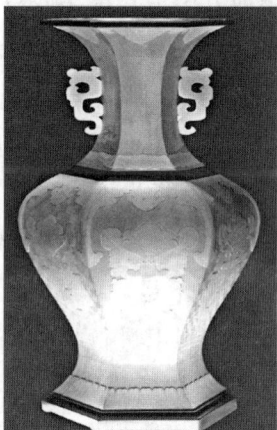

◎兽面纹双耳花瓶
/王浩宇

◎老街昔情浓唐文林

（三）兼收并蓄各艺术门类特色

邵阳竹艺的技术与手法的创新变化离不开艺人们对各种艺术门类的兼收并蓄，如版画、国画技法等。不少艺人本身就是画家出身，如唐文林、张宗凡等一批艺人就是绘画专业科班出身；陈志龙、刘家玮等既是宝庆竹刻艺人又是书法家、文艺评论家；张佼、陆凡林则将祖传木雕、灰雕技艺综合运用于宝庆竹刻；陈田安把烫金运用到竹刻中。宝庆竹刻艺人们擅长从木雕、贝雕、镶嵌等工艺中吸取不同手法，从单色线刻与浅浮雕发展到浅雕上色、彩色浮雕、竹烙雕刻等，宝庆竹刻艺人们将各门类艺术特色融于竹刻中，使雕刻手法与工具得到进一步创新。

（四）竹刻新技术与品种的创新

竹刻材料、竹刻产品组合、附件材料都有创新。在竹刻载体创新中，利用现代工业制造及数字模控技术对翻簧模具进行低成本、高效率的可视快速生产。

王浩宇在竹艺作品造型上运用现代技术，如获奖竹刻作品《兽面纹双耳花瓶》，四层雕刻制作难度大，叠加工艺复杂、工序烦琐，每叠加一层都需要艺人具备足够的耐心和精湛的竹刻技艺，这样才能使竹艺作品的立体效果强烈。

张宗凡的《喜庆丰收》为竹编嵌竹簧雕刻的竹艺综合作品，在实用性基础上用浮雕手法表现了邵阳地方民俗喜庆丰收场景；《嫁娶图》则吸取本土滩头年画的技法，风格拙雅。

"宝庆竹簧烙画是对中国传统绘画的传承与发展。民间艺人以烙当笔、以火当墨、以竹材当纸进行创作，巧妙自然地把绘画艺术的各种表现技法与烙画艺术融为一体，形成自己的艺术风格，是民间工艺美术的独立载体。"竹烙刻画兼具木板烙刻画、丝绢烙画、宣纸烙画、麦秆烙画、葫芦烙画等优点，又弥补了此类烙画的不足。唐文林传承了邵阳竹艺厂老艺人刘德义的技法，在竹簧器和楠竹材料上进行雕刻烙绘，通过控制电烙的力度、快慢在坚硬竹材质上表现中国画的墨分五色之深浅、浓淡，虚实意境，弥补竹雕不宜反映油画与素描效果的缺陷。邵阳竹烙雕刻是宝庆竹刻中的新成果，以雕刻为骨、以烙绘为肉，实现了雕刻和绘画技艺的完美结合。唐文林的竹烙雕刻艺术构图严谨、布势得当、主宾分明、疏密有致，兼容中国画章法、疏密、黑白、浓淡的特色，采用中国画和民俗风情相结合的表现手法，题材多为邵阳本土民俗，黄橙晶莹的竹簧与烙绘炭化的深色画面形成强烈对比。例如，入选中国邮政总局2016年"匠心神韵——大国工匠之工美名家艺术风采专题系列邮票电话卡及纪念集邮珍藏册"的作品《宝庆印象》《侗寨情》《中河街旧影》，就反映了邵阳老街巷、老行当和少数民族村寨风情，运用中国画和民间画相结合手法进行表现，凝聚了艺术家唐文林对邵阳的浓烈情感。

◎侗寨情　/唐文林

◎竹皮带扣　/陆凡林

◎竹镇尺　/陆凡林

陆凡林作为中国工艺美术协会、中国民间工艺美术学会、中国建筑与园林艺术委员会会员、湖南省工艺美术大师，他自筹资金创办宝庆竹刻竹木根雕传习所、邵阳市竹木根雕研究所。他坚守传承传统技艺，积极开拓创新宝庆竹刻新路，"竹工艺产品造型设计的创作元素来源广泛，只要竹工艺产品设计师和制作技师善于发现和创新，就能创作出精美的竹工艺产品，赢得市场的青睐"。①陆凡林积极开拓竹制品市场，发明了竹皮带扣，并与皮带生产厂家合作开展试产工作。他将传统的金属钩扣革新为竹刻钩扣，制作出了既有益健康又环保的裤腰带，深受时尚达人喜爱，被他们称为"酷带"。而刻有邵阳本地名人诗词格言的竹镇尺，散发着金石韵味，兼具古典秀美的特

---

① 张应军，成雪.竹工艺产品实现创新设计路径研究——以大湘西竹编为例[J].世界竹藤通讯，2017（5）：34-39

质，工艺精良、表面光亮，市场销量颇为可观。

五、宝庆竹刻创新发展的瓶颈有待突破

当前，宝庆竹刻在理论研究层面，大多仍局限于宝庆竹刻史的探究，对邵阳竹艺现状的研究相对匮乏。研究邵阳竹艺的方法，主要集中在古代文献典籍研究以及技法研究，对当代竹艺文化创新产业的研究极为稀少。与此同时，在文化创新、产业发展以及传统纹样在当代宝庆竹刻中的传承与创新运用等方面的研究，也较为薄弱。

在竹艺技法方面，各艺人各自经营，仍处于小作坊生产模式。生产流程全部依靠手工操作与手工雕刻，致使生产效率低下、劳动力成本高昂，市场占有率持续下滑。再者，产品种类单一，这严重制约了竹刻的产业化进程，无法满足市场多样化的需求。

因此，迫切需要将零散的竹刻作坊组织起来，加强交流合作，打造邵阳竹艺学术团体组织。通过该组织，汇聚竹艺创意资源，为竹艺创作提供专业指导，进而构建宝庆竹刻创意产业链。同时，系统整理竹艺技法、造型以及图像纹饰材料，以集中展览的形式，对宝庆竹刻的竹刻技法、造型和图像纹饰进行学术层面的定位。如此一来，既能充分发挥手工劳动的创造价值，培育和弘扬精益求精的工匠精神，又能促进就业，助力实现精准扶贫，增加宝庆竹刻生产企业和民间作坊的收入，激发传统街区与村落的活力。最后，要整合竹艺技法与造型，最大程度提升竹刻艺人的综合素养，增强邵阳工艺美术的核心竞争力。积极探寻有效思路和方法，推动宝庆竹刻产业规模的进一步扩大。

（本文发表于2017年第6期《世界竹藤通讯》。有改动。）

宝庆竹刻的工艺创新

——唐文林宝庆烙画、烙刻作品的情浓语境赏析

一、解衣磅礴，痴迷于民间艺术

20世纪90年代，我便听闻唐文林之名。直至他与妻子从邵阳工业学校调入邵阳学院，我们共事之后，才有了近距离接触，也对他有了更深入的了解。唐文林身材不高，却走路如飞。外出采风时，他总是冲在最前面。记得在婺源时，他向写生基地老板借了一辆摩托车，走乡串巷，一天就能拍摄千余张照片。那些堪称古董的民居构件细节，都逃不过他那如猎鹰般敏锐的双眼。他常常深夜不睡，沉浸于自己的爱好之中，而白天依旧精力充沛地讲学、写书、进行竹刻创作。唐文林的言行举止，真正契合了晋代谢赫《古画品录》中评价绘画六法之第一法——气韵生动。唐文林给人的另一个深刻印象是解衣磅礴、追求大美天乐。为了捕捉民间艺术的灵感火花，他时常奔赴少数民族地区。例如，2013年春节，他在侗族村寨老乡家中度过。因为侗族婚嫁多集中在春节期间，人们认为此时结婚最为吉祥，所以村寨里每天都有好几户人家同时办喜事，热热闹闹地持续三天。唐文林在传统民间文化中追寻心中的艺术大美，全身心投入，倾尽全力收集民间艺术珍品。最初，唐文林的妻子对此并不理解，甚至还取笑他为"朽木"，但后来也转而全力支持他。如今，唐文林的家宛如一座民间艺术博物馆，收藏了木雕、竹刻、蓝印花布、挑花、泥塑、民间家具等20余种、3000多件民间艺术品。

唐文林1966年出生于湖南邵阳，先后毕业于衡阳师专和湖南师大美术学院。在高校学习期间，他接受了扎实的美术造型基础训练。尤其是在湖南师大美术学院学习时，师从著名工笔画大师莫高翔老师，系统地研习国画技法，为日后的竹艺创作奠定了坚实基础。

唐文林现任邵阳学院艺术设计学院教授、湖南省工艺画大师、中国民间文艺家协会会员、中国工艺美术学会会员、湖南民间美术研究学会常务理事、湖南省工艺美术大师评委、湖南省高级工艺美术师评委、湖南民间文艺家协会会员、邵阳市政协委员、邵阳市民间文艺家协会副主席、邵阳市民间工艺美术研究所所长、邵阳学院民盟总支主委、邵阳市民盟市委委员。二十余年来，他始终坚持宝庆烙画、烙刻创作，其作品荣获中国工艺美术最高奖以及联合国教科文组织颁发的"杰出手工艺品徽章"，作品还入选"中国邮票"。他出版了《邵阳工艺美术》，并承担《邵阳文库》六部民间美术专著的撰写工作，成果斐然。

二、寂寞苦行，执着于烙画烙刻

早年，唐文林凭借自己作为宝庆本地人的优势，结识了邵阳竹艺厂的胡恒明、胡永明、胡培远等老艺人，他们皆是宝庆百年竹刻老作坊"新华盛"的后人，在竹艺制坯和雕刻技艺方面造诣极高。他还结识了首批国家级竹刻传承人曾剑潭，以及喻文、刘德义、刘时良、唐朝林、于进田等竹艺老艺人。通过与他们的交往，唐文林发现这些老艺人的家庭条件普遍不佳，且儿孙辈中无人从事宝庆竹刻，宝庆竹刻陷入了困境。一种使命感促使唐文林自觉承担起宝庆竹刻传承与创新的重任，他深深地热爱上了宝庆竹刻。曾有多次，外地院校以高薪邀请唐文林夫妇前往任职，但都被他婉拒。唐文林满怀自信地表示："我的根在本土，我离不开本土民间艺术。"唐文林呼吁社会各界保护处于失传、濒危境地的宝庆竹刻，比如他在2007年第4期《装饰》杂志上发表了《行将消逝的遗产——邵阳竹簧》，这是研究宝庆竹刻的重要成果之一。

烙画在古代有"烙花""火针刺绣""火笔画""烫画"等多种称谓。我国烙画最早起源于西汉时期，曾作为宫廷御用贡品。唐代的张崇是著名的烙画画工，当时使用的烙画工具是炭条，常见于一些木制、竹制家具及日用品表面。宝庆烙刻主要在邵阳特有的竹簧器和楠竹材料上进行雕刻烙绘，压平的竹簧薄如蝉翼。像《三国人物烙画》《清明上河图》这类4米长、3米宽的大场景竹刻作品，展现了宝庆竹烙画早期代表人物刘德义的精湛技艺，他以竹烙画形式在竹簧上呈现出恢宏气势。唐文林曾用过火烙铁、电烙铁、电烙笔等工具，火烙铁温度不如电烙铁恒定，而他用电烙笔通过变换温度烙出国画般的"笔法"，黄橙晶莹的竹簧与烙绘炭化后的深色画面形成强烈对比，呈现出国画中深浅、浓淡、虚实的变化效果，意境韵味十足。

唐文林以烙与刻的形式记录邵阳的历史文化，如逐渐消失的邵阳老街老巷、民间习俗、少数民族文化等。他的竹烙画、烙刻作品屡获佳绩，例如2009年《竹簧花瓶》荣获第二届中国民间工艺美术"乡土奖"金奖，2013年《宝庆印象》获中国工艺美术"百花奖"铜奖，2014年《侗寨情》在中国工艺美术"百花杯"大师作品展中斩获金奖，2017年竹簧烙刻《宝庆老行当之篾匠铁匠剃头匠》获"金凤凰"创新产品设计大奖金奖。尤其是《竹簧储物盒》在2014年获得联合国教科文组织颁发的"杰出手工艺品徽章"，并受邀参加世界工艺文化节期间的专题展览。这也是宝庆竹刻自1915年在巴拿马万国博览会上获奖后，再次获得的一项世界级荣誉。

2016年，中国邮政总局制作出版了唐文林的22件作品，题为"匠心神韵——大国工匠之工美名家艺术风采专题系列邮票电话卡及纪念集邮珍藏册"，这是邵阳民间工艺美术作品首次入选"中国邮票"。

三、墨韵烟煴，镌刻古城岁月乡情

邵阳开化历史悠久，早在蚩尤时期就已形成梅山文化特色。西周时期，邵阳有召伯故事、甘棠布政；春秋时期，白善公在邵阳白公城垒土筑城，至今已有2500多年的建城史。这里民风强悍且淳厚，人们敢为人先、勤劳热情、吃苦耐劳。

生长于古城宝庆的唐文林，自幼便对民间美术怀有浓厚兴趣。资江邵水两岸的百千年老建筑，宛如"凝固的音乐"，斑斓而沧桑，如中河街、铁打的宝庆上墙下墙北门口临津门古城墙、人文气息浓郁的爱莲池、古码头等。熙熙攘攘的中河街、张家冲是水路运输集散地，尽显古城昔日雄风。唐文林出身书香门第，家中祖传不少古董，如宁波床花木雕、衣柜木烙画等，这使儿时的他便深受本土民间艺术的熏陶。特别是宝庆竹刻，在素有"小香港"之称、"绘画之乡"美誉的邵阳颇为盛行。在浓厚的民间美术氛围中成长起来的唐文林，将情感深深寄托于梅山宝庆文化。在此之前，宝庆竹烙画基本都以竹簧为载体，唐文林传承宝庆竹烙画的特征，创新出在竹青上直接烙画的方法。他充分发挥自己的国画功底,先在竹青上描线,然后依据国画的笔锋、皴法确定烙画时的提按、轻重、缓急。

唐文林的竹烙画以邵阳悠久的历史文化为题材,通过烙与刻的形式记录邵阳的历史文化,如逐渐消逝的邵阳老街老巷、民间习俗、少数民族文化等。他采用中国画与民间画相结合的表现手法,凭借自己的国画功底,创作了一系列反映邵阳老景、民风民俗的作品,如《老街昔情浓》《宝庆印象》《侗寨风情》《中河街旧影》等。在这些作品中,艺术家的视觉感受、精神寄托与人文精神得以高度凝聚。作品构图疏密得当,运用国画用笔章法,以褐色、土红、古铜、茶褐等自然色彩展现古典情怀与眷恋之情。同时,他注重烙笔黑白灰浓淡的对比变化,借助宝庆烙画、烙刻这一濒临消亡的传统艺术,将邵阳即将消失的老街老巷、传统民俗等留存下来。画面情浓于景,工艺美术大师唐文林以此抒发自己对古城的深厚情感,在沧桑故事中尽显人们的痛苦与欢乐。

老街巷的历史文化是我们文化产业的重要依托。唐文林对邵阳古街巷的刻画,以文化精神为载体打动观者,唤起社会对邵阳古城历史的记忆,引发人们对老街区保护、文脉传承等人文问题的反思,折射出当前社会问题。他以情感融入老街区,通过直观的视觉展示方式呈现老街巷的建筑及生活群体的生活现状。唐文林用竹烙刻语言记录历史,记录邵阳的民风民俗以及邵阳人的生活,提升了人们对历史文化艺术保护的意识。城市的文化符号、文明积淀是城市发展的内在驱动力,人文历史底蕴塑造城市精神,引导构建新的城市形象。

感谢唐文林这些斑斓沧桑、情浓语境的竹烙刻作品,它们为后人留下了美好与遐想。

(本文发表于2018年第1期《艺术评鉴》杂志,为2017年湖南省哲学社会科学基金项目"宝庆竹刻的工艺创新研究"成果之一。有改动。)

梅山水陆画研究的意义

一、水陆画研究的学术史梳理

1988年，在武汉召开的"中国长江文化研究会"会议上，周少尧、童丛首次提出了"梅山文化"概念。此后，在梅山文化内涵、梅山民俗、梅山宗教与巫傩、梅山音乐、梅山体育等诸多方面，研究成果颇为显著。然而，彼时梅山水陆画尚未引起足够的关注与研究。湘中地区的新邵坪上、新化、涟源、安化等地，属于梅山文化的核心区域。改革开放后，信仰梅山教的人数增多，水陆画创作也随之兴起，我们将该地区的水陆画命名为"梅山水陆画"。

水陆画是"水陆法会"时供奉的一种宗教人物画，即在宗教界举行水陆法会仪式时所悬挂的宗教题材画像，其上绘有诸佛菩萨、各方神道、人间社会各色人物等。国内对水陆画的研究，主要集中在山西、河北等地的寺观古壁画上，这些研究取得了突破性进展。其内容以佛、菩萨、神仙等人物为主，绘画技法以工笔画为特色。但由于卷轴水陆画资料稀缺、数量有限，加之宣传与保护不足，导致水陆画研究相对滞后。部分研究针对丧葬习俗中水陆画的图像意义展开，却缺乏从图像学中文化遗产意义层面的探究。有些研究主要从水陆法会入手，对水陆画本体研究不够深入。此外，还有对水陆画大众普及知识的研究，以及对水陆画中单个人物形象的研究。目前，水陆画研究成果多聚焦于地理区域水陆画特色。

在国外，因水陆画流失到加拿大多伦多安大略皇家博物馆、美国大都会博物馆、宾夕法尼亚大学博物馆、辛辛那提艺术博物馆、日本东京国立博物馆、法国吉美博物馆等地以及个人藏家手中，且不少仍存于保管库中。由于研究力量薄弱，研究内容主要是对佛道儒影响下的人物特色进行零星研究。

梅山水陆画研究需从梅山宗教、民俗学、文化遗产学角度，对梅山文化影响下的水陆画进行图像学意义上的探究，深入挖掘并探讨湘中地区水陆画与其他地区水陆画，以及儒道释水陆画、宫廷绘画、文人画的价值与区别。

二、梅山水陆画的学术与应用价值

笔者对湘中地区梅山教宗教民俗活动中的水陆画展开了调查收集。通过对该区域水陆画的调查及相关问题的探讨，揭示了梅山宗教运用水陆画开展活动期间的历史变迁，以及百姓的生存状况，并对湘中地区自然灾难与梅山宗教兴起之间的关系进行了辨析和研讨。湘中水陆画活动的背后，是普通百姓的民俗与苦难，是当地对亡者追悼和生者祈福的水陆法会的传播，也是梅山宗教组织在乡村活动中展现出的强大力量。水陆画反映出，在灾难来临时，梅山教会借助水陆画进行傩术与法术，设坛打醮、念经祈福、治病、求子等。这些活动借助民众对宗教信仰中超自然力量的崇拜，鼓励民众寄希望于未来，增强他们在大灾难造成的绝境中继续生活的信心与勇气。

从民众心灵史的角度审视水陆画存在的价值，宗教民俗活动中的水陆画关注人的精神世界，水陆画中神的形象成为百姓们的精神支柱，体现了神人同一，这便是水陆画在梅山宗教仪式性与民俗活动中的现实意义。因此，我们呼吁加强对濒临失传的水陆画的传承，同时挖掘民间艺人的聪明才智，使其服务于社会大众，引导水陆画艺术创作与宗教民俗活动健康发展。

（一）梅山水陆画亟须抢救

梅山水陆画以梅山教人物为主。邵阳坪上镇水陆画画师李红林家族的水陆画创作历史，最早可追溯至明代嘉靖年间（1507—1566年）。李红林在11岁时（1979年）初中辍学，便跟随父亲李传明（1917—1990年）学习水陆画，至今已有40年。坪上李谟忠、新化横阳山陆乐清、安化刘桂兰（已故）与外甥刘崇奎、冷水江金竹山的刘颂金（已故）、杨同松（已故）等，形成了梅山文化核心区域的水陆画创作群。水陆画在这一带曾备受追捧，然而，如今迫于生计，仅李红林仍在坚持创作梅山水陆画。

（二）梅山水陆画研究的学术价值

借鉴梅山宗教文化研究成果作为水陆画研究的背景，融合宗教、民俗、服饰、戏曲等多领域研究；分析整理各种水陆画在梅山教事件和现象中的表现，尤其是梅山教宗教活动中的仪式性、礼乐观、宗教性作用；对湘中水陆画创作群进行图像学研究，梳理梅山水陆画思想理论体系，亟待整理出梅山水陆画的技法与材料运用的理论体系。

邵阳坪上李氏家族的水陆画创作已有400多年历史，但李氏水陆画第十六代传承人李红林保存下来的文字图像资料极少。因此，需要调查寻访邵阳坪上、娄底涟源、新化等地从事梅山教的人士，收集整理资料，并结合梅山文化中的宗教思想展开研究。梅山教以三元将军和梅山法主九郎为祖师，传承傩术与法术，用于治病、求子等。李氏水陆画中的人物主要为梅山教人物，需借鉴梅山教研究成果对李氏水陆画做深入考证研究，在庞大复杂交错的宗教、民俗体系中开展图像学研究。

对梅山文化影响下的湘中水陆画创作群体传承案例的整理，能够解读出水陆画思想理论体系与历史，分析研究各种与水陆画相关的梅山教中的傩术与法术、治病、求子等宗教仪式性中的图像学意义，揭示水陆画在宗教与民俗活动中的重要作用，保护并引导水陆画艺术创作健康发展。在当代经济和技术背景下，以湘中邵阳坪上李氏家族为代表的水陆画民间艺人的手艺，需要在理论上得到研究与认可。

梅山水陆画作为一种绘画艺术作品，丰富了梅山文化，是梅山宗教文化的重要组成部分。梅山宗教文化综合体系影响下的梅山水陆画的图像学整体性研究，亟待取得成果。

三、梅山水陆画研究的方法与社会效益

为深入研究梅山水陆画，我们需调查水陆画画师与梅山教派人士，并结合古文献考证，系统整理梅山水陆画资料，收集相关图片与文献资料，进行归纳整理分析研究，从文献资料中找寻理论依据及相关论据，梳理梅山水陆画学术思想；通过整理梅山水陆画传承案例，解读梅山文化影响下的湘中水陆画绘画思想与技法理论体系；发挥多学科理论的运用，运用设计学、美术学、图形图像学、中国宗教史、中国思想史、哲学史、教育学、社会学、传播学等相关原理理论展开研究；掌握美术史、梅山宗教教史、民俗史等方面的资料；在掌握大量翔实资料的基础上，对湘中水陆画图像进行多层面、多维度的审视与探索，归纳湘中水陆画的价值内涵和艺术意义。

◎水陆画·水界 /李红林

◎水陆画·萨真人 /李红林

在研究方法上，我们可对梅山水陆画进行图像学方法研究，解释图像的自然意义；发现并解释艺术图像的传统意义，即对作品特定主题的解释，进行图像志分析；解释作品的深层内在意义或内容，利用文献资料对图像进行分析解读与比较研究，结合梅山宗教民俗社会因素的影响，探寻政治、社会、宗教、哲学、文学、科学对艺术的影响，最终得出结论。此外，还可从功能分析法展开研究，在经过文献学、图像学的考察研究后，回溯到梅山教水陆画的绘制之初，研究图像的实际意义和图像功用，对图像本质进行探讨，对梅山水陆画的传播影响、功能功用、图像内容、形制规模、仪文仪轨等方面展开研究。

梅山水陆画研究的成果与形式定会产生一定的社会效益。坪上镇李红林家族水路画创作研究报告、水陆画图片亟待整理。以李红林家族为代表的水陆画主要为卷轴画形式，其绘画的表现形式、材料颜料、风格等都亟待学术梳理，尤其是水陆画中的无形文化遗产，更需挖掘其精神内涵。在当代商业化冲击下，如何将濒危水陆画转化为繁荣的商品，加大对水陆画"无形物质文化遗产"的挖掘力度，为梅山教水陆画的创作建立资源库，活跃民间艺术，发挥民间艺人的聪明才智服务大众，并引导梅山教宗教民俗活动朝着健康励志方向发展，与市非遗办共同推动梅山教水陆画申报省级非遗与国家级非遗。

（本文发表于2019年第10期《美术文献》杂志。有改动。）

滩头年画百年繁华依然味浓

滩头年画始于明代，昌盛于清朝末年，至今已有500多年历史。这一独特的艺术形式扎根于湖南宝庆（现邵阳）隆回滩头镇，采用本地的"花纸"和"五色纸"创作而成。这些纸张以当地土生土长的嫩竹为原料，经秘方精心研制，纸质软绵细滑、张力强，在清朝嘉庆年间曾被列为朝贡珍品。滩头年画融合了绘画、造纸、木雕、印刷等多种技艺，色彩艳丽润泽，造型古拙夸张。在历史长河中，它形成了土货、苗货、广货等不同类别，是中国民间美术的瑰宝，散发着浓郁的楚南民俗文化气息。

一、滩头年画的研究成果与存在的不足

（一）国内滩头年画的研究

沈泓、毛瑞珩、冯骥才、左汉中、何滢等学者在其著作中，对滩头年画的历史渊源、制作工艺、民俗应用及艺术风格展开了深入研究。冯骥才通过对比湖南与重庆年画，实地录制、采访年画传承人，详细梳理了年画发展史、传承人从艺经历、传承过程以及制作方法，为滩头年画的研究提供了丰富资料。

在研究论文方面，围绕非遗保护的探讨屡见不鲜。覃保来、李大山、严莹莹、程亚鹏、刘新华、张北霞、漆凌云等学者指出，滩头年画面临濒危困境，亟须重塑生存土壤。罗仕红、王平、陈彦卿、杨蓓、卢莹、徐华春、何滢、段辉等学者则从设计应用、手工艺发展瓶颈、产业转型与发展、传播特点等视角切入，为滩头年画的发展出谋划策。赵金秋、赵持平、刘新华、张光俊等对滩头年画的艺术特色、图案样式进行剖析，王蓓则论述了其在湖南美术创作中的重要地位。

文学与媒体领域也对滩头年画予以关注。刘一纯的长篇传奇小说《滩京

府》生动展现了滩头年画制作流程。央视、湖南卫视等媒体播放相关影视作品，提升了滩头年画的知名度。近年来，恭王府博物馆、清华美院"年画日新创作营"、中国手艺网举办的年画展览创作，以及阿里巴巴、故宫淘宝、京东年货节等开展的年画文创传播活动，进一步推动了滩头年画的传播与发展。

（二）国外研究现状

英、俄、日、美、意、法、加拿大、捷克等国的专业人士与中国各地研究学者积极收集中国传统年画。捷克的NM博物馆、伦敦的穆班教育信托基金、俄罗斯阿列克谢耶夫等均收藏有颇具代表性的中国年画。2011、2015、2019年，天津大学连续召开三届中国木版年画国际会议，会议论文集集中体现了国外对中国年画的研究成果。

在年画数字化研究方面，日本依托尖端数字技术，强调传统日本文化元素，推动年画产业化发展。美、日、意、法等国建立了文化遗产资源数据库。2004年12月，联合国教科文组织与韩国三星公司合作，开展非遗数字化保护研究，丝绸之路文化遗产项目数字化保护工作也正式启动。不过，国外针对地方非遗年画的创新性保护，以及滩头年画影响下的湖湘民俗艺术创作等方面的研究仍较为匮乏。

（三）滩头年画研究存在的不足

尽管滩头年画的省级课题已达40余项，但有关"滩头年画新出路"的研究成果稀缺。当前研究多停留在年画图案表层，对传统技法、图案造型、题材的创新性开发应用涉足甚少，滩头年画的纵深研究亟待开拓与深化。

二、启动"政府+高校+企业""年画传承人+创作人+市场人"两类三方整合模式，推进年画创造性转化、创新性发展

（一）启动联合高校

2011年成立的苏州市公共文化中心，由8个单位合并而成，其中包括苏州版画院（苏州桃花坞年画博物馆）。桃花坞木版年画巡展从苏州乡镇、社区出发，走向全国，甚至远至法国、日本，众多年画珍品重归大众视野。2001年，苏州市政府将年画社划转至苏州工艺美术职业技术学院，开启了政府与高校合作的良好范例。

邵阳政府可借鉴苏州经验，加强与高校合作。目前，滩头年画作坊与高

校的合作多流于形式，仅挂牌高校实验实习基地，缺乏实质性成果。星琳纸文化有限公司等企业与高校的横向联合已逐步展开，如2019年7月8日开营的"清华大学年画日新创作营"，汇聚了全国年画人、设计师和美术工作者。来自湖南滩头、天津杨柳青、苏州桃花坞、山东杨家埠、河北武强、陕西凤翔、河南开封、广东佛山、四川绵竹、浙江金华等10个代表性年画产地的15位年画人，共同探索"年画重回春节"的有效路径。通过专家讲座、学员交流、集中创作、成果展示和专题论坛等形式，搭建起年画传承人与创作人沟通的桥梁，从传统年画中汲取灵感，为新时代创作赋能。

邵阳学院立足湖南，服务地方经济发展，倡导校企合作，将高校文化资源转化为文化资本。该校积极参与地方经济建设，推广滩头年画，推动滩头年画资源转化为市场效益，通过"跨国""跨界"途径，向国内外旅游市场传播滩头年画文化。

高腊梅、忠良美、福美祥等年画作坊以及星琳纸文化有限公司等企业，分别与邵阳学院、非遗研究所、非遗传承基地等签订年画非遗项目保护与创新开发合作协议。各方整合专业学科建设、人才培养和科研成果等资源，开展"非遗进课堂"活动，共同推进滩头年画的文化保护、创新发展、传播推广、传承与创新、人才培养等项目。

此外，联合课题研究力量，组建学术团队，已推动滩头年画省部级纵向项目立项40余项，横向项目进校经费达300多万元。据湖南各高校网站检索，有关滩头年画的学术交流活动已超20余次。

◎ 邵阳学院学生参与滩头年画元素产品设计

（二）用好国家政策

2014年10月，习近平总书记在北京主持召开文艺工作座谈会时强调，"'以古人之规矩，开自己之生面'，实现中华文化的创造性转化和创新性发展。"这为传统文化的传承发展指明了方向。

自2003年10月联合国教科文组织通过《保护非物质文化遗产公约》以来，我国政府相继颁布《中国民族民间文化保护工程实施方案》《关于加强我国非物质文化遗产保护工作的意见》《关于实施中华优秀传统文化传承发展工程的意见》《关于深化产教融合的若干意见》等文件，为非遗创新、文化旅游发展提供了有力指导。

（三）用文化价值提升商业价值，占领市场

2018年，中国手艺网举办的"年画重回春节"系列活动持续传播三个月，引发强烈社会反响，为年画走向市场奠定了基础。该活动完善了年画重回春节的路径与创新机制，开展品牌塑造与设计转化，开拓年画市场，并注重产权保护。

阿里巴巴大文娱优酷文化针对90后非遗消费特点，以短视频为载体，进行过程式和碎片化传播，取得良好效果。故宫淘宝则通过让年轻群体认同商品承载的文化，实现商业反哺文化，对市场发展起到推动作用。

2020年1月，京东年货节电脑数码会场、京东非遗频道借助新年画作品传递新时代、新生活、新观念，以新媒介、新平台展现人们对美好生活的向往，助力年画重回春节。

高校、滩头年画文化企业、旅游企业携手合作，融合文化旅游，以滩头木版年画与旅游文创产品吸引游客。在民俗商业中突出非遗特色，开发新刻板、新文化创意题材的商业旅游装饰纪念品，满足市场需求，使年画从藏品、礼品转变为实用品。

三、建设滩头年画数字化中心

采用数字化手段采集存储非遗资料，建设滩头木版年画图像资料库、工艺流程资料库、艺人信息库、虚拟展示库，通过数字化处理展示传播滩头年画。运用转换、再现、复原等技术，使滩头年画得以共享再生，以全新视觉形式呈现，建设滩头年画数字化综合资料库，借助多媒体提升滩头年画的空间效度。

（一）利用数字化技术来采集和保护数据

整理传统照片、录像、录音，开展立体图文扫描、全息摄影、数字摄影等工作，利用磁盘、光盘、网络云盘存储滩头年画数据，有序管理滩头年画工艺历史变迁档案资料，便于查找检索，实现对滩头年画全方位、长久安全的保护。

（二）复原再现滩头年画的工艺技术程序

传统上，滩头年画以口传心授方式传承。高腊梅、钟海仙、李咸陆、钟石梅等非遗传承人多通过这种方式学习技艺。然而，随着这些传承人的离世，滩头年画面临绝迹危机。为挽救这一传统艺术，通过数字化手段复原再现滩头年画工艺技术，将制作过程、场景可视化，整理图像样式、题材故事，建立数据库。

（三）数字化编程木版年画木雕

滩头木版年画手工技艺复杂，每张年画需经7次印刷、7张木雕版等程序。通过三维激光扫描结合3D建模、虚拟技术，对年画题材、木版材质、线刻疏密深浅、长宽尺寸进行数字化编程，制作成视频文件资料库。

（四）建设滩头年画的数字化保护体系

各部门单位在采集资料时，运用数字化手段进行采集和保护，建设滩头木版年画多层次类型分类体系，加工处理信息，再现工艺技术规范标准，通过多媒体平台可视化展示非遗工艺。

四、增强滩头年画生命力，创造新年画

（一）木版年画与文创产品的创新

针对"年画何以复兴"的问题，清华美院陈岸瑛教授提出五点建议：正确使用名称；培养新一代传承人；提升年画技术核心竞争力；保证产品质量，涵盖价格、包装、颜料、装帧形式等方面；满足现代人对美好生活的向往。

1963年，中国美协湖南分会副主席陈白一等画家组成滩头年画工作组前往隆回县滩头调研。工作组访问老艺人，详细研究年画历史、特点和生产情况，收集丰富资料，并探索传承路径。其间，起草8幅年画画稿，举办小型年画展览会，广泛征求工匠与当地居民意见。

1988年，隆回县被国家文化部命名为"中国现代民间绘画之乡"。1994年，滩头年画荣获中国民间美术一绝银奖。2002年，滩头年画被列入中国民间文化

遗产抢救工程首批项目。2003年9月，在全国传统工艺品大展中荣获金奖。

2019年春节期间，高腊梅年画作坊创作的《诸事如意》成为己亥新春贺岁爆款。年猪"呆萌"形象走红，亥猪肩扛如意，座下5只小猪分别骑麒麟、执方天画戟、捧聚宝盆、顶寿桃、举金榜题名，寓意丰富。

2019年7–9月，清华美院举办"年画日新创作营"，9月12–16日在全国农业展览馆举办成果展。指导老师原博指出，创作需回应时代需求、春节市场需求以及年画人发展需求。

忠良美作坊由李国爱（字忠良）于清代咸丰二七年（1875年）创立，20世纪80年代，李彪成为第四代传承人。2018年2月4日，"年画过年——国家级非物质文化遗产湖南滩头、福建漳州传统年画精品展"在文化部恭王府博物馆举办，忠良美作坊提供多件珍贵展品。

忠良美融合多种技艺，作品成为湖南唯一进入文化部恭王府博物馆展览的佳作。曹慧娟将滩头年画传统元素融入家居、服饰等文创产品；福美祥尹冬香作品《吉娃送福》在第六届中国成都国际非物质文化遗产节获奖，尹冬香被授予"新生代工匠之星"称号；民俗画家刘建蓉设计的生肖年画别具特色。

钟星琳致力于产品落地变现，推出年画主题年货礼包。2019年设计的年画《和福眷鼠》，以喜庆和睦元素传递美好寓意。基于滩头木版年画创作的系列作品，运用传统纹样与图形，设计帆布袋等衍生品，表达美好祝愿。

庞礴《茶神驾到》融合湖南非遗"黑茶"元素，体现"茶生财"理念。

◎ 年画文创产品 / 忠良美

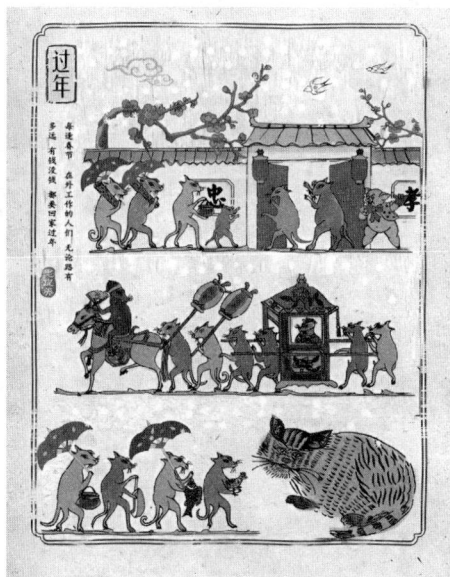

◎《过年》 /忠良美

◎《鼠咬天开》 /忠良美

◎《鼠庆丰年》 /福美祥作坊

◎《吉娃送福》 /福美祥作坊

　　巍迁以滩头年画典型人物形象为原型，结合"茶生财"主题塑造茶神像，运用祥云纹饰点缀画面。

　　年画在图案造型、时代风格、规格形制、色彩模式等方面不断创新，融入湖湘文化，推出手机拜年表情包等新模式，适应现代居住需求。在功能定

◎《诸事如意》　　　　　　　　　　◎《星年IP》

位上，年画产业向宣传推广、会议活动、衍生文化商品销售、传统技艺休闲
体验、文化旅游接待配套等多元方向转型，构建"复合型"滩头年画文化研
究与旅游开发生态体系。

（二）分区进行运作模式创新保护

2019年12月16日，在钟星琳推动下，滩头高腊梅年画传习所在长沙市
雨花区非遗馆设立。滩头年画通过多途径展示销售，包括建立"文创集市"。
在邵阳非遗馆或博物馆设立滩头年画博物分馆，以古年画、雕版、工具、精
品、图片视频及VR虚拟仿真等为核心，丰富场馆文化功能。

以邵阳学院滩头木版年画研究中心为引领，开展理论与实践研究，如
考古学、文献学、文化学、美学、传播学与产业学研究等。开设滩头年画
讲堂，进行材料研创，加强人才培养与技艺培训，发挥地方院校服务地方
经济作用。开展文化宣传，通过课程培训、文化体验，让市民与游客感受
滩头年画技艺文化，宣扬"工匠精神"。创办滩头年画文创集市，融合展览
与购物，满足游客文化消费需求，传播滩头年画文化，注入精神文化，引
发情感共鸣。

◎《和福眷鼠》

◎《茶神驾到》

（三）传统工艺与生存环境的保护与传承

政府加大扶持力度，发动大众参与滩头年画产业活动，鼓励滩头镇当地居民参与创作传播。保护与传承制作工艺特殊性，包括本土造纸工

◎《马上报喜》

艺、竹帘制作工艺、纯天然矿物和植物颜料生产工艺、梨树种植等相关工艺产业。

（四）年俗文化的保护与传承

滩头年画承载着独特年俗文化，体现人伦亲情、文明礼仪、人与自然和谐等价值观。政府和有关部门应着力保护与传承滩头年画和传统年俗文化，让年画回归年俗。

传统艺术创新既需要国家重视来营造文化氛围，也需要专业团队推陈出新。视觉设计中，"形态"与"情态"至关重要。佛山年画人刘钟萍以"诸神复活"回应现代人心理诉求，延伸年画内涵应用，其"解忧年画铺"形成传播品牌。佛山年画打造"SHISHI掂档"品牌，将粤语词汇与传统年画结合，拓展应用范围，创新门神形象，挖掘地方文化历史，创造新神话形象，满足现代人美好生活向往。

　　（五）产业开发与时俱进，拓宽销售渠道

　　让年画焕发生机需借助现代科技，探索"互联网+"与教育、文创、旅游、扶贫开发等行业跨界融合，扩大年画研学体验活动辐射范围，构建品牌效应。增加分销层级，突破地域局限，吸引企业参与生产加工，增加销量。构建分销策略，拓展线上线下销售渠道，摆脱节日限制，丰富文创产品种类，降低生产成本，促进消费。将年画元素融入纪念品等，唤醒怀旧情感，以文化创意为核心，融合艺术与技术，满足人们祈福愿望。

五、结语

　　在党中央治国理政新理念新思想新战略指引下，倡导新年俗文化，为滩头年画探寻新出路，振兴湖湘文化产业。贯彻习近平总书记2020年9月视察湖南重要讲话精神，守正创新，落实国家《关于实施中华优秀传统文化传承发展工程的意见》，让传统工艺融入现代生活，服务当代年俗文化。营造文化生态，为"学术湖南"湖湘民俗文化生态政策提供参考。湖南美术馆的《楚韵湘魂》及湖南著名美术家推介工程展示了湖湘民俗特色艺术，为民俗艺术创作开拓了市场，有助于完善湖湘民俗艺术路径与创新机制，最终实现湖湘民俗艺术的品牌塑造与转化。

（本文发表于2022年第5期《炎黄地理》杂志。有改动。）

地域文化影响下的邵阳油画群体现象

　　邵阳境内资江、邵水两岸孕育了丰富多样的文化聚落。自20世纪60年代起，在青龙桥、东门口、上墙、下墙、中河街、水府庙、张家冲、犀牛潭、北门口、临津门等地，时常能看到有人演奏、歌唱贺绿汀的《游击队之歌》，也有画家专注于速写与色彩风景创作。陈西川、银若湖、李天玉（1966—1972年任邵阳市竹艺厂美工）等画家在邵阳悉心教导学生学习美术，其中陈西川老师成果最为显著。陈西川于1929年出生在书香门第，其爷爷是蔡锷的启蒙私塾老师，四叔是蔡锷秘书。1952年，陈西川就读于鲁迅文艺学院（鲁迅美术学院前身），1956年由内蒙古师范学院选派至中央美院进修两年，"文革"前夕回到家乡邵阳。据李自健自述，1969年6月15日，他拜师于陈西川门下，成为陈西川老师最早的学生之一[1]。1975年暑假，笔者在美术启蒙老师周立萍的带领下，初次前往西川师父位于邵阳剧院的工作室求学。20世纪80—90年代是陈西川老师开办美术培训的高峰期，他在宝庆中路、六岭画室等地长期开展绘画培训，还常常带领学生走出画室，前往菜市场、伙铺、资江邵水河边写生。50多年来，他的学生超过万人，其中考入美术院校的达三千余人，包括李自健、刘人岛、王文明、雷小洲、王晓鸣、马一鹰等当代著名画家。著名美术评论家贾方舟在《启蒙的意义》一文中，评价自己在内蒙古师范学院读书时的老师陈西川："启蒙教育如同新生儿的'第一口奶'。"[2]原中国美协展览部编审刘宝平称，陈先生经过中国三所一流大学的培训与教学，将一流的技术和理念带到了邵阳这座山城，加之其独特的人格

---

① 李自健.话恩师［J］.艺术中国，2017（12）：16.
② 贾方舟.启蒙的意义［OL］.长沙李自健美术馆，2018-12-09.

魅力，影响了当地几代人。

邵阳地域文化源远流长，对本地美术创作产生了深远影响，本土文化符号和传统元素独具特色。笔者曾在学术刊物上发表《"绘画之乡"邵阳地域美术风貌谈》《玄素浑厚寄乡情——邵阳焦墨创作中的乡情赏析》《论宝庆竹刻的承传创新》《新锐蛮气优美灵泛——邓新影水彩的湖湘品味》《浓似酒艳如花湖湘民间艺术"新范本"》等文章，对邵阳地域美术进行学术梳理，提出"绘画之乡""邵阳焦墨""楚南民俗艺术""湖湘水彩"等美术领域的关键词，得到专家同行的认可。著名画家王界山等提出了"邵阳焦墨现象"。邵阳彪悍的民风、敢为人先的精神、霸蛮灵泛的特质以及"莫吓火"的劲头，造就了邵阳绘画的地域性特色。邵阳地域文化如同源头活水，牵起并铺展了美术创作的地域之缘。

曾以鲁于20世纪20年代留学法国，与吴大羽、林风眠、林文铮等成立"霍普斯学会"，并在法国举办"中国现代美术博览会"，将中国现代美术推向国际舞台。1929年，在动荡政局中，曾以鲁勇为人先，在上海策划举办了"第一届全国美展"。简坚、粟干国、陈白一、陈西川、银若湖、李习勤、何建国、向光、黄铁山、易至群、姜坤、谭仁、傅真忻、邓辉楚、陈白水、银小宾等大批邵阳籍画家，先后为邵阳地域美术发展做出卓越贡献。

邵阳美术群体现象的出现，离不开艺术理论的指引，也离不开以陈西川、刘晓路、李路明、李自健为代表的师生画家之间的互动。邵阳籍艺术家李路明、刘晓路1980年毕业于邵阳师专汉语言文学专业，随后两人分别考上中国艺术研究院王朝闻、朱丹先生的硕士研究生，成为当时美术界的热门话题。寒暑假返乡时，他们常在西川老师的培训班举办讲座与座谈，为邵阳绘画带来美术新理念、新思潮。1986年第5期《美术》杂志上，刘晓路为邵阳"绘画之乡"的称谓做出定义，得到王朝闻等名家的赞许[①]。此后，邹跃进、姜松荣、曾陆红等美术理论家也参与到回乡的美术理论传播与建设中。同一时期，邵阳市连续举办几场迎春画展，其中李自健从广州美院带回的人体绘画作品，以及银小宾从中国美院带回的现代实验水墨作品，轰动全城。古老的邵阳小城出现大幅女人体油画、现代实验水墨、装置行为等艺术形式，邵阳市的美

---

① 晓路. 来自湘中的报告 [J]. 美术, 1985 (5): 71-72.

术潮流可与同时代的"星星"画会活动相媲美。李路明担任《画家》主编期间，推出了一批后来极为活跃的艺术家；1992年，李路明在首届广州艺术双年展上获得文献奖；1997年，其作品《今日种植计划》被深圳东辉实业股份有限公司收藏。作为当代艺术发展历程的亲历者、见证者、记录者，李路明以"宝古佬"的真诚视觉精神，探索并表达了"宝古佬"个体生命在时代变局中的思考与激情，其出版经历和视觉表达实践成为时代的视觉见证。

李自健美术馆的建成，是地域文化的一次盛大投入与展示。2020年5月16日，"精神·图式——首届中国写意油画双年展"在李自健美术馆开幕。据湖南省油画学会主席段江华教授介绍，此次展览得益于湖南省油画学会与李自健美术馆的通力合作，激励了当代中国油画家的创作热情，引发更为广泛的学术探讨，推动了中国当代油画艺术的文化品格建设。范迪安先生表示，湖南美术拥有深厚传统，积淀了很深的文化底蕴，许多油画家致力于将写意精神传统与当代视觉表达相融合，展现出活跃的感知力与探索锐气。李自健先生多年来秉持大爱之心，关注人类命运，创作大量以生命为主题的大型油画作品和众多肖像作品，通过在海内外的传播交流产生广泛影响，在以艺术促进构建人类命运共同体方面做出突出贡献。

2018年12月1日，李自健美术馆举办的"见证改革开放40周年——西川与他的学生们"艺术大展中，共展出679件作品，其中油画作品占多数，以李自健为代表的邵阳籍油画家作品享誉海内外。

西川学子刘人岛的《大美中国——刘人岛美术作品展》于2021年7月13日在故宫博物院举行，受到社会各界广泛关注，反响热烈。2022年4月16-27日，邵阳籍画家石建军的"石建军绘画作品展"在中国美术馆展出。展览开幕式上，学术主持尚辉先生介绍："石建军的绘画艺术走出一条与大师不同的道路，取得了与大师比肩的艺术成就。苏天赐、吴冠中的油彩江南蕴含别离乡愁，且不失优美淡雅；石建军笔下的江南，则通过浓重的表现性笔触抒发别离之绪，呈现出沉着、冷幽、迷幻与厚重。他融合国画和油画语言，更深刻地演绎了祖国的'忆境'。忆之境成为画家进行油画艺术语言转换的精神内核，引领我们从其笔触与色彩中探寻更幽深的意境。"陈侗在评论邵阳籍油画家王文明作品时说："对于王文明而言，重要的不是将'他人'之外的事物归为'自我'，而是探索'自我'的本质。这一探索过程并非退缩策略，而是体现出人文主义者的基本观念。"在广州美术学院执教的王文明、雷小洲、李晨、胡国强、赵春恒、刘旻明、李绍喜等邵阳籍画家取得成功，他们拥有自己的创作"原乡"，在"他乡"形成独特的艺术地域辨识度。雷小洲与意大利罗马美术学院的桑德罗·特劳蒂、中央美术学院的戴士和等常于广州美术学院举办写意油画高级研修班，题材深入乡土社会，弘扬传统，探索创新，发扬"写意精神"。雷小洲此次参展作品《宝庆会馆》，描绘了"宝古佬"的商业繁荣景象。

现居东京的邵阳籍画家王晓鸣，是日本美术家联盟会员、艺术在线国际女画家协会艺术总监；中国当代美术研究院油画院副院长马一鹰，作为中国·国际抽象艺术联合体名誉顾问，推动了中国抽象艺术发展；刘文伟虽为外埠人士，但担任珠海市美术家协会主席、珠海画院院长；唐三超为国家一级美术师，现居西安，担任《艺术与拍卖》杂志艺术总监。这些外埠人士在居住地"他乡"延续着"宝古佬"的文化之缘。

2022年6月，为迎接党的二十大胜利召开，"绘美中国·宝庆画风"油画艺术画展在邵阳绘美艺术馆展出，展现了邵阳地域文化影响下群体油画的"自我"探索现象。邵阳地域文化影响了油画创作主题与内容，表达了邵阳本地人群的审美取向。油画形式语言趋于多样化与个性化，呈现全新的美术样式和面貌。

陈小川传承父亲陈西川的艺术特质，在广美读书时师从鸥洋、涂志伟、区础坚等老师。其作品曾在《美术》杂志及广东、湖南等省美术作品展中出版、展出。他担任湖南省油画艺委会委员、省油画学会理事等职，被圈内称为邵阳油画界的"掌门人"。陈小川经常组织画事活动，是邵阳美术发展的重要推动者。在他的组织下，邵阳市油画创作队伍不断壮大，呈现年轻化趋势，成长速度加快。他们举办了"粤湘油画家走进花瑶""当量——2014湖南省油画学会年度作品展"、省艺术节等大型展览，出版画册，并邀请名家来邵阳举办油画展，被媒体称为邵阳油画的"井喷"现象。陈小川的《穿》《粑粑妹》《哥仨》《花瑶老太太》等作品，选取本土民俗生活题材，具有浓郁的湖湘文化特色。2019年，在"大美新疆·感恩之旅"活动中，陈小川寻得救命恩人芒果，圆了30年的感恩之梦。他的《风儿带我去远方》《转山》《背负》《女人与灶台》等以新疆、内蒙古为题材的人物画，通过沉稳色调突出人物性格特征。

陈小川与刘建华合作的《超级水稻之父·袁隆平》油画，入选"'百年恰是风华正茂'庆祝中国共产党成立100周年湖南省大型美术作品展"。该作品蕴含隽永的湖湘人物与景象艺术意蕴，展现湖湘艺术形式、情感与技巧，深沉幽远，意味深长。陈小川与刘建华合作的另一幅油画《赤壁饬》，2013年由湖南省选送参加中国历史博物馆大型历史题材评选，其战火场景宏大，具有强烈的冲击力和感染力。

刘建华早在本世纪初的作品《小背篓》《乡音》入选湖南省"四风"美术展览，并获得湖南省第五届"三湘群星奖"优秀奖。本次参展的《芃芃》《艺濉》《护国大将军·蔡锷》（与陈小川合作）等作品，描绘邵阳本土人物，体现鲜明地域特色。

江苏常州人倪湘林，1965年从湖南艺术学院美术系毕业后，分配到位于邵阳的湖南省祁剧院工作。他的作品融入邵阳地域文化，作为国家一级舞台美术设计师，为邵阳美术奉献了青春。其参展作品《遥望双清》是本土风景油画，以热情色彩和奔放笔触线条，表达对邵阳风光的热爱。袁胜初在1990年，油画作品《跑道》入选亚运会体育作品展。此次参展的《山林中》《美丽山村》等作品，笔触雅拙，色彩暖浓，画面娇娆静默，通过雅逸朴拙展现本土的纯粹本真。邵阳文化馆研究员蔡文武的油画作品多次入选各级展览，《屏障—洞口塘天险》描绘本土风景，运用冷暖色彩和粗放画面，展现曾让日本侵略者在抗日战争中败阵的巍峨天险。邵阳活跃着一批具有高职称的专业技术人员以及退休后专注绘画的文化干部，如姚军峰的《六岭小区阳台外》、傅富山的《普昭寺》、姚光荣的《春染伏溪》《崀山丹霞之最》等，都是深入邵阳本地写生后的创作成果。

2015年12月，在"从心出发"湖南省第七届油画展中，邵阳油画家罗艳良的《父亲》、舒欢欢的《大南山下》荣获展览全部金奖。本次参展中，罗艳良的《人物肖像》延续地域文化特色，彰显邵阳青年一代的继承与创新。杨程的《贝宇》、简欧的《人物写生》、何愈明以邵阳本土少数民族生活为题材的油画《瑶姑·栅栏·狗》获湖南省首届油画作品优秀奖，《苗族姑娘》参加湖南省新中国成立四十周年美术作品展，油画《殇·2008.5.12》参加改革开放三十周年广东省美术作品展。何愈明创作了一批以邵阳绥宁苗寨生活为题材的作品，如《大园苗寨村口》《老汉》等系列，在画布上倾诉乡情。

申孟珑的《留下的，离去的》色彩鲜活绚烂，刘诚的《夜色·面具系列NO.1》唯美细腻、富有光泽，张松青的《心经》探索构成美，黄莺的《无象之象》系列运用新语言构建出"虚拟的现实镜像"，营造出介于现实与虚拟之间的沉浸式体验。

邵阳丰富的民间美术与非物质文化遗产资源，推动了邵阳油画主题内容的拓展。民间美术的纹饰、色彩等元素融入油画创作，大批青年画家创作出具有邵阳文化内涵的形式语言。

在邵阳活跃的一批高校教师坚持本土题材油画创作，如吕杰、郑中华、刘光柏经常在邵阳写生创作。谢朝玲在"庆祝中国共产党成立100周年湖南省美术书法摄影展"中，以本土乡村题材创作的油画作品《共护诗画威溪湖，同筑百年乡村梦》获得铜奖。宋志江的《侗寨深秋》、谢勋雄的《宝瑶将军岩》《花瑶深处》等作品，从邵阳地域文化传统中汲取思想观念和视觉养分，挖掘地域文化特征，表现语言与精神指向地域特色。李绍喜的《前人栽树后人乘凉》注重传统"笔墨"的写意性，画面色感微妙调和，与传统写意山水画追求的语言相近。其他教师如杨达的《匠心·状态之一》、刘平的《柠檬与书》、于仁春的《阳光下的石头》等作品，均基于地域本土文化意识探索艺术形式。

作为县美协主席的龙小平，经常组织画家开展写生创作活动。本次展出的龙小平的《秋韵》《迎光》，屈跃中的《急流》《老墙》，朱安康的《古村石板路》《花瑶老人》，王君美的《和谐美满》，邓红成的《新开发地》，刘人铭的《荷韵清风》，职业画家罗文彬的《家园》，戴宁的《远眺文昌塔》，陈建国的《资江南路·雪》，刘荣的《洪桥》，李升乙的《苗乡》，姜慕军的《侗寨》，刘顺秋的《崀山将军石》，吴海军的《风景》，龙志勇的《雪峰山之秋》等作品，均为对本土风景的创作。康建中的作品《铁匠夫妻》《赶集去》获十二届、十三届全国美展湖南展区优秀奖，《侗乡游记》参加"画说邵阳——庆祝中国共产党成立100周年全国美术作品展"并被评定为典藏作品收藏，蔡锷将军肖像被邵阳市博物馆收藏，《回栏街》《下河街》描绘了邵阳古城风貌。肖劲球的《拂晓》展现解放战争时期衡宝战役邵阳县下花桥五龙岭追歼战场景，杨继纲的《三月》《巫水人家》凸显"记得住乡愁"的情怀。地域文化是油画风景写生的动力源泉，众多画家关注自身环境，善于发现本土文化之美，从而创作出大量优秀油画作品。

在"他乡"的邵阳籍画家还有金国耀、胡迪生、刘郁权、舒欢欢、唐小群、王玉苗等。其中,《风儿轻轻掠过》通过精细笔触细腻展现女性之美。朱世军作品多次在贵州各地参展并获奖,孙全喜以养蜂为业,业余时间游学于浙江美院、中央美院宋庄等地。

"绘美中国·宝庆画风"画展在邵阳成功举办,得益于策展人、艺术资助人范国庆先生。范国庆1963年出生,是西川门下学生。20世纪80年代下海经商,涉足文化餐饮娱乐业,定居东莞后,成立东莞绘美艺术收藏馆、东莞市珍艺苑文化传播有限公司,创建电商"绘美苑商城"网络平台,主办数百人次文化交流活动,如"湘粤有情·相约东莞写意黄江""梦园百年·共享文化""李漹书画艺术交流"等全国性大型艺术活动。近年来,他回到家乡邵阳投资创办"绘美艺术馆",本次画展他也选送了自己的油画作品。范国庆以油画家的情怀,积极投身家乡美术事业,推动邵阳地域美术不断向前发展。

邵阳独特的自然与人文地理环境孕育了地域文化,这种文化体现着邵阳民众共同的价值追求,彰显出他们卓越的创造力、才情与智慧。历经数千年的文化积淀,为邵阳本土油画群体提供了肥沃的成长土壤。本土油画家们的作品聚焦于邵阳区域的生态风貌、民俗风情、传统特色、生活习惯等,既展现出鲜明的时代特色,又蕴含着深厚的人文精神。这些作品在邵阳市的社会发展进程中发挥了重要作用,同时也展现出独特的学术内涵与研究价值。因此,从地域文化视域来看,邵阳油画创作不仅在内容与形式上具备独特的艺术价值,在精神内涵层面更具有极高的学术价值。

（本文发表于2022年5月31日"邵阳文艺评论"微信公众号。有改动。）

地方本科院校艺术设计专业的转型探索

一、艺术设计专业向应用技术型转型存在的问题

当前，地方本科院校大学生就业形势严峻。一方面，大量大学生面临就业难的困境；另一方面，企业却难以寻觅到所需人才。如今，许多普通家庭子女在填报高考志愿时，更倾向于选择"应用型专业"，秉持着"荒年饿不死手艺人"的观念，期望毕业后能更容易就业。2014年，教育部工作要点明确提出，引导一批地方本科院校向应用技术类型高校转型。

笔者所在的地方二本院校于2000年由本地两所专科院校合并后升格为本科。其艺术设计专业自申办起，便参照教育部学术型高校的模式标准构建，存在先天性不足。与部属本科院校相比，竞争力较弱；与高职、民办高校相比，又面临巨大压力与冲击，在"上压下追""内争外抢"的夹缝中艰难生存，面临诸多困难与挑战。

从全国范围来看，地方二本院校的艺术设计教育大多向学术型大学靠拢，办学定位与学术型高校并无本质区别。统一的课程设置沿用学术性教学体系，学校培养方案过于注重理论体系的系统性和完整性，艺术设计实训实习占比明显不足。不同类别、不同层次高校的课程体系差异微小，统一使用规划教材。此外，培养目标和规格的描述大同小异，追求"宽口径、厚基础"却缺乏个性，专业缺乏地方特色、行业特色和学校特色。

美术高考招生体制与招收有技术技能基础的学生、发展应用技术型教育存在矛盾。目前，中国高考美术招生考试方式基本沿用37年前恢复高考时的模式，教学方式为欧式学院派体系，考试内容主要是静物、石膏、人像，部分为默写或画照片，内容固化单一。这使得考生只需经过几个月的集训就能

通过美术类高考。自1977年恢复高考以来，美术高考招考方式变化不大。然而，37年间社会文化、教育、艺术与经济体制发生了翻天覆地的变化，美术招考方式却陷入被动僵局，由此产生的各类矛盾日益凸显。

据教育部数据，1999年以来，全国共新设本科学校647所，其中新设公办本科院校256所、独立学院293所，新设民办本科和中外合作本科院校两类共98所。几乎每所学院都设有艺术设计专业。那些未被一本高校录取的艺术生，按照学术性标准进入二本院校，往往理论基础薄弱，缺乏实用技巧。在艺术设计类教育中，只求形式不注重实质，教学各自为政，导致艺术设计专业毕业生在工作中普遍存在"眼高手低，抄、借、挪"的现象，实践能力差，知行脱节，从事理论研究功底不足，动手操作技能欠缺，就业时"高不成低不就"。地方本科院校以知识教学为基础建立的内部运行机制与以真实应用为基础的就业需求相矛盾，加剧了学生的就业困难。

二、以实际应用为基础建立新的教学模式，实现培养与需求的对接

地方本科院校的转型发展，是基于高等教育发展趋势、经济需求以及高校自身特点的科学定位，在办学体制、专业建设、教学模式、人才培养模式、师资队伍建设、管理服务模式等方面进行改革，即"内涵升本，差异发展"。艺术设计教改的核心问题是明确教什么和怎么教。目前，地方二本院校的教学计划大多依据学术型大学的学科体系建立专业结构，这与应用技术大学按照职业和岗位需求设置专业存在矛盾。学术型学习使学术基础薄弱的学生在灌输式教学中逐渐丧失动手能力，教与学呈现模块化、平面化、单向性。

在2014年3月十二届全国政协会上，政协委员、天津市美协副主席王书平指出："目前，大多数地方高校仍沿用精英教育的办学思路，一味追求向综合型、学术型、研究型大学看齐。这导致高校人才供给与社会需求脱节，不仅加大了高校毕业生的就业压力，也是对教育资源的极大浪费。"

早在包豪斯时期，德国的艺术设计教育就强调建筑家、画家、雕塑家协作共建艺术殿堂（三位一体），倡导艺术家转向实用美术，将雕刻和绘画应用于建筑装饰，认为建筑是各门艺术的综合，能统一艺术；主张艺术与技术统一，艺术家与工程师合作。1968年，德国通过《联邦共和国各州高等学校协定》，大批基础较好的工程师学校、高级专业学校合并，在保持办学总体

特色的基础上创建应用技术大学，通过培训和扩充师资、改革课程、更新实验设备，使其达到高等教育水平。1976年，《德国高等教育法》确立了应用技术大学在高等教育中的地位，德国的应用技术大学甚至可与研究型大学联合培养博士。而我国艺术设计类博士大多为史论博士，这类研究型博士缺乏技术技能，难以凭借实用技术谋生。

从艺术设计的发展历程来看，艺术设计起源于文艺复兴时期的意大利，在德国发展成熟。据统计，德国三分之二的工程师、三分之二的企业经济师、二分之一的计算机工程师毕业于应用技术大学，他们在产品开发和技术创新方面发挥着重要作用，为德国的技术和技能积累、提升国家创新能力和国际竞争力、保持德国高技术产品出口大国地位做出了历史性贡献。1990—2000年，德国人均GDP达到3000美元，2000年后，人均GDP快速增长至40000～50000美元。

为培养应用技术型设计人才的创造力，艺术设计专业教学应注重使学生服务于应用，尤其是二本院校或地方本科院校更应强调应用技术型人才的培养。应用型人才主要应用知识，而非进行科学发现和创造新知，社会对这类人才需求广泛。在社会工业化乃至信息化进程中，社会对应用型人才的需求占比较大，这是大众化高等教育必须重视的人才培养模式。

艺术设计的实用技术教学要求学生掌握设计研究的基本方法，以便在长期职业生涯中持续研究和把握设计潮流与风格，整合多学科知识，树立探索创新观念。教师应通过讲解有限的设计知识案例，指导学生如何解读各类设计，如何观察和分析艺术设计的历史事件与现象，并通过研究更好地认识艺术设计，促使学生创作出优秀的艺术设计作品。

三、艺术设计专业设置须与产业需求、课程内容与职业标准、教学过程与生产过程"三对接"

目前，二本院校艺术设计专业大多基于学科体系构建专业结构。若要按照应用技术大学的职业和岗位需求设置专业，将产生诸多矛盾。兴办生态产业和可持续产业是应用技术型大学的发展方向，可通过与当地企事业单位合作，服务地方经济社会建设，促进当地自然生态和社会生态建设，提升社会管理水平。我们应构建"双师型"教师制度与团队，依据艺术设计的运用技能制定"双师型"教师素质标准，例如在高校设立工艺美术大师岗位，为学生传授手工艺，传承地方濒临失传的文化历史和工艺美术。邵阳学院艺术设计系开设了滩头年画课程，带领学生前往滩头年画代表人物高腊梅（国家级非物质文化遗产滩头年画项目代表性传承人）的年画作坊实地授课，并邀请滩头年画研究专家进工作室，以师父带徒弟的方式进行手把手教学。滩头年画、南山奶粉是本地特色产品，利用滩头年画元素设计制作的风筝、雨伞、挂件、扑克牌等20余种年画衍生品和旅游产品市场销售良好。滩头年画、南山奶粉实习实训基地是该系的重要教学场所，提升了其实践教学水平。同时，该系还与多家设计公司合作办学，建立高质量的实习实训基地。此外，该系正计划将本地的国家级非物质文化遗产项目纳入课程，如对竹刻、布袋戏、花瑶挑花、蓝印花布、南方木偶、羽毛画等开展课题立项与研究，科研重心向应用研究倾斜，将教室转变为实训室，教育过程注重产学研结合，教研室转变为工作室。借鉴国外大学的职业人才培养方式，利用法律制度保障企业乐于接收实习实训人才，拓展应用型人才培养和应用研究路径，服务地方经济，注重与地方互动，校企共同推进"双主体"合作教育。

我们应依据学生心理，解析学科内容，从教学内容和授课方式两方面入手，构建适应的教学模式，营造"崇尚一技之长、不唯学历凭能力""不求所有，但求所用"的社会氛围。按照知识体系逻辑，中西融合，采用专题与个案深入分析相结合的方式，将激励机制引入教学，使学生将需要、内驱力和目标三个相互影响、相互依存的要素连接起来，构成完整的动机激发过程。将小组合作与个人研究相结合，让学生直观形象地掌握和理解艺术设计专业知识，传承经典设计观、美学思想及其对当代设计的影响与实用价值。

向应用技术大学转型并不意味着摒弃大学的本质功能。我们仍需发扬大学的四大功能，即人才培养、科学研究、服务社会、文化传承与创新。要实现从"中国制造"向"中国创造"的转型，需抓住"民族性"这一艺术设计的灵魂，在已建立的完整、系统的艺术设计资料库中，将中国传统文化、传统图案、传统符号作为元素融入当代艺术设计，凸显传统地域文化和民族特色的人文特征。

在教学中，备课是常规教学的首要环节。我们建立了完整、系统的艺术设计资料库，以确保课堂教学效果，充分利用教学课件、媒体资料等各种资源，收集、整理和研究图像资料，方便学生自主学习和研究。设计创意思维源于生活，源于对各类信息、图片、书本资料的整理、收集和学习借鉴。

教学效果的好坏取决于学生的学习创造性。应注重培养学生的独立思考和动手能力，鼓励学生自选课题进行研究。同时，设置更多激励制度，激发学生的积极性，促进学生自我价值的实现和潜能的发挥，推动学生自身成长发展以及学科建设。

艺术设计课程应突出形象化特色，将理论讲述与形象资料有机融合，使学生形成直观、深刻的印象。充分利用网络课件，实现全方位、多角度的动态教学，突破静态文字和图片教学的局限，采用多元化、交互式的多媒体教学手段，借助生动的历史影像、图片、虚拟现实和富有时代感的音响素材，为学生提供丰富内容。这能构建立体授课方式，拓展教师授课方法。

我们积极推进学历证书和职业资格证书"双证书"制度，要求学生在毕业前取得国家人力资源和社会保障部、中国建筑装饰协会、中国室内装饰协会等颁发的艺术设计类专业资格证书。

学生资源战略与组织战略相互契合有助于提高学习绩效。我们以大作业的形式培养学生的实践能力，让学生自由组建课题研究小组，确定研究课题名称，各自研究不同个案，共同组成一个大课题，进行搜集、整理、分析研究，并通过幻灯演示和讨论会的方式交流研究成果。小组之间开展竞争，让学生在学习中获得成就感，享受学习的乐趣。

总之，应根据艺术设计学科的最新发展和研究成果，对原有教学结构和内容进行全面调整和充实，向技术实用性方向努力，提高教学互动质量，使艺术设计教学内容和形式更加完善。

（本文发表于2015年第4期《教书育人·高教论坛》杂志。有改动。）

书道求真，闻过则喜

—— "闻过则喜：邵阳国展书家批评活动"述略

在当下中国书法界，书法批评滞后于书法创作，这已成为业内共识。邵阳市文联主席、书协主席曾伟子积极响应习近平总书记关于"文化文艺工作、哲学社会科学工作就属于培根铸魂的工作"的重要讲话精神，组织邵阳市书法家协会与邵阳市文艺评论家协会，联合举办了"闻过则喜：邵阳国展书家批评活动"，率先在地方层面开创了书法批评的良好风气。此次活动汇聚了25位曾参加过国家级书法展的邵阳本土书法家，他们的书法作品及自我批评内容通过邵阳市书法家协会微信公众号进行了网络发布。同时，活动还邀请了鄢福初、龙开胜、李逸峰、周剑初、刘小平等书法名家，与广大网友一同对参展书法家的作品展开批评。

书法乃小道，但对于求小道之精者而言，一要天分才情，二要勤奋苦练，三要学识修养。此次参展的25位书法家，堪称邵阳本土书道的精进者。他们中既有正值创作盛年的"60后"，也有崭露头角的"90后"；既有久负盛名的少壮派，也有不让须眉的女书法家。他们拿出当下创作的精品参与活动，充分展现了乐于接受批评、追求卓越的态度。而活动中的批评者，在评价书法家作品时，既需秉持兼容并包的胸怀，敏锐捕捉作品之美，又要敢于直面问题，展现出批评的勇气。因此，本次活动要求书法家自我批评时诚恳谦逊，评论家批评时直言不讳，旨在营造良好的书法学习氛围，推动邵阳书法形成创作与批评协同发展的生态，激励重点书法家持续进步，同时发掘、培养书法批评人才。

书法既讲求技巧，需师法古人，不负前人的艺术成就；又注重表达性情与修养，力求自成一家。以这一标准审视25位邵阳本土书法家的作品，我们能领略到先秦简帛的古朴稚拙、魏晋书法的洒脱风度、唐楷的严谨法度、草

本土观照 ｜ **191**

书的狂放不羁、宋代笔墨的意韵以及明清书家的金石气息，各种书风争奇斗艳，令人目不暇接。这些本土书法家值得称赞，他们的共同之处在于，学习中国书法时，不追逐新潮，不流于花哨。他们沉浸于古人经典，融会贯通多家之长，在继承传统的基础上创新，走的是书法学习的正道。

"闻过则喜：邵阳国展书家批评活动"并非单纯为了褒扬，而是期望通过批评促进创作。批评者主要从学养和技法两个维度，对参展书法家提出了中肯的批评意见。例如，批评者肯定了曾伟子行书的稳健、隶书的朴拙、小楷的细腻，同时也指出其书法存在的不足，如用笔过于理性，行笔节奏单一、缺乏内在激情，简帛书线条偏扁，缺乏圆劲之感，笔法较为单调等。对李炯锋，批评者善意提醒其在锤炼技法的同时，要多读书、读好书，提升诗文素养，以实现心手相应、艺道共进。批评者认为宁森泉的书法背离了书法创作应遵从内心节奏的艺术本质；指出李爱民的书法应运用生动笔墨抒发情感，做到在理性调控下的感性书写；建议谢岸炀写大字时要像写小字一样，笔锋运用周全，避免刻意做作，牵丝不宜过细以免显轻薄，大字应以厚重为佳；指出罗太平的书法显露出当下草书创作的弊病，圆圈多、方折少，绵柔有余、刚劲不足，雷同之处多、变化少，反映出草书创作中的从众心理；评价曾利平的楷书尚处于摹古阶段，用笔拘谨，线条略显飘滑；认为谌业海的章草形似而神不似，线条僵硬，行笔犹豫；指出回楚佳的楷书线条虽有张力，但用笔略显僵硬，使转不够流畅，笔法单一，部分笔画为求空灵而故意断开，反而破坏了整体的连贯性；评价刘如意的简帛书线条单薄，不够丰富，缺乏金石之气；指出罗粮辉的行草用笔不够轻灵，转折处有生硬之感；认为彭新良的书法尖锋过多、牵丝过多、古意不足；指出夏瑜璐学习吴昌硕石鼓文的风格特征过于明显等。这些切中要害的批评意见得到了参展书法家的认可，凸显了本次活动的积极意义。

"闻过则喜：邵阳国展书家批评活动"作为国内首个市级书法批评展，从筹备到结束历时10个月。活动吸引了25位高水平书法家自愿参展，篆、隶、楷、行、草诸体皆有呈现，风格多样，充分展示了邵阳书法的雄厚实力，也引发了广大网友的关注。然而，从书法批评的角度来看，此次活动也暴露出邵阳书法批评人才短缺、批评力量薄弱的问题。书法家们参展的皆是个人精品，但批评者的评价大多为简短的印象式批评，缺乏对书法家学习、创作、思考过程的多元剖析，更少见将书法家个人创作与书法史、当代书法创作环境相结合的深入批评。在书法创作与批评的模式构建方面，此次活动仅是对书法家作品的感性印象式批评，尚未形成明确、具体的批评标准。

通过此次"闻过则喜：邵阳国展书家批评活动"，我们也发现了诸多值得思考和研究的问题。比如，书法精英化与大众化的矛盾、书法创作与书法批评的不平衡、书法批评标准与方法的不确定性、书法创作传统性与先锋性的冲突等理论问题；以及如何培养书法创作人才和书法批评人才等现实问题，都有待我们深入探讨。

总体而言，"闻过则喜：邵阳国展书家批评活动"首次大规模组织业内专家和网友对邵阳本土书法进行批评，开创了国内地方书法批评的先河，对宣传邵阳本土书法创作与批评具有重要意义。

（本文发表于 2021 年 5 月 19 日《邵阳日报》，与袁龙合作。有改动。）

"翰墨情深"：邵阳书法展的艺术风采

"翰墨情深——纪念魏源诞辰二百三十周年邵阳书法晋京展"聚焦传统经典的时代转化与表达，立足湖湘邵阳地域文明开展主题创作，以此丰富湖湘文化内涵，培养邵阳书法人才，推动邵阳地域书法的创造性转化与创新性发展。这一举措在加强地方文化建设、推广邵阳书法艺术、促进文化交流、增强文化自信、丰富公众文化生活、助力地方经济发展及提升文化软实力等方面意义重大。

一、提升邵阳文明城市形象，增添文化内涵与艺术氛围

邵阳市政协党组书记、主席周文在开幕式致辞中指出："近年来，邵阳市深入贯彻习近平文化思想，大力推动中华优秀传统文化的创造性转化与创新性发展，为邵阳经济社会高质量发展提供了坚实的思想保障、强大的精神动力和良好的文化条件。邵阳将进一步弘扬魏源的务实学风、求实精神与美好品德，在新时代努力奋进，开启新征程。"

中国书法家协会党组书记、副主席李昕称赞邵阳已成为中国书坛一道独特的风景线。此次展览作为当下邵阳的"书法图志"，为书法艺术家搭建了一个与全国艺术界交流展示的平台，促进了不同地区间的文化交流与融合，提升了邵阳书法艺术的水平与影响力，吸引更多人关注邵阳的文化艺术。展览展示了魏源的思想与文化贡献，以及邵阳书法艺术的发展历程，传承弘扬了邵阳的历史文化，推动了邵阳地方文化与文旅事业的发展。

为更好实现展览的目标效益，湖南省文联党组成员、副主席倪文华明确方向："魏源的著述为当代文艺工作者提供了丰富的创作源泉。接下来，要深度挖掘魏源等湖湘名人的现代价值，推动相关文艺作品的创作与传播，让魏源及湖湘文化的独特魅力在新时代焕发出新的光芒。"未来，还需进一步加强宣传推广，

组织相关文化活动，吸引更多人参与，让大家深入感受邵阳的文化魅力；同时，以书法展为契机，推动邵阳文化产业发展，为城市可持续发展注入新活力。

二、纪念杰出人物魏源，展现邵阳书法艺术传承

中国国家画院党委副书记、纪委书记王青云认为，此次展览是对魏源文化的深度挖掘，也是对其时代价值的艺术诠释，主题鲜明、结构严谨、内容丰富、设计精美，再现了魏源博大的胸怀、开阔的视野以及矢志改革的决心。书法家笔下的一笔一划，都是对魏源精神的内化与呈现，承载着对先贤的敬仰，寄托着对未来的憧憬。

展览的溯源篇共有18篇诗文，缅怀先贤，彰显了魏源对家乡文脉的深远影响及深厚思想根源。魏源的情志源于邵阳这片热土，其思想源于宝庆人文。览胜篇的21篇诗文集中展现了邵阳的山水胜境、物产丰富以及人民的勤劳智慧，是古今诗人描绘魏源家乡邵阳山水名胜和风物人情之作。这些诗文艺术精湛、格调高雅、感情充沛、诗意盎然，充分展现了邵阳的钟灵毓秀与人杰地灵。探微篇精选了19篇魏源的诗文或金句，尤其是习近平总书记多次引用过的名句，可探寻魏源思想的精妙之处。浚流篇精选22篇魏源之后邵阳历史文化名人诗文和邵阳现当代诗人歌颂家乡新时代建设的诗文，体现了魏源思想对后人的影响以及在邵阳的延续。

三、培养新人，发挥地域灵气，激发创作热情，推动书法艺术创新发展

邵阳的书法艺术历史悠久，底蕴深厚。在曾伟子主席的带领下，邵阳市书法家协会有规划、有策略地长期为书法事业打基础，挖掘优秀人才，提供深层培养，浓厚书法氛围，让书法服务社会，树立品牌。陆续成立了五体书法创作委员会、学术教育宣传委员会、篆刻硬笔刻字委员会等专业委员会，引领全市各类书法培训机构共同发展，夯实人才基础，促进书法人才快速成长。在备战第十二届、十三届"国展"及省级展览时，邵阳市书协采取了一系列措施，如邀请周剑初、李逸峰、陈羲明等书法名师举办讲座、开展集中培训、进行名家点评与巡回辅导，使法创作水平大幅提升，人才不断涌现。今年还开展了"强基工程"文艺助力基层精神文明建设行动暨春联艺术

"百千万"光大工程活动，组织邵阳市书法家协会、邵阳市文艺评论家协会举办"闻过则喜：邵阳国展书家批评活动"，开创了地方书法批评的新风气。此外，还与市楹联学会、市诗词协会举办"好家风·好传承楹联诗词书法专刊"。在2021年"伟业：庆祝中国共产党成立100周年书法大展"中，邵阳籍龙开胜、周剑初、曾伟子、陈寰、李炯峰等5位书法家的作品惊艳亮相。在长沙举办了"江山胜览·邵阳美术书法摄影非遗展"。目前，邵阳已有国家级书协会员69人。中国国家画院书法篆刻所所长魏广君评价道："邵阳一个县有三位中国书协理事，已成为中国书法重镇，备受天下瞩目。"

邵阳书法艺术已走向全国，精心挑选的80件书法作品技法精湛，具备较高的书法水准，作品风格多样，涵盖楷书、行书、草书、篆书等，展现了书法家们丰富的艺术表现形式，体裁丰富，包含诗词、名言警句等多种类型。书法家们在传承的基础上不断融合创新，形成独特的地方风格，充分利用湖南帛书、竹简等丰富资源，体现地域文化，反映了以魏源为代表的邵阳名人笔下的邵阳地域文化特色和民俗风情。展览作品兼具文史艺术价值与观赏性，蕴含着对魏源的纪念与对其思想的理解，展现了书法家独特的创作理念，体现了当代书法创作的时代风貌与精神特质，彰显了邵阳籍与邵阳本土书法家的不同特色。正如中国文化发展促进会书记、中国国家画院院委曾来德所说："传承工作扎实，笔墨醇厚，风清气正，每个人都有自己的想法和探索精神，邵阳书法的整体实力走在全国地级市前列。"

这场展览以翰墨向魏源致敬，不仅是对魏源诞辰的纪念，更是邵阳书法艺术的精彩展示，彰显了书法艺术的魅力，还是一次传承弘扬邵阳文化的盛典，丰富了城市的文化内涵。

（本文发表于2024年5月4日《湖南日报》新湖南客户端。有改动。）

造型置评

陈西川素描的当代意义

一、"绘画之乡"与西川美术教育的影响

2018年，陈西川师父（陈西川的学生习惯尊称他为"师父"）迎来九十寿辰。他投身美术教育长达六十年，众多学子对其感恩戴德，纷纷著文诉说受教之恩。提及西川师父，大家常用的关键词有：一头卷发、一张大师范的面容、标志性的搪瓷大茶缸、米勒式的画家气质。而在我看来，他身上还有这些关键词：徐悲鸿体系、德加风格、气韵写形、拉斐尔精神、个性力量、设计意义。

追溯关于西川师父美术教育的论述，最早可至1984年2月覃保来发表于《湖南画报》的《呕心沥血育人才》一文。文中描述道："仲夏的一天，邵阳地区文化馆画室里，传来姑娘们银铃般的笑声，夹杂着小伙们爽朗的话语。"[①]足见西川师父的画室是求学者的快乐殿堂，他爽朗求美的人格魅力与精湛画技深深感染着学生。

李自健于1969年6月15日拜入西川师父门下。他在《话恩师》（《艺术中国》2017年12期）中写道："陈西川老师这位中央美术学院培养出的精英，被下放到邵阳，这是他人生的不幸，却是我们这群渴望学习艺术的孩子的万幸！"[②]

刘晓路在《美术》1986年5期发表的《来自湘中的报告》中这样描述西川师父："其人才华早露，潇洒不羁，却不得志。60年代回归乡野，孩童们

---

① 覃保来.呕心沥血育人才[J].湖南画报，1984（2）：22.
② 李自健.话恩师[J].艺术中国，2017（12）：16.

追前逐后，以为他是外国人。"① 文中还提到，20世纪70年代，邵阳因有陈西川，被誉为"绘画之乡"，得到美术界广泛认可。

西川师父于20世纪60年代末回到家乡邵阳。1975年暑假，我的美术启蒙老师周丽萍带着年少寡言的我，初次踏入西川师父位于邵阳剧院的工作室。在那里，我第一次见到全开大的人体、头像、石膏像等素描原作，这些在当时极为罕见的作品给我带来巨大视觉冲击，让我的绘画梦想愈发绚烂，心中的艺术之灯开始光芒四射。在西川师父的指导下，我第一次对着高尔基石膏像写生。他教导我先自由独立地画，而后追求完整有序，尤其要重视视觉化的意念。正如李自健所说，西川师父被下放回家乡，虽是他个人的不幸，却是我们这些渴望学艺术孩子的幸运。正在撰写《西川传略》的樊家信先生在书稿中记载：陈西川从事美术教育60年，惠及3万余学生。自西川师父在邵阳市工农兵文艺工作室（后更名为邵阳群众艺术馆）担任美术专干，开展美术教育工作起，便点燃了数万青少年的希望之火，让他们的青春梦想与活力得以绽放，帮助学子们圆了艺术之梦。广州美术学院教授郭绍纲曾称赞：恢复美术高考后，美术培训领域出现了"南陈北曹"现象，"南陈"指的就是陈西川。西川师父犹如慧眼识珠的伯乐，善于发现学生的特长与潜质，因材施教。经他培训的学生中，有3000多人考入大学，不少学生在专业考试中更是取得满分佳绩。恢复高考后，西川师父的美术培训中心一到寒暑假便热闹非凡，大学生们纷纷带回自己的习作在此展示，学习氛围浓厚。

二、西川素描的创作分期

陈西川师父的艺术创作以素描为主，其素描创作可分为早、中、后期。早期素描以写实为显著特征，如1957年在中央美院创作的《女人体》、1958年创作的《塞外农夫》《北方农夫》《维纳斯石膏像》、1962年创作的《荷马石膏像》等，皆为早期写实作品。这一时期，他师从艾中信、吴作人，在徐悲鸿教学体系中接受严格训练，奠定了扎实的基本功。其作品构图恰当、比例精准、神态逼真，达到了"尽精微、致广大"的境界。20世纪80年代，进入西川师父素描创作的中期。他在邵阳群艺馆美术培训中心专注于美术基础

---

① 刘晓路. 来自湘中的报告 [J]. 美术，1986（5）：71.

◎女人体

◎塞外农夫

◎老人像

◎抱头的女人体

◎瑶族妇女

◎老婆婆

教学，创作了大量线面结合的素描示范作品。这些作品黑白对比强烈，精准捕捉对象自然的动作姿势，轻重和谐。贾方舟曾回忆西川师父在内蒙古师范学院艺术系教授他们素描的场景：把范画（记得是一个老人半身像）拿到教室供大家学习参照，同学们无不惊叹。画短期作业时，用擦棒画暗部比用铅笔排线更省时，效果也更佳。中期的西川素描注重线面关系，喜爱用炭条作画，大面积铺陈，挥洒自如。面对外界"陈西川画素描画得像'黑煤炭咩咩黑'"的讥讽，西川师父坚守自己的艺术方向。他在素描教学中常告诫学生：宁脏勿净、宁方勿圆、宁拙勿巧。《老大爷头像》《农村小妹子》《老人像》《抱头的女人体》《戴头巾的老大娘》等作品，是这一时期西川素描的代表作。

西川师父在央美学习精确素描，打下坚实基础。后期素描在前中期艺术精神积淀的基础上发生质变，创作以线为主。这一时期的作品用线更为豪放，在前中期"尽精微"的基础上实现质的飞跃，恰似德加在安格尔细腻优雅流畅的素描基础上，转变为印象派舞动般的粗犷风格。这一时期是西川素描的高峰期，代表作有《历史的一笔》素描草图、炭条素描《老人头像》《瑶族妇女》《老婆婆》《拄杖的老人》《老妇人》等。有评论家将西川师父比作"米勒式"画家，实际上，他的艺术创作风格更接近德加，同时兼具珂勒惠支、印象派及后期印象派风格。他既接受西式素描训练，又扎根于东方写意传统，笔下激情跳跃的线条，充满东方写意韵味。

三、西川素描的传神之路

西川素描传承徐悲鸿精神，并非单纯以西方素描改革美术教育，而是融会贯通、发扬传统，以形写神、以形传神。他的作品饱含激情，个性得到彰显。朱训德在陈西川八十华诞素描展前言中评价他：一位文心义胆、古道热肠、充满豪气与热情的画家和美术教育家。他那些充满艺术个性和力量的素描作品，无论从哪个角度品评，都堪称一流。刘晓路将西川师父描述为"拓荒者""耕耘者"。广州美术学院雷小洲教授始终铭记西川师父的教诲："男子汉，应志在四方……"广州美术学院已故画家李晨评价西川师父"品格崇高，灵魂真实，堪称画家的楷模"。设计师左清说："陈老师的肯定让我找回自信，用'唔吓火'（莫怕难）的心态去走自己的路，坦然面对自己的成功与失败。"

自下放到邵阳五十多年来，西川师父始终秉持"唔吓火"的精神，如同拉斐尔般四处寻觅美。在邵阳，但凡有真善美的角落，就有西川师父和他的徒儿们。他带着徒儿们描绘美女、老妇人、老农，菜市场、伙铺、工地都成为他们的教学场地。他带领学生近乎疯狂地绘画，展现出泼辣勇敢的个性。在艺术形式与情感表达上，他对各种人物流露出强烈的终极关怀，人物的言行性情跃然纸上，力透纸背。西川师父在人物素描中，神

◎拄杖的老人

◎历史的一笔

依托于形，形赖于神，在写实传神中彰显个性与力量。他善于捕捉人物的神情样貌，让真实流露的神态激情生动飞扬。尤其是以线造型来把握形体的轮廓和结构的关键转折点，突出对象的内在特征。他善于从构思创意、情绪流变中捕捉灵感，在自然物象中探寻创意，通过聚合思维的"传神写照"解决造型的观察与表现问题。

西川师父做人与绘画，正如郭若虚在《图画见闻志》中所言："人品既已高矣，气韵不得不高；气韵既已高矣，生动不得不至。"

四、西川素描的设计意义

西川师父的素描具备西式素描的科学性根基，透视、解剖、比例精准，如同达·芬奇所说"镜子般映照自然"。同时，其素描更具艺术性，通过手眼协调展现素描的视觉映像，线条兼具中国艺术精神的老辣粗犷与高雅流畅，简洁明快的线条蕴含经典的设计哲理。王朝闻对陈西川有这样的评价："陈西川鼓励青少年看好电影，阅读好文学作品，通过这些活动，促使学生重视全面发展，开阔视野。学生要眼高手低，'眼高手低'不只是认识与实践的一种循环往复的具体过程，'眼高'对'手低'的改变也是一种推动力。"[1]20世纪80年代，西川师父就极为注重素描的画外功夫。在那个年代，小城邵阳因有西川师父指导，学生们大开眼界。他带着学生看电影，让学生翻阅《美术》《工农兵画报》《富春江画报》《湖南画报》以及后来的《江苏画刊》等杂志。西川师父精心指导学生，培养其对素描的敏捷知觉和心理反应，敏锐捕捉人物神情变化瞬间，突出描绘对象的特色，特别强调知觉心理，以审美眼光把握对象形态，在人物动态中观察研究素描构造法则，以线表现结构，抓住本质进行精练概括，体现了素描的设计功用。西川师父对学生"眼高手低"的训练，是在审美知觉判断中开发契合设计造型能力的训练。特别是在素描的整合造型、空间结构、虚实关系、构成元素、自然感悟与灵性激情等方面，几乎与当代设计意义完全契合。在中国传统画基础上，融入印象派影响，留白与虚化使画面生动自然，光影对比鲜明。西川的素描教学正是当今设计基础教学的意义所在，具有重大艺术创新指导意义。例如，杨凯（清华

---

① 王朝闻.美育三题[J].美育，1983（4）：3-4.

同方有限公司美术主管）谈到西川师父：一位有着很高威望且对学生严厉的老师；一位爱开玩笑、童心未泯、讲话风趣的老师。西川师父培养出一大批当代设计师，如陈邵宁、张晓文、袁胜、陈立果、陈扬、陈棣雪（北京设计师）等，他们仍活跃于当今设计界。

西川师父的气息、品格、精神影响了万千学生。何先球在《话恩师》里写道："那是一个疯狂岁月下的疯狂地方，每一个进去过的人都在那里绽放过青春的梦想与活力；于我而言，在那片而今由于城市改造已不复存在的地方燃烧过的青春岁月里，师父在艺术上对我的鼓励与生活上对我的帮助，以及他老人家的艺术思想、言行和那军人般硬朗的身影，对我的人生的过去、今天以及未来都有着重要意义；深深地烙印了我渴望人生追求时的徘徊与惶恐、希望与憧憬，蹒跚着孕育了我对人生与艺术梦想的摇篮。直到今天，它依然激励、充实着我面对未知时的底气与决心……"

五、结语

长相颇具外国人特征的西川师父，九十岁高龄时，其艺术性情依旧光彩照人，仍是徒儿们心中的"前卫偶像"。这位中国美术教育精英吃苦耐劳、坚韧不拔，在艺术教育中以"米勒式"的生活方式坚守一方艺术乐土。他在艺术创作中传承并弘扬徐悲鸿体系，兼容德加风格，以气韵写形，兼具拉斐尔精神，善于发现美、引领潮流、开创新风，充满个性力量。他的素描创作对当前设计领域具有潜移默化的影响，培养出的大批美术与设计精英传承发扬了西川风格，在业界已产生较大影响。

（本文发表于2018年第12期《神州》杂志。有改动。）

在"苦行"中丰富自我，
在写生写意中升华美学价值
——观"路上·十年"雷小洲油画展

一、赶上大时代

我与雷小洲既是中学同学，又是画友，我们都出生于湖南邵阳（旧名宝庆）。在湘中小城湖南邵阳市，雷小洲能考上美院附中，堪称同学中的佼佼者。在那个"抓革命，促生产"的年代，他有幸遇到了陈西川老师。这位老师痛心于那些有艺术天赋的孩子荒废学业，怀着一颗炽热的心，唤醒了无数年轻学子的艺术梦想。

1985年，在中国艺术界掀起"85新潮"之际，画家雷小洲被选送进入华南理工大学建筑系学习建筑设计。当时，华南理工大学陈开庆院长与广州美院合办了一所新型的现代设计学院，以适应改革开放的需求。为培养师资，从广州美院各系抽调了十来名学生前往华工学习建筑设计。彼时，雷小洲是油画系本科二年级学生，由于他毕业于美院附中，基础扎实，各方面条件较为合适，因而被选中。

雷小洲曾这样描述自己当时的心境："我难以理解和接受这一安排。我心想，要我离开钟爱的绘画，去钻研建筑理工、学习算术，这绝对不行。后来学院做我的思想工作，一位我敬重的老师也与我交谈，他的一句话对我影响深远。他说，倘若你去学习设计，学习公共艺术，学习建筑设计，日后你便能设计一幢大楼、规划一个小区，甚至打造一个庞大的建筑项目；而如果你继续在油画系学习，画一幅一米或两米的画，装裱后挂在人家建筑的一个房间里，仅仅只是一幅小小的装饰画，如同家具或花瓶一般。你自己想想，一幅画的价值究竟有多少？当时就是这么思考问题的，老师们也是这么认为的。所以，我带着疑虑与不满去了华工，学习了一年建筑。"后来，雷小洲加入了广州美院的"集美设计"。1990年至1997年期间，雷小洲先后承担了广州市从化碧泉宾馆改造总设计、广州市望星楼宾馆改造总设计、广州市三寓宾馆公共空间总设计、武汉市白玫瑰娱乐城总设计、广州市从化温泉之星总设计、广州南方证券艺术总设计、中国光大银行广州分行艺术设计、广东省人大壁画总设计等项目。雷小洲在广州美院设计领域的这条道路上大放异彩，同时也极大地丰富了自身的阅历与经验。

二、又遇一个好时代

1999年，雷小洲开始在中央美术学院攻读研究生，并跟随导师杜键先生前往大西北，进行了为期一年的社会实践与艺术考察，这为他此后的艺术发展奠定了坚实基础。在此后的十年间，艺术家将写生作为自由艺术创作的突破口，每年都投入大量的精力与物力，前往西南、西北等最为偏远艰苦的地区开展写生活动，以这种独特的方式进行艺术本体的深度思考。

画家雷小洲表示："在中央美院的三年，是我深入思考艺术哲学的三年。尤其是参加由我的导师，被大家称作'老堂吉诃德'的杜键先生亲自带队、历时一年的'大西北行'艺术考察与写生活动，让我对中国最优秀的传统文化进行了一次全面的学习与领悟。我观赏了大量唐以前的石窟壁画，特别幸运的是，看到了陕西省博物馆地库中珍藏的唐代壁画，这彻底改变了我对中国色彩文化传统的固有印象，也树立了我作为中国人画西画的信心，逐步形成了自己的艺术立场与精神取向。随后我回到广州美院任教，其间还前往法国巴黎艺术城进行艺术考察，每天在卢浮宫与历代先贤的作品对话交流。这是一个至关重要的准备阶段，我认为十分必要且意义重大。然而，如何在此基础上重新出发，开创全新的艺术面貌，是我当下想要做且正在努力去做的事情。"

"本土"本身就是多种文化交融后的一种形态，艺术家个人的意识也不会存在绝对纯粹的文化立场倾向。在当今走出历史局限的时代，尽管"中"与"西"的问题依旧存在，但重要的是，画家雷小洲的"路上·十年"展览，已充分展现了中国人画西画在艺术呈现形态上的现实性以及画家自身独特的艺术语境。

三、在"苦行"中丰富自我，在写生写意中升华美学价值

"当代苦行僧"是大家对画家雷小洲的评价。在面对客观对象时，雷小洲忠于对象，努力挖掘大自然的光色与造型之美。他不畏采风跋涉的艰辛，在内心世界不断碰撞、在自我反省中积极探索，在自身文化背景的基础上不断调整自我。他持续在旷野中探寻自我，挖掘人文内涵，使美学价值得以丰富并沉淀凝结。正如杜键先生所说："从事艺术这一行当，便一辈子都处在对优质人性的不懈追求与拼搏之中，永无止境。"画家雷小洲在追求艺术的道路上，注重绘画语言的雕琢与美化，重视形式符号、意义表达以及图像结构所构成的画面语言的深化与调整。雷小洲的绘画并非仅仅是一个运用框架与技巧的过程，更是一种充满活力的艺术活动。在他的风景画中，都蕴含着故事，例如《劫后余生》《母与子》《寂寞如尘》《高飞燕的故事》等作品，都体现出一种人生哲学。画家在《澜沧江去》中，也展现了对人与自然、人与社会以及人与自我之间传统式内在和谐的深刻思考。杜键先生指出，中国绘画有着深厚的写意传统，但并

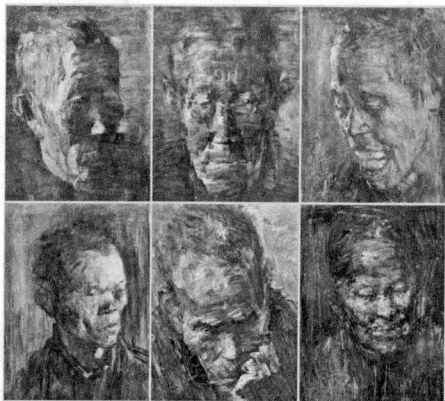

◎不老的哥 /雷小洲

◎胡杨树下 /雷小洲

◎画室里的风景
／雷小洲

◎隆回花瑶　／雷小洲

◎双林寺金刚写生
／雷小洲

不十分看重写生。然而，写生与写意并不矛盾，在写生中有写意的成分，在写意中也包含写生的元素，它们共同为实现对人的内在魅力的追求与展示这一目标而相辅相成。在雷小洲的作品中，我们也能看到他将写意与写生相结合的大胆尝试。

画家雷小洲在经过全面而清晰的思考后，明确了自己的艺术位置、创作路线与方法。在这种写生与写意相结合的创作过程中，他勤奋耕耘，取得了丰硕的成果。这种收获的喜悦，着实令人备受鼓舞！

（本文发表于2009年5月7日雅昌网。有改动。）

"交融＆碰撞"侧记

2008年12月5日，天气晴朗，广西三江迎来了一场中西美术的"交融＆碰撞"教学活动。彼时，雷小洲正带领广州美术学院油画选修班的学生，在广西龙胜龙脊山进行写生创作。与此同时，由石煜老师带队的中央美术学院特劳蒂油画高级研究班，也在广西三江侗寨开展写生创作。我与画家何愈明从邵阳启程，奔赴广西与雷小洲会合，随后一同前往三江，亲身参与并体验了特劳蒂教授的写生教学。

初次见到这位来自罗马美术学院绘画系的教授，我便强烈感受到，这位来自文艺复兴摇篮之地的画家，身上散发着虔诚与热情的气质。那时，我正为探寻"迪赛诺（design）"基础教学而苦恼。当我提及design起源于他的家乡时，他向我解释道，"design"意为勾画草图，并指着他所创作的三江油画风景说："这就是design……上帝在此。"他又指着旷野中的一棵大树，说道："它向着上帝伸展。"尽管我们在交流中存在一定的语言障碍，但在翻译的协助下，他的一番话解开了我多年来的困惑。由于我在高校担任设计专业的基础与理论教学工作，一直对国内设计专业绘画基础的苏式教学体系感到困扰，

◎何愈明、聂世忠、桑德罗·特劳蒂在广西三江考察

当时正思索设计与绘画的关系。与特劳蒂关于"design"与绘画的深入交流，让我明晰了设计与绘画的关联，也明确了设计类基础教学的方向。

对于设计专业的学生而言，水彩能够更有效地展现色彩效果，凸显水的透明性、流畅性与快捷性，因此我始终主张在设计类基础绘画教学中采用水彩教学，并坚持开展水彩写生。在与特劳蒂交流请教之后，我陆续发表了十几篇艺术基础教学论文，诸如《艺术设计专业的水彩教学探索》《设计专业色彩风景写生课程教改录》《艺术设计基础教学体系改革创新论》等。这些论文探讨了高校色彩风景写生课程中亟待改革美术高考模式的问题，提出应依据设计特征，按照现代设计的理论体系树立色彩设计创新理念，同时在写生课程中融入情感教育，以创作出具有活跃生命力的作品。

"迪赛诺"一词在20世纪初传入中国时，曾被解释为"图案""工艺美术"。而实际上，"迪赛诺"指的是艺术作品在线条、形状方面，在比例、动态和审美上的协调。在与来自"迪赛诺"发源地的特劳蒂的交流互动中，我们着重探讨了心与神、绘画精神与哲学智慧等话题，在深沉、静默且无限的自然中追求身心与自然的融合。他的写意用色既追求光色的淋漓尽致，又注重明暗、形体与色线，笔触间流露出流动与凝滞的美感。这位来自辉煌灿烂的地中海地区的画家，展现出一种宁静含蓄、内敛理智的东方哲学思想。

转眼到了2019年12月，桑德罗·特劳蒂与雷小洲这两位中西艺术家，已携手开展了十余年的"写意油画"研究教学活动。当月11日至2020年1月12日，由戴士和担任学术主持人、李自健策展的"'交融&碰撞'——桑德罗·特劳蒂&雷小洲作品联展"，在李自健美术馆C1、C2、C3展厅盛大举办。此次展览堪称一场心灵激情碰撞与情感深度交融的艺术盛会，彰显了中西方文化碰撞与交融对艺术发展的强大驱动力。回顾中国美术史，中国绘画视觉审美的现代转型，正是中西艺术语汇碰撞、交融、吸收与转化的成果。经过十几年的交流，桑德罗·特劳蒂与雷小洲作品的内涵和精神特征发生了显著嬗变，实现了主体精神的相互转化。两位艺术家搭建的这座东西文化桥梁，并非为了消解各自绘画体系的差异，而是通过合作交流、相互接纳、借鉴融合，共同构建起多元的文化景观。

戴士和先生在画展前言中指出，"写意"有广义和狭义之分。从广义上讲，大凡不以客观描写为终极目标，不将视像准确当作唯一追求，而是执着于作品精神品质塑造的，都可归为写意范畴。邵大箴先生在雷小洲2009年4月举办的《路上·十年雷小洲油画展》中提道："不要把写意看作中国独有的特质，西方绘画在写生中蕴含写意元素，中国绘画在写意中也包含写生成分。"在"85美术新潮"时期，雷小洲被抽调至华南理工大学学习了一年建筑设计，当时他怀着"离开绘画搞建筑理工、学算术"的懵懂想法接触了设计。然而，这段对"设色之工"与"迪赛诺"（Design，设计）的学习经历，为他后期艺术创作的"碰撞交融"奠定了坚实基础。出生于意大利蒙特乌拉诺的特劳蒂，6岁便开始专业绘画学习，其间接触了毕加索、马蒂斯的现代绘画，还进行过《笛卡尔轴线》《栅格》《条纹》等抽象绘画探索，也曾追随未来主义艺术潮流。特劳蒂从青少年到壮年，主要在罗马求学与工作，任教于罗马美术学院绘画系。来自设计发源地的特劳蒂，热爱生活、性格率真且勇于冒险，足迹遍布叙利亚、印度、泰国等地。在此次中国湖南李自健美术馆的展览中，特劳蒂为展览画册取名"对比列传"，寓意一种一对一的平行关系，而这种平行实则是经过重构后的独特平行关系。

　　雷小洲的油画语言以西方绘画为主要参照，用以表达中国本土的生活情境与文化现实，创造性地展现了东方艺术的独特魅力。在"大西北行"艺术考察与写生活动中，他对中国最优秀的传统文化进行了一次全面深入的学习。之后，雷小洲邀请桑德罗·特劳蒂一同饱览中国唐以前的壁画，这些壁画深深征服了两位不同国籍的艺术家，进一步加深了他们对中国色彩文化传统的印象，促使他们形成了各自独特的艺术立场与精神取向。在雷小洲的不少作品中，树、山融入了中国写意画的皴擦等技法与精神；水手、港口、航船等是桑德罗·特劳蒂早年常描绘的题材，船帆、圆木等则是他抽象阶段的描绘元素。特劳蒂以东方洋子为模特，创作了百幅作品，将情感、故乡回忆与文化特征具象化为符号，注重形式符号、意义表达与图像结构，凝聚成独特的写意画面语言。

　　雷小洲对中国传统艺术深厚的审美积淀，在中西艺术互融过程中释放出巨大能量，具有重要的现实意义。他将中国画的写意精神巧妙融入自己的油画创作，成为中国当代写意油画领域的一大亮点，其绘画语境在互补相融中得到极大提升。

　　特劳蒂在自己的文章中特别提道："希望我能为中国当代绘画艺术的进

步贡献一份力量。如果桑德罗·特劳蒂能在中国美术教育史上留下些许印记，那与雷小洲教授多年来的陪伴与合作密不可分。"

桑德罗·特劳蒂与雷小洲这两位不同国籍、不同年龄的艺术家，他们的教学活动对我影响深远，让我对"设色之工"和"迪赛诺"有了更为深刻的领悟。

（本文发表于2019年12月8日《艺术头条》。有改动。）

论刘子龙富有现代创造精神的碳素粉彩艺术研究

在中国彩色蜡染与油画领域，刘子龙久负盛名，早已在艺术界声名远扬。1984年，中国美术馆举办了"刘子龙蜡染艺术展"。刘子龙对中国传统蜡染大胆革新，将传统的蓝白基调拓展为多色调，把传统蜡染仅用于棉织物的应用范围，扩大至棉、毛、麻、丝、化纤等多种织物。这一系列创新，使现代蜡染艺术发展成为一门崭新画种，在中国掀起了现代蜡染的热潮。当时，媒体报道赞誉刘子龙为"中国工人艺术家""现代蜡染绘画之父"；如今，水中天先生评价刘子龙是"具有现代创造精神的中国艺术家"。刘子龙谈及自己的创作历程时，感慨万千："总有一些力量，对自己的人生起到推波助澜的作用。我认为，这种力量就是以我为主，汲取西方艺术养分，并将其融入自身风格之中，让中国美术与西方经验'破壁交融'。"他秉持东方的天人统一观，以中国人的视角审视生命与自然。中央美院教授冯真指出，刘子龙的艺术已超脱装饰工艺范畴，成为一种具有独立艺术价值的高层次艺术。刘子龙是一位集油画、水墨画、蜡染绘画、工艺美术、艺术设计于一身的复合型艺术家。他的碳素粉彩艺术，融合中西，在形体与意象塑造上独具特色，色彩既强烈对比又和谐统一。他的作品文化底蕴深厚、大气磅礴、品位独特、和谐兼容，在跨文化语境中，自主挖掘出艺术的新精神、新生命与新形态。

在刘子龙的艺术创作中，钢笔画已超越其本身意义。他将碳素粉彩与渲染相结合，运用线条和色彩共同塑造形体。1981—1982年，刘子龙在中央工艺美院进修期间，美国著名纤维大师路斯高教授敏锐察觉到他的色彩天赋，并为他指明了研究中华民族染织艺术的方向。几十年来，刘子龙在中西艺术融合的道路上不断探索，"没有创新就没有生命，创新才是生命线"成为他坚守的艺术信条。刘子龙还反复强调，在艺术创作过程中，需要有一双善于发现事物的眼睛和一个能够深入挖掘事物的头脑。在他的蜡染画中，已体现出对民间蜡染工艺基本原理的吸收，他运用当代不同质感的多种纺织品和不同性能的染料，并融入现代绘画艺术理念，创作出全新作品。

在刘子龙的碳素粉彩艺术里，他采用了一些新型绘画材料，运用现代艺术与民间艺术的形式语言进行创作，注重夸张变形与画面结构的装饰性。在其绚烂多彩、变幻无穷、气象万千的作品中，能引发人们对人生、历史、宇宙的深沉感慨，作品流露出艺术家的真诚。以往，钢笔淡彩通常用水彩上色，仅在线条表面进行涂色渲染。而刘子龙的碳彩画用色极为丰富，他在传统基础上大胆创新，运用新的绘画工具与材料。他将钢笔淡彩的表现形式与我国传统国画的用线勾勒相结合。他的《灰色地带系列》《室内空间系列》《戏剧人物暖调系列》《意象系列》等作品，画面通常较为饱满，通过碳素水彩渲染，使色彩浓艳，增强了表现力。碳素用于表现明暗关系，色彩一般采用水彩颜料，仅划分大的色块进行平涂或稍作明度变化；有时他用毛笔蘸碳素色，利用毛笔笔触营造豪放效果。例如，他的《灰色地带系列》借助线条深重的色调，展现出深沉、滞重的色彩，同时兼收国画、油画、水彩水粉甚至效果图白描的技法。《戏剧人物暖调系列》中，生、旦、净、丑各角色的艺术特点通过碳素水彩得以体现，既有水彩的韵味，又能呈现出油画的凝重、沉稳之感。画家运用马克笔、毛笔的碳素多规格线条与丰富色彩层层交织，这种全新的碳彩绘形式，通过墨线与色彩的复合交叉描画，展现出生角的英俊、旦角的秀美、净角的威武和丑角的风趣等不同审美境界。画面色彩表现力强，色彩与墨线的图形共同营造出新奇的色彩效果与神韵。在深度层次和空间处理上，画家着力刻画，大笔落墨，挥洒自如，画面华滋厚重。在这里，碳素线条与粉彩的重新组合，使画面能够充分抒情表意，达到了淋漓尽致的感人效果。

从刘子龙的碳素粉彩画中，能够感受到作者在持续的创作激情中忘却自我，全身心地投入。他突破描绘对象的表象，直达生命本质，这是一种纯粹的心灵自在的精神愉悦，充满宏伟豪壮的生命气息与质朴的内在精神。犹如他对空间哲学的理性宣言，浑穆、苍茫、生辣。在《意象系列》作品中，艺术家刘子龙宛如一位真正的"解衣盘礴"者，他在粉彩碳素画的创作中，汲取了中国画的水墨精神，既有东方情韵的渗透，又有西方绘画原理的影响。他凭借深厚的手绘功底和对艺术生命的深刻理解，大巧若拙，展现心灵活动，与生命律动同步。刘子龙的艺术思想在喷发、倾吐、搏斗的交织中，通过笔端展现，寻觅精神家园。这种创作动力促使他在创作时摒弃了诸多当下世俗的审美观念与技巧，在艺术思想和实践中实现了升华。画家用碳素水彩诠释了中国画的笔墨意象色彩传统，将传统与现代的结合推进到新的高度，为新材料绘画的探索留下广阔空间。

在处理传统价值与现代创新的关系上，刘子龙走出了一条融合中西的独特道路。刘子龙的碳素粉彩画立意独特，总能将观赏者自然而然地引入一种超然之境。画家超迈的气魄与笔力令人赞叹，其深邃的哲学眼光更值得称道。画家深入探究和剖析西方绘画的审美趣味、审美理想、人文精神、情感心理特征，反观本民族的文化心理与民族精神，遵循艺术创作规律，找到人类共通的心灵架构，运用中国民间富有创造性的"绘画语言"，如蜡染，来展现碳素粉彩的磅礴潇洒、浓艳素雅及神秘莫测，追求和平、和谐、爱、美等普世价值。这是"和而不同"境界的深层次体现，也是刘子龙碳素粉彩画的"制高点"。

（本文收录于2010年8月五洲传播出版社出版的《刘子龙绘画集》。有改动。）

苍古浑厚墨色生辉

——当代著名山水画家何建国山水画特色初探

何建国老师的一位亲戚是我家邻居。1976年，何老师回到邵阳家乡，那时我15岁，正痴迷于绘画。彼时，何老师任职于中央新闻记录电影制片厂，在我心中，来自北京的画家必定是"高大上"的存在。邻居知道我热爱绘画，便带着何老师来到我家，希望他能指导我一二。初见何老师，他的亲切热情让我倍感温暖，我们足足交谈了近两个小时。至今，我仍珍藏着记录"聆听何建国老师谈绘画"的笔记本，何老师无疑是我艺术道路上的一盏明灯。

如今，何老师已85岁高龄，却依然笔耕不辍，精神矍铄，玩转微信，手指灵活。他是一位热爱生活、钟情自然、艺术青春永驻的著名国画山水画家。何老师身兼数职，是中国美术家协会会员、中国电影家协会会员、国家一级美术师、中国山水画研究会常务理事兼副秘书长、中国电影美术学会常务理事、东方书画社理事以及中央广播电影电视部美术家协会顾问。在水彩、水粉、中国画、电影题名、布景、宣传画、广告、影视文学作品插图、装帧等诸多领域，他都颇有建树。同时，何老师还是一位心怀大爱的慈善家，曾为支持野生动物及伴侣动物的保护事业捐赠国画作品，被聘为首都爱护动物协会名誉主席。

一、"应物象形""图真传神"的绘画主张

何老师青年时期便被誉为"多栖"画家，广泛涉猎水彩、水粉、国画山水等领域。早在1956年，他的水粉画《幸福的园地》就荣获了全国青年美展"优秀作品奖"。在电影宣传画方面，何建国老师的《毛主席是我们心中的红太阳》《百花争艳》《梅兰芳》《苏联芭蕾舞艺术》等作品，成为了我们中学时代争相临摹的样本，更是那个历史时期的经典之作。何老师出生于湖南邵

阳县黄塘乡陡水村，青年时就读于华中艺专。20世纪50至70年代，他创作了大批速写、水彩水粉画以及电影广告。何建国是伴随现实主义美术及"文革"美术成长起来的画家。中国现实主义美术在造型上以写实为表现技法，在意识形态上以人文关怀为重点，在美术造型上沿袭中国传统画论中的"应物象形""随类赋彩""图真传神"等绘画理论。在现实主义美术蓬勃发展的年代，何老师扎实地训练了绘画基本功。现实主义美术培育出了像何建国这样基本功扎实、艺术创作力旺盛的新一代中国画家，他们站在时代前沿，投身于火热的生活，其绘画题材展现了苍翠欲滴的江南风光和倔傲雄峻的北国景色，从农作物到厂房，生动呈现了那个年代蓬勃向上、欣欣向荣的景象。

二、苍古浑厚、经典传神的水墨精神

何建国老师的水墨山水画构图经典且极具创造性，充满激情活力，彰显出其勇于实践的艺术探索精神。他身体力行，坚守并弘扬传统水墨艺术的纯粹性与严肃性，作画有章有法，笔墨舒展稳健，在传承传统的基础上，努力开拓水墨山水画的新路。20世纪70年代，他师从李可染专攻山水画，真正践行了李可染老师"用最大的精力打进去，用最大的勇气打出来"的理念，发扬了李可染的精神，开创出国画山水的新路径。在向传统及同时代艺术家学习的过程中，他广泛搜罗古今中外的经典作品，刻苦钻研、勤奋练习。他常强调运用"焦点透视"画山水，倡导徐悲鸿"改革中国画"的观点，遵循绘画章法，在每一幅作品的构图中追求"既得平正，须得险绝"，精心经营位置，似奇反正，藏露分寸拿捏得当。广西的军旅生活为画家提供了丰富的创作源泉，大量的漓江山水画是何建国老师的倾心之作，也是他传承水墨传统、展现中国水墨山水苍古纵横经典风格的代表。何老师足迹遍布全国，作品描绘了祖国南北各地的风光，如《天山情怀》《黄山奇峰尽朝晖》《崀山风景天下奇》《嵩岳如醉染秋光》《燕山秋来风景异》《太行雄奇迎朝晖》等。

这些师法自然的作品展现了画家苍古纵横的深厚功力，点染皴擦、勾勒铺洒，技法娴熟，画面苍润浑厚，竖画如千仞之山，横墨似百里之川，奔放恢宏，变化万千，满纸云烟，生动而富有意境。例如，《遍山绿滴翠》《风光在险峰》《千山莽苍远》等作品水墨浑厚滋润；《天山情怀》中，山石皴法灵活稳健，水墨氤氲淡雅，清逸、隽秀，骨肉相称；粼粼春水，凛凛秋风，皆充满生气。《黄山奇峰尽朝晖》布局疏密相间、错落有致，墨随笔转，干湿相倚。画家谭仁在《何建国书画捐赠藏品展》的序言中，用"浩乎、沛然、旷如、奥如"八个字概括何建国的绘画特征。综观何老师的水墨山水作品，既有北派荆关的峭拔雄杰，又有南派董巨的柔韧清润，即使在山水扇面作品中，也兼具北派山水的浩渺壮观与南派的旷达秀丽。《宝剑山探胜》《雨过山色青》苍茫朦胧、含烟带雨，巧妙地留白，营造出满纸云烟的氛围，增强了画面的感染力。《黄山鲫鱼背》水墨淋漓，展现出蓬勃的新意。漓江景色的秀色柔美，如同润物细无声，体现了画家内心的欣然欢悦之情。

三、墨色交融的美学品格

何建国老师在山水画创作中走出了属于自己的独特道路。有评论家评价他的水墨山水画"有水墨的韵味、水彩的清润，又有木刻的韧力和水粉的厚实，显现出清丽、娟美、抒情的特色"。

何老师曾悉心钻研李剑晨、张眉荪、关广志、秦威等大家的绘画风格和艺术语言，并将其巧妙地运用到自己的水墨山水创作中。《秋风霜林醉》《太行似铁》等作品融入了版画技法，在水墨水彩中，以墨为形、以水为气，气行则形活。像《崇左石景林》《暮色千山人》《白云绕山飞》《白云飘青山》《白云相望空悠悠》《百里漓江似练》《春风又绿江南岸》等作品，充分发挥了水彩与水墨中水性的即兴性与偶然性，达到心手合一的境界，水、色、墨相互交融，既有水彩的色彩效果，又有水墨的虚静空灵之境。《嵩岳如醉染秋光》《秋高时节》《燕山秋来风景异》《陕南风情》《塞外秋来早》等系列作品以秋为描绘题材，更是在水墨山水中展现出热烈的色彩。入秋的枫树，亭亭玉立的枫叶，在画家笔下色彩迷人，清新芬芳，饱含深情。

色墨交融彰显了何建国山水作品独特的美学品格，墨色、色块、线条相互变化、对比、映衬、穿插照应，作品在有限的色彩中幻化出千姿百态。墨、色、线宛如有限的音符，共同演奏出何建国奉献给世人的优美交响曲。

四、叶落归根的恋乡情怀

乡音未改的何建国老师，自16岁风华正茂时离开故乡，在鬓发斑白之际，向家乡邵阳市美术馆捐赠了352幅作品，以偿夙愿，遗泽后世、造福后人。这些作品是何老师生命在家乡的延续，画家以生命铸就的画魂，对故乡有着难以割舍、魂牵梦绕的眷恋，这正是叶落归根的深情体现。画家对家乡山水的每一寸土地都饱含着炽烈的热爱，家乡的大山犹如母亲的怀抱，家乡美丽的风光在画家心中留下了难以磨灭的深厚情感。《家住资江岸》《崀山天下无》《崀山世界丹霞之冠》《崀山风景天下奇》《崀山朝晖图》《资水江畔染秋色》《云山深处是我家》等作品，便是他对家乡山水的深情描绘。一山一水皆含情，画家的情怀在作品中展现得淋漓尽致，他将对家乡山水的自然之性与内涵之神融入笔端，寄托于情思之中，尽情赞美家乡。

（本文发表于2018年10月31日《艺术头条》。有改动。）

厚度与高度
——王文明油画的笔触情怀

邵阳古称宝庆，建城至今已有2500多年历史。滔滔资江与逶迤邵水环绕城墙向北流去，喧嚣之中古韵依旧。魏源、蔡锷、贺绿汀、陈白一等一大批文化名人，正是从湘西南的宝庆走向了世界。

邵阳被文化部命名为"绘画之乡"，原因在于涌现出刘晓路、李路明、李自健、王文明、雷小洲等诸多美术精英。

王文明出生并成长于邵阳市北门口城门边。宝庆深厚的人文底蕴对王文明产生了深远影响。少年时代，王文明速写的声名便在北门口城门内外广为流传，当时"要画好速写，到北门口去学王文明"的口碑不胫而走。

回溯王文明的绘画历程，不难发现他的创作深深扎根于现实，凭借绘画笔触传递情感、抒发心意，从人文主义视角审视生命与人性。

陈仿在评论王文明的作品时指出：画家的创作与生活在作品中呈现出一种平衡的同量齐观状态，"对于王文明而言，重要的并非将'他人'之外的事物归为'自我'，而是要探究'自我'的本质。这一探究过程显然并非退缩之举，它体现了人文主义者的基本观念"。

王文明自述其绘画方法：在下乡或课堂练习中磨砺自己的眼力与笔法，以个人客观且现实的态度对待自身所体验到的一切，并真实地予以呈现。人的活动、生活轨迹，尤其是劳动中的人群，那些生机勃勃、浑然天成的情境，都值得久久驻足，随时记录下来。《城市花园》《劳动中的男人们》等作品中的人物皆源于生活。

王文明钟情于厚涂画法，在错叠的油墨厚度中彰显其艺术高度。在画笔的涂抹间倾注情感，随情而动，因人而异，时快时慢、时直时曲、时轻时重。在流畅的笔触中感知事物的本质，把握事物的真实，形成看似草率、不

◎旺城不夜城·油画 /王文明

经意，实则蕴含画境的厚度与弹性，在高度兴奋的状态下展现现实中的人性。《江洪渔港》是画家多次表现的题材，采用重复交替的笔墨，赋予画面节奏感。通过反复地修改、构建、破坏、再构建，呈现出"生气盎然"的笔意，充满活力。他运用显性、隐性、媒介等油画笔触，展现画面趣味肌理质感，表达出浓郁的情感，极大地丰富了绘画语言，再现诗意的空间体积。

20世纪80年代，王文明的不少版画作品荣获国家、省级等各类奖项。在这些作品中，他继承了传统"尚意"特色，木刻吸收了中国画的用笔技法，同时借鉴了伦勃朗的厚涂、塞尚的浓厚、凡·高的明艳、修拉的点彩，还深入领悟了朴拙神秘的中国彩陶、奇幻人格的青铜、雄厚博大的秦汉美术、灿烂辉煌的隋唐美术、色墨交辉的文人画、折射苦难的石窟艺术等。王文明通过木刻重新认识中国古代艺术，民间木刻与书法对他的启示最为深刻，他从中找到了与自己艺术气质相契合的表现形式。他的《说唱者》立足于民间艺术，追求粗犷与力量，精神饱满，富有张力。这幅画的笔触倾向于内心情感世界，突出作品的核心情绪，让人不禁联想起汉代的《说唱陶俑》，二者可谓一脉相承。

对于一些无法宣泄的自我情感，王文明选择以写意笔触来表达。例如，作品《闺蜜》《世纪美人》《加勒比海岸》中灵动的笔触令人心生欢喜、沉醉其中，画面笔触流露出画家的潜意识，给人以无尽遐想。

作品《从化山区》《乡道》《正午》等将中国画、书法的用笔融入油画，独特的审美价值在画面中呈现出情感、质感与形式之美，引发观赏者的共鸣。

从资江河畔走出去的王文明以"有线笔触"追求中国精神与文化价值，笔触落下思绪，体现出或怆然浩渺、或欢乐响亮的无限情愫，在厚度中展现出精神高度。

（本文发表于2020年9月8日雅昌网。有改动。）

浓似酒艳如花

——湖湘民俗艺术"新范本"

　　我最初对傅真忻的认识，源于20世纪80年代对滩头年画的研读。彼时，我阅读了诸多关于滩头年画的文章，了解到傅真忻不仅投身绘画创作，还出版了关于滩头年画研究的重要著作，其研究文章亦在《美术报》发表。1985年，邵阳市成立"滩头年画研究会"，傅先生出任会长，黄永玉为研究会题写会名。在傅先生的带领下，滩头年画研究会积极开展民间艺术研究工作，李人毅先生更是高度赞誉傅真忻为"湖南滩头文化的传承者之一"①。1993年，邵阳师专与湖南师范大学美术学院联合开办美术大专函授班，傅先生作为招生宣传师资之一。由于我担任了该大专班的美术理论教学，且傅先生时任邵阳市美术家协会主席，此后，我与傅先生的联系愈发频繁。

　　画家傅真忻虽已77岁高龄，却依旧活力满满，宛如青年，能歌善舞。他始终坚持美术创作，在发扬滩头木版年画特色的同时，创新楚南地域文化，展现当代审美风格。他巧用彩墨线条，创作出充满生活情趣、富有节奏韵律且凸显民族文化内涵的绘画作品，生动提炼出楚南民间生活的意趣。其作品蕴含深厚的当地民族文化内涵，楚南梅山文化在其中焕发生机。从民间艺术中走来的傅真忻，其作品散发的清新乡野气息，深受邵大箴、代大权、李人毅、王鲁湘等名人的赞赏。他的作品《山道》《瑶家福》《打泥坨》等，更是荣获荷兰文化名城卡斯特里赫特首届国际版画双年展大奖。这位带有浓郁民间气息的画家走向了世界，成为楚南民间艺术的代言人，让楚南民间艺术在全球视野中闪耀光芒。

---

① 李人毅.用彩墨与线条谱写的丹青交响曲——感受傅真忻对滩头年画的继承与创新[M].
　　文艺生活，2010（2）：10.

一、创新滩头年画，释放民间艺术活力

傅真忻身上的纯朴民风，深受民间文化的滋养，其绘画作品源自山野。他的绘画造型以滩头木版年画所蕴含的情感符号为主要驱动力，审美情趣充分融入滩头木版年画的人文色彩与民俗风貌之中。在传承与创新的过程中，他不断拓展滩头木版年画的表现形式，释放民间艺术的能量。王鲁湘评价傅真忻为"起自民间乡野的土画家，艺往土里扎，是有几把刷子"。1990年，他调入邵阳市文联机关担任美术专干，并在湖南师大美术系举办《滩头木版年画研究》专题讲座，同时举办《滩头年画民间艺术展》。他构建并完善了民俗文化滩头木版年画的外在形式与精神内容，描绘出大量鲜活的民俗形象，从滩头木版年画的创造性转化中汲取灵感，并将其转化为自身创作的独特优势。他在民俗文化滩头木版年画中注入新形象，以个性化创作推动了滩头木版年画的民俗演变。

在绘画创作中，傅真忻运用楚南民间艺术手法，构建了一系列民间形象符号系统。他怀着积极乐观的审美理想，对世代传承的滩头年画进行创新，使其成为楚南民间艺术的新典范，引领当代艺术朝着现代化方向发展。水印木版年画《打泥坨》描绘了楚南苗寨正月里男女相互抛打泥坨的民间体育活动，"阿哥阿妹好快活，幸福流进心窝窝"。画中人物身长缩短，造型汲取滩头木版年画变形、抽象、夸张的程式化特征，通过意象化手法展现瑶族青年的喜悦之情。画家着重刻画人物头部和躯干，形象憨态可掬，使整个画面洋溢着节日的喜庆与愉悦。

傅真忻入选全国美展、版画展的系列作品，如《山道》《春风》《打踏歌》《五彩蝶》《瑶家福》等，均采用滩头木版年画的创新手法。这些作品运用粉底、滩头水印木版画技法，色彩大红大绿，刻绘印相结合，采用类型化配色，充分释放楚南民间传统艺术的原始生命力和民俗民间技法，风格艳丽夸张、朴实无华，对比强烈。画面营造出本地民间欢乐祥和的美好氛围，体现了滩头木版年画民间艺术的本能性、象征性与民俗性，发扬楚南民间艺术元素，"民间味道"十足，创造新的造型理念，创新滩头木版年画的表现手法，推动楚南民间艺术走向国际，赢得国际艺术圈的关注。

在《定亲图》作品中，包含一百多种苗家图案，傅真忻画家将这些图案

表现得淋漓尽致，每一个图案花样都独一无二，集中展现花瑶民族的图案特色。《1935这年冬》画面采用全景式满构图方式，构图形式合理，分为四个横幅段落，叙事性强，表现贺龙、王震、任弼时、关向应、萧克率领的红军队伍在小沙江与苗族人民结缘的故事。年画的程式化造型通过以线带面的表现手法，服装上的如意纹理及喜悦和气的主题思想，明显运用楚南民间艺术语言展现。

◎定亲图·重彩画　/傅真忻1989年

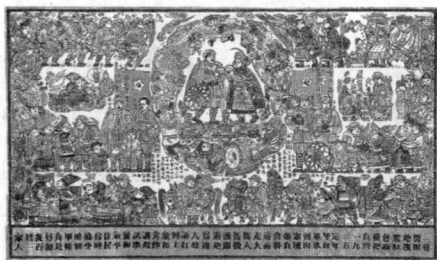

◎一九三五年这年冬·粉底滩头水印套色木版画　/傅真忻1991年

◎纺织曲·竹簧刻
/傅真忻、喻文20世纪80年代

　　1989年11月28日　至12月2日，"滩头年画研究会"会长傅真忻先生应邀出席在江西宜春召开的"首届全国版画群体研讨会"。他带去的二十余幅滩头木版画新作，在大会作品观摩展上受到与会专家和同行的高度赞赏。傅真忻的《定亲伞》《打蹈谣》《戏媒人》等作品被《版画世界》选用，并推荐赴日本展出。

　　傅真忻不仅对本土的滩头木版年画进行创新，还对本地的宝庆竹刻加以创新发展。例如，入选第六届全国美展的《纺织曲》（与喻文合作），就是一件竹簧版画作品，该作品将绘画审美倾向融入竹艺，创新性地继承邵阳本地非遗传统技艺。

　　傅真忻的粉底滩头水印木版画系列作品，将木版套印和手工彩绘相结合，画面紧凑饱满、鲜明活泼、喜气吉祥。刻板线条奔放清晰，具有浓郁的乡土气息，色彩给人真实向上、乐观淳朴的感觉，体现楚文化热烈、奔放、夸张的格调，色彩渲染浓烈夺目。其采用的粉底滩头套色水印木版年画独具特色，在国内外产生深远影响。

二、楚南文化浸魂，朴拙奔放绘艺

傅真忻年少时便在《中国少年报》《少年文艺》等刊物上发表作品，还曾两次荣获全国少儿着色比赛一等奖。20岁时，他创作的木刻《街道少年儿童之家》入选第四届全国美展。

1964年11月，傅真忻被选调到邵阳地区实验歌剧团担任舞台美术设计。之后，他被下放到邵阳周边农村，曾与隆回小沙江区茅坳草原大队等花瑶山寨的瑶汉同胞同吃、同住、同劳动，接受再教育。画家带着舞台美术技艺来到民间，楚南民间文化成为傅真忻灵魂的栖息之所，他的灵魂与思想在这里交融。他是楚南民间情感的文化践行者，楚南文化中的民间乡俗为其创作提供源源不断的灵感。傅真忻秉持以善为本的审美特性，将滩头年画中吉祥消灾、祈福美好的梅山文化精神转化为艺术语言，创作出众多满壁风动、具有楚南特色的艺术作品。

他的不少粉底滩头水印套色年画作品采用满构图方式，人物造型在画面中的处理灵动多变，气韵生动。人物姿态各异，各种民间年画图式有序呈现，奔放的线条简洁有力、满壁风动。画家采用滩头粉底纸半刻半绘、印绘兼用的方式，以线造型彰显楚人的"五行与五色"民间色彩观念，体现楚南梅山地区的富足祥和，创新并丰富湖湘民间绘画语言。

《美术》杂志曾刊登傅真忻创作的藏书票《母子情》，这种小型版画同样采用滩头粉底纸。画家创作的大批藏书票中，人物形象多以瑶族娃娃为主，也有瑶族父母子女，还有牛、狗、鸽子等动物以及一些历史名人、戏曲人物等。这些意象丰富多样，生活场景生动活泼，时空交错，令人浮想联翩。造型夸张且富有动感，线条朴拙而灵动，各式肌理和渲染朴素自然。红黄绿蓝等色彩浑厚清丽，民间意味浓郁如酒，充满活力，逍遥灵动，朴拙风动、韵味无穷。

三、水墨重彩绽华，民间元素为基

楚南的民间乡土气息、淳朴童真的心灵，构成傅真忻艺术的内涵。而"浓似酒艳如花"的以民间艺术元素为创作基础的水墨重彩，则是画家傅真忻独特的绘画形式。他突破传统笔墨程式化的"唯笔墨"局限，融合当今审美趣味，以墨显色、以色助墨，探索出艺术的大众化与现代化之路。

傅真忻通过艺术的外在表现展现内在生命，挖掘民俗性，使艺术更加通俗和平民化，释放楚南民间艺术的能量和魅力，折射出画家对楚南民间艺术通俗朴素方面的审美追求。

重彩画《瑶家福》运用红黄蓝等民间色彩，浓郁响亮，描绘瑶族人家养育后代的场景。浓艳的瑶族服装、硕大的乳房、可爱的胖娃娃、肥猪、耕牛等元素，共同构成一幅瑶家美好生活的画面。此作品曾入选《首届中国美术家协会会员中国画精品展》。重彩画《莲梦》直接运用民间的大绿颜色，变形女人体与出淤泥而不染的荷花相互映衬，显得冰清玉洁。傅真忻的重彩人物画多描绘本土瑶族人物，如《山雀雀》《五彩蝶》《草青青》《春姑娘来了》等重彩画，都着重表现人物动态。人物大多处于画面中、近景位置，人物脸部的粉红、传神的眼睛等细节，寥寥几笔便刻画得神情毕现，这些作品流露出的人物感情富有故事情节。傅真忻还是一位慈善家，重彩画《红叶》在钓鱼台国宾馆举行的慈善拍卖晚宴上以50万元成交，并当场捐赠给上海增爱基金会，用于资助《感动中国》系列的教师及其他教育行业相关项目。

傅真忻堪称一位"全能画家"，在版画、国画山水、人物画、花鸟画等领域均有力作。例如，他创作的山水画《绿云织梦到故园》，以娴熟的笔法描绘家乡可居可爱的山水田园；人物画《松荫对弈图》，生动突出人物下棋时的动态表情；新中国画《春风荡漾》《黄花·少女》《花花碟》《山风》《春风》《戏金蟾》等；特别是《新绘老鼠娶亲图》，在滩头年画基础上进行国画创新表现；国画《湘莲》《血月》则是画家运用民间传统语言进行水墨新探索的成果。

四、结语

傅真忻的作品蕴含丰富的楚南文化民俗艺术元素，他创新湖湘民间绘画特色，树立湖湘民间艺术的新典范，展现湖湘乡土民俗的审美理想。其创作思想影响深远，对湖湘民间美术创新研究具有重要价值。

（本文发表于2020年6期《艺术中国》杂志。有改动。）

守正创新志求大美

——邓党雄创作型版画的当代性意义

版画艺术家邓党雄的版画创作与他的履职工作紧密相连。他曾任市教育局局长、县委书记、省教育考试院书记以及高校党委书记，事务繁多，政务繁忙，却始终坚持创作，并通过版画作品参与时政讨论、传播艺术理念。在担任县委书记期间，他曾以自己创作的版画作品《走出大山的女孩》作为贺年礼物，以此放大作品背后的社会意义，用艺术语言引导贫困县的干部群众走出封闭、扩大开放。在担任省教育考试院党委书记时，他结合文化建设创作了巨幅版画《金色湘江》，该作品成功入选第十三届全国美展。而在担任邵阳学院党委书记期间，他结合对滩头木版年画的研究，创作了大量小幅黑白木刻作品，还出版了《画道求真——邓党雄黑白木刻版画作品》专著。其版画作品不仅入编《新中国版画集》，还被中央美院选作课堂教学的经典范画。

邓党雄是一位极为热爱生活、用心观察且直面社会现实的版画艺术家。他以艺术的真实和真诚投入版画创作，用真挚的语言表达和记录生活与情感。《非常状况》系列、《摆摊》《训》《朋友》《遛狗》等作品，便是他对当下生活的思考与呈现，是画家思想情感与观念的表达。他的版画创作源于生活，经过艺术的提炼后又回归生活，力求引发大众情感的共鸣。

身为版画家，邓党雄同时以高校党委书记的身份在学校积极推进教学改革。他倡导技术与文化相结合，探索工坊技师参与下自由、默契的合作教学模式，使教学氛围更为轻松，让艺术更贴近百姓生活，吸引大众参与。他以现代人的思维方式和艺术感悟，探寻版画艺术样式在现代社会的立足之点，用艺术想法和观念平衡技术在艺术表现中的比重，在感性与理性之间构建个性化的版画语言，着力培养高校学生的"一技之长"与"工匠精神"。

近年来，邓党雄在探索木刻语言的过程中，作品凸显了东方美学的人文情趣，突破了以黑白块面造型为主要语言的范式，大量采用线条造型语言，将版画创作拓展至客观的天地自然和主观的灵动表达领域。通过黑白木刻的绘画性与表现性，他充分发挥艺术的社会功能，积极融入社会生活。他的作品《最后一趟地铁》《车展》《相爱》真实写照了百姓生活，其表现内容和主题思想都致力于让版画成为大众能够轻松欣赏、喜闻乐见的艺术形式；而《百年好合》《发电厂》等作品则形象地再现了时代特征；《下班了》从精雕阳线转向"放刀直干"，画面展现了年轻人的工作压力；《家的味道》《窗口》《沉思》等作品洋溢着人间真味、正味与美味。

自"85美术新潮"以来，我国版画在引进国外新潮艺术的过程中，丰富了题材与语言的多样性，新材料媒介与新的肌理语言不断涌现，极大地拓展了版画艺术的表现形式。但与此同时，也出现了一些脱离中国传统艺术的思潮，比如纯粹模仿艺术语言、过度追求细密画风以及制作性的技术语言审美等，从而忽略了版画的本体精神和审美自信。一些艺术家甚至以西方文化的标准来衡量中国文化，追求标准范式，致使失去了中国传统的个性和东方人文格调。为此，版画界曾开展"寻回版画的自我与价值重归"学术活动，深入探讨版画的本体语言。

邓党雄坚持传承传统与时代创新相结合。在当代艺术泛滥之时，他坚持以创作型版画介入当代艺术，从笔触、刀触、形象等方面进行简洁构图，充分发挥版画艺术的绘画功能这一重要养料。他系统掌握版画平、凹、凸、漏各版种的印痕美感与印制步骤，熟练把控版画的构图、色彩、分层、叠加、印制等程序，积极进行"跨界"与"转型"，激发出新的活力，抽象化处理突出独特的视觉艺术效果。例如，《头饰》《爱的幻想》《非常状态二》等作品运用笔触、刀触、线条，意在笔先，突出线条的艺术性与装饰性，虚实结合、线条交叠；其丝网版画作品《瓶》《生活形态》《相伴》等，将中国审美的纯粹与版画机理的丰富有机融合，营造出"笔随意运"的美学意境。

邓党雄坚持创作型版画创作，将个人的艺术理念与精神内核渗透在传统写意之中。他不断从传统版画、汉画像石、画像砖、民间艺术中汲取精髓。他深入考察邵阳滩头木版年画，系统梳理非遗滩头年画的理论，带头撰写发表论文，组织教师钻研本地非遗，将优秀传统技艺引入课堂，同时把民间木

◎小镇印象之六 /邓党雄　　　　◎胜利者 /邓党雄

版的趣味及造型特质融入作品创作，形成了朴拙趣简的语言风格。《三个瑶女》《四个儿童》《四个女孩》等作品融入了非遗传统手法和精神内涵，丰富了木刻版画的创作语言。传统笔法的勾、皴、点、染在黑白木刻版画中表现出"简"的特点，高度归纳概括，抽象提炼。作品《著作》物象的主要特征与精神气象洗练传神，具有力度美、强度美，刀痕——线条特色鲜明。《母亲》让人联想起拉斐尔笔下的圣母形象，但邓党雄借鉴国画章法布局，在黑白木刻创作中通过对人物的提炼与概括，使图像形成富有意趣的版画语言形式，展现母爱生命个体特征。作品《荷》系列在章法结构上借鉴中国画黑白分布取势，构图遵循"金边、银角、铁肚皮"的章法理念，画面开合疏密有致，荷花块面肌理特色鲜明。作品《春》运用线条与黑白块面的不同形状大小、不同刻刀笔触产生不同肌理线条，营造出春华正茂的视觉震撼景象。

邓党雄热情执着地探索木刻版画的人文性特征，追求黑白木刻版画的金石味与"写"的韵味，张扬情绪情感特征。他运用粗细长短、富有韵律的线条展现画面的走势与情感，融合大众审美图像，突出版画本体语言，突破单一版画语言的限制，创作出富有生活情趣的版画作品，形成了个人独特的创作型黑白木刻版画风格。

（本文发表于2020年12月2日《湖南日报》新湖南客户端、《邵阳日报》。有改动。）

推陈出新天工清新

——读李月秋的山水画

一、坚持耕耘于朝夕，风雨不误于案头

与李月秋交往过的人，都深知他性情豁达、不拘小节。他嗜酒且极易交友，逢酒必醉，这份豪爽也吸引来了一些好奇的收藏者以及所谓的"狗肉朋友"。在人际交往中，他从不让对方吃亏，如此性格使得他朋友众多，交情也愈发深厚。他常挂在嘴边的话是："画是人画的，你们喜欢都能拿去，老婆不借，儿子不送，送几张画没什么大不了的。"因而，每当在酒桌上被灌几杯后，不管是四尺、六尺的画作，还是长卷、册页，他都慷慨相赠，甚至参展作品在展览结束后也会当场送人（包括全国大展的作品），所以圈里圈外的人都尊称他一声"秋哥"。然而，李月秋还有着"菩提本无树，明镜亦非台"般佛性的一面。他心怀感恩，有着"我看青山多妩媚，青山看我应如是"的融入山水之境。这便是秋哥作为朋友与画家所展现出的两种气概与心境。

李月秋身为中国美术家协会会员、邵阳市第十届及第十一届政协常委、邵阳学院艺术设计系主任兼教授，同时担任邵阳市美协主席，行政事务极为繁重。但即便如此，他依旧坚持每日创作。例如，描绘邵阳本地山水的《归牧图》，便是画家在五一劳动节前往城步山区时一气呵成之作。他通宵达旦，兼工带写，生动展现了邵阳城步山区的风光与农耕民俗。秋哥视笔墨为生命的表达，他在湖南师大美术学院研究生班、北京李翔国画研究班打下了扎实的造型功底，长年的国画教学更是铸就了他深厚的笔墨技艺根基与博大情怀。多年来，秋哥凭借对传统艺术的执着追求，依靠博学的才识、非凡的创造力以及源源不断的灵感，笔耕不辍地创作山水画。

秋哥生长的邵阳地处湘西南，这里有享有"中国画灵感之源"美誉的世界自然遗产地——崀山，有红军长征路过的南山，还有被联合国命名为"神奇的绿洲"之地。此地沿袭了数千年的农耕传统，成片稻田随四季更迭呈现出春绿秋黄的田园风光，青瓦白墙、小桥流水的古式民居依山而建。这里有神奇缥缈、秀丽险峻的山峰，古堡、山寨、寺院隐匿山中，景致多样，移步换景。巫水、夫夷江、资江江水碧蓝清澈见底，两岸沙滩沙质纯白，岩柳连绵，芳草争艳；江中船帆点点，竹笛声声，蜿蜒而过，随着四季变化，冷色与暖色、澄澈与鲜明相互辉映。

正如诗人艾青在此地教书时所言："为什么我的眼里常含泪水？因为我对这片土地爱得深沉。"秋哥同样对邵阳的巍峨山川满怀热爱。在对故乡山水的观照中，秋哥已将满眼山水艺术化、形式化。古人云"收尽奇峰打草稿"，对秋哥而言，奇峰皆在脑中，目识心记，眷恋自然，得山川神气。比如《丹霞秀夷水情》，其造型、色彩和气质达到了最佳组合境界，丹崖、青山、遗址、农舍巧妙结合，相映成趣，跌宕起伏的峰丛波澜壮阔，动感强烈。这幅八尺宣大作被当地知名企业湘窖酒业以数十万元购买收藏。

二、传承中国画精髓，不断推陈出新超越自己

秋哥的国画山水画风格，可分为早期"古拙奇峭、郁勃回荡"与现今"天工清新、神韵流动"的风格。早期，秋哥崇拜"北李南陆"，尤其对陆俨少先生尊崇备至。他曾说，陆先生是上天派来画山水的，是"究天人之际，通古今之变"的一代大师。从《西陵峡印象》中，能看出秋哥受陆先生在传统表现技法上勾云、留白、墨块等画法的影响。像《大江载爱高山托情》《崀山情韵夷水长》这类山水画作，往往是随着画家意气的生发、情感的爆发而创作出来的。那种沉着痛快之感，通过用笔的对照得以实现，构筑出奇特的气势。秋哥极为崇拜的李可染先生说过"写景就是写情"，秋哥正是通过写生中的写真来抒发自己的情感。

山水画创作中，峰峦岩嶂至关重要。《云韵崀山夷水情》这幅作品，显然是画家对家乡景色的艺术转化。他传承了名家，尤其是陆俨少大师的精神体系，加之自己对家乡崀山山水的观察，展现出蜿蜒游走的崀山脉络，山峰连绵，其势如龙，山头层层递进，山水无限延伸。此作品是画家通过观察真

山水和勾稿，对山水形势进行研究的成果，也是画家对笔墨形式构成的探索结晶。这件作品被有着三百多年历史的捷克查理大学收藏，彰显了当今艺术的国际化潮流。

秋哥一方面继承传统，在传统国画艺术的意象中探寻自我，乐此不疲地钻研国画先贤们的笔墨韵味；另一方面"外师造化、中得心源"，赋予山水画现代内涵，延续古老之美，演绎时尚之美。家乡两岸巍峨的青山、粼粼的波光与水声在画面中得以呈现，将军岩巍然挺立诉说着神奇传说，流淌不息的夫夷江水讲述着流逝的岁月。这里饱含着秋哥的无限情思。他用画笔构筑章法气势，倾诉自己的情感，如痴如醉，思绪在时空隧道中肆意飞扬，以情感的熔炼追求笔墨神韵，在画家的笔底与心底，倾诉出那种以韵感人、以情动人的物我合一之境。

如今，秋哥的山水画风格追求"天工清新、神韵流动"，在传承前辈精髓的基础上不断推陈出新。他传承了中国古代山水画史上的南北画风，融合南北二宗，学习陆俨少、李可染的不同风格，从"古拙奇峭、郁勃回荡"之风转变为追求"天工清新、神韵流动"风格。秋哥山水风格的转变是一个渐变的过程，也是艺术积累

◎洞口塘　／李月秋

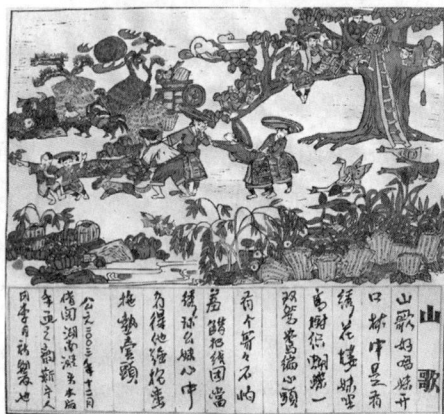

◎山歌　／李月秋

◎喜看旧貌换新颜　／李月秋

后的厚积薄发。

《细雨苗寨五月天》《岁月悠悠》《润土》这类作品，是画家用国画山水传统技法，对自己熟悉山水的信手表现。画面重峦叠嶂，云雾缭绕，既有宋画中巍峨峰峦的气势，又有米芾那种"烟云雾景"与"天真平淡"的韵味。在《古树蕴千秋》中，笔墨浓重的千年古树被勾画在画幅前下方，中景为河流、石桥、苗寨，远景是巍峨绵远的高山，画家继承了青绿山水的用笔、用色技法。他的用色堪比吴湖帆的设色，显得缜密娟丽，青绿中用线，神韵流动，构图类似倪瓒式经典构图，用山水画的传统画法勾勒出了邵阳城步苗乡生活的怡然自得。

三、动脑用智，以山水笔墨追求原初永恒之美

从秋哥的诸多山水画中，能看出他在绘画创作时动脑用智，以及运腕和运指的深厚修养。比如《夷江远眺图》《家在青山绿水间》《苍山雨后云慰峰》《夷江秋色图》等作品，都有着扶摇而上、奔腾的群峰，山峦层层堆叠，给人以排山倒海的雄浑之势。秋哥的山水画在章法上注重气势，笔迹位置的排布依据势的需要，从大处着眼，持笔运作精准到位，突出主题，画中的一点一线都体现了画幅中的"势"。笔笔有着落，笔笔有其势，笔无虚设。

与山石笔墨形成鲜明对比的是表现云水的作品，如《风帆点点祥云来》《云绕秋山夷水情》《溪水流泉》《资水秋韵》等。这些作品运笔自如、流畅飞扬地描绘云、水，云之阴阳两面墨色的浓淡恰到好处，使动者更显灵动，静者愈发静谧。用长线条描水勾云，水纹展现出江波万态。峰峦也因云气的流动而仿佛在奔走。

秋哥的《万古江山图》体现出充实空灵的意境，与17世纪古典主义画家普桑的《阿尔卡迪亚的牧人》有异曲同工之妙，一种沉痛超迈的人生情蕴与深邃莫测的宇宙境界在画面中完美融合。这种空灵而真实且又变幻的境界，将宇宙生命中最具深刻意义的一面灿烂地呈现在人们眼前。秋哥在传统与时尚的交融碰撞中，追求一种至真至纯、空简寂静的生命内在情感，亲近山水、宁静坦荡，穷尽生命，用萧索从容的笔墨表现原初世界永恒灿烂之美。

（本文发表于2015年第11期《艺术与拍卖》杂志。有改动。）

油画《杂交水稻之父——袁隆平》的再现与表现

　　由陈小川、刘建华创作的油画《杂交水稻之父——袁隆平》，获评"'百年恰是风华正茂'——庆祝中国共产党成立100周年湖南省大型美术作品展"入展作品。这幅作品背后，有着一段充满情感起伏的创作历程。

　　2020年下半年，湖南省美术家协会将《"百年恰是风华正茂"——庆祝中国共产党成立100周年大型美术创作工程选题申报通知》下发至各市州。邵阳市油画家陈小川和刘建华，在众多选题中一眼选定袁隆平院士作为创作题材。两人决定携手合作，绘制一幅规格为2000mm×1450mm的油画《杂交水稻之父——袁隆平》。2021年3月初，色彩小稿绘制完成，陈小川向远在海南的袁老传送了电子图片。袁老看后欣然称赞："感谢你们的创作，画面很好地表现了丰收的喜悦！"然而，当年5月22日，袁隆平去世的噩耗传来，两位画家悲痛万分，泪水盈眶，仿若失去至亲。为寄托对袁老的哀思，他们决定发表这幅尚未最终完成的作品。作品一经发布，便迅速引发人们心灵的强烈共鸣。

　　两位油画家此前曾前往杂交水稻基地考察，精心构思并确定主题立意：杂交水稻之父袁隆平几十年如一日，扎根于杂交水稻研究，解决了中国人的吃饭问题，为全人类作出卓越贡献。围绕这一主题，他们进行画面构图。画面中，袁隆平化身"稻田守望者"，躬耕田野，脚踏实地，真正将论文写在了大地上。画面以夕阳洒满超级稻田的金黄色为主色调，红色拖拉机点缀其间，远处的丘陵、农舍，以及稻香、炊烟，都成为对袁老的永恒怀念。

　　在创作过程中，两位画家虚心请教了涂志伟、李自健、王炳炎、段江华等知名画家。原中国美协展览部编审刘宝平老师建议，画面中袁隆平的右手

◎油画《杂交水稻之父——袁隆平》／陈小川、刘建华

不能空着，可画一个笔记本夹着一支钢笔，以体现实践与科学的结合。这不禁让人联想起41年前罗中立创作的油画《父亲》中，老人耳夹圆珠笔的经典画面，二者皆因饱含沁人的情感而动人，也因情感的注入更显作品的辉煌。两位油画家在5月22日提前发布画作的基础上，继续对作品进行修改完善。情感是作品表达内容的灵魂，他们通过构图、色彩、肌理，将浓烈的情感融入其中，向观者倾诉强烈的感情。画面主体中，袁隆平左手牵着戴着红领巾的小朋友，右边是黄牛与丰收后欢笑的农妇，画面生动自然，充满生活气息。

《杂交水稻之父——袁隆平》的绘画构图，凸显了作品的独特旋律。在疾徐的节奏中，展现出如袁隆平看后所说的"丰收的喜悦"。然而，这份喜悦却是在悲痛中完成的，喜悦与悲痛瞬间传遍祖国大地，触动着每一个人的心弦。

画面巧妙地展示了稻田空间的广度和深度，营造出丰收喜悦的布局，节奏感强烈，动静态完美结合。从画面构图的深层次占比排布来看，从远山农舍、打稻的农民与拖拉机，到中心人物袁隆平与黄牛、欢笑的农妇、小女孩，画面中24位人物各自呈现出不同的动态。在画面物体的分量占比上，平衡有致，人物比例大小安排恰当，充满变化。在物体形状、色彩和笔触肌理等方面，表现出强烈的构图结构要素。画家将情感的种子播撒在画面的每个角落，稻田空间洋溢着丰收的喜悦，种子孕育出金色的世界，耕作精神得以永恒传承！

画家陈小川、刘建华曾对古典主义、巴比松派、印象主义、后印象派等艺术流派有所研究与追随，汲取了米勒《拾穗者》凝重质朴的宗教情感特色，以及莫奈《草垛》的技法精髓。在色与光、阴影和轮廓的处理中，他们巧妙捕捉光色、注重线面结合，运用表现性油画语言，着力于真实情感的再现，赋予油画语言深刻的内涵以及崇高的意味。他们再现景象，打破束缚，将客观对象融入主观情感中，表现出心灵体验中人物景象的象征意念。

创作过程中，笔者有幸观看到画家对作品底层色彩的处理。油画材料的可变性在画面整体处理中协调融合，亮部刻画注重形体表现，厚涂与浮扫处理恰到好处。夕阳中，一致的光线效果使明暗色调统一、色彩层次丰富。合理运用夕阳光线，让超级稻田景象焕发出新的生命力。画面空间感也因光线、投影的表达，承载着厚重的激情与活力，金色滋润的超级稻空间弥漫着袁隆平与农民们的喜悦。色彩面积的构成也是画面情感表达的重要因素，绘画再现性在画家与审美客体生命本质的精微联系中得以体现。画家通过再现金色的稻香、厚重的稻穗，表达了内心深层的情感，再现与表现、喜悦与悲痛交织一体，展示了作品的深度和灵府之神圣。

托尔斯泰说："艺术是情感的需要。"罗丹也说："艺术就是情感。"两位画家通过真实情感的再现，运用表现性绘画语言，描绘了超级稻田中感受丰收喜悦的人物形象。喜悦与悲痛的情感，借助油画表现"物化"为视觉传达形象，超级稻田谱写了一曲充满喜悦的生命之歌。画家通过内在情感、内在精神，自由而充分地表达了情感的倾诉，讴歌了袁隆平的风骨长存。

这部"稻田守望者之生命交响曲"，艺术意蕴隽永。其艺术形式所表达的思想感情深沉幽远、意味深长，情感与技巧的互融赋予了作品永久的艺术魅力。

（此文发表于2021年6月11日《湖南日报》。有改动。）

闺阁传芳清新飘香

——周冰没骨花鸟的百态千姿

一、前言

结识周冰是在20世纪90年代，彼时我们同为邵阳市美术教育研究会副理事长成员。作为少数民族侗族的女性代表与女画家，周冰的没骨花鸟作品笔法工整，设色浓淡得宜，风格秀逸脱俗，注重形神兼备，追求一种平实且雅致的生活意趣，具有鲜明的个性特色与精神品质。早年担任美术教师期间，她积极投身美术教研活动，两次荣立三等功，并在湖南省美术教师全能比赛中斩获一等奖。尽管肩负着繁忙的教学任务以及照顾家庭和孩子的压力，她始终坚持工笔花鸟画创作。白天忙于工作，夜晚等孩子入睡后便沉浸于绘画之中。她给人的印象是奋发上进、孜孜不倦、好学谦逊且执着淳朴。2010年，她毅然选择停薪留职，成为北漂一族。在北京，她吃苦耐劳，全身心投入没骨花鸟的学习与创作，成为中国国家画院画家贾广健的弟子。2013年，她进入文化部的现代工笔画院继续深造，2014年9月，又加入现代工笔画院王天胜精英班，得到画家李魁正、王天胜的悉心指导，逐步明确了自己的风格定位，创作的作品在国展中屡获入选与奖项。自参加北京的高研班学习后，周冰的花鸟画创作进入了新的阶段。她往返于北京与邵阳两地，频繁举办画展，引发广泛关注。中国美协授予周冰创作的《苗寨情韵》《幽香素影》《含熏待清风》三件作品优秀奖。2016年，她加入中国美协，作品《和谐香港》入选香港回归祖国20周年全球水墨画大展，与黄永玉、冯大中、王天胜等当代画坛一线名家同场展出，成为青年画家中的杰出代表。她曾被聘任为文化部现代工笔画院授课导师，现为中国人民大学画院中国书画课题班没骨花鸟画工作室导师。2017年，周冰编著的《没骨画技法》专著由杨柳青出版社出版。周冰的没骨创作与教学得到了业界权威专家的高度赞誉。

二、继承传统，细腻观察，注重感性情感

继承传统旨在超脱传统，借古开今。周冰深知深入传统的艰难，更能体会走出传统的不易。通过在高研班的学习，她站在了巨人的肩膀上，广泛吸纳精湛技法，形成了气质典雅、实中见华、境界清净的个人画风。

没骨画，即将轮廓隐没于画面之中，不勾轮廓线，直接以墨色进行描绘。我国没骨画萌芽于南朝梁，形成于宋元时期。徐熙、徐崇嗣、钱选、孙隆、恽南田等众多名家都是没骨画的代表画家。从南朝发展至今，没骨花鸟画已形成了丰富而完整的体系。

作为女性画家，周冰以独特的女性视角观察和分析自我，感受并解读生命体验，更侧重于表达感性情感。她善于从自我认知与情感体验中探寻花鸟色彩的本质，在"外师造化"的观察写生中寻找能够表达内心情感的载体，触摸花叶的脉络、聆听鸟儿的啼鸣、嗅闻花朵的芬芳。周冰还具备吃苦耐劳的精神，外出写生常常早出晚归。她仔细观察花鸟的形体结构，以心感物，妙造自然，传达自己的感悟与情境。北宋郭熙曾说："学画花者以一株花置深坑中，临其上而瞰之，则花之四面得矣，学画竹者，取一枝竹，因月夜照其影于素壁之上，则竹之真形出矣。"[①]在野外写生时，周冰善于对物象进行全方位观察，目之所见，心有所动，以女性特有的静柔眼光寻找绘画对象，从独特视角进行情绪化体验，构思立意，迁想妙得，从而妙造自然。

《版纳情》系列作品生活气息浓郁，情景交融，浓淡墨色间仿佛散发着花的芬芳，层次分明的枝叶间，似乎能听见蝴蝶扇动翅膀的细微声响，移情于景，充满逸趣与灵动。在贾广健先生的高研班学习时，周冰牢记先生所言："以极似之形、写极似之意、而得众妙之神。"[②]她坚持对万物进行写生，力求在花的世界中展现自身的美好希冀，在心灵律动中对一花一草进行传神写照，在细致描绘与精心渲染中深切体会和独享花木世界，以形传神，形神统一。例如，《紫云凝香》中的红耳鹎鸟在低飞的视线中觅食栖息，鲜活的生命在竹枝间张望。《版纳》中的鸢尾花平滑浓绿有光泽，夹竹桃单瓣花冠，

---

① 潘运告.宋人画论[M].长沙：湖南美术出版社，2004
② 贾广健.视道如花[J/OL]雅昌新闻，2017-12-18.

瓷玫瑰花蕊繁杂，这些花卉在画家笔下显得格外美丽可爱。

三、以色造型，秀逸细润，工写兼备，用笔流畅，花能解语更与花传神

通过系统的绘画学习，周冰在中西绘画中汲取养分，明晰了艺术创作中传统与创新的关系。与印象派画家雷诺阿有着异曲同工之处，周冰同样有表现脂粉和秾丽画风的作品，只不过展现的是中国式的脂粉与秾丽。其画面色彩丰富多变，以色为主，活色生香，色与墨、粉与色相互交融。例如，《瑞香》《吉祥图》《桃粉凝脂》等作品汲取了西画的光色技法，借鉴居巢、居廉的撞水、撞粉技法，使水、墨、色在纸上渗化、冲撞、交织，产生复杂多变的偶然性水墨肌理效果。《瑞香》中的花篮、《吉祥图》中的公鸡完全用色彩表现，色彩鲜活灵动、栩栩如生，具有独特的视觉张力，水色墨呈现出微妙而丰富、具有水墨特性的"韵味"，让人仿佛能闻到自然的花香，水色点染，清新雅致，勾勒用笔恰到好处。《紫云凝香》画面中的蒜香藤在继承传统的以色状物、以墨状物技法基础上，运用色、墨、水之间的互融互渗，形成了具有现代视觉表现力的画面。素雅的色彩展现出清新妍丽的花朵，明暗光影表现出画面的丰富层次，并且借助叶面上的经脉表达自身对用线的理解，起笔、行笔、顿笔、按笔等符合节奏。笔力劲健，气脉相连，线条流畅，质感强烈。布局和谐匀称，虚实相间，空间感强，具有古典宁静的元素，追求笔墨的秀逸细润，蕴含着女性特有的细腻温婉情愫，格调清雅，设色清新典雅。例如，《版纳情》系列没骨花鸟作品将客观物象转化为意象，创作整体有势，竖式条屏构图在统一中求变化，变化中显丰富，情境交融，图式生动，古朴宁静中透露出盎然生机。画家周冰在处理同一色调时，注重增强色彩的丰富性。作品《紫云醉蝶》画面中枝叶簇拥向上，与飞扑的两只蝴蝶相互呼应，体现了画面视觉的灵动性。在勾勒用笔时追求以"写法"为特征的笔法风格，注重起、行、顿、按的运笔节奏，力求笔力劲健、气脉相连，使线条表现出强烈的质感和空间感。

周冰作品中的花草鸟虫呈现出一种自然静逸的状态，而这种自然静逸实则是一种托物言志、比兴达意。艺术的可贵之处在于画家的主观情意，周冰将艺术情思寄托于作品之中，融入自己对花鸟精神气韵的独特理解。花鸟画是人与大自然精神交流的便捷途径，周冰生性喜爱宁静，钟情自然，对悄然

绽放的花卉、默默生长的野草藤蔓赋予情感，借助没骨工笔，将细腻情感展现在作品中，体现生命的真、善、美。有时周冰也采用粗笔没骨，在营造意境方面汲取了部分写意花鸟画的特点，如《版纳情瓷玫瑰》中的枝叶，水色痕迹斑驳淋漓，上方的枝叶融入天空，意境深远。

周冰的《茶禅系列》自然流露出闺阁传芳与清新飘香的气质。茶禅，即茶道禅或茶事禅，本义是指佛教禅师将茶事活动（即茶道）作为参禅悟道的一种修行方式。在画家周冰的笔下，展现出一帘竹帘、一簇鲜花、一壶香茶、一帘幽梦，画面清净无染，笔触与水色的痕迹犹如沏茶时的浓淡变化，仿佛能让人感受到茶汤在口中融化、沁入肠胃，消解烦恼。茶壶的提起与放下，平等对待，毫无分别，流淌出纯正的茶水，象征着诸漏已尽，证得无漏智慧，获得法喜禅悦！

四、腹有诗书气自华

在表现西双版纳题材的作品中，周冰彰显了自我主体与自然客体之间的感性交融，主客相互影响，将生活转化为诗情。周冰"腹有诗书气自华"，注重诗画结合，以诗入画、以画为诗，使荣枯花瓣尽显素雅。《留得残荷听雨声》《晨霜洗铅华》《秋劲江南试晨妆》《荷风醒残梦》《闲花淡淡春》等作品皆如此。周冰善于从传统花鸟题材中取材，正所谓"触目横斜千万朵，赏心只有三两枝"。她将心血倾注于牡丹、荷花、芙蓉、鸟尾等花卉。"惆怅宫堤落日长，西风摇曳苇苍茫。欲将羽沙系霞晕，愁丝如织迷雁行"，这是画家漫步宫墙，见到衰败的芦苇有感而发；"西风残照舞金丝，衰叶结肠惹空枝。何日柳堤留双燕，从容不负晚烟姿"，则是画家冬日独自行走在画院河堤，偶然看到柳枝凋零于西风中，感慨岁寒更迭，随口吟诵的绝句以抒发情怀。"露滴胭脂凝朝雾，别样清芬，且系春归去。丹舞翠翻粉蝶逐，枝头应是神仙侣。醉向东风拾前路，莺语娇啼，忘却长安旅。千载玉颜开无主，片红飞减成今古。"画家在绘制蝶恋花牡丹的扇面时，有感而发，自作此词。《留得残荷听雨声》《荷风醒残梦》在章法上疏密得当，枯叶、盛开的荷花与花蕾之间相互顾盼，生机勃勃，枯枝憔悴与生机盎然相互映衬，枯与润之间传递出自然现象中积极的生命规律。

画家周冰诗情不断，笔耕不辍，善于将平凡而美好的情感融入没骨花鸟创作，寄托对竹木草花的挚爱。她所作的《满庭芳》词"万里江山，无边风

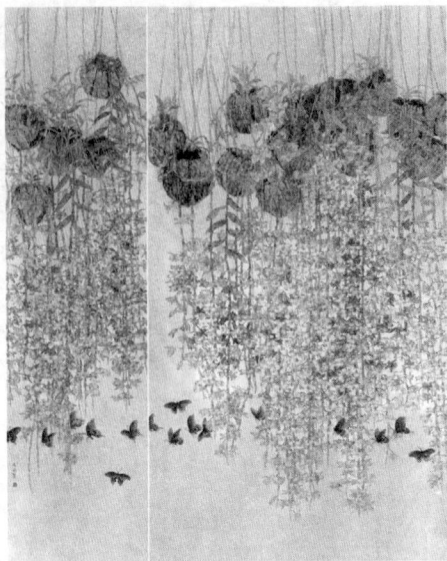

◎春缀满庭芳　/周冰　　　　　　　　◎幽香素影　/周冰

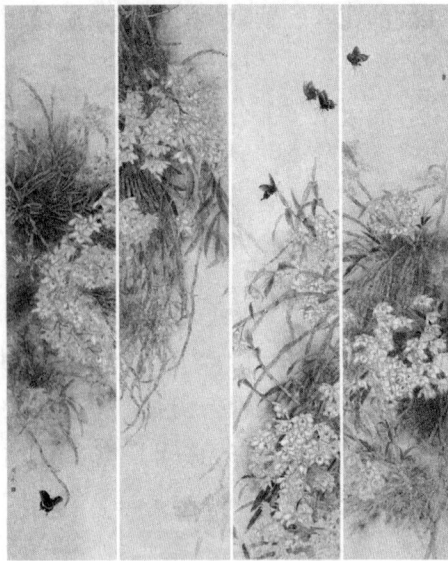

月，意气飞动毫端。描红披翠，着纸写云烟。换取春枝秋叶，舞蜂蝶，梦醉花前。销折得，浮名多少，清墨浴寒酸"，便是她词画结合的代表作。

五、结语

　　女画家周冰是一位高雅的闺阁传芳者，为没骨画法在国内乃至国际上的发展贡献了力量。2017年，周冰应邀前往俄罗斯进行中国工笔画讲学，并在莫斯科国展中心举办学术交流展，吸引了俄罗斯画家前往她在北京的工作室学习没骨画法，传播了中国传统文化，助力宣传"一带一路"倡议，积极推动了中俄绘画交流桥梁的搭建。

　　作为邵阳青年美术家协会主席，周冰为邵阳培养了一批没骨花鸟画家，提升了邵阳美术家的对外影响力。她在全国范围内辅导了2000多位学员，其中有十多位学员入选中国美术家协会举办的全国美展并获奖。

　　周冰，这位腹有诗书气自华的闺阁女画家，声名远扬。她好学谦逊、执着淳朴，以形写神，以色造型，秀逸细润，工写兼备，用笔流畅，是花语的传神者，光彩照人。感谢这位闺阁女画家与美的使者——周冰！

　　　　　　　　　　　　　　（本文发表于2021年5月《艺术头条》。有改动。）

墨彩斐然意笔吟情

——李巍山水画的墨彩新象

　　李巍不仅是一位为人厚道的好人，更是一位坦诚淳朴、胸怀豁达的学者型画家。作为邵阳学院最早的艺术教授之一，其深厚的学识修为铸就了他山水画作品独特的雅俗共赏风格。常言道，画品高低与画家自身修养紧密相连。李巍内心世界儒雅无为、满含清雅情致，他用心作画，潜心研习"古意"，努力创造新象，其画作墨彩斐然，意笔之中尽是悠悠情思，所绘物象融合柔墨与色彩，画面满溢清气。他的作品多次在国家级和省级展览中斩获佳绩。

　　李巍极具艺术天赋。1986年高考时，他以优异成绩同时通过了湖南师大美术与音乐专业考试。如今，李巍是中国美术家协会会员、中国文物学会会员以及中国高教学会会员。他在大学教授绘画课程，还曾担任大学艺术系主任这一行政职务。其间，他前往中央工艺美院进修，并于2006年在北京工商大学进行学术访问。他专注于国画山水领域的研究，在访学期间创作了百多幅国画山水作品。凭借长年积累的水彩写生经验，他系统掌握了西画用光用色的技法，并巧妙地将西画与国画的表现方法相结合，秉持守正创新的理念，从"丹青"到"水墨"，深入研习唐青绿山水至元明浅绛山水，在创作中随类赋彩、光色写生，开创出一种墨彩新象。他将墨线造型与西画明暗调子融入国画的墨分五色之中，使得笔墨洗练超逸。

　　李巍教授在理论与实践的探索中，坚持实地写生，从中体悟山水创作的经验。他的山水国画《春早图》便是在秦岭写生后创作而成，画面由四条幅构成，展现了秦岭的壮丽风光。秦岭地处我国中部，兼具南北山水风貌。李巍传承了唐李思训、李昭道的青绿山水风格，就如同李昭道也曾以秦岭为创作源泉，其《春山行旅图》成为经典之作。李巍在传承的基础上进行创新，追求变化，巧妙结合光色与线条，将秦岭南麓的苍翠葱郁展现得淋漓尽致。

◎春早图 /李巍

◎边城 /李巍

他利用空间虚实，大面积铺陈绿色，采用条幅分割的方式进行精练概括，画面笔精墨妙、滋润流畅，富有动感韵律，成就了极具音乐节奏感的山水绘画作品。

李巍的足迹遍布祖国的名山大川，他仔细观察各地山川地貌的特色，并依据写生稿创作山水作品。例如，《仙山寻道》是他在武当山写生后创作的作品，画中武当山的气势磅礴，呼之欲出，气韵生动的线条生动地表现出天空的广阔。他描绘西双版纳傣族民居风光的作品也备受欢迎，通过意笔线描与晕染赋彩，展现出民族文化独特且原始神秘的审美情趣。

李巍教授还勇于尝试泼墨泼彩技法，在一些小幅山水作品中大胆运用泼墨晕彩，生动地表现出祖国山河的瑰丽神奇，营造出一种如醉如梦的美妙意境。他在论文《水彩画的诗意性》中写道："水彩有着诗的属性，它与中国的水墨画有着亲缘关系……'画中有诗'。"经过系统研究绘画的诗意性，他致力于寻找东方文化的抒情性，淡化理性，追求画面的浪漫情调，使作品如诗如歌。

作为学者型画家，李巍教授还是一位艺术理论专家。他出版了《画山艺术的传承与创新》专著，发表了一系列艺术理论论文，尤其在山水画理论方面有着独到的见解。

他创作了一大批以家乡山水为题材的作品，如《故园寻梦》《悠然夷江》《夷江水碧岚山青》《岚山晨曲》《云带钟声穿树去，月移塔影过江来》《资江晨曲》等。这些作品饱含着画家对家乡山水的深厚情感，体现了他的绘画理念：山水画是"中国人求道、寄情、娱情的一种外化形式"。家乡的一草一木都牵动着李巍的心，他将对家乡的热爱融入笔墨之中，作品氛围澄和浓郁，色墨相互映衬，风物尽显闲美。

李巍曾说，自己在身体的不自由中追求心灵的自由，一切顺其自然、看得开。远观李巍，他闲适、逍遥；近看则会发现，他在灵与肉的碰撞中不断追求突破。李巍曾辞去大学艺术设计系主任职务，他表示："一切的烦恼消失了，一切的得失也不再重要，我畅游于山水之间，与古人神交，与今人交流，与山水相恋，这一切如同梦幻却又历历在目。"庄子的逍遥哲学对李巍教授影响深远，"无为而无不为""有无相生""天地有大美而不言"等思想体现在他对文人画拙味的追求、国画山水散点透视的运用以及妙在留白等创作手法上。

"道"为本体，追求天人合一，天、地、人同构且相互感应。李巍山水绘画中的水墨渲淡、线条柔软，契合老庄柔能胜刚的精神。

李巍教授一生投身艺术事业，在永无止境的绘画创作中不断寻求突破。他注重精神独立，追求平淡是真的生活，崇尚自由、达观知命，以山水画"写胸中逸气"。他将造化融入心中，把情感倾注于笔墨之间，用心灵表达画面境界。其山水创作以个体精神性为核心，强调个体情绪，画面呈现出洗练超逸的柔墨融彩效果，意笔吟情，满纸清气。在研习传统绘画的基础上，经过反复实践，他创造出国画山水的新语言、新手法，为绘画界带来了既与传统紧密相连，又具有个人独特面貌和时代特色的"墨彩新象"，拓展并提升了国画山水的境界与品位，其创作的山水作品引发了广泛的共鸣。

（本文发表于2020年7月6日"金丰艺术馆"微信公众号。有改动。）

新锐蛮气优美灵泛

——邓新影水彩的湖湘品味

邓新影出生于湖南邵阳市洞口县，是黄铁山的小老乡。20世纪90年代，他在湖南师大美术学院读本科时，不仅直接受教于朱辉、殷保康、张小纲等老师，还一直得到黄铁山老师的悉心指导，直至今日，他仍与老师们保持着紧密联系。他虚心向画坛不同领域的名家求教，是传承湖湘气派水彩画的青年代表画家。

邓新影现为邵阳学院艺术设计学院副教授。用邵阳（邵阳又称宝庆）话说，邓新影是个"全把子"（意为"全才"）。作为艺术设计专业教师，邓新影十分注重提升自身专业素养。本科毕业后，他前往武汉理工大学深造，获得艺术设计专业硕士学位。如今，他承担着数字媒体专业的教学任务，熟练掌握数字技术，玩转"飞机"（此处或为专业领域特定指代）、精于P图。作为学院实验室主任，他还肩负着繁重的教学行政工作。这位楚南"全把子"全而精、精力充沛，尤其精于水色，在当代中国青年水彩画界崭露头角。凭借湖南人的霸蛮与灵性，他在水彩艺术之路上不断前行，作品多次入选国家级水彩展览，如第三届全国青年水彩画展览等。坚守心灵品格尺度与人格独立，在审美探寻中不断拓展艺术边界，是邓新影在水彩艺术中取得成就的根基。他的水彩画创作语言融合了楚南湖湘文化的民族气质与新时代的审美精神，直抒性灵的作品给大众带来了愉悦身心、激动人心的视觉审美体验。

一、立足写生，升华创作

邓新影的寻美足迹遍布祖国各地。他在西藏、喀纳斯、甘南、太行山、崂山、西递屏山等地均进行过师法造化的写生，不过，家乡仍是他写生最多的地方。楚南的苗族、侗族人文与自然景观，是他常表现的题材。邓新影深知"收尽奇峰打草稿"的要义，更重要的是在写生中捕捉"当下"。面对自然和人物进行写生，能激发视觉认知的心理主动性，使画面水光流转。他不辞路途遥远，奔赴全国各地写生，面对山川河流，他常感慨：美得让人窒息。他善于捕捉水色交融的美感，用画笔表现变幻莫测的景色，创作时灵性与激情四溢，绘画表现力蕴藉生动。他将绘画中的各种元素运用得千变万化，让水彩元素在水中滋养、大放异彩，笔势与笔韵尽显功力。在"外师造化，中得心源"原则的指引下，他的创作体现了画家对山河的虔诚与独特感受。他带着审美的眼光审视一切，以真诚之心被物象所打动。记得与他一同在香格里拉写生时，天刚微亮，他便已开始作画。我问他为何这么早，他简短地回答："被感动了。"这便是邓新影的本真，他常被物象所感动，并将这份感动融入作品，进而感动他人。邓新影那颗霸蛮的心实则十分温暖，充满灵性，美好的心智通过笔端得以展现。

2012年，他的作品《身轻亦有傲骨》荣获第六届亚洲华阳奖佳作奖，作品展现了柔弱中的傲骨与坚强。画家在涧底松坡间，于情润梦魂的寒风冰雪里找到了表现主题：许多植物经不起冰雪的摧残，花儿凋零、生命终结，唯有身轻的树枝野草仍高昂着头，挺立在大地母亲的怀抱。《狗尾巴草的冬天》《身轻亦有傲骨2》中的傲雪树枝，《身轻亦有傲骨3》中的枯荷茎，都在柔弱中透着傲骨，娇艳里藏着挣扎。近期，画家创作了系列"身轻亦有傲骨"的圆形画面水彩画，表现了承载寒雪、披挂冰凌的树枝小草冲破高寒坚冰，在凛冽寒风中坚忍顽强、冷艳绽放。2018年10月，他的太行山写生作品采用条幅、圆形画面等形式，形式变化给人以新颖之感。条幅构图吸收了中国画尺幅与构图特色，用西方水彩勾勒中国意象，小水彩在邓新影笔下展现出大气象。

二、跟随本心，霸蛮厚实，优美灵泛写真情

"霸蛮"常用来形容湖南宝庆人，体现着湖湘文化。邓新影身上便有着这种蛮气。然而，在霸蛮的外表下，他的心却柔软细腻、自在诚实。在水彩创作中，他展现出湖湘水彩的蛮气厚实与深刻灵泛，巧妙地融合了蛮气与灵动。邓新影的不少作品取材于湖湘大地的景观，具有湖湘水彩的厚实

蛮气，如2015年获全国青年水彩画网络大展特等奖的作品《梦泽兼葭楚雨深》。此画取景简约，画家用多种水彩技法表现了家乡宝庆芦苇野草的蓬勃生长。画面中心位置的芦苇野草宛如一团火焰，他以娴熟技法结合扎实的造型能力，在蛮中见细，灵动且厚实。水色、形色饱满，紫黄绿等各色恰到好处，色层笔触丰富，运用点、划、渲、擦等手法描绘芦苇野草，形色在水中滋养，不着痕迹。本土的芦苇野草是画家画不完的题材，如《梦迷芦苇荡》《又是芦花知春意》等系列作品，身边不起眼的小生物、小景物在画家的敏锐目光下，展现出非同寻常的美。

邓新影志向远大，审美境界开阔。《西藏风景》《亚丁印象》《川西雪山》《川西印象》《甘南印象》等作品，是他走出湖湘、远行他乡的代表作。2018年的作品《夕照，甘海子》入选"楚风华彩"两湖（湖南、湖北）水彩画联展暨湖南省水彩画学会首届会员展，作品表现了甘南晚霞下的牧场景观，以中国山水画的意境强调远方的"虚境"，沐浴晚霞的牲畜在蔚蓝水边觅食，增添了山水的意境。在水彩创作的过程中，邓新影览物得意，神领意造，应目会心。在新疆与甘南的人物写生中，他以独特视角记录了少数民族的沧桑心路。入选2017年第三届全国青年水彩画展的《甘南印象》中，人物动态造型栩栩如生，犹如文艺复兴时期尼德兰画家勃鲁盖尔笔下厚实的民俗表现。

邓新影对本土自然与人文景观的深刻感悟是他创作的源泉。作品《守望》在2015年入选湖南省第七届水彩粉画展，此作品取材于家乡，是画家通过对身边事物的写生观察，精心营造画面、升华观念的成果。他师从湖湘水彩前辈，尤其学习了黄铁山老师精练浑厚与质朴的技法，并将其运用到个人创作中，践行黄铁山老师的内在品质与外化成就，表现家乡熟悉的山涧、田土、水畔的自然之美。画家将对家乡的自然感悟，从应物象形升华为主观精神，画面中流动的水彩与凝聚的光芒，明丽润泽，厚实灵动。

《家乡美》三联幅作品是邓新影描绘家乡苗寨的代表作，《家乡雪景》《暮归》《更是秋水无波》《结庐在人境》《油菜花开》《田园晨曦》等作品均取材于本土苗族、侗族村落景色。邓新影坚信艺术是一种信仰，正如黄铁山老师教导的"艺术创作要回归目标的原点——对自然的真诚热爱、敬畏和尊重"，①他书写"真景物、真感情"，践行艺术理想与人生理想的统一，追求湖湘水彩"厚实秀美、深刻灵动的智慧糅合"。

三、尽精微致广大，新锐与传统融合创新

邓新影在学院曾担任视觉传达、数字媒体专业教师，站在尖端科技艺术的前沿，他将新锐与传统造型技法相互融合，深刻理解并将当代科技融入自己的作品中。其水彩艺术造型形神兼备，题材涵盖人物风景与状物抒怀。2014年，他的水彩作品《牛仔e时代》入选全国第12届美展湖南展区优秀作品展。作品聚焦身边的人与事，关注社会文化，对自媒体时代的公共认知图像进行重新诠释，融入了对现代社会中个人精神与生存状态的思考。

◎静谧　/邓新影

◎特别的节日　/邓新影

邓新影作为高校学院派水彩画家，受到了藏家的关注。学院派艺术正逐步走进大众视野与百姓生活。《芳草萋萋鹦鹉洲》便是高校青年画家网络联拍的力作，画家创作了十几幅《白鹭》系列作品，如《白鹭》《白鹭飞》《王冕借晓晨牧误》《春寒》等。2016年获第八届世界水彩华阳奖佳作奖的《塞叶声悲秋欲霜》等作品，是以水鸟为题材的系列作品。这类水彩作品融合了其他画种技法，运用了水彩特有的肌理效果，在半干半湿时刮画背景，稍干后在深色背景中描绘白鹭等水鸟形态，水彩的形式语言与手法在传统中展现

---

① 廖少华.厚实而灵动的交响——黄铁山访谈［J］.美术观察，2014-10-15.

◎梨云如雪一枝春 / 邓新影

◎身轻亦有傲骨 / 邓新影

出新锐，深受广大欣赏者喜爱。

《待到山花烂漫时》《梨云如雪一枝春》等作品，物形与体积厚实灵动，色泽与光影气韵鲜活，优雅纯正，纯净典雅，水彩表现语言丰富，"水、色、形"运用得当，色彩与色调丰富而不失单纯概括，营造出微妙氛围，以油画、国画手法对水与色进行综合处理。曾获2017第六届庐山国际水彩节三等奖的作品《梨云如雪一枝春》中，梨花、蜜蜂、树枝构成了视觉上冰清玉洁的高雅境界。《羡鱼》表现家乡雪景中可爱的家狗凝视水中镜像，野草在雪中柔和地渗透，傲立挺立。《田园之乐》中的鸡鸭活蹦乱跳，画面体现了楚南湖湘散淡飘逸的田园之乐。

《家的梦，国的梦》于2014年获湖南省文化厅举办的"中国梦"主题文艺创作作品优秀奖。该作品以父母、妻孩为生活原型创作，色彩的冷暖对比展现出家庭的温馨，水色灵动滋润。在写意透明、水分干湿、浓淡变化、疏密处理等方面，画家处理得娴熟灵动。在干湿流速节奏、水与彩的交融中张扬人性，巧妙把握水的流动性，营造出温馨的家庭人物画面氛围，朴实、真切、生动，富有生活现实感，个人情感在水渍的流淌、水色的徜徉、色彩的斑驳灵动中得到艺术升华。

四、结语

邓新影的水彩创作从现实生活出发，又回归生活，带着"宝古佬"的蛮气。他的作品气韵流畅、通透明朗，意境鲜明，体现了楚南湖湘本土生活的文化特征，蕴含着深厚的美学价值，抒发了画家对生活的眷恋与向往。在表现语言上，他借鉴并融合了新锐艺术特色，多角度关注和反映生活，创作出富有生命力和时代感的水彩画作品。

（本文发表于2021年12月《艺术头条》。）

展书画笔墨之韵，传金石雕刻之趣

——刘金铎的瓷刻艺术

一、前言

瓷刻，是以各类瓷器件为载体的独特艺术形式。艺术家们运用钢凿与铁锤，通过凿刻的方式塑造艺术形象，集书法、绘画、金石、篆刻等多种艺术元素于一体，素有"瓷器上的刺绣"之美誉。

我国瓷刻起源于明末清初，一些画家和民间艺人用硬质钢刀具在陶器制品的釉面上雕琢山水、花鸟、人物等图案。到了乾隆时期，乾隆皇帝热衷于在名瓷上赋诗题字，于是宫中设立"造办处"，广纳能工巧匠进行瓷刻御迹的创作。此外，不少帝王将相也喜好在陶瓷制品上挥毫泼墨，这使得瓷刻一度成为宫廷高雅技艺，推动了刻瓷艺术的繁荣发展。与此同时，在民间，许多瓷刻艺人以"号碗"（邵阳话又称"錾碗"）为业，即在碗底、盘底錾刻记号，以便在宴席中借用的碗盘能够相互区分，这体现了瓷刻的实用属性。

民国时期，华约三先生堪称瓷刻大家。他的门生朱友麟、陈光智、陈之光等人，在新中国成立后于北京积极开展瓷刻研究。此外，上海的杨为义、朱榴生，青岛的石可、郑慧敏等，也为瓷刻艺术的传承与发展贡献了力量。淄博瓷刻、耀州瓷刻、大丰瓷刻、宝庆瓷刻等，都是我国瓷刻艺术的杰出代表。其中，以广州、上海、扬州等地区为代表的南派刻瓷，刀法细腻且浅，作品风格小巧玲珑、清秀飘逸，镂刻是其主要刀法；而以北京、天津、山东为代表的北派刻瓷，则刀法粗犷豪放，刻层较深，色彩浓烈，凿刻为主要表现手法。

二、刘金铎与宝庆瓷刻

宝庆瓷刻历史悠久，自清朝传承至今，已有140多年的历史。2016年，宝庆瓷刻被认定为湖南省非物质文化遗产。刘金铎作为"宝庆瓷刻"第五代传承人，自幼深受家族影响，早年便跟随祖父、父亲学习"錾碗"手艺，并在湖南邵阳市城北路开设了"瓷刻"工作室。20世纪70年代，邵阳的"錾碗"行当生意兴隆，这门祖传手艺在刘家已历经五代传承。然而，随着时代的变迁，"錾碗"技艺逐渐失去市场，刘金铎毅然转型，投身瓷刻艺术的创作。

为了让这项"百年绝活"得以延续，刘金铎潜心钻研瓷刻技艺。起初，他尝试用大理石和圆规等錾刻工具进行瓷刻探索，试图为"錾碗"技艺寻找新的发展方向。大理石质地较软，易于雕刻，上手相对容易，但在表现层次和调子方面存在局限性，尤其是黑色大理石，其质地偏灰，在高光和亮部的表现上较为困难。经过不断尝试，刘金铎发现白胎彩釉的瓷器更适合作为雕刻对象。瓷器底坯为白色，釉彩呈深色，通过精准掌控锤子、錾子、平口刀等工具的力度，能够巧妙地表现出黑白灰的层次变化，使作品呈现出丰富的调子。至此，刘金铎成功实现了瓷刻艺术的突破。

刘金铎对待瓷刻技艺严谨而理性。他深知瓷刻是一门需要全身心投入的工匠活，不仅能够磨炼心性，更要摒弃浮躁，做到身心灵高度统一。在创作过程中，他始终秉持精益求精的态度，将品质视为生命，不断磨炼技艺，追求极致。

刘金铎的瓷刻作品屡获殊荣。《沧桑》《湘西妹子》分别荣获中国工艺美术"金凤凰"不同年度金奖；《乔布斯像》在第十四届中国工艺美术大师作品暨国际艺术精品博览会"百花杯"上斩获金奖，这一奖项在邵阳工艺美术界具有里程碑意义，实现了零的突破；《齐白石肖像》《沧桑》等作品荣获中国工艺美术文化创意奖银奖、中国工艺美术"金凤凰"大奖；《泳坛之花》入选联合国教科文组织艾琳国际精品奖。此外，《普京总统》由全国人大常委会办公厅外事局赠送给普京，成为中俄友谊的象征。

位于湖南雨花非遗馆内的刘金铎工作室，吸引了众多国内外参观者。2019年9月，刘金铎带着宝庆瓷刻参加了外交部蓝厅举办的湖南全球推介活动，王毅外长亲自向全球大使推介宝庆瓷刻，进一步提升了宝庆瓷刻的知名度。中国日报网、中国新闻网、《海南日报》等媒体也纷纷对刘金铎的瓷刻艺术进行报道，使其影响力不断扩大。

三、尽精微、致广大的工匠精神

1985年至1988年，刘金铎进入湖南师大美术学院成人班学习，为期三年的学习经历为他日后的瓷刻创作奠定了坚实基础，尤其是素描技艺的学习，让他在造型和表现能力上得到了极大提升。绘画是刻瓷形象的重要来源，刘金铎巧妙运用瓷坯的白色与釉的深色，通过深浅錾刻法精准控制画面层次。然而，瓷器质地坚硬且脆弱，要在其上作画，必须使用比瓷器更坚硬的工具。为此，刘金铎自制瓷刻工具，将钢条磨尖作为鐕子头。在创作中，他注重写实，运用透视和明暗关系，生动地表现物象的体积、质感和空间感，以及物体在光源照射下呈现的色彩效果。

刘金铎在创作过程中严谨细致，甚至用放大镜与每根毛发"较真"，力求每根毛发都能呈现出丰富的光影和色彩变化。他凭借炉火纯青的"游丝点刀法"，使刻瓷作品能够媲美画笔，生动地表现出各种绘画题材，兼具西方绘画的韵致美与中国金石雕刻的趣味。

刘金铎深入研究相机成像原理与绘画成像原理的差异及优缺点，将绘画创意与照片参考相结合，运用到瓷刻创作中。他认为，宝庆瓷刻艺术对创作者提出了三重能力要求，即敏锐的观察力（眼）、深刻的认识能力（脑）和出色的表现能力（手）。此外，更要注重意念、意象、意境的表达，使作品蕴含更深层次的文化内涵。

刻瓷手法一般分为三种：一是以镂刻、凿刻以及两者相结合的手法进行平面或浅雕刻瓷；二是在高温烧制前的坯基上堆捏图形，烧制出窑后再进行刻瓷修饰的浮雕堆集法；三是对烧成后的彩盘进行刻瓷修饰的彩釉雕琢法。刘金铎主要采用刻瓷法进行创作。

刘金铎极具灵气与悟性，系统掌握了刻瓷的"凿刻""镂刻"两种基本方法。他依据点线面的气脉，联点成线，连线成面，通过深浅虚实的变化，使每一刀都留下痕迹，作品呈现出屋漏之痕、虫蚀之迹的独特质感。例如，其作品《沧桑》经过上万次敲击，具有强烈的立体感和极高的观赏性，人物肖像栩栩如生，刻画得淋漓尽致。《乔布斯肖像》运用"游丝点刀法"，达到了超写实的艺术效果，肖像逼真，图像生动，拙中藏巧，自然崩裂的效果形成了一系列完美而精细的瓷刻作品，给人以"触有手感，观有笔墨"的独特艺术感受。

在创作过程中，刘金铎还展现出独特的技艺。他手握刻刀，无需锤击，便能按照预先设计好的图形结构进行刻画。这种方法特别适合表现线条流动飘逸的图案，如白描、人物的头发、胡须、鸟和动物羽毛等，充分彰显了他深厚的"迪赛诺"功底、扎实的素描基本功、精湛的金石篆刻用刀技法以及丰富的文化修养。

刘金铎在瓷刻创作中，根据不同需求灵活运用六种刀法。例如，在虚光、定位或制作小样时使用跳刀法；在刻画人物脸部、手部和衣服等细腻部位时运用打磨法；此外，还会用到垂直法、斜面法、旋转法、划线法等，通过点、线、面、镂、凿、划等多种手法进行瓷刻塑造。

在第十五届中国工艺美术大师作品暨国际艺术精品博览会"百花杯"上荣获金奖的《泳坛之花》，在展览会上备受关注，甚至需要用玻璃镜框加以保护。因为许多观众误以为瓷刻所表现的人物面部水珠是真实的水，忍不住伸手触摸。这正是刘金铎通过巧妙运用锤击和刀凿的不同变化，达到了他所追求的艺术效果，作品不仅展现了精湛的笔墨技巧，更传达出独特的情趣神韵。瓷刻中精细的凿刻，深浅不一、疏密不同、长短不齐、有粗有细、有实有虚的刀法和技法相互结合，在瓷体表面完美再现了书画笔墨之韵，生动传递了金石雕刻之趣，风格独特，魅力非凡。在白瓷器件上用墨书写或绘画，需要扎实的造型功底；而依据墨稿、绘画稿，用钻刀进行刻画凿镌，则更考验艺人尽精微的技艺。刘金铎成功掌握了将绘画与雕刻完美融合的工艺美术绝技，作品蕴含着中国传统文化的深厚韵味，具有耐人寻味的博大精深的中国文化内涵。

创作一幅瓷刻作品并非易事，短则需要几天，长则可能耗时数年。由于瓷器质地坚硬且脆弱，对创作工具和手法要求极高。经过多年的摸索与实践，刘金铎自创了"游丝刀法"。这一刀法并非固定模式，而是需要心、眼、手高度协调配合，对每个部位的弹、跳、压、转都要把控得恰到好处，整体节奏如同游丝般细微。刘金铎通过这一独特的刀法，创造了一种全新的雕刻语言体系。

四、刘金铎瓷刻的技艺与创新

刘金铎的瓷刻创作题材源于生活，他以瓷为纸、以刀代笔，创作出众多令人惊叹的作品。例如，《我是共产党员》人物肖像逼真，犹如冷军油画般呈现出超级现实主义风格，人物的毛孔、发丝清晰可见，神态生动丰满，展现出高超的技艺水平。

在深入研究传统瓷刻文化的过程中，刘金铎全面钻研传统、理论与实践，深入探索传统瓷刻特色，了解南北瓷刻的特点和技艺差异，并大胆将西方绘画手法融入瓷刻艺术，开启了极具挑战性的人物肖像瓷刻创作之路。绘画是在介质上做加法，通过添加调子与色彩来完成作品，而瓷刻则是在瓷器上做减法，需要一点点削减釉彩和瓷质。减法艺术要求创作者一气呵成，一旦出现错误，便会前功尽弃。正所谓"工欲善其事，必先利其器"，瓷器质地坚硬且脆弱，刻錾必须使用金刚钻、高碳钢等材料。刘金铎自制瓷刻工具，将钢条磨尖作为錾子头，并且在雕刻过程中，还会根据实际需要停下来自行打磨调整工具，以确保创作的顺利进行。他所运用的"游丝点刀法"，具有压、跳、弹、提等多种变化，结合自身对素描的深刻理解、绘画表现技法以及艺术创作理念，形成了独特的雕刻语言。

以《齐白石肖像》为例，刘金铎创作时参照的仅是一张从网络上找到的齐白石老人1957年的黑白照片。这张照片像素不高，且存在褪色、模糊等问题，几乎难以看到层次细节。然而，刘金铎凭借精湛的技艺，根据照片中齐白石老人的脸部结构，运用素描表现中的块面、立体关系，对人物的面部骨骼和肌理结构进行了丰富和再创作。同时，他运用主观创作方法，立体地表现人物脸部的皱纹、老年斑和胡须等细节，并结合齐白石大师的生平性格特点，着重突出其精气神，使作品生动地展现了齐白石大师的独特魅力。

五、结语

作为非物质文化遗产传承人，刘金铎始终在思考如何让古老的宝庆瓷刻文化得以传承和发展。尽管慕名前来拜师学艺者众多，但真正能够长期坚持、既有天分又能精益求精的人却寥寥无几。面对非物质文化遗产人才断层的问题，刘金铎坦言，目前他正在积极挑选合适的人来传承瓷刻手艺，然而尚未找到理想人选。他强调，学习瓷刻需要具备强大的毅力、扎实的美术基础，更重要的是能够静下心来，坐得住冷板凳。即便面临诸多困难，刘金铎表示，他绝不会放弃，就如同他从未放弃对"瓷刻"技艺的执着追求一样。

宝庆瓷刻艺术传统技法作为我国优秀瓷刻传统文化的重要组成部分，工艺复杂且独特。在新时代背景下，我们应当高度重视这项技艺的传承与创新，不断丰富瓷刻创作的题材和形式，树立精品化理念，让宝庆瓷刻艺术传统技法的价值和生命力得以充分展现，在现代社会中焕发出新的光彩。

（本文发表于2022年6月5日《艺术头条》。）

艺术蜕变与情感笔触
——观吕杰新疆油画写生汇报展

　　癸卯初冬，阳光和煦。清晨翻看微信时，"吕杰新疆油画写生汇报展"于湖南工商大学展出的消息映入眼帘。这一消息瞬间点燃了我的兴致，怀着激动的心情，我驱车从后湖赶赴湖南工商大学国际商学院113展厅。在作者尚未到场之际，我这个"不请自来"的观者已将展出作品饱览一番。

　　此次展览呈现了吕杰教授在2023年9月至10月于新疆43天工作之余创作的全部40件写生作品。画家吕杰自述："在吉木萨尔县，从最初的惊讶、陌生，急切地挥动画笔，到逐步尝试、速写，慢慢适应，再到在S101线、硫磺沟、努尔加等地能够休闲、快速且愉快地作画。"

　　每一件作品都淋漓尽致地展现了画家的个体情绪。从起初的急切，到后来的适应，再到休闲、快速且愉快地创作过程，无一不体现出画家在写生时情绪的动态变化。我与画家吕杰教授皆为吃苦耐劳、勇往直前的"宝古佬"，且先后师从陈西川学习绘画，此前并无往来。在一次写生活动中，我们得以相识，大家都亲昵地称他为"大海"，因为吕杰教授的性格恰似大海般豁达宽广。他外形粗犷，为人豪爽，方头大耳间尽显侠客般的豪迈之气，饮酒时更是豪情万丈。

　　画家吕杰情感充沛。在娱乐、畅饮、交谈时，常常展现出强烈且外露的情绪状态。处于审美惊叹状态时，他拿起画笔，在不同情绪和应激心境下，满怀激情地变换绘画语言，运用笔触自由地驾驭、掌控与表达，最终以闲适愉悦的心境完成了这40幅写生油画作品。吕教授的艺术理念在其出版的系列著作《艺术个性与审美——我的生活感悟与艺术历程》《写生与主观绘画》《绘画造型与实践》中得以体现。如今，他的第六本专著《净园绘画——从湘江到新疆》也即将付梓。吕杰教授表示："在复杂环境中，我始终秉持独立思考，追求艺术的唯一性与不可复制性。绘画写生是技巧训练与情景表达，绘画创作则是自我的心声吐露和情感宣泄。绘画需保有艺术形式的纯粹：'心境'纯净、慈悲，'心像'欢喜、自在；'行为'坦荡、随性；'处世'平淡、纯真。"

新疆美协副主席、昌吉学院美术与设计学院院长秦天星教授评价吕杰，从湘江河畔到天山脚下，吕杰教授凭借勤奋的身影与大量创作成果，展现了其艺术蜕变的历程。此次展出的40件作品，呈现出不同程度的主观表达与多样的情感笔触，可谓是"艺术蜕变"的生动诠释。以《天山天山》《S101–肯斯瓦印象》《辉煌之间》等为代表的系列作品，个性化的情感笔触鲜明突出，笔触短促、粗犷且富有动感，通过运用厚重颜料营造出独特的肌理感，在画布上展现出极为强烈的表现力。

画家吕杰在瞬间的体验中，精准捕捉写生对象的特征，将情感笔触融入绘画，在情绪的驱动下描绘写生对象，引领观众获得全新的感受。画家的主观情感转化为客观的风景物象，在油画写生创作过程中，不同颜色的笔触通过各种手法相互交织，一笔一划在客观现实中被赋予生命，借由情感超越了画家所处的当下语境与生命体验。

画家吕杰教授无拘无束的艺术追求中蕴含着某种必然性与确定性，同时也是其艺术内核中自由的变体。画家写生时笔触留下的现场痕迹，使画家的心境从无意识、自然的状态，经由创作与接受，迈入有意识的公共领域，进而具备了持久的审美价值。

作为长期投身设计教学的专业画家，《净境》《特别日子》《金色大道》等作品既凸显了画面的构成感，也展现出作为设计师的吕杰在艺术领域的融会贯通与蜕变。他实现了自我与物象的直接对话，极为精准且恰到好处地传递出物象的神韵；对画面强大的把控能力，使其在主客观之间灵活转换，深刻感悟并表现绘画的形式语言，构成凝练写意，营造出富有意味的形式，形式感强烈。在描绘风景时赋予其角色故事，通过叠加的笔触与累积的色彩，构建起丰富的经验层次，展现心中的神圣之地。

人类情感呈现碎片化，而绘画笔触摒弃了机械化，人与画面之间的情感连接才是关键所在。新疆多样的田野、山川、雪峰、湖泊、村落等地貌风景，成为画家吕杰油画写生探索的无尽源泉，真正做到了"外师造化，中得心源"。

《金色家园》《金色新疆》《取之不尽》《边城牧歌》等系列作品色彩明艳夺目，阳光感与空气感十足。情感的融入是绘画创作的重要因素，它能借助色彩、线条、光影等元素揭示画家的内心世界。画家在创作过程中将自身情感注入作品，以写生对象为基本元素，通过笔触描绘绘画与整体经验内核的关联，展现绘画深层次的内在审美意蕴。

《天山颂》《冰山雪地》《天山北坡》等作品冷暖对比强烈，画家将情感融入自然，景致因情感而有了冷暖之分。新疆的冰川与阳光、森林与村庄，在画家的情绪笔触与主观情思中得以和谐呈现，融入了画家独特的情感表达。作品中，冷暖、明暗层次分明，冰川、蓝天、阳光、树木、村庄等客观景物运用恰当，含蓄深沉、韵味悠长，在画家的"情感笔触"下，凸显出新疆地域的风格特征，也彰显了吕杰写生作品风格的一致性与连贯性。

画家吕杰写生时情绪和笔触的变化，在整体经验层面上展开。《七彩阳光》大面积运用绿色原色，将画家对新疆森林的情感表达得酣畅淋漓，同时也为画家开启了一条通往情感与回忆的通道。画家吕杰在写生途中所见证并记录的山川、河流、森林、田野，成为他热爱生命的有力见证。

在他的笔下，万物皆具灵性且充满美感，率真的笔触饱含着对生活的无限热爱；而情感笔触在画面中留下的痕迹，凝聚着情绪与思想，展现出物象的内在韵律。经画家吕杰重新演绎的油画写生语汇，是在物我交融中迸发的灵感火花，笔触富有力量且恰到好处，正如湖南师范大学美术学院博士生导师、知名油画家曲湘建教授所评价的：画风粗放却不失细腻！

吕杰此次的新疆写生作品极具辨识度，创作过程中诸多个性与偶发性的瞬间绘画语言符号，充分彰显了吕杰绘画作品的美学风格，绚烂至极却又质朴动人，为观众带来了一场关于吕杰写生符号文化与美学的视觉盛宴，更以绘画中饱含的情感笔触给予观众强烈的视觉冲击。

（本文发表于2023年11月29日《艺术头条》。）

物语意象心境高远

——论龙福云摄影的创新

摄影与绘画同属造型艺术，在心灵追求和精神境界方面，二者存在相通之处，即审美境界的契合。龙福云的摄影作品运用多种手法展现意象，通过意象的虚实交错来着力表现，从而引发人们内心的共鸣与震撼。

一、坚守古城，创意不断

20世纪80年代，龙福云就已是声名远扬的摄影家。那时，在邵阳市的百货站、金穗、麦仕、凯旋门、三环等门店冲洗照片时，人们常常谈及龙福云的作品又斩获大奖。到了2023年，八十高龄的龙福云先生精心编辑了《路在脚下》摄影画集，并邀请我再次品鉴他的摄影作品，这又一次给我带来了强烈的视觉冲击。

龙福云于1943年出生在湖南邵阳市。自幼，他便对三国水浒人物绘画充满热爱。中学时期，他的绘画作品就已在全国性读物《红领巾》以及《资江报》上发表，还与人共同创办了资江艺术社，开展碳精像与照片冲印业务。此后，他做过玻璃画工、竹艺雕工，还绘制过大幅毛主席像。1976年，他编辑出版了《湖南陶瓷》和《湖南翻簧竹刻》摄影画册，并于1981年加入中国摄影家协会。他曾担任湖南省摄影家协会第四届常务理事、邵阳市政协第七、八届常务委员，以及原邵阳市摄影家协会主席，现任该协会顾问。其作品成果丰硕，有千余幅入选国际影展、影赛，或在报刊上发表，其中获奖作品达五百余幅。

以《古城印象》为例，这幅作品仿佛在向人类倾诉宝庆古城的沧桑历史。摄影家龙福云坚守宝庆古城，创造了摄影之梦的奇迹。他凭借影像去理解世界，用镜头记录时代，作品中处处闪耀着湖湘元素，忠实记录了邵阳的变迁。他曾借调到邵水桥、资江桥建设指挥部负责宣传工作，用镜头记录下两桥建设的壮丽风光，资江、邵水畔的吊脚楼、帆船、水府庙、人民广场光辉形象塔、邵阳市百货大楼等经典影像，大多出自他手，网络上流传的许多邵阳老景观照片也都源自他的创作。他还大力宣传花瑶、宝庆竹刻、滩头年画等本土非遗特色，所拍摄的非遗传承人刘烈红的人物摄影纪实作品栩栩如生。此外，他耗费20年时间拍摄湖南高速公路建设，激情满满地记录下建设过程中的恢宏场景，那些挥洒汗水的建设者形象被他定格在瞬间，弥足珍贵。2006年8月19日，他记录了怀邵高速雪峰山隧道的掘通过程，甚至乘坐飞机、热气球进行航拍，拍摄了近万张图片提供给政府有关部门。他连续五次荣获邵阳市"五个一工程"奖，多次获得市政府颁发的文学艺术突出贡献奖，堪称邵阳本土艺术的"天花板"式代表人物。

1991年，在深圳图书馆，由湖南省摄影协会、深圳摄影学会和深圳芙蓉企业发展公司联合举办了龙福云的《故土情》摄影展。我国著名老摄影家吴印咸、吕厚民为影展题词，新华社香港分社宣传部部长孙南生出席开幕式并剪彩致辞，湖南省文联主席任光春、省摄协主席唐大拍以及摄协代表20余人组团前往深圳参加开幕式。此次影展共展出150幅作品，赢得了海内外同行的高度赞誉。之后，《故土情》摄影展还相继进行了返湘展、返邵展，成为当时摄影界的一大盛事。1988年，他的作品《春潮》在比利时展出，1989年，《力的较量》被选送国外展出。龙福云多次荣获湖南省摄影艺术最高奖——金像奖，1998年，《丰收序》在曼谷主办的"世界华人艺术展"中荣获荣誉金奖。1999年，他获得湖南省50年最高艺术成就奖"世纪之星称号"以及湖南省突出贡献摄影创作奖，2003年，《人性的底蕴》荣获第十届国际摄联银奖。《煤矿工》这幅作品，是龙福云被矿工的劳动场景深深感染后创作而成的。作品构图巧妙，呈现出光影与明暗的美感，很好地运用摄影技术记录下矿工劳动的瞬间。而《玉龙飞度》于1981年荣获湖南首届文学艺术创作奖，该作品是对邵阳大圳水库建设过程的影像记录，采用黑白版画形式，在胶片暗房技术中进行绘画性探索。

二、绘画与数码创新相融合

龙福云是数字艺术领域的开拓者。他经常在大学、影楼举办数码摄影培训班，开展数字艺术教学工作。他注重摄影形式在视觉上为人们呈现真实生活的新型记录，画面具有强烈的真实感。在追求绘画性的基础上，他将摄影与绘画相互借鉴、融合，不仅拓展了摄影领域，也为艺术领域开辟了新的发展路径，对推动视觉艺术的发展起到了巨大作用。

龙福云曾表示，如果画家都只画虾，那天下便容不下那么多齐白石。摄影镜头应当记录生活、融入时代，创新自然必不可少。

在电影史上，曾先后出现过"故事说""戏剧说""纪实说""影像说"等不同流派，但没有任何一个流派能够长期独占鳌头。摄影艺术是一种纯粹性艺术，龙福云将自然之"象"与主观之"意"有机统一，营造出一种"似与不似"的独特状态。他在纪实创意中追求绘画性，为摄影艺术开辟了全新的表现途径。他充分发挥数码时代摄影的特征，改变传统摄影单纯捕捉影像的模式，更多地关注摄影的本质——美的内涵。《大众摄影》曾刊发专辑对龙福云的作品进行探讨，龙福云戏称这是"枪打出头鸟"——他的作品在学术刊物上引发了学术争论，掀起了我国摄影界的一股潮流。樊家信先生曾针对《大众摄影》2004年第12期王汉泉的《质疑"无奈的生灵"》一文展开辩论："画面上的树极具特点：主干从上到下缠着一圈圈草绳，好似穿着特制的衣服。几乎没有细小枝干，也没有几片绿叶，被人为地'删繁就简'成一副异样模样。"樊家信先生高度赞赏龙福云作品中大胆的艺术思维。龙福云作品在业界引发的争议，恰恰表明其作品已达到国内相当高的水准，他无疑是数码摄影领域的领潮者。

龙福云借鉴绘画艺术的主观性、想象性与意蕴，从"感悟"升华到"意象"，实现从对客观物象的感性观察与体验，到理性思考与"意象"表达的转变。2003年荣获第十届国际摄联银奖的《人性的底蕴》，以意取景，别具匠心，其永恒的和平主题在当下依然具有重要意义。《山寨里的母亲》《瑶山情》均运用绘画的虚实手法，突出展现母亲与背肩上幼儿的形象。在获得22届国际影展艺术类金奖和湖南省首届文学艺术奖的作品《生命》中，医用盐水瓶悬挂在一排树冠上，给观众带来生病时的痛苦感受。在胶片时代，摄影主要是被动地保留光影痕迹，而数码时代则是对这种痕迹进行剖析，并融入摄影者对美的艺术追求。龙福云在这种虚实趣味性与冲突性中，巧妙地表达出强烈的主观意象，充分利用数码摄影进行二次创作，如同绘画一般，表达主观情绪和内在精神，赋予摄影绘画性。

在2019年湖南省摄影艺术展中，荣获商业类银奖的作品《东方维纳斯》《春日》，将女人体与神奇的绿洲绥宁黄桑的六鹅洞相结合；《人与自然》《春思》展现出优美的意境。正如苏珊·桑塔格所说："以摄影影像的形式被赋予新用途，被授予新意义，超越美与丑、真与假、有用与无用、好品位与坏品位之间的差别。其特点就是'有趣'，而摄影是制造有趣的主要手段之一。"

《新宅》《古宅岁月》《古寨遗风》《低头思故乡》这类作品，采用点线面结合的方式展现湖湘民间艺术，具有极强的装饰性，简约优美，观赏性也颇高。例如《安居清幽明静》，背景是一座古家门，门前站立着一对鸽子，墙面上有大幅"和气生财"的滩头年画，两位美女在弹奏武冈丝弦，极具文化内涵。这些作品将装饰艺术与摄影融合，引发人们对美好生活的向往。

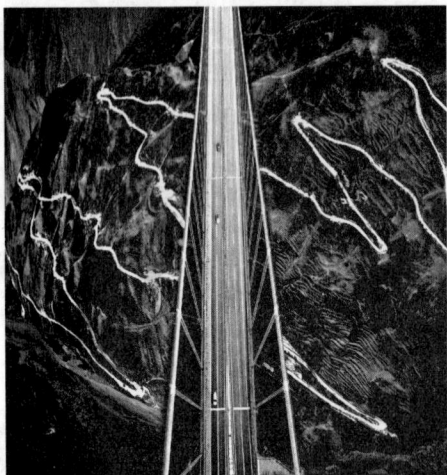

◎路在脚下 ／龙福云

◎低头思故乡 ／龙福云摄影

三、观物取象立象尽意

创意摄影是创作智慧与电脑技术相结合的过程，借助电脑PS技术弥补或完善原创的不足，使作品在形式和内涵上得以进一步升华。龙福云深刻领悟"观物取象""立象以尽意"的理念。在《我们在西北》《在那遥远的地方》《路遥知马力》等作品中，沙漠与足迹的呈现形式新颖，构思巧妙，凸显出高速公路的雄伟壮观，摄影家的主观创作意识在其中得到了淋漓尽致的发挥。

清代笪重光在《画筌》中提道："空本难图，实景清而空景现。神无可绘，真境逼而神境生。"龙福云充分发挥想象美的功能，花费大量精力完成摄影作品的二次创作，创造性地表现摄影的动态美，展现出新的境界。其画面情节超乎寻常，思想观念与主题鲜明，立意深刻，引人深思。2006年荣获爱普生全球摄影大赛特别奖的《草舞云飞》，通过对草丛不同流向影调的表现，传达出一种动态美。《深秋符号》中，残荷的白色线条画在黑色背景上，红色游鱼在其间游动，由意象符号构成的画面具有特殊的图拟、指示、象征等特性，构建了摄影独特的版面意象与版面语意。《残荷》运用点线面手法，韵味十足。《中国元素》是典型的意象画面，《圣境如画》《波光舟影》仿佛一幅幅丝版画，《溢香》则唯美得如同国画工笔画，通过虚实手法给人带来别样的视觉体验，真正做到了"真境逼而神境生"。龙福云的作品是心灵灵动的体现，是心灵意象的表达。

龙福云在科普宣传中极为注重低碳生活，具有强烈的社会责任感。他在影像空间意境中表达了人类的普世精神，通过摄影视觉传达出珍惜和爱护大自然的祈愿。在第24届全国摄影艺术展览中，评委付欣对其作品《一家子》进行了精彩点评："《一家子》之所以引人注目，是因为作者赋予这幅作品太多的创作情感和人文精神。这就是我推荐它的理由。不仅是我，我相信，这幅作品也会唤醒许多人的麻木。"龙福云的环保精神在《最后一棵树》《人与大地的对话》《流失》《山空何能足食》《如果大地》《何处为家》《河长哪去了？》等作品中得以延续，他用艺术作品表达对大自然的顺应、尊重与保护，以及对天理天道的敬畏。

龙福云自称是穿越在大山中、奋战在隧道里的摄影人。《文明的链接》展现了高速公路与古代经典的融合。在《工地早晨》《金秋之晨》《秋韵》《火红年代》等作品中，公路建设者的光辉形象，以及古今马车与高速桥墩的对比，体现出千百年来交通繁荣发展的来之不易。这些作品简练概括又细腻委婉，对比协调。树木山体的浓墨与云雾冰日的洁白，形成知白守黑的画面构成意味，给人以伟岸、凝重、坚毅、缥缈之感，让人产生深层感悟，自然和人文的意蕴极为丰富。

龙福云说："用眼睛写实，用心灵写意。"他将心与物相融合，把个人的主观情感与外在物象统一为心像，恰似庄周梦蝶，达到物我合一的境界。

《天南地北》《万山吟诗》等山水风光类作品，挖掘出物象深层的内涵，展现出熠熠生辉、崇高伟岸的人性光彩。

《最后三天》《商情随市》记录了实体经济与网络经济的冲突。在《商情随市》中，服饰模特被安排在画面的不同位置，前大后小、有浓有淡，模特群中有一位最亮眼的模特手持写有"门面装修一件不留"的纸板，人体美与商业的无情交织在一起，引人遐想。

四、结语

湖南省摄影家协会主席谢子龙评价龙福云为"堪称中国最顶尖的数码摄影大师"。龙福云的摄影心路历程，就如同他作品《路在脚下》中矮寨大桥那条蜿蜒的白色盘山公路，连绵起伏。他在摄影的高山上不断攀登。他传承了五千年的文化基因，记录了六十年的影像典藏，以图品史，读史话艺。八十岁的他，依然挑战自我，在摄影高地上追逐梦想，永不止步。

龙福云摄影作品中的意象，以一种"寓无尽于有限"的恢宏气度，为人们提供了广阔的精神空间。他以心灵意象丰富了摄影语言，将摄影引向更为广阔的艺术表现天地。他的作品是艺术家人生阅历、文化积淀、人格修养和境界的体现，用光影演绎了人世的亮丽华章，展现了人类的价值观、人生观、哲学观。他运用摄影对生活进行"观看"，记录并发现美，让读者豁然开朗，感受到心灵的宁静，使平凡大众体会到震撼至美的境界，感受一尘不染的纯洁和超然忘我的审美体验，陶冶人们的心灵，实现情感体验和精神传达，涤荡人性的灵魂。

（本文发表于2023年第4期《艺术中国》杂志。有改动。）

文心蠡测

远观近看樊家信

近看樊家信先生，是在他撰写《陈西川传略》即将完稿之际。彼时，我因创作《陈西川素描的当代意义》一文，前往先生家中请教。在此之前，我虽早受其作品影响，却一直无缘与他近距离交流。自20世纪80至90年代起，我便开始关注他的作品，比如1981年7月18日，先生发表于《羊城晚报》的《"伤痕美"小议》，文中对小说《灵与肉》、电影《巴山夜雨》展开论述。当时，我沉醉于各类文艺作品之中，诸如众多"伤痕美术"作品，遇到佳作便悉心留存。樊家信先生的这篇文章，让我对"伤痕"与"伤痕美"有了更为深刻的理解。他在文中写道：书写"伤痕"旨在治愈"伤痕"，文学应给予人民力量。这篇文章，使我在理论层面上对"伤痕"有了全新的领悟。此后，我又拜读了他的长篇小说《香母地》。那时，先生任职于《新花》文学杂志社，担任编辑，同时也是邵阳市文联创联部主任（后来还出任副主席），主要负责各协会的文艺创作相关工作。

在此之前，他的部分小说已在国内崭露头角，尤其是《八哥之死》《唱吧，琴键》，对我的教学与写作颇具启发。他的长篇小说《绿帆》荣获全国优秀少儿图书奖、省"五个一工程"奖，其中对人性、命运以及人格培育的见解独树一帜。儿童中篇小说单行本《马戏明星黑卡卡》广受读者赞誉，鞠萍曾配乐朗诵整部小说，让书中美丽善良的神猴黑卡卡为众多人所熟知。

20世纪90年代，樊家信先生参与撰写文学脚本的电视专题片《滩头年画》（合作）、《花瑶风情》《邵阳布袋戏》在央视多次播出，影响深远。这些专题片为抢救、挖掘和弘扬湘中民间文艺作出卓越贡献。不久后，他受邀前往湖南师大美术系开展《母体与创新》讲座，探讨邵阳本土民间艺术与当下艺术创新的关联，赢得师生一致好评。他参与编剧的电视剧《太阳花》（合作）荣获全国"五个一工程"提名奖、省"五个一工程"奖以及全国少数民族骏马奖一等奖。那时，我并未深入了解他的创作历程，只知他在文艺领域成绩斐然。后来，因我们两人都有亲人罹患同一种绝症而离世的经历，我才有机会逐渐走近他，而且大多是在医院碰面。那时，虽想与他深入交谈，却因氛围不佳，最终作罢。

随着对樊家信先生了解的逐步加深，我知晓了他曾历经诸多苦难。动乱年代，年仅二十出头的他，被无端扣上"资产阶级孝子贤孙"的帽子，饱受磨难。正是这段刻骨铭心的经历，使得他在20世纪80年代初及之后发表的小说、散文，几乎都蕴含着一个深沉的内核：呼唤人性、人道、人情、善良与悲悯的回归。

古稀之年的他，依旧笔耕不辍。他以湘中滩头年画兴衰为背景创作的长篇小说《香母地》，为当前国家非遗保护与传承提供了重要的学术研究素材，值得我们深入研读。樊家信先生集作家、编剧与杰出文艺评论家多重身份于一身。身为邵阳文联副主席，他系统梳理本土艺术家的创作成果，并从理论层面进行思考与研究。例如，他撰写的匡国泰《一个诗人与一座山》《杨伯鲁与邵阳布袋戏》《邹洛夷和他的黑白版画》，此外，还对李岸、鲁之洛、贺慈航、邓建楚、程亚林等学者、文学家以及多位书画家、摄影家进行评论。在《白水写荷》一文中，他深入剖析画家陈白水如何运用中国画理论创新写意荷花。他的这些评论生动展现了邵阳艺术家的创作特色，成为邵阳本土艺术史的重要资料，不少评论被收录于《口述湖南美术史》。《在诗意画境中塑造厚重——现代工笔人物画家王炳炎论》《淡定求精美参悟苦"养"字——青年书法家、书法博士李逸峰论》等文章堪称文艺评论的佳作，他还为李自健、刘金铎、马文新、何斌扬等邵阳籍艺术家撰写了大量评论。他的评论目光不仅聚焦于知名文艺家，对年轻且富有灵气、勤奋刻苦的文艺创作者同样予以关注。比如，先生为羽毛画家何芃撰写的评论《理想如羽毛一样绚丽——何芃与邵阳羽毛画》，便体现了对这位年轻女羽毛画工艺师的重视。樊家信先生为爱护邵阳本土年轻艺术家、保护和开拓本土非遗，倾尽全力，殚精竭虑，做出了诸多杰出贡献。值得一提的是，先生为本土文艺创作者撰写评论，往往在他们初露锋芒之时，而非功成名就之际。他凭借敏锐且开阔的艺术眼光，为这些创作者撰写高质量评论，犹如为他们的创作之舟送去强劲的东风，成为激励他们奋进的战鼓。在这方面，先生的热情与能力令人赞叹，让人由衷钦佩！

回到文章开头提及的《陈西川传略》。樊先生受"文心义胆、古道热肠"陈西川卓越功绩所影响以及被西川之子陈小川的诚心孝心所打动，欣然接受撰写任务。当时，樊先生早已年过古稀，戏称自己为无"齿"之徒。在种植牙手术前后，他全身心投入《陈西川传略》的创作。他从陈西川几代人写起，广泛走访能够联系到的相关人士，展现出陈西川、陈白一家族的儒雅之风，凸显人物性格与情感，彰显陈西川美术教育与绘画的学术价值。写作过程中，不断有新资料涌现，于是他反复修改，最终在陈西川九十大寿师生画展开幕前付梓成书，为"西川与他的学生们"画展在李自健美术馆的顺利展出，增添了详实资料。在与樊家信先生就陈西川的学术问题交流时，我发现他绘画理论见解独到，对画论有着深刻的理解。

樊家信先生将自己的居所命名为"古灯斋"，实际上，他还是一位古灯收藏家。他曾向我展示一本厚厚的"中国古灯"书稿，稿纸与照片都已泛黄。他渴望早日实现心愿，出版一本关于"中国古灯"的著作，以不负家中收藏的上百盏古灯。

樊家信先生曾对我说，他之所以努力创作，也是出于内心的使命感。至此，我对樊家信先生有了更为全面、深刻的认识。我深感眼前这位年过古稀的老人，宛如一位"文艺江湖大哥"，充满道义感、使命感与责任感。他身上的精神特质，已然深深影响着我，宝古佬的精气神在他身上展现得淋漓尽致。

疫情期间，我收到樊家信先生寄来的由光明日报出版社出版的《邵阳文库·樊家信的文学世界》，很是高兴，特写此文纪念。

（本文发表于2020年7月24日《湖南日报》。有改动。）

经典的生命力
——读《樊家信儿童文学集》感言

20世纪80年代，在我的剪报集里，除了王朝闻、秦牧、李准、刘再复、邵大箴、卢新华等人的文章，还有樊家信的作品，如我最近拜读的文章《"伤痕美"小议》。作家樊家信自1972年起，便在文坛崭露头角，发表了大量诗歌、散文、小说及评论。其作品影响深远，历经岁月洗礼，深深烙印在几代人的记忆中。樊家信先生的文艺生涯成果丰硕，新作频出，才出院不久便在朋友圈发布消息：《樊家信儿童文学作品集》正式出版。这本作品集印刷精良，贴心标注拼音，排版精巧，这也是近两年来樊家信出版的第五本书。樊先生在朋友圈幽默写道："玩笑说，七十八岁的'樊老'，如今也颇有些'成就感'了。"这份成就，无疑源于他多年如一日的艰苦奋斗，以及对文学创作的勤勉思考与深厚积累。《樊家信儿童文学作品集》收录了樊家信先生六篇经典儿童文学作品，这些作品此前已出版发行，深受读者喜爱。如今重新结集出版，再次彰显这些作品的魅力。

收集在作家作品中的《孙悟空打妖怪》1979年发表在《小朋友》刊物，后被编入国家幼儿、小学教材。它改编自《西游记》的民间歌谣，读来朗朗上口，深受读者喜爱。此外，儿歌《我家窗口像画框》热情赞颂了飞速发展的祖国新貌；儿童朗诵诗《我们是大山的孩子》则以少儿的独特眼光描绘了山区新貌，抒发了对美好未来的憧憬，传达出孩子们立志成为科学家，为祖国建设努力学习、增强本领的心愿。自《孙悟空打妖怪》发表后，樊家信的文学创作进入井喷期。他根据真实事件编写的《火火先生之死与特大地震》《作家、总统与鸽子》等作品，均发表在少儿刊物上。1988年出版的中篇小说《马戏明星黑卡卡》影响深远，中央电视台的鞠萍曾对其进行配乐朗诵，磁带发行后引起轰动，成为当时文艺界代表作之一，也是我国新时期儿童文学百花园中的佳作。这部小说通过描述马戏团猴子演员"黑卡卡"的多舛命运，展现了美丑善恶的激烈搏斗，情节催人泪下。黑卡卡是美与善的化身，它富有正义感和同情心，常常奋不顾身地舍己救人。然而，本领高超、可爱善良的黑卡卡，最终却被残暴凶狠的"刘司令"等黑恶势力摧残扼杀。小说强大的悲剧冲击力，不仅洗涤了读者的心灵，让他们的灵魂得到纯净文学力量的慰藉，还使心灵受到崇高悲壮之美的熏陶。

作家樊家信在"文革"时期曾遭受不少磨难。这段经历使他擅长创作以伤痕为主题的文学作品，描述自身的伤痕经历。他善于从生理学、心理学以及社会文化学等不同角度，对"文革"时期人们的心灵创伤进行多层次刻画，极大地丰富了儿童文学的内容。在创作中，他从动物世界与人类世界两条线索入手，深入挖掘动物与人物的创伤心理。例如，在香香山森林里，猴群发生残杀，侦察猴黑卡卡因失误，被猴王咬得在地上打滚，猴群也纷纷对它又咬又抓又打，它惨叫着甚至甘愿死去，这一场景不禁让读者联想到人类社会的残暴争斗以及黑恶势力的恃强凌弱。从人类社会这条线索来看，马戏团里的造反司令"刘叔叔"诬陷迫害驯兽师傅罗咪咪致死。小说从创伤视域展开对创伤主题的表达，着重叙述了马戏团的黑卡卡与捕猴能手张花鼓的相识相交，以及与张咪咪、小青、娟娟等人的互动。为了推动马戏事业的发展，他们吃苦耐劳，创造出许多奇迹。但不幸的是，罗咪咪被迫害致死，黑卡卡也鞠躬尽瘁，临死前与罗咪咪合葬，真正实现了人猴同墓，正如"蜡炬成灰泪始干"所描述的那般，人物与动物融为一体，彰显了真善美的伟大力量。

樊家信先生在伤痕意识与社会规范、个体记忆与集体记忆、伤痕主题与伤痕形式等方面，对文学语言进行了深入探索。他的不少作品成为对"文革"创伤的文学见证与抚慰治疗。在作品中，他对人物与动物同体进行叙述，在伤痕叙事中呈现出同质化的创伤叙事形态，深刻暴露了社会问题，关注人们的精神内伤，突出伤痕心理的转变。这一系列创作彰显了作家樊家信强烈的个体意识与政治意识，从秩序、伦理、信仰等多个层面，对伤痕社会进行了文学的多维展示。在作品的伤痕建构中，他将个人创伤记忆与社会历史相结合，通过异质化的伤痕叙事形态，采用独特的儿童个体化话语与书写姿态，释放文学意识与批判精神，关注个体生命意义与受创者的精神世界，精准传达出受到伤痕创伤者内心的空虚、困惑、焦灼与迷惘。

经典作品往往具有常读常新的魅力。樊家信的经典文学作品反映了我国改革开放年代的伤痕文学状态，具有重要的文学史意义，对当前语文教育中语言思维、审美文化的发展也有着不可忽视的重要作用。这本文学集得到了国内著名语文课本主编、著名作家、全国特级教师的联袂推荐，作为语文课本作家作品系列，十分贴合孩子的心理特点。该著作是培育语文核心素养的优秀阅读书籍，其中蕴含的人生哲理、真挚情感等，使其成为践行终身学习的优秀读物。

（本文发表于2021年10月27日《邵阳日报》。有改动。）

一部优秀的马克思主义哲学通俗读物

——《穿越时空的真理——马克思主义哲学通俗读本》书评

阅读哲学书籍，读者有时会被复杂的逻辑所困扰，尤其是面对那些对马克思主义哲学的教条式解读与灌输，更觉机械乏味，进而对哲学教科书产生抵触情绪。然而，肖治国、姚季冬所著的《穿越时空的真理——马克思主义哲学通俗读本》却能让读者轻松愉悦地阅读。全书共23万字，运用通俗易懂的语言，结合古今中外的经典故事，阐述马克思主义哲学的基本观点与方法，使读者从中受益匪浅，不仅能探寻哲学的真谛与人生的意义，还能掌握马克思主义哲学的基础知识，用于思考现实问题，树立正确的世界观、人生观和价值观，提升自身文化素养，深切感受到马克思主义哲学作为"万用之基"的魅力。

一、结构特色与当代价值

本书涵盖马克思主义哲学的基本问题、唯物论、辩证法、认识论、真理观和价值观、历史唯物主义以及"做活生生的人"等七个部分，结构完整，研究视角独具匠心，内容涉及马克思主义哲学的各个方面。作者梳理了马克思主义基本原理，并对其进行了通俗化的逻辑构建。通过综合运用哲学社会学知识，结合当今社会案例、网络热点和生活实例进行分析，将哲学与科技新发展、社会新现象、时代新课题紧密相连。在坚守马克思主义基本原理框架的基础上，贴近人民群众生活，为大众所喜闻乐见。书中案例通俗易懂，对马克思主义基本原理的诠释透彻且有趣，以吸引读者为首要目标。

通俗化、时代化、大众化是本书的核心内涵，也是显著特色。以通俗性为指导思想，以时代性为主要特征，以趣味性为核心内容，以可读性为形式要求，通过吸引力、趣味性和可读性构成马克思主义通俗化的具体内容，构建起完善的马克思主义通俗化读本体系，将马克思主义理论以通俗易懂的形式呈现给读者，满足大众需求。

本书内容丰富、视角新颖，对当代学界的贡献在于推动马克思主义及其中国化理论成果"飞入寻常百姓家"。

二、对人与外部世界之间关系的思考与总结

本书诠释了黑格尔的名言："只有那些永远躺在坑里从不仰望高空的人，才不会掉进坑里。"同时，作者阐释了六度空间理论：最多通过五个人你就能认识任何一个陌生人。基于此，作者结合古今有趣话题深入探讨：实现人的解放一直是马克思奋斗的使命，人的解放最终归结为每个人的自由全面发展。人作为主体，世界是人的世界，人类自身的实践活动创造了人的世界，推动了人的发展，实现了人与世界的变革。正如书中所说："赤裸裸的人是存在的，孤零零的人是不存在的。"人类的探索永无止境。

作者引用一位文艺女青年"世界那么大，我想去看看"的辞职信展开话题，结合马克思主义原理深入剖析："世界这么大，我们能看什么""世界在你心中，在你身边，也在远方——生活在世界中的我们，除了远方，还有周遭和内心"。当人面临无助感和虚无感时，也要看到意识的广阔与精神的伟大。本书通过社会热门事件，通俗易懂地阐述了哲学上客观向主观的转化是通过人的认识运动实现的，让读者明理晓事。

三、写哲学、用哲学的典范

本书在论述哲学基本问题时，结合当今社会热门话题，如农民工、高考公平、医改、社保等，进行常识性哲学述评，体现了辩证唯物主义世界观，贯彻了习近平总书记提出的"两个巩固"：巩固马克思主义在意识形态领域的指导地位，巩固全党全国人民团结奋斗的共同思想基础。本书纠正了对马克思主义哲学的"误读"，做到"通俗"而不"庸俗"。近年来，国外以彼得·辛格、特里·伊格尔顿、内田树、石川康宏、柳东民等为代表的学者，对马克思主义哲学通俗研究的理解往往站在资本主义立场上进行"再解释"，难以呈现马克思及马克思主义的本真面貌，有的过于"通俗"，近乎"戏说"。本书作者凭借知识、胆量与魄力纠正了这些错误言论。

书中对当前社会上关于中国共产党的错误言论进行评析，如指出"用形而上学的方法吹捧共产党的，叫作'低级红'；相应地，用形而上学的方法贬低共产党的，可以称为'低级黑'。正确的做法是用联系的、发展的眼光看问题"。同时，对历史虚无主义进行有力批判，以"鲁迅活着会怎样"为例，指出历史虚无主义者借助口述史、翻案文章等手段否定马克思主义、社会主义、中国共产党和英雄，其目的是"灭国史"，尤其是"灭中国革命史"。

本书坚持真理性与科学性，以理论高度彰显了批评的魄力与学术的魅力。

四、通俗化、时代化、大众化的核心内涵

本书采用调研式深度撰写方法，深入生活、接地气，融会贯通、潜移默化地将理论学术话语转化为群众生活话语，让读者读得进去、读得明白，真正入脑入心。书中广泛搜集案例，甚至涵盖歌曲和影视作品，这些都是导入、展现马克思主义基本原理的重要素材。本书文字论述弥补了影视作品的不足，运用通俗化语言和表述展现马克思主义基本原理，选取具有代表性、趣味性和吸引力的案例，还采用俗语，如"不听老人言，吃亏在眼前"等经典民谚，案例引人入胜，趣味性、可读性强，语言质朴平实。

在马克思主义哲学中国化大众化进程中，高语罕、艾思奇、韩树英等人作出了杰出贡献，尤其是艾思奇的《大众哲学》从1934年到1948年共印刷发行32版，创造了中国哲学读物出版史上的奇迹。在新时代，肖治国、姚季冬所著的《穿越时空的真理——马克思主义哲学通俗读本》以广博的哲学社科知识，创新性阐释马克思主义哲学，体现了作者强烈的使命感和理论自觉，获得社科理论界的高度赞誉，被湖南省社会科学界联合会认定为精品佳作并向社会推荐。

（本文发表于2020年11月17日"云邵阳"客户端。）

笔挟风雷的新闻勇士：
严怪愚艺术形象的生动再现

邵阳市政协副主席、市民进主委严农，同时也是邵阳学院的教师，因其对铁路的浓厚兴趣，被大家亲切地称为"铁路迷"。我作为市民进的会员，与严主席同为邵阳学院的同事，有幸经常聆听他的报告。他赠送给我的《毛泽东和他的老师》《长城的故事》等签名专著，一直是我珍藏的宝物。在工作中，严农主委对我多有帮助，令我一直心怀感激。当接到为二十集电视连续剧《新闻怪杰》剧本写序的邀约后，我怀着亲切感，在炎热的天气里一口气读完了剧本，并认真做了笔记。剧本中鲜活的人物故事、跌宕起伏的情节，以及那动荡的时代背景，深深吸引并打动了我。

梁文凌曾担任邵阳市戏剧工作室主任，创作成果丰硕。他创作的大型舞台剧《青春的旋律》《奇案奇缘》等均获得相关奖项。电视剧《小小蒲公英》荣获全省"五个一工程"奖，为邵阳电视台在电视剧领域实现了"零"的突破，还在央视四套播出。电视剧《瑶山情话》由湖南卫视拍摄，同样在央视四套播出。电视连续剧《湘中剑》也由湖南卫视拍摄，并作为交流节目在全国巡回播放。

《新闻怪杰》这部创作于二十年前的剧本，是难得的湖湘电视剧本佳作。它承载着作者翻腾的心绪和难以忘怀的回忆。如今付梓出版，既是对严怪愚、严农两位令人尊敬和景仰的先辈的告慰，更是后人学习、了解红色故事的直观宝典。

艺术源于生活。丰富的生活阅历为梁文凌的写作提供了充足的养分。《新闻怪杰》的剧情紧密贴合生活，具有鲜明的生活质感。作者对湖南长沙与邵阳两地的生活形态、风土人情、习俗的描写驾轻就熟，游刃有余。比如，剧本中提到的邵阳大红袍橘子、长沙五三国耻亭等，都是湖南人所熟知的元素，读来让人倍感亲切。

作者梁文凌深入研读《严怪愚文集》，精心提取素材，成功创造了电视剧的新价值。本剧取材于真实人物与事件，在生活的基础上进行艺术加工，做到了源于生活又高于生活，将故事编排得生动鲜活，极具信服力，让观众仿佛身临其境。

剧本结构如同骨架，是主题思想的直观体现。通过严怪愚与名门闺秀姚家芳的爱情婚姻家庭故事，以及严怪愚与同志们办报的跌宕起伏的人生经历，本剧的主题思想得以凸显。剧本中对严怪愚的人物塑造丰满立体，贴近现实、贴近生活。严怪愚文风犀利，为人刚正耿直，是一位笔挟风雷的新闻勇士。作为八大名记之一，他曾冒着生命危险，在《力报》上揭露汪精卫叛国投敌的丑闻，这一壮举在中国新闻史上留下了浓墨重彩的一笔，令人难以忘怀。严怪愚与底层人民交往密切，始终为底层人民发声。他曾身着破旧衣衫暗访，却遭到毒打；还主动申请前往战争最前沿的连队，"在刀口子上感悟民族灵魂的跳动"，《台儿庄巡礼》《陇海东线》等作品便是他在战场的子弹箱上写成的。

本剧布局巧妙，起承转合自然合理。剧本中爱情故事、公务与家庭的情节相互交织，环环相扣，有力地突出了主题。善于运用戏剧冲突是本剧本的一大显著特色。作者注重情节的起伏变化和戏剧冲突的设置，以戏剧冲突推动情节发展，营造出环环相扣、层层递进的态势，使冲突愈发尖锐。例如，在湖南剧院首届新青年集体婚礼庆典的情节中，开篇便鲜明地展现了主人公的性格。夫妻、婆媳、同事、敌我之间的人物冲突相互交织，推动着剧情不断向前发展。在叙述故事时，众多人物的特色得以充分展现，如开朗热情的范长江、热情助人的冰莹、正直上进的陈楚、不断成长的继祖、紧跟蒋介石的雷锡龄、虚荣的陆荣、冲锋陷阵的英雄梅儿、海杉等。在剧情推进过程中，每个人物的命运、性格、生活经历都得到了细致的描述，让每个人物都有鲜明的形象特征，给观众留下了深刻的印象。

剧中对人物的动作设计也颇为用心，主要人物形成的情节线索清晰，其运动经历相互呼应。次要人物则辅助主要人物，在矛盾冲突中处于从属地位，发挥着叙事功用，为表达主题思想起到了重要作用，使整个故事情节更加充实饱满。

作者在确立题材、主题、人物、情节后，按照塑造人物形象和表达主题的需要，合理地将人物、事件、环境在时空坐标上进行排列组合，恰当地安排情节的繁简先后，使之既符合生活逻辑，又能达到艺术上的完整与统一。

　　剧本的叙述语言洗练，角色台词、对白、独白等表达精准到位。作者善于运用方言、谚语，如"牛无力拖横耙，人无理说蛮话""不怨绳短，老怨井深""癫子配和尚，叫花子配叮当""马马驼驼"等，使剧本生动形象、幽默诙谐。故事情节跌宕起伏，人物的心理活动通过言语与动作得以细腻展现，突出了视听影像特色，在人物行动、物件景象中生动地呈现出人物的情感。

　　剧本在选题与主题呈现、剧本人物塑造、情节分析与模式构建上，以真实事件为蓝本，对事件进行精心选择、加工、提炼和筛选，对素材进行巧妙处理，凭借其艺术性深深吸引读者。剧本情节叙述大胆运用省略手法，熟练运用蒙太奇手法，镜头转换贴切自然，叙事的整体性很强。叙事方式线索清晰，时空转换流畅自然，给人井然有序之感，便于观众理解和接受。

　　在矛盾冲突发展的高潮结局阶段，白崇禧欲抓获严怪愚治罪，陆荣追杀严怪愚，海杉得知后，用身体挡住严怪愚。枪声响处，海杉倒在血泊之中，她用尽最后一丝力气，奋力呼喊："怪愚，快跑！"悲剧过后，严怪愚依然坚守在邵阳办报，迎接湖南和平解放。本剧中对抗、悬念的叙述较多，这是故事发展、情节建置后的自然延续。在情节发展中，矛盾冲突逐渐尖锐，人物性格特征得以充分展现，以悬念冲突牢牢吸引住观众的注意力。

　　电视剧本《新闻怪杰》既具有深厚的历史底蕴，又紧密联系现实。此剧以艺术典型生动地反映了严怪愚倔强好斗、不畏权贵、刚正耿直的"霸蛮"宝古佬气质，选题和表达独具匠心，借古鉴今，给人以鼓舞和激励。它饱含着梁文凌的文学才情和素养，展示了作者对我国近代新闻史的深刻体悟和对人生的深入理解，给读者带来诸多启迪。

　　在此，衷心感谢梁文凌、严农为我们带来《新闻怪杰》这一呕心沥血的精良之作，让我们得以享受这场视觉与精神的盛宴！

　　（本文为中国炎黄文化出版社2023年6月出版的《新闻怪杰》一书序言。有改动。）

《大东路》：壮怀激烈的地域抗战红色档案

一、小说《大东路》：邵阳抗战史的文学呈现

近年来，抗日题材的小说与影视作品备受关注。铁凝的《笨花》、徐贵祥的《历史的天空》、都梁的《亮剑》、李晓敏的《遍地狼烟》，以及影视剧《百团大战》《长沙保卫战》《我的团长我的团》等作品，展现了我国抗日题材小说影视多元化的审美风貌。作家曾恒历经七年创作，以活跃于邵阳的"东乡抗日纵队"抗战事迹为原型，创作了50万字的抗战小说《大东路》，凸显了红色历史爱国教育题材小说的地域性价值。

"大东路"泛指邵阳市以东至雪峰山下、邵东—衡阳等地区。小说描绘了中国共产党领导的邵阳地区抗日游击队与侵华日寇殊死战斗的场景，充满浓郁乡土气息，彰显了为民族和国家舍生取义的悲壮豪情，赞美了革命乐观主义和英雄主义精神。

小说聚焦于抗日战争中的最后一战——湘西会战。作家曾恒通过查阅湖南文史资料，走访近百名抗战老人，凭借独到发现与深刻思考，挖掘出诸多不为人知的真实故事。邵阳作为湘西南的门户，是历代兵家必争之地。日寇妄图攻占邵阳以打开陪都重庆的门户，而这场规模空前的大战最终以侵华日寇兵败于雪峰山下告终。

小说以邵阳地域人文景观为背景，用大量篇幅描绘了作为抗战游击队驻地的邵东佘湖山以及绕山的蒸水河。其文字简洁，穿插如"滚烫""钓麻拐也要个絮坨子""你古扎冒良心个老子古"等方言，增添了描述的趣味性，语言朴实且通俗易懂。小说以近乎"原生态"的方式反映了湘西会战中的邵阳抗战史，将邵阳本土人文景观作为创作素材，为邵阳抗战史提供了珍

贵的历史档案，填补了邵阳地区抗战文学的局部空白。

二、"体验性"叙述：助力读者认知历史

抗战小说兼具历史叙事与虚构想象。《大东路》采用英雄传奇叙事模式，借个体英雄的成长隐喻邵阳历史与社会的变迁，表达强烈的国家民族主义，通过丰富想象与多元叙述，展现抗日爱国英雄们不同的个人命运。

新中国成立后，人民文学出版社出版的第一部抗战小说《平原烈火》拉开了此类创作的序幕，随后《铜墙铁壁》《保卫延安》《铁道游击队》《野火春风斗古城》等相继问世。这些抗战小说体现了党的领导力以及军民生死与共的战斗精神，在书写中突出主旋律，践行工农兵的文学方向。

这些小说以点带面，采用章回体片段式结构，让读者能真切感受抗战中的生命境遇。它们运用"体验性""事件性""过程性"写作手法，为历史增添文学性细节，在抗战力量的构成与变化、具体场景的变迁中，体现抗战性质，融入抗战的革命化叙述与时代语境。相较于宏大性叙事，这种体验性写作是一种新的叙述策略，能让读者从"体验性"中加深对历史的判断。

《大东路》开篇采用现代叙述方式，让在长沙会战中战败的陈天鹏、陈中超等英雄形象在第一章"背水一战"中登场。整部小说以邵阳抗战小部队从低谷到奋起的成长过程为叙述对象，充满戏剧性与传奇性。小说中的正面人物涵盖工农兵、富农、乡贤、工匠、商人、医生、土匪、道士等，人物众多且出身性格各异。以陈天鹏、陈中超等抗战英雄为主角的情节发展脉络，揭示了湘西南邵阳地区复杂的抗战历史图景与文学内涵。

"虚构"是文学艺术的本质，但需基于创作素材与经验进行合理想象，具备逻辑关系的合理性，从伦理角度形成叙述的可靠性。作家曾恒紧扣邵阳本土抗战主线，在记叙中努力厘清各种关系，展现地域抗战历史图景的时代差异，叙述不同时代抗战小说历史图景的变迁，表达时代文艺观念、创作环境及意识形态，这些共同构成了抗战小说《大东路》的整体语境。

读者通过作家的体验式叙述，精神得到升华，对大东路抗战中的各类人物、事件及命运有更深刻的感受与体验，进而深入到人类终极关怀层面。读完小说，令人振奋，促使人们更努力地构建国家和民族的精神之塔，高

扬自由与人性。

三、"性格英雄+传奇故事"：章回体叙事塑造英雄形象

长篇小说的结构至关重要。《大东路》采用"性格英雄+传奇故事"的章回体叙事构建小说结构，通过故事的起承转合，将残酷的战争场面与惨烈的悲剧情节紧密相连。全书五十章悬念不断、高潮迭起，在人物的心灵情感、日常生活及生命存在等本体性"内在经验"方面进行深入挖掘，探索新文学的抗战叙事审美路径。作家曾恒对国军长沙会战、湘西会战等正面战场的描写颇为深入，采用"性格英雄+传奇故事"的章回体叙事歌颂抗战英雄，让抗战图景在读者眼前徐徐展开。

在文坛，至今仍有人认为小说中的"地富反坏右人物"形象一律为反派。然而，《大东路》中的四太公、大管家、老爷子（陈天鹏父亲）等是邵东五里牌的富裕人物。阅读《大东路》后，读者会对"地主富农"以及抗战统一战线中的中国国民党军队有全新的认识。

小说主角陈天鹏是国民党102师304团团长，弟弟陈中超为共产党员，家族中的四太公是族长，属于乡间富裕人物，与大管家、老爷子都为富农，他们拥有自己的土地，雇佣部分长工，同时也参加劳动。他们具有号召力和影响力，投身抗战，不顾个人安危，出钱出力。小说从民间立场与个人视角，展现了所谓"地富"农民的形象，凸显各类人物特点，在传奇叙事中演绎中华传统，挖掘抗战英雄形象的闪光点，塑造人物性格本质的新变化，丰富英雄形象的整体性嬗变，以个性化视角展现战争笼罩下的日常生活，探寻邵阳地区抗日叙事中抗战人士个体生命在战争中面临的考验与存在的意义，刻画富农、乡贤、商人、医生、投诚土匪等各类人群的真善美的人性，凸显战争的复杂性以及人性的丰富性。

小说中的"大东路七壮士"在战斗中成长为革命英雄。他们英勇无畏、舍生忘死、个性鲜明，在残酷战争中经受住严峻而深刻的人性考验。作家曾恒歌颂抗战英雄气概，彰显了昂扬向上的审美基调与革命英雄主义精神。

四、《大东路》的凄婉悲壮

爱情是文学作品中永恒的主题。《大东路》的另一条线索是"爱情线"。

作家曾恒通过描写陈天鹏与秋月、二喇叭与孙小兰、杜铁鼎与曹三妹等男女主人公的爱情，传递创作意趣。这些在战斗中萌生的爱情充满惊险刺激，结局却意外地凄婉悲壮。

陈天鹏与秋月、二喇叭与孙小兰这两对恋人未能步入婚姻殿堂。秋月为保护心爱的陈天鹏，用自己的胸脯挡住子弹，最终与日寇同归于尽；二喇叭则倒在鬼子的子弹下，这是血与火的战争的残酷写照。在特定时代背景下，作家曾恒从读者的内在心理出发进行记述，依据形势变化，描绘出刚烈激昂的战斗热情，其中有怒吼的洪流、铁蹄下惨痛的呼声。他以批判和抗争精神展现社会现实，愤怒发声，凭借强烈的时代意识将读者带回到那个血与火的年代，体会当时的苦痛与悲伤。

文学是"人的文学"。作家曾恒继承中国现代文学的审美自觉，继续探索文学的人性，揭露日寇侵略战争的血腥屠杀，展现非人道的生存环境，以心灵刻画为手段。小说中严酷惨烈的环境是悲剧产生的根源，作家的描述以震撼人心的力量激发人类斗志。

崇高感是悲剧的属性之一，它能让人感到振奋、鼓舞、惊奇与赞叹。通过回顾英雄事迹，小说气势恢宏，既强调了革命斗争的伟大性与艰苦性，也承载着对民族生存、个体生存的关怀，彰显了人的生命价值与自由，传递了革命精神和大无畏的献身精神。

五、结语

作家曾恒将笔触聚焦于历史本体，对邵阳抗战的真实性进行深入研究，以深刻的表现力和震撼人心的力量展现抗战危难关头的历史记忆。小说中抗战主体力量的不同类型人物形象、人物场景的构成与变迁，清晰地呈现出邵阳地域抗战历史运动的脉络。小说人物命运遵循历史进程和事件逻辑。历史叙事理念源于作家对抗战的调查访问和生存体验，体现了作家曾恒对抗战历史多元性、复杂性和虚构性的认知。

作家曾恒在小说中进行民族精神与民族主义的艺术表达，在悲剧色彩中闪耀民族精神，激发读者同仇敌忾的民族情绪和民族自豪感，凝聚奋进力量。其表现的情感紧密贴合整个民族利益的现实需求，其发自内心的悲愤、激越、热烈情怀彰显了文学的感召力和鼓舞力。

小说结尾富有传奇色彩，既实现了英雄精神的升华，也凸显了《大东路》更深层次的文学内涵。

（本文发表于2024年1月3日《长沙晚报》"掌上长沙"。有改动。）

为时而作，为事而著

——《探究集》序言

　　《探究集》精选60余篇陈建湘先生文稿结集成册，凝聚着作者陈建湘的心血。陈建湘先生极为多产，他敬业勤奋，堪称我辈楷模，是邵阳文史界的杰出代表。

　　1975年，陈建湘先生下乡，返城后投身党和国家的事业长达四十余载。他先后担任日杂公司保管员、业务员，市再生资源公司办公室副主任，市供销合作社理论教员。后来，他投身修志工作，在市地方志办公室担任编纂，是《邵阳市志》的副总纂。此外，他还在市政协担任政工科长、提案委副主任、文史委副主任以及政协研究室主任等职务。在不同岗位上，他认真履行职责，撰写理论文稿，整理各类文集。《探究集》是陈建湘先生出版的第五部个人文集。在此之前，他已出版散文集《清风集》、诗歌集《湘声集》、诗词曲联集《清韵集》以及文史集《钩沉集》，著作颇为丰硕。

　　陈建湘先生文学功底深厚。自20世纪80年代在市再生资源总公司、市供销合作社担任理论教员起，四十多年来笔耕不辍，创作了各类文章，真实反映了不同时期的工作性质与轨迹。例如，1985年他的邵阳电大汉语言文学专业"优秀毕业论文"《弥天烽火举红旗——谈陈毅战争诗篇的乐观主义精神》，以及2009年发表于《邵阳学院学报》的《浅谈鲁迅作品中"黑色家族"成员的精神内涵》，充分彰显了其扎实的汉语言文学功底。此后，在修志、政协提案、文史、民主监督、政治协商和参政议政工作中，他也不断撰写理论文章，探索规律，剖析事理。陈建湘先生凭借扎实的文学基础，在语言文学领域深耕，尤其擅长言论文写作、史志编辑与理论研究。他注重言论文的情采、文采与辞采，凸显文学自觉。他创作楹联、品评楹联，不时发表文艺评论，为推动本土文艺繁荣、深化政治与文艺关系贡献力量，拓展了文艺的社会意义，加深了对文艺社会性的理解，在文字创作中不断探索。

"文章合为时而著，歌诗合为事而作。"陈建湘先生一生工作在改革前沿，关注诸多问题，涵盖扶贫与乡村振兴、城市规划、污水处理乃至城市垃圾处理等。他的时政论文紧密围绕公务工作，关心民生，提出问题、梳理剖析、发表观点并给出解决方案，为党政工作和公务政策建言献策。早期的《我省废旧物资回收纵横谈》运用马克思《资本论》中的原理，阐述再生资源的价值与管理方法，指出"生产排泄物（即生产上所说的废料）会在同一个产业部门或另一个产业部门再转化为新的生产要素"。2006年发表于《邵阳工作》第1期的《开展扶贫帮困构建和谐社会》，对推动"低保"工作三条保障线政策落实、完善社会保障制度进行了理论梳理。在供销社工作时，他撰写的《谈供销社在发展高效农业中的系列化服务》一文，明确了供销社的发展方向。2008年发表于《湖南政协》第2期的《论政协文史工作的发展趋势》强调，文史工作是推动人民政协事业发展的必要部分。文章结合经济发展，提出政协文史工作应与时俱进、开拓创新，探索文史资料工作发展规律，解决重要课题。《建立我市创卫长效机制的建议》为邵阳创卫工作提供了有效方案。发表于《邵阳日报》的《城市规划创新之我见》及《漫谈我市城市规划》指出，规划是城市建设的灵魂，建筑是城市凝固的音乐。文章结合邵阳市城市规划实际，强调发扬文化特色，在创新中寻求有序发展，呼吁修复"爱莲池"景观，批评沿江违规建筑，如四层楼高的酒家店铺、突兀的百余家店铺，以及西湖桥到大同街口缺乏公共空间和人文景观的现象。陈建湘先生敢于与不良商家针锋相对，致力于保护青山绿水，树立城建学术标准。他在《邵阳日报》发表一系列有关城建文化的文章，批评陋习、"牛皮癣"、街头看相算命等现象。

文集中许多文章紧扣政协工作特点，借助政协提案对党政工作进行协商监督，具有很强的针对性。文章关注的政务问题广泛，如《促进党政决策的民主化、科学化》关乎党的中心工作能否顺利推进，对提高理论素养、传播党和国家方针政策及工作目标起到积极推动作用；《用科学发展观统领政协工作必须强化"六种意识"》《政协提案办理工作程序化思考》等文章，为政协事业的新发展提供了理论支撑。

陈建湘先生的言论文章以叙述和议论为主，语言通俗易懂，说理如春风化雨，明白晓畅，具有很强的思辨性与逻辑性，饱含情感。

陈建湘先生涉猎广泛，跨学科研究成果显著。作为省作家协会会员、省民间文艺家协会会员、省政协理论研究员，他发表的文史、理论文章及文艺作品达百万字，在史志、诗词和楹联领域成就斐然。同时，作为一位勤勉的方志专家，他撰写市志文稿20多万字、文史稿40多万字、理论文章20多万字，编纂《邵阳市志》150万余字，主编或参与主编《邵阳文库·古代散文》《邵阳文库·邵阳历史人物》《邵阳文库·民间故事·地名卷》《邵阳名人故居·古民居》《邵阳对联故事》《邵阳名胜故事》《梦回青山》《邵阳文史》专辑等20部著作，并担任《邵阳市志》（1997、2021）副总纂。在地方志工作研究中，他注重突出地域特色和志书编纂方法。如《浅评〈邵阳市郊区志·商业〉》《关于〈城步县志·商业贸易篇〉若干提法的思考》及入选"湖南省地方志学会1993年年会"的论文《浅谈专业志资料的优化组合》等文章，系统阐述了地方志在专业领域的方志体例、资料组合与话语交融，强调突出特色，辩证优化组合，增强志书的"资治、存史、教化"功能，为修志工作提供了切实指导。《"下延四年"记述设想》一文得到《邵阳市志》总纂周泽民的高度认可，周泽民亲自撰写按语并转发全市。文章提出将市志记述时间由原定的1986年延长至1990年，并强调在编纂过程中应坚持实事求是的原则，在记述改革历程时要注重"因事系人"，客观反映改革中的经验、问题与教训。这些建议为市志撰写指明了方向，阐述了理论方法。

作为省楹联家协会副秘书长、省对联文化传承人，陈建湘先生创作了《蔡锷对联鉴赏》《邵阳名胜楹联创作谈》等楹联理论论文，努力挖掘整理邵阳本土文化，梳理邵阳2500多年的文明史，整合邵阳人民"敢为人先""霸蛮"精神创造的宝贵文化资源。他围绕魏源、蔡锷、贺绿汀、车大任等众多名人和双清亭、北塔等历史遗迹以及邵阳红系列产品创作了千余副楹联，并发表《对女子楹联诗钟作品的点评》《满目桃花片片红——试评"女子楹联"桃花联专刊》等评论，推动了本土楹联创作的繁荣，让邵阳这座城市散发浓郁文化气息。通过对联楹联的理论探讨，他为邵阳本土传统文化传承发展贡献力量。

陈建湘先生敬业勤奋，学术态度严谨执着，为《邵阳文库》《邵阳文史》辛勤耕耘，披沙拣金，存史资政。他知行合一，敢于批评，才华横溢，落笔成文，自成一家。他的学识与理论相互交融，涵养与研究相得益彰，形神兼备，树立了学术典范。其文章语言典雅简洁，风格独特，展现出作者的才情与风采；题材广泛，内容丰富，既有针砭时弊的政论，也有诗歌评论、史志记录，展现了作者丰富的精神世界。

《探究集》的出版具有重要学术价值与社会实践意义，是构筑邵阳文化高地的一次重要尝试，为时代文化传承与文明家园创建注入活力。

《探究集》的出版值得热烈祝贺！

谨序。

（本文发表于2024年3月27日中国基层网，收录于陈建湘的《探究集》一书中。有改动。）

后记

在父亲的影响下，我习惯整理，厌烦杂乱。因此，我至今仍保存着初中、高中时期的作文，大学以后陆续发表的文章也都一一保存。我善于将电脑文件夹整理排列，这本《艺海泛舟——聂世忠文艺思辨录》便是我收藏的结晶，更是我四十年来对文艺的思辨记录。

本著作涵盖理论探究、美丑思辨、设计评论、本土观照、造型置评、文心蠡测等方面。不少评论聚焦本土艺术家，激发了本土艺术的活力与创造力，推动了本土艺术生态的丰富与完善，为本土艺术家的成长搭建了坚实的平台。

本著作是我沉浸于文艺世界中的思索与探寻。从最初对各种文艺现象的好奇与困惑，到逐渐形成自己的观点和感悟，这一路走来，有过艰辛，更有收获的喜悦。

整理这些文章的过程，也是重新审视自己文艺历程的过程。每一篇文字都承载着当时的思考与情感，它们见证了我的成长与进步。而能将这些思辨成果结集成册，离不开许多人的支持和帮助。

感谢湖南省文联主席团委员、文艺评论家协会主席、秘书长陈善君博士，不辞辛苦提出编排建议并撰写序言；感谢中国屈原学会会长、北京语言大学方铭教授，荣宝斋美术馆馆长王祥北题写书名；感谢张立云先生对本著作的排版编辑；感谢湖南大学出版社助力本著作顺利出版；感谢一路走来给予我鼓励和建议的家人、师长、朋友们，你们的指点让我不断完善自己的观点和表达。

同时，也感谢每一位读者，希望这本书能为你们打开一扇通往文艺思辨世界的窗，与我一同在艺海中遨游、思索。

这不仅仅是一本书，更是我四十年来对文艺的热爱与执着的结晶。未来的日子里，我将继续在文艺的海洋中泛舟前行，不断探索新的领域和思考的边界。

聂世忠

2024 年 9 月